SERIE ∞ INFINITA

M

# RICK RIORDAN

# LAS PRUEBAS DE APOLO

## LA TORRE DE NERÓN

Traducción de **Ignacio Gómez Calvo**

Montena

Papel certificado por el Forest Stewardship Council®

Título original: *The Trials of Apollo. The Tower of Nero*

Primera edición: noviembre de 2020
Primera reimpresión: noviembre de 2020

© 2020, Rick Riordan
Todos los derechos reservados. Publicado originalmente en inglés por Disney • Hyperion,
un sello de Disney Book Group
© 2020, Penguin Random House Grupo Editorial, S. A. U.
Travessera de Gràcia, 47-49. 08021 Barcelona
Publicado por acuerdo con Gallt and Zacker Literary Agency, LLC
© 2020, Ignacio Gómez Calvo, por la traducción

Printed in Spain – Impreso en España

ISBN: 978-84-18038-93-8
Depósito legal: B-11.681-2020

Compuesto en Compaginem Llibres, S. L.

Impreso en Black Print CPI Ibérica
Sant Andreu de la Barca (Barcelona)

GT 38938

Penguin
Random House
Grupo Editorial

*Para Becky.*
*Cada viaje me lleva a casa contigo*

# 1

## Una serpiente bicéfala
## me amarga el viaje.
## Y a Meg le atufan las zapatillas

Cuando uno viaja por Washington se imagina que verá unas cuantas serpientes con ropa humana. Aun así, me preocupé cuando una boa constrictor bicéfala subió a bordo de nuestro tren en Union Station.

La criatura se había embutido en un traje de oficina de seda azul, metiendo el cuerpo por las mangas de la chaqueta y las perneras del pantalón para que pareciesen extremidades humanas. Dos cabezas sobresalían del cuello de su camisa como un periscopio doble. Se movía con extraordinaria elegancia para tratarse de algo que básicamente era un enorme animal hecho con globos y se sentó en la otra punta del vagón de cara hacia nosotros.

Los otros pasajeros no le hacían caso. Sin duda la Niebla distorsionaba su percepción y les hacía ver a un viajero más. La serpiente no hacía ningún movimiento amenazante. Ni siquiera nos miraba. Parecía simplemente un monstruo currante que volvía a casa.

Y sin embargo, no podía darlo por sentado...

—No quiero asustarte... —susurré a Meg.

—Chis —dijo ella.

Meg se tomaba la normativa del vagón silencioso muy en serio. Desde que habíamos subido, prácticamente el único ruido que se había oído en el vagón habían sido los siseos de Meg para hacerme callar cada vez que yo decía algo, estornudaba o carraspeaba.

—Pero hay un monstruo —insistí.

Ella alzó la vista de la revista que estaba leyendo y arqueó una ceja por encima de sus gafas con montura de ojos de gato y diamantes de imitación. «¿Dónde?»

Señalé a la criatura con la barbilla. Mientras el tren se alejaba de la estación, su cabeza izquierda miraba distraída por la ventanilla. Su cabeza derecha sacaba su lengua bífida y la metía en una botella de agua sujeta en la espiral que hacía las veces de mano.

—Es una anfisbena —murmuré, y acto seguido añadí para aclarar—: una serpiente con una cabeza en cada punta.

Meg frunció el ceño y se encogió de hombros, un gesto que interpreté como «Parece bastante tranquila». A continuación retomó su lectura.

Reprimí las ganas de discutir. Sobre todo porque no quería que me hiciese callar otra vez.

Comprendía perfectamente que a Meg le apeteciese viajar tranquila. En la última semana, habíamos luchado contra una manada de centauros salvajes en Kansas, nos habíamos enfrentado a un espíritu de la hambruna furioso en el Tenedor más grande del mundo de Springfield, Missouri (no pude hacerme un selfi), y habíamos escapado de un par de drakones azules de Kentucky que nos persiguieron varias veces por el hipódromo Churchill Downs. Después de todo eso, una serpiente bicéfala con traje quizá no era motivo de alarma. Desde luego no nos estaba molestando en ese momento.

Traté de relajarme.

Meg sepultó la cara en su revista, cautivada con un artículo sobre la jardinería urbana. Mi joven compañera había crecido en los meses que habían transcurrido desde que la conocía, pero seguía siendo lo bastante menuda para apoyar cómodamente sus zapatillas rojas de caña alta en el respaldo de delante. Cómodo para ella, claro, no para mí ni para el resto de los pasajeros. Meg no se había cambiado de calzado desde que habíamos corrido por el hipódromo, y sus zapatillas tenían el aspecto y el olor del trasero de un caballo.

Por lo menos se había cambiado el vestido verde raído por unos vaqueros y una camiseta de manga corta verde con las palabras VNICORNES IMPERANT! que había comprado en la tienda de regalos del Campamento Júpiter. Ahora que había empezado a crecerle el pelo cortado a lo paje y le había salido un grano rojo en el mentón, ya no parecía una niña de preescolar. Casi aparentaba su edad: una estudiante de sexto de primaria que entraba en el círculo del infierno conocido como pubertad.

Yo no había compartido esa observación con Meg. En primer lugar, tenía mi propio acné del que preocuparme. En segundo, como ama mía, Meg podía mandarme que me tirase por la ventanilla, y me vería obligado a obedecerla.

El tren atravesaba los barrios residenciales de Washington. El sol de media tarde parpadeaba entre los edificios como la lámpara de un viejo proyector cinematográfico. Era un momento del día maravilloso, cuando un dios del sol debería estar terminando la jornada, dirigiéndose a las viejas cuadras a aparcar su carro para luego relajarse en su palacio con una copa de néctar, unas cuantas ninfas devotas y una temporada nueva de *Las verdaderas diosas del Olimpo* con la que darme un atracón.

Pero no para mí. A mí me había tocado un asiento chirriante en un tren y horas por delante para darme un atracón con las zapatillas apestosas de Meg.

En el otro extremo del vagón, la anfisbena seguía sin hacer movimientos amenazantes... a menos que uno considerase beber agua de una botella no retornable un acto de agresión.

¿Por qué, entonces, se me había erizado el vello de la nuca?

No podía controlar la respiración. Me sentía atrapado en mi asiento de ventanilla.

Tal vez solo estaba nervioso por lo que nos aguardaba en Nueva York. Después de seis meses en ese lamentable cuerpo de mortal, me acercaba a mi final.

Meg y yo habíamos cruzado Estados Unidos a trancas y barrancas y habíamos vuelto. Habíamos liberado Oráculos, vencido a legiones de monstruos y sufrido los indecibles horrores de la red de transporte público estadounidense. Y por último, después de muchas tragedias, habíamos derrotado a dos de los malvados emperadores del triunvirato, Cómodo y Calígula, en el Campamento Júpiter.

Pero lo peor todavía estaba por llegar.

Volvíamos adonde habían empezado nuestros problemas: Manhattan, la sede de Nerón Claudio César, el padrastro maltratador de Meg y, para mí, el peor intérprete de lira del mundo. Aunque hubiésemos conseguido vencerlo, un peligro aún mayor acechaba en la sombra: mi enemiga acérrima Pitón, que se había instalado en mi sagrado Oráculo de Delfos como si fuese un Airbnb de ocasión.

Durante los próximos días, o vencía a esos enemigos y volvía a convertirme en el dios Apolo (suponiendo que mi padre Zeus lo permitiese) o moría en el intento. En cualquier caso, mis días como Lester Papadopoulos estaban tocando a su fin.

Tal vez era lógico que me sintiese tan agitado...

Traté de centrarme en la preciosa puesta de sol. Procuré no obsesionarme con mi imposible lista de tareas pendientes ni con la serpiente bicéfala de la fila dieciséis.

Llegué a Filadelfia sin sufrir ningún ataque de nervios. Pero cuando salíamos de la estación de la Calle Trece, me quedaron claras dos cosas: 1) la anfisbena no se bajaba del tren, cosa que probablemente significaba que no era un monstruo que viajase a diario para ir al trabajo, y 2) mi radar contra peligros emitía una señal más fuerte que nunca.

Me sentía acechado. Experimentaba el mismo hormigueo en la piel que cuando jugaba al escondite con Artemisa y sus cazadoras en el bosque, justo antes de que saltasen de la maleza y me acribillasen a flechas. Era en la época en que mi hermana y yo éramos deidades jóvenes y todavía disfrutábamos de sencillos entretenimientos como ese.

Me arriesgué a mirar a la anfisbena y me pegué tal susto que por poco se me cayeron los vaqueros. La criatura estaba mirándome fijamente, con sus cuatro ojos amarillos sin pestañear y... ¿estaban empezando a brillar? Oh, no, no, no. Unos ojos brillantes nunca son buena señal.

—Tengo que salir —le dije a Meg.

—Chis.

—Quiero echar un vistazo a esa criatura. ¡Le brillan los ojos!

Meg miró a Don Serpiente entornando los ojos.

—No, no le brillan. Es la luz que se refleja. Además, está sentado.

—¡Está sentado sospechosamente!

El pasajero de detrás de nosotros susurró:

—¡Chis!

Meg me miró arqueando las cejas. «Te lo he dicho.»

Señalé el pasillo e hice un mohín.

Meg puso los ojos en blanco, se desenredó de la posición de hamaca que había adoptado y me dejó salir.

—No empieces una pelea —me mandó.

Estupendo. Ahora tendría que esperar a que el monstruo atacase antes de poder defenderme.

Me quedé en el pasillo esperando a que me volviese la sangre a las piernas dormidas. Menuda chapuza hizo quien inventó el sistema circulatorio humano.

La anfisbena no se había movido. Todavía tenía los ojos clavados en mí. Parecía estar en una especie de trance. Quizá estaba acumulando energía para un ataque demoledor. ¿Hacían eso las anfisbenas?

Busqué en mi memoria datos sobre la criatura, pero encontré muy poca información. El escritor romano Plinio dijo que llevar una cría de anfisbena viva alrededor del cuello garantizaba un embarazo seguro. (Un dato no muy útil.) Llevar su piel podía hacerte atractivo a ojos de posibles parejas. (Hum. No, tampoco demasiado útil.) Sus cabezas podían escupir veneno. ¡Ajá! Debía de ser eso. ¡El monstruo estaba cargándose para regar el vagón de vómito venenoso por las dos bocas!

¿Qué podía hacer...?

A pesar de mis esporádicos arranques de poder y destreza divinos, no podía contar con uno cuando lo necesitaba. La mayoría de las veces seguía siendo un patético chico de diecisiete años.

Podía sacar el arco y el carcaj del compartimento para el equipaje de arriba. Estar armado estaría bien. Por otra parte, eso anunciaría mis intenciones hostiles. Probablemente Meg me regañase por ser un exagerado. (Perdona, Meg, pero esos ojos brillaban, no reflejaban la luz.)

Ojalá tuviese un arma más pequeña, como una daga, escondida debajo de la camiseta. ¿Por qué no era el dios de las dagas?

Decidí recorrer tranquilamente el pasillo como si simplemente fuese al servicio. Si la anfisbena atacaba, gritaría. Con suerte, Meg dejaría la revista suficiente tiempo para venir a rescatarme. Por lo menos habría forzado el inevitable enfrentamiento. Si la serpiente no hacía nada, tal vez fuese realmente inofensiva. Entonces iría al servicio porque lo necesitaba de verdad.

Avancé dando traspiés con una sensación de hormigueo en las piernas, cosa que no contribuyó a aparentar despreocupación. Consideré silbar una melodía alegre, pero me acordé de la obligación de guardar silencio en el vagón.

A cuatro filas del monstruo. El corazón me latía con fuerza. Esos ojos decididamente brillaban y decididamente estaban clavados en mí. El monstruo estaba sentado extrañamente quieto, incluso para un reptil.

A dos filas de distancia. Con la mandíbula temblorosa y la cara sudada, me costaba parecer relajado. El traje de la anfisbena parecía caro y bien confeccionado. Probablemente, al ser una serpiente gigante, no podía llevar ropa comprada en una tienda. Su resplandeciente piel con dibujos de rombos marrones y amarillos no parecía la clase de complemento que uno quisiese ponerse para parecer más atractivo en una aplicación de citas, a menos que uno saliese con boas constrictor.

Cuando la anfisbena actuó, pensé que estaba preparado.

Me equivocaba. La criatura se lanzó a una velocidad increíble y me echó el lazo a la muñeca con la espiral de su falso brazo izquierdo. Me quedé tan sorprendido que ni siquiera pude gritar. Si el monstruo hubiese querido matarme, yo habría muerto.

En cambio, se limitó a apretarme más fuerte y me paró en seco, aferrándose a mí como si se estuviese ahogando.

Entonces habló con un grave siseo doble que resonó en mi médula ósea:

*El hijo de Hades, amigo de los que cuevas hienden,*
*debe llevar al trono por un sendero arcano.*
*De los de Nerón vuestras vidas ahora dependen.*

Con la misma brusquedad con que me había agarrado me soltó. Los músculos de su cuerpo se ondularon de una punta a la otra como si hirviese a fuego lento. Se puso derecha alargando sus dos cuellos hasta estar casi cara a cara conmigo. El brillo de sus ojos desapareció.

—¿Qué estoy hacien...? —Su cabeza izquierda miró a la derecha—. ¿Cómo...?

La cabeza derecha parecía igual de perpleja. Me miró.

—¿Quién eres...? Un momento, ¿me he saltado la parada de Baltimore? ¡Mi mujer me va a matar!

Yo estaba demasiado impactado para hablar. Los versos que había recitado... Reconocí su métrica. La anfisbena había pronunciado un mensaje profético. Caí en la cuenta de que ese monstruo podía ser un viajero que había sido poseído, secuestrado por los caprichos del destino porque... Claro. Era una serpiente. Desde la antigüedad, las serpientes habían canalizado la sabiduría de la tierra porque tenían moradas subterráneas. Una serpiente gigante sería muy susceptible a las voces oraculares.

No sabía qué hacer. ¿Debía pedirle disculpas por las molestias? ¿Debía darle una propina? Y si no era la amenaza que había hecho saltar mi radar contra peligros, ¿qué era?

Me salvé de una incómoda conversación, y la anfisbena se salvó de morir a manos de su mujer, cuando dos flechas de ballesta volaron a través del vagón y la mataron inmovilizando los cuellos de la pobre serpiente contra la pared del fondo.

Chillé. Varios pasajeros sentados cerca me hicieron callar.

La anfisbena se desintegró en polvo amarillo y no dejó tras de sí más que un traje bien confeccionado.

Levanté despacio las manos y me volví como si me girase en un campo de minas. Casi esperaba que otra flecha de ballesta me atravesase el pecho. Era imposible que lograse evitar el ataque de alguien con tanta precisión. Lo mejor que podía hacer era mostrarme inofensivo. Eso se me daba bien.

En la otra punta del vagón había dos figuras descomunales. Una era un germanus, a juzgar por su barba y su pelo revuelto decorado con cuentas, su armadura de cuero y sus grebas y peto de oro imperial. No lo reconocí, pero últimamente había coincidido con muchos de su calaña. No me cabía duda de para quién trabajaba. Los secuaces de Nerón nos habían encontrado.

Meg todavía estaba sentada y sujetaba sus dos sicas doradas mágicas, pero el germanus tenía el filo de su sable pegado al cuello de mi amiga, instándola a que no se moviese.

Su compañera era la que había disparado la ballesta. Era todavía más alta y corpulenta, y llevaba un uniforme de revisora que no engañaba a nadie; salvo, según parecía, a todos los mortales del tren, que no se molestaron en mirar dos veces a los recién llegados. Bajo su gorra de revisora, la ballestera tenía los lados de la cabeza rasurados, con una brillante melena castaña que le caía por en medio y se enroscaba sobre su hombro en una cuerda trenzada. La camiseta de manga corta que vestía le apretaba tanto contra sus musculosos hombros que pensé que las hombreras y la placa de identificación le iban a salir disparadas. Tenía los brazos llenos de tatuajes circulares entrelazados, y alrededor del cuello llevaba un grueso aro de oro: un torque.

Hacía una eternidad que no veía uno de esos. ¡Esa mujer era una gala! Se me heló el estómago al caer en la cuenta. En los viejos tiempos de la República romana, los galos eran más temidos aun que los germani.

Ya había recargado la ballesta doble y estaba apuntándome a la cabeza. De su cinturón colgaban varias armas más: un gladius, una porra y una daga. Claro, ella tenía una daga.

18

Sin apartar la vista de mí, agitó la barbilla hacia el hombro, el signo universal para decir «Ven aquí o te disparo».

Calculé mis probabilidades de embestir por el pasillo y placar a nuestros enemigos antes de que nos matasen a Meg y a mí. Cero. ¿Y mis probabilidades de encogerme de miedo detrás de un asiento mientras Meg se ocupaba de los dos? Un poco más elevadas, pero tampoco muchas.

Avancé por el pasillo con las rodillas temblorosas. Los pasajeros mortales fruncían el ceño conforme pasaba. Por lo que me podía imaginar, mi chillido había supuesto para ellos una molestia indigna del vagón silencioso, y pensaban que la revisora me estaba llamando. El hecho de que la revisora empuñase una ballesta y acabase de matar a un viajero serpentino bicéfalo no parecía haberles afectado.

Llegué a mi fila y miré a Meg, en parte para asegurarme de que estaba bien y en parte porque tenía curiosidad por saber por qué no había atacado. Que alguien sujetase una espada contra el cuello de Meg normalmente no bastaba para desmoralizarla.

La niña miraba horrorizada a la gala.

—¿Luguselva?

La mujer asintió bruscamente con la cabeza, un detalle que me reveló dos cosas terribles: primero, que Meg la conocía. Y segundo, que se llamaba Luguselva. Mientras la gala observaba a Meg, la ferocidad de sus ojos disminuyó varios grados, de «Voy a cargarme a todo el mundo ahora mismo» a «Voy a cargarme a todo el mundo pronto».

—Sí, Retoño —dijo la gala—. Y ahora guarda las armas antes de que Gunther se vea obligado a cortarte la cabeza.

# 2

¿Bollos para cenar?
Tu colega Lester sería incapaz.
Tengo que hacer pis. Luego

El germanus que empuñaba la espada quedó encantado.

—¿Cortar cabeza?

Su nombre, GUNTHER, estaba impreso en una chapa de la compañía de trenes que llevaba sobre la armadura: la única concesión que había hecho a ir de incógnito.

—Todavía no. —Luguselva no apartaba la vista de nosotros—. Como podéis ver, a Gunther le encanta decapitar a la gente, así que vamos a portarnos bien. Venga...

—Lu —dijo Meg—. ¿Por qué?

Cuando se trataba de expresar dolor, la voz de Meg era un instrumento afinado. La había oído llorar la muerte de nuestros amigos. La había oído describir el asesinato de su padre. Había oído su rabia contra su padre adoptivo, Nerón, que había matado a su padre y la había trastornado mentalmente a lo largo de años de maltrato emocional.

Pero al dirigirse a Luguselva, la voz de Meg sonó en una clave totalmente distinta. Parecía que su mejor amiga acabase de desmembrar a su muñeca favorita de sopetón y sin motivo. Parecía dolida, confundida, incrédula, como si, en una vida llena de humillaciones, esa fuese una humillación que nunca hubiese esperado.

Los músculos de la mandíbula de Lu se tensaron. Las venas de sus sienes se hincharon. No sabía si estaba enfadada, si se sentía culpable o si nos estaba mostrando su faceta tierna y entrañable.

—¿Te acuerdas de lo que te enseñé sobre el deber, Retoño?

Meg se tragó un sollozo.

—¿Te acuerdas? —dijo Lu, en un tono más áspero.

—Sí —susurró Meg.

—Pues recoge tus cosas y vamos. —Lu apartó la espada de Gunther del cuello de Meg.

El hombre corpulento masculló: «Grrr», que supuse que en germánico significaba «Nunca me dejan divertirme».

Meg se levantó con cara de perplejidad y abrió el compartimento de arriba. Yo no entendía por qué obedecía tan sumisamente las órdenes de Luguselva. Nos habíamos enfrentado a situaciones más desesperadas. ¿Quién era esa gala?

—¿Ya está? —susurré cuando Meg me pasó la mochila—. ¿Nos rendimos?

—Lester —murmuró Meg—, haz lo que te diga.

Me eché a los hombros la mochila, el arco y el carcaj. Meg se abrochó el cinturón de jardinería alrededor de la cintura. A Lu y a Gunther no parecía preocuparles que ahora yo estuviese armado con flechas y Meg con una gran provisión de semillas de verduras heredadas. Mientras ordenábamos nuestras cosas, los pasajeros mortales nos lanzaban miradas de fastidio, pero nadie nos hizo callar, probablemente porque no querían cabrear a los dos fornidos revisores que nos llevaban fuera.

—Por aquí. —Lu señaló con la ballesta la salida situada detrás de ella—. Los demás están esperando.

«¿Los demás?»

Yo no quería conocer a más galos ni más Gunthers, pero Meg siguió dócil a Lu a través de la puerta de dos hojas de plexiglás. Yo iba detrás, y Gunther me seguía muy de cerca, contemplando seguramente lo fácil que sería separar mi cabeza de mi cuerpo.

Una pasarela conectaba nuestro vagón con el siguiente: un pasillo ruidoso y tambaleante con puertas de dos hojas automáticas en cada extremo, un servicio del tamaño de un armario en un rincón y puertas exteriores a babor y estribor. Me planteé lanzarme por una de esas salidas y confiar en que la suerte me acompañase, pero me temía que mi suerte sería morir del impacto contra el suelo. El exterior estaba totalmente oscuro. A juzgar por el retumbo de los paneles de acero corrugado que tenía debajo de los pies, deduje que el tren iba a más de ciento sesenta kilómetros por hora.

A través de las puertas de plexiglás del fondo, divisé un vagón cafetería: una barra deprimente, una hilera de mesas y media docena de hombres corpulentos apiñados: más germani. Nada bueno nos esperaba allí dentro. Si Meg y yo queríamos escapar, esa era nuestra oportunidad.

Antes de que pudiese tomar alguna medida desesperada, Luguselva se detuvo repentinamente justo delante de las puertas del vagón cafetería. Se volvió para mirarnos.

—Gunther —le espetó—, ve a ver si hay infiltrados en el baño.

La orden pareció confundir a Gunther tanto como a mí, o porque no le veía sentido o porque no tenía ni idea de qué era un infiltrado.

Me preguntaba por qué Luguselva se comportaba de forma tan paranoica. ¿Temía que tuviésemos a una legión de semidioses escondidos en el servicio, esperando para saltar a rescatarnos? O tal vez, como me había pasado a mí, había sorprendido una vez a un cíclope en el trono de porcelana y ya no se fiaba de los baños públicos.

Después de un breve cruce de miradas, Gunther murmuró: «Grrr» e hizo lo que ella le mandó.

En cuanto el germanus asomó la cabeza en el baño, Lu nos clavó una mirada intensa.

—Cuando crucemos el túnel de Nueva York —dijo—, los dos pediréis permiso para ir al servicio.

Había recibido muchas órdenes absurdas antes, casi todas de Meg, pero esa marcaba un nuevo récord.

—En realidad, yo tengo que ir ahora —intervine.

—Aguántate —dijo ella.

Miré a Meg para ver si ella entendía algo, pero estaba mirando al suelo con aire taciturno.

Gunther volvió de patrullar el inodoro.

—Nadie.

Pobre hombre. Si te tocaba buscar infiltrados en los servicios de un tren, lo mínimo que podías esperar era matar a unos cuantos.

—Muy bien —dijo Lu—. Vamos.

Nos metió en el vagón cafetería. Seis germani se volvieron y nos miraron fijamente, con sus puños rollizos repletos de bollos recubiertos de azúcar y vasos de café. ¡Bárbaros! ¿Quién si no comería repostería por la noche? Los guerreros iban vestidos como Gunther, con armaduras de cuero y de oro, hábilmente disfrazados tras chapas de la compañía de trenes. Uno de ellos, AEDELBEORT (el nombre germánico de niño más de moda en 162 a. C.), escupió una pregunta a Lu en un idioma que no reconocí. Lu contestó en la misma lengua. Su respuesta pareció satisfacer a los guerreros, que volvieron a sus cafés y sus bollos. Gunther se unió a ellos, mascullando sobre lo difícil que era encontrar buenos enemigos a los que decapitar.

—Sentaos ahí —nos dijo Lu, señalando una mesa de ventanilla.

Meg se deslizó en el asiento con desánimo. Yo me senté enfrente de ella, apoyando el arco largo, el carcaj y la mochila a mi lado. Lu se quedó de pie al alcance del oído, por si se nos ocurría tramar un plan de huida. No tenía de qué preocuparse. Meg seguía sin mirarme a los ojos.

Volví a preguntarme quién era Luguselva y qué representaba para Meg. A lo largo de nuestros meses de viaje, Meg no la había mencionado ni una vez. Este hecho me molestó. En lugar de ser un indicio de que Lu carecía de importancia, me hizo sospechar que en realidad era muy importante.

¿Y por qué una gala? Los galos nunca habían abundado en la Roma de Nerón. Cuando él se convirtió en emperador, la mayoría habían sido vencidos y «civilizados» a la fuerza. Los que todavía llevaban tatuajes y torques y vivían de acuerdo con sus anti-

25

guas costumbres habían sido desplazados a los márgenes de Bretaña u obligados a trasladarse a las islas británicas. El nombre de Luguselva... Nunca había hablado galo con fluidez, pero creía que significaba «amada del dios Lug». Me estremecí. Las deidades celtas eran una panda de lo más rara y violenta.

Estaba demasiado trastornado para resolver el enigma de Lu. No paraba de acordarme de la pobre anfisbena que ella había matado: un monstruo inofensivo que nunca volvería a casa con su esposa, todo porque se había convertido en el instrumento de una profecía.

Su mensaje me había dejado alterado: un verso en *terza rima*, como el que habíamos recibido en el Campamento Júpiter:

> *Oh, hijo de Zeus, enfréntate al último reto.*
> *A la torre de Nerón solo dos ascienden.*
> *Saca a la bestia que ha usurpado tu puesto.*

Sí, había memorizado la maldita estrofa.

Ahora habíamos recibido la segunda serie de instrucciones, claramente relacionada con la primera, porque el primer y el tercer verso rimaban con «ascienden».

> *El hijo de Hades, amigo de los que cuevas hienden,*
> *debe llevar al trono por un sendero arcano.*
> *De los de Nerón vuestras vidas ahora dependen.*

Conocía a un hijo de Hades: Nico di Angelo. Todavía debía de estar en el Campamento Mestizo de Long Island. Si él conocía algún sendero arcano al trono, no tendría ocasión de enseñárnoslo a menos que escapásemos de ese tren. De cómo Nico podía ser «amigo de los que cuevas hienden» no tenía ni idea.

El último verso de la nueva estrofa era terriblemente cruel. En ese momento estábamos rodeados de «los de Nerón», de modo que nuestra vida dependía de ellos. Quería creer que ese verso encerraba algo más, algo positivo... tal vez relacionado con el hecho de que Lu nos había mandado ir al servicio cuando entrásemos en el túnel de Nueva York. Pero considerando la expresión hostil de Lu, y la presencia de sus siete amigos germani puestos hasta las cejas de cafeína y azúcar, no me sentía muy optimista.

Me retorcí en mi asiento. Oh, ¿por qué había pensado en el servicio? Ahora tenía que ir urgentemente.

Afuera, los carteles luminosos de New Jersey pasaban volando: anuncios de concesionarios de coches donde podías comprar un coche de carreras poco manejable; abogados especializados en lesiones a los que podías contratar cuando tenías un accidente con ese coche de carreras; casinos donde podías jugarte el dinero que habías ganado con las demandas por lesiones. El gran círculo de la vida.

La parada de la estación al aeropuerto de Newark llegó y pasó. Dioses míos, estaba tan desesperado que consideré escapar. En Newark.

Meg no se movió, de modo que yo hice lo mismo.

El túnel de Nueva York llegaría dentro de poco. Tal vez en lugar de pedir que nos dejasen ir al servicio, podíamos atacar a nuestros captores...

Lu pareció leerme el pensamiento.

—Me alegro de que os hayáis rendido. Nerón tiene otros tres equipos como el mío solo en este tren. Todos los medios (todos los trenes, autobuses y vuelos a Manhattan) han sido interceptados. Recordad que Nerón tiene el Oráculo de Delfos de su parte. Sabía que veníais esta noche. No habríais conseguido entrar en la ciudad sin que os pillásemos.

Vaya forma de echar por tierra mis esperanzas, Luguselva. Decirme que Nerón tenía a su aliada Pitón escudriñando el futuro por él, usando mi Oráculo sagrado contra mí... Qué cruel.

Sin embargo, Meg se espabiló de repente, como si algo que había dicho Lu le hubiese infundido esperanza.

—¿Y cómo es que has sido tú la que nos ha encontrado, Lu? ¿Pura suerte?

Los tatuajes de Lu se ondularon cuando flexionó los brazos, y los remolinos celtas me marearon.

—Te conozco, Retoño —dijo—. Sé cómo seguirte la pista. La suerte no existe.

Se me ocurrían varios dioses de la suerte que no estarían de acuerdo con esa afirmación, pero no la contradije. Estar prisionero me había quitado las ganas de charlar.

Lu se volvió hacia sus compañeros.

—En cuanto lleguemos a Penn Station, entregaremos a nuestros presos al equipo de escolta. No quiero errores. Que nadie mate a la chica ni al dios a menos que sea absolutamente necesario.

—¿Es necesario ahora? —preguntó Gunther.

—No —contestó Lu—. El *princeps* tiene planes para ellos. Los quiere vivos.

«El *princeps*.» Noté en la boca un sabor más amargo que el del café del tren. Llevado por la puerta principal de Nerón no era como yo había pensado enfrentarme a él.

Atravesamos con estruendo un páramo de almacenes y muelles de New Jersey, y un instante después nos sumimos en la oscuridad y entramos en el túnel que nos llevaría bajo el río Hudson. Por el sistema de megafonía sonó un confuso aviso que nos informó de que la próxima parada era Penn Station.

—Tengo que hacer pis —anunció Meg.

Me la quedé mirando atónito. ¿De verdad iba a seguir las extrañas órdenes de Lu? La gala nos había capturado y había matado a una serpiente bicéfala inocente. ¿Por qué se fiaba de ella?

Meg me dio un pisotón en el pie con el talón.

—Sí —chillé—. Yo también tengo que hacer pis. —En mi caso, al menos, era una dolorosa verdad.

—Un momento —masculló Gunther.

—Tengo que hacer pis ya. —Meg se puso a dar saltos.

Lu dejó escapar un suspiro. Su irritación no parecía fingida.

—Está bien. —Se volvió hacia su pelotón—. Yo los llevaré. El resto quedaos aquí y preparaos para desembarcar.

Ninguno de los germani se opuso. Probablemente habían oído a Gunther quejarse de haber patrullado el inodoro. Empezaron a engullir los bollos de última hora y a reunir su equipo mientras Meg y yo nos levantábamos de la mesa.

—Tus pertrechos —me recordó Lu.

Parpadeé. Cierto. ¿A quién se le ocurría ir al servicio sin su arco y su carcaj? Menuda tontería. Agarré mis cosas.

Lu nos llevó otra vez a la plataforma. En cuanto la puerta de dos hojas se cerró detrás de ella, murmuró:

—Ahora.

Meg echó a correr al vagón silencioso.

—¡Eh! —Lu me apartó de un empujón, pero se detuvo el tiempo suficiente para susurrar—: Bloquea la puerta. Desengancha los vagones. —Y acto seguido corrió detrás de Meg.

¿Qué hacía yo ahora?

Dos cimitarras aparecieron destellando en las manos de Lu. Un momento. ¿Tenía las espadas de Meg? No. Justo antes del final de la plataforma, Meg se volvió para mirarla, invocó sus espadas, y las dos se pusieron a luchar encarnizadamente. ¿Eran ambas *dimachaerae*, la forma más rara de gladiador? Eso debía de significar... No tenía tiempo para pensar en lo que significaba.

Detrás de mí, los germani gritaron y salieron en desbandada. En cualquier momento cruzarían la puerta.

No entendía exactamente qué pasaba, pero a mi estúpido y torpe cerebro de mortal se le ocurrió que quizá, y solo quizá, Lu trataba de ayudarnos. Si no bloqueaba la puerta como me había pedido, nos arrasarían siete bárbaros cabreados con los dedos pegajosos.

Planté el pie contra la base de la puerta de dos hojas. No había manillas. Tuve que presionar los paneles con las palmas de las manos y juntarlos para mantenerlos cerrados.

Gunther embistió contra la puerta a toda velocidad, y el impacto por poco me dislocó la mandíbula. Los demás germani se apretujaron detrás de él. Las únicas ventajas con las que yo contaba eran el espacio angosto en el que estaban, que les dificultaba aunar esfuerzos, y la propia falta de juicio de los germani. En lugar de colaborar para separar las puertas haciendo palanca, simplemente empujaban y daban empellones unos contra otros, usando la cabeza de Gunther como ariete.

Detrás de mí, Lu y Meg daban estocadas y tajos, y sus espadas entrechocaban furiosamente emitiendo sonidos metálicos.

—Bien, Retoño —murmuró Lu—. No has olvidado tu entrenamiento. —Y a continuación, más alto, para nuestro público—: ¡Te voy a matar, insensata!

Me imaginé lo que la escena debía de parecerles a los germani del otro lado del plexiglás: su compañera Lu, combatiendo con una prisionera escapada, mientras yo intentaba contenerlos. Se me estaban durmiendo las manos. Me dolían los músculos del brazo y del pecho. Busqué desesperadamente un cierre de emergencia en la puerta, pero solo había un botón en el que ponía ABRIR. ¿De qué servía eso?

El tren seguía recorriendo el túnel ruidosamente. Calculé que solo disponíamos de unos minutos antes de llegar a Penn Station, donde el «equipo de escolta» de Nerón estaría esperando. No deseaba que me escoltasen.

«Desengancha los vagones», me había dicho Lu.

¿Cómo se suponía que tenía que hacer eso, y encima manteniendo cerrada la puerta de la pasarela? ¡No era un maquinista! Los chu-chu eran más de Hefesto.

Lancé una mirada por encima del hombro y eché un vistazo a la pasarela. Sorprendentemente, no había ningún interruptor claramente identificado que permitiese a un pasajero desenganchar el tren. ¿De qué iba esa compañía ferroviaria?

¡Allí! En el suelo, había una serie de lengüetas metálicas con bisagras superpuestas, que formaban una superficie segura para que los pasajeros pasasen cuando el tren torcía y giraba. Una de esas lengüetas había sido levantada de una patada, tal vez por Lu, y dejaba a la vista el enganche situado debajo.

Aunque pudiese alcanzarlo desde donde estaba, cosa que no podía hacer, dudaba que tuviese la fuerza y la destreza para meter el brazo allí, cortar los cables y abrir la abrazadera haciendo palanca. El hueco entre los paneles del suelo era demasiado estrecho, y el enganche estaba demasiado abajo. ¡Para llegar allí tendría que ser el mejor arquero del mundo!

Eh, un momento...

La puerta se estaba arqueando contra mi pecho debido al peso de los siete bárbaros. Una hoja de un hacha asomó a través del revestimiento de goma al lado de mi oreja. Darme la vuelta para poder disparar el arco sería una locura.

«Sí», pensé histéricamente. «Hagamos eso.»

Gané un instante sacando una flecha y metiéndola por la rendija entre las puertas. Gunther gritó. La presión cedió mientras el grupo de germani se redistribuía. Me giré rápidamente para situarme de espaldas al plexiglás, poniendo un talón a modo de cuña en la base de las puertas. Manipulé torpemente el arco y logré colocar una flecha.

Mi nuevo arco era un arma de categoría divina procedente de las cámaras acorazadas del Campamento Júpiter. Mi destreza como arquero había mejorado espectacularmente durante los últimos seis meses. Aun así, se trataba de una idea terrible. Era imposible disparar como es debido con la espalda contra una superficie dura. Simplemente no podía tirar lo suficiente de la cuerda.

A pesar de todo, disparé. La flecha desapareció en el hueco del suelo y no dio ni de lejos en el enganche.

—Próxima estación, Penn Station —dijo una voz por el sistema de megafonía—. Las puertas se abrirán por la izquierda.

—¡Se nos acaba el tiempo! —gritó Lu. Tiró un tajo a la cabeza de Meg. Meg lanzó una estocada baja y estuvo a punto de ensartar el muslo de la gala.

Disparé otra flecha. Esta vez la punta echó chispas contra la abrazadera, pero los vagones del tren se mantuvieron tercamente unidos.

Los germani aporreaban la puerta. Un panel de plexiglás se salió del marco. Un puño lo atravesó y me agarró la camiseta.

Lanzando un chillido desesperado, me aparté a trompicones de la puerta y disparé por última vez tensando la cuerda al máximo. La flecha cortó los cables y dio contra la abrazadera. Con una sacudida y un crujido, la abrazadera se rompió.

Los germani salieron en tromba a la pasarela al mismo tiempo que yo saltaba a través del hueco cada vez más grande entre los vagones. Estuve a punto de acabar atravesado en las cimitarras de Meg y de Lu, pero logré recobrar el equilibrio.

Me volví mientras el resto del tren se sumía en la oscuridad a ciento veinte kilómetros por hora, y siete germani nos miraban con incredulidad gritando improperios que no pienso repetir.

A lo largo de otros quince metros, la sección desacoplada del tren en la que íbamos siguió avanzando por su propio impulso y luego redujo la marcha hasta detenerse. Meg y Lu bajaron sus armas. Una valiente pasajera del vagón silencioso se atrevió a asomar la cabeza y preguntar qué pasaba.

Yo la hice callar.

Lu me fulminó con la mirada.

—Has tardado mucho, Lester. Vámonos antes de que mis hombres vuelvan. Acabáis de pasar de «capturados vivos» a «se acepta una prueba de su muerte».

# 3

# Flecha de la sabiduría, búscame un escondite. No, ese no. ¡NO!

—Estoy hecho un lío —dije mientras avanzaba dando traspiés por los túneles oscuros—. ¿Todavía somos prisioneros?

Lu me miró y luego miró a Meg.

—Un poco cortito para un dios, ¿no?

—No tienes ni idea —masculló Meg.

—¿Trabaja para Nerón o no? —pregunté—. ¿Y en qué exactamente...?

Apunté a Lu agitando el dedo y a continuación a Meg, preguntando en silencio: «¿Cómo os conocéis?». O, quizá: «¿Sois parientes, teniendo en cuenta que sois igual de insoportables?».

Entonces vi el destello de sus anillos de oro iguales, que llevaban en el dedo corazón de cada mano. Me acordé de cómo habían luchado Lu y Meg, dando tajos y estocadas con sus cuatro espadas perfectamente sincronizadas. La verdad evidente me dio un guantazo.

—Usted entrenó a Meg —comprendí—. Para que fuese una dimachaera.

—Y ha conservado sus aptitudes. —Lu dio un codazo afectuoso a Meg—. Me alegro, Retoño.

En mi vida había visto a Meg tan orgullosa de algo.

Ella se abalanzó sobre su antigua entrenadora y la abrazó.

—Sabía que no eras mala.

—Mmm. —Parecía que Lu no supiese cómo reaccionar al abrazo. Dio unas palmaditas a Meg en el hombro—. Soy bastante mala, Retoño. Pero no pienso permitir que Nerón te torture más. Pongámonos en marcha.

«Tortura.» Sí, esa era la palabra.

Me preguntaba cómo Meg podía fiarse de esa mujer. Había matado a la anfisbena sin inmutarse. No me cabía duda de que haría lo mismo conmigo si lo consideraba necesario.

Peor aún: Nerón le pagaba el sueldo. Tanto si Lu había evitado que nos capturasen como si no, había entrenado a Meg, y eso significaba que se había mantenido al margen durante años mientras Nerón atormentaba emocional y psicológicamente a mi joven amiga. Lu había sido parte del problema: parte del proceso de adoctrinamiento de Meg en el retorcido concepto de familia del emperador. Me preocupaba que Meg cayese en sus viejas costumbres. Tal vez Nerón había descubierto una forma de manipularla indirectamente a través de esa antigua maestra a la que ella admiraba.

Por otra parte, no sabía cómo abordar el problema. Caminábamos por un laberinto de túneles de mantenimiento subterráneos, y Lu era nuestra única guía. Ella tenía muchas más armas que yo. Además, Meg era mi ama. Me había dicho que siguiésemos a Lu, de modo que eso es lo que hicimos.

Proseguimos la marcha. Meg y Lu avanzaban una al lado de la otra, y yo las seguía rezagado. Me gustaría decir que les cubría las espaldas, o que realizaba otra tarea importante, pero creo que Meg simplemente se había olvidado de mí.

Arriba, bombillas cubiertas de armazones metálicos proyectaban sombras como barrotes de cárcel sobre las paredes de ladrillo. El suelo estaba cubierto de barro y fango y desprendía un olor que recordaba las viejas cubas de «vino» que Dioniso insistía en tener en su bodega, aunque hacía mucho que se había convertido en vinagre. Por lo menos las zapatillas de Meg ya no olían a caca de caballo. Ahora estaban cubiertas de nuevos residuos tóxicos.

Después de avanzar dando tumbos otro millón de kilómetros, me aventuré a preguntar:

—¿Adónde vamos, señorita Lu? —Me sorprendió el volumen de mi voz al resonar en la oscuridad.

—Lejos del perímetro de búsqueda —contestó, como si fuese lo más evidente—. Nerón ha accedido a la mayoría de las cámaras de circuito cerrado de Manhattan. Tenemos que escapar de su radar.

Era un tanto chocante oír a una guerrera gala hablar de radares y cámaras.

Volví a preguntarme cómo Lu había empezado a servir a Nerón.

Por mucho que detestase reconocerlo, los emperadores del triunvirato eran básicamente dioses menores. Eran exigentes con respecto a los seguidores a los que permitían pasar la eternidad con ellos. Los germani eran una elección lógica. A pesar de lo lerdos y crueles que podían ser, los guardaespaldas imperiales eran tremendamente leales. Pero ¿por qué una gala? Luguselva podía resultar valiosa para Nerón por motivos que iban más allá de sus dotes con la espada. No creía que una guerrera así se volviese contra su amo después de dos milenios.

Mis sospechas debían de irradiar de mí como el calor de un horno. Lu miró hacia atrás y reparó en mi ceño fruncido.

—Apolo, si te quisiera muerto, ya estarías muerto.

Cierto, pensé, pero Lu también podía haber añadido: «Si te quisiera engañar para que me siguieses y así poderte entregar vivo a Nerón, esto sería exactamente lo que haría».

Lu apretó el paso. Meg me miró frunciendo el entrecejo como diciendo: «Pórtate bien con mi gala», y acto seguido se apresuró a alcanzarla.

Perdí la noción del tiempo. El subidón de adrenalina de la pelea en el tren se pasó y me dejó cansado y dolorido. Sí, todavía corría como alma que lleva el diablo, pero me había pasado la mayor parte de los seis últimos meses corriendo como alma que lleva el diablo. Podía mantener un productivo estado de pánico por tiempo indefinido. Tenía los calcetines empapados de mejunje de túnel. Mis zapatillas parecían macetas de barro blandas.

Durante un rato me impresionó lo bien que Lu conocía los túneles. Avanzaba a grandes pasos y nos llevaba por una curva tras otra. Entonces, cuando en un cruce titubeó un poco más de lo normal, me di cuenta de la verdad.

—No sabes adónde vamos —dije.

Ella frunció el ceño.

—Ya te lo he dicho. Lejos del...

—Perímetro de búsqueda. Las cámaras. Sí. Pero ¿adónde vamos?

—A algún sitio. Algún sitio seguro.

Reí. Me sorprendí sintiéndome aliviado. Si Lu no tenía ni idea de nuestro destino, me sentía más seguro confiando en ella. No tenía ningún plan ambicioso. Estábamos perdidos. ¡Qué alivio!

Me dio la impresión de que Lu no apreciaba mi sentido del humor.

—Disculpa si he tenido que improvisar —masculló—. Tenéis suerte de que os haya encontrado yo en ese tren y no uno de los demás equipos de búsqueda del emperador. De lo contrario, ahora mismo estaríais en el calabozo de Nerón.

Meg me miró frunciendo otra vez el entrecejo.

—Sí, Lester. Además, vamos bien.

Señaló una antigua sección de azulejos con dibujo de greca en el pasillo de la izquierda, que debía de haber quedado de una línea de metro abandonada.

—Reconozco eso. Debería haber una salida más adelante.

Me dieron ganas de preguntarle cómo podía saberlo. Entonces me acordé de que Meg había pasado gran parte de su infancia vagando por callejones oscuros, edificios en ruinas y otros lugares extraños e insólitos de Manhattan con el consentimiento de Nerón: la versión imperial maligna de la crianza en libertad.

Me imaginaba a una Meg más pequeña explorando esos túneles, haciendo la rueda por el lodo y cultivando setas en sitios olvidados.

La seguimos a lo largo de… no sé, ¿diez u once kilómetros? Al menos es lo que me pareció. En una ocasión nos detuvimos bruscamente cuando un profundo y lejano BUM resonó por el pasillo.

—¿Un tren? —pregunté nervioso, aunque habíamos dejado atrás la vía hacía mucho.

Lu ladeó la cabeza.

—No. Ha sido un trueno.

No entendía cómo podía ser posible. Cuando habíamos entrado en el túnel en New Jersey, no había señales de lluvia. No me gustaba la idea de que cayese una tormenta repentina tan cerca del Empire State Building: la entrada del Monte Olimpo, hogar de Zeus, también conocido como Papito Relámpago.

Meg siguió adelante sin inmutarse.

Finalmente el túnel terminó en una escalera de mano metálica. En lo alto había una tapa de alcantarilla suelta y por un borde entraban luz y agua como una luna creciente llorosa.

—Me acuerdo de que esto da a un callejón —anunció Meg—. No hay cámaras; al menos no había la última vez que estuve.

Lu gruñó como diciendo: «Bien hecho», o tal vez: «La que nos espera».

La gala ascendió primero. Momentos más tarde, los tres estábamos en una callejuela azotada por la tormenta entre dos bloques de pisos. Un rayo relampagueó en lo alto y tiñó los nubarrones de dorado. La lluvia me acribillaba la cara y se me clavaba en los ojos.

¿De dónde había salido esa tempestad? ¿Era un regalo de bienvenida de mi padre o una advertencia? O quizá no era más que una tormenta de verano cualquiera. Lamentablemente, mi periodo como Lester me había enseñado que no todos los fenómenos meteorológicos tenían que ver conmigo.

Un trueno hizo vibrar las ventanas a cada lado de nosotros. A juzgar por las fachadas de ladrillo amarillo de los edificios, deduje que estábamos en alguna parte del Upper East Side, aunque parecía una caminata subterránea increíblemente larga desde Penn Station. Al final de la callejuela, los taxis pasaban zumbando por una calle concurrida: ¿Park Avenue? ¿Lexington?

Me apreté los brazos. Me castañeteaban los dientes. El carcaj empezaba a llenarse de agua y el tirante me pesaba cada vez más en el hombro. Me volví hacia Lu y Meg.

—Supongo que ninguna de las dos tenéis un objeto mágico que pare la lluvia, ¿verdad?

De su cinturón con armas infinitas, Lu sacó algo que supuse era una porra de policía. Pulsó un botón situado en un lado y el objeto se convirtió en un paraguas. Naturalmente, tenía el tamaño justo para Lu y Meg.

Suspiré.

—He caído como un tonto, ¿verdad?

—Sí —convino Meg.

Me puse la mochila encima de la cabeza, cosa que evitó de manera eficaz que un 0,003 por ciento de la lluvia me diese en la cara. Tenía la ropa pegada a la piel. El corazón me iba más despacio y luego se aceleraba al azar, como si no pudiese decidir si estaba exhausto o aterrado.

—Y ahora, ¿qué? —pregunté.

—Buscamos un sitio para reorganizarnos —contestó Lu.

Observé el contenedor de basura más cercano.

—Con todas las propiedades inmobiliarias que Nerón controla en Manhattan, ¿no tenéis ninguna base secreta que podamos utilizar?

La risa de Lu fue lo único seco del callejón.

—Ya te lo he dicho, Nerón controla todas las cámaras de seguridad públicas de Nueva York. Imagínate lo estrechamente que vigila sus propiedades. ¿Quieres arriesgarte a saberlo?

No soportaba que tuviese razón.

Quería confiar en Luguselva porque Meg confiaba en ella. Era consciente de que Lu nos había salvado en el tren. Además, el último verso de la profecía de la anfisbena me daba vueltas en la cabeza: «De los de Nerón vuestras vidas ahora dependen».

Podía hacer referencia a Lu, lo que significaba que es posible que fuese de fiar.

Por otra parte, Lu había matado a la anfisbena. Si la criatura hubiese vivido unos pocos minutos más, podría haber soltado perfectamente otro verso: «De Lu, no. De Lu, no. No os fiéis de la gala».

—Si estás de nuestra parte —dije—, ¿por qué tanto fingir en el tren? ¿Por qué mataste a la anfisbena? ¿A qué venía la farsa de acompañarnos al servicio?

Lu gruñó.

—En primer lugar, estoy de parte de Meg. Tú me das un poco igual.

Meg sonrió de satisfacción.

—Es un buen argumento.

—En cuanto al monstruo... —Lu se encogió de hombros—. No era un monstruo. Se acabará regenerando en el Tártaro. No es una gran pérdida.

Sospechaba que la esposa de Don Serpiente no estaría de acuerdo. Claro que no hacía mucho yo contemplaba a los semidioses de la misma forma que Lu contemplaba a la anfisbena.

—Por lo que respecta al teatro —dijo—, si me hubiese vuelto contra mis compañeros, me habría arriesgado a que nos matasen a vosotros y a mí, o a que uno de mis hombres escapase e informara a Nerón. Me habrían desenmascarado como una traidora.

—Pero todos han escapado —protesté—. Todos informarán a Nerón y... Oh. Le contarán a Nerón...

—Que la última vez que me vieron —continuó Lu— estaba luchando como una desesperada, tratando de impedir que escapaseis.

Meg se separó de Lu abriendo mucho los ojos.

—¡Pero Nerón pensará que estás muerta! ¡Puedes quedarte con nosotros!

Lu sonrió tristemente.

—No, Retoño. Tendré que volver dentro de poco. Si tenemos suerte, Nerón creerá que sigo de su parte.

—Pero ¿por qué? —inquirió Meg—. ¡No puedes volver!

—Es la única forma —dijo Lu—. Tenía que asegurarme de que no te atrapaban al entrar en la ciudad. Ahora... necesito tiempo para explicarte lo que pasa... lo que Nerón planea.

No me gustó el titubeo de su voz. Ignoraba lo que Nerón planeaba, pero había afectado profundamente a Lu.

—Además —continuó—, si queréis tener alguna oportunidad de vencerlo, necesitaréis a alguien dentro. Es importante que Nerón crea que he intentado deteneros, que he fracasado y que vuelvo con él con el rabo entre las piernas.

—Pero... —Mi cerebro estaba demasiado empapado para formular más preguntas—. Da igual. Puedes explicárnoslo cuando lleguemos a algún sitio seco. Hablando del tema...

—Tengo una idea —dijo Meg.

Corrió a la esquina del callejón. Lu y yo avanzamos chapoteando detrás de ella. Los letreros de la esquina más cercana informaban de que nos encontrábamos en Lexington Avenue con la Setenta y cinco.

Meg sonrió.

—¿Lo veis?

—¿Ver qué? —pregunté—. ¿A qué te...?

A lo que se refería me impactó como un vagón silencioso de tren.

—Oh, no —dije—. No, ya han hecho bastante por nosotros. No pienso ponerlos más en peligro, y menos si Nerón va a por nosotros.

—Pero la última vez no te importó que...

—¡No, Meg!

Lu nos miraba alternativamente a uno y a la otra.

—¿De qué habláis?

Me dieron ganas de meter la cabeza en la mochila y gritar. Hacía seis meses no había tenido ningún escrúpulo para pedir un favor a un amigo que vivía a pocas manzanas de allí. Pero ahora... después de todas las molestias y el sufrimiento que había llevado a los sitios en los que me habían dado cobijo... No. No podía volver a hacerlo.

—¿Y esto? —Saqué la Flecha de Dodona del carcaj—. Le preguntaré a mi amigo profético. Seguro que se le ocurre una idea mejor. ¡Por ejemplo, una oferta de última hora en un hotel!

Levanté el proyectil entre mis dedos temblorosos.

—Oh, gran Flecha de Dodona...

**44**

—¿Está hablando con esa flecha? —preguntó Lu a Meg.

—Habla con objetos inanimados —le explicó Meg—. Síguele la corriente.

—¡Necesitamos tu consejo! —dije, reprimiendo las ganas de darle a Meg una patada en la espinilla—. ¿Dónde debemos buscar refugio?

La voz de la flecha zumbó en mi cerebro: *¿ME HABÉIS LLAMADO VUESTRO AMIGO?* Parecía complacida.

—Ejem, sí. —Levanté el pulgar a mis amigas en señal de aprobación—. Necesitamos un sitio para escondernos y reorganizarnos: algún lugar cerca de aquí, pero lejos de las cámaras de vigilancia y toda la parafernalia de Nerón.

*LA PARAFERNALIA DE NERÓN ES CIERTAMENTE FORMIDABLE,* convino la flecha. *PERO YA CONOCÉIS LA RESPUESTA A ESA PREGUNTA, OH, LESTER. BUSCAD LA CASA DE LA SALSA DE SIETE CAPAS.*

Y a continuación, el proyectil se calló.

Gemí con tristeza. El mensaje de la flecha estaba totalmente claro. ¡Oh, la riquísima salsa de siete capas de nuestra anfitriona! ¡Oh, la comodidad de aquel acogedor piso! Pero no era justo. No podía...

—¿Qué te ha dicho? —preguntó Meg.

Pensé una alternativa, pero estaba tan cansado que ni siquiera podía mentir.

—Está bien —dije—. Vamos a casa de Percy Jackson.

# 4

Esta niña es monísima.

Por favor, no seas más adorable.

Ay, se me ha roto el corazón

—¡Hola, señora Jackson! ¿Está Percy en casa?

Estaba tiritando y goteando en su felpudo, con mis dos compañeras igual de zarrapastrosas detrás de mí.

Por un instante, Sally Jackson se quedó inmóvil en la puerta, con una sonrisa en el rostro, como si esperase la llegada de un mensajero con flores o galletas. Y nosotros no éramos precisamente eso.

Su cabello castaño claro tenía más canas que hacía seis meses. Llevaba unos vaqueros gastados, una blusa verde holgada y una gota de salsa de manzana encima del pie izquierdo descalzo. Ya no estaba embarazada, circunstancia que tal vez explicaba el sonido de la risita de bebé que venía de dentro del piso.

La sorpresa se le pasó rápido. Considerando que había criado a un semidiós, sin duda tenía experiencia en lo inesperado.

—¡Apolo! ¡Meg! Y... —Evaluó a nuestra gigantesca revisora tatuada y con cresta—. ¡Hola! Pobrecitos. Pasad y secaos.

La sala de estar de los Jackson era tan acogedora como yo la recordaba. De la cocina venía un olor a mozzarella y tomates al horno. En un viejo tocadiscos sonaba jazz... ¡Ah, Wynton Marsalis! Había varios sofás y sillones cómodos en los que dejarse caer.

Busqué a Percy Jackson en la habitación, pero solo vi a un hombre de mediana edad con el pelo canoso, unos pantalones caqui arrugados, unas manoplas para el horno y una camisa de vestir rosa cubierta con un delantal amarillo chillón salpicado de salsa de tomate. Estaba haciendo saltar a un bebé risueño sobre su cadera. El bodi amarillo de la criatura combinaba tan perfectamente con el delantal del hombre que me pregunté si los dos venían en un lote.

Estoy seguro de que el chef y el bebé formaban una escena adorable y conmovedora. Por desgracia, me había criado escuchando historias sobre titanes y dioses que cocinaban y/o se zampaban a sus hijos, de modo que tal vez no quedé tan cautivado como debería.

—Hay un hombre en su casa —informé a la señora Jackson.

Sally rio.

—Es mi marido, Paul. Disculpad un momento. Enseguida vuelvo. —Se fue corriendo hacia el cuarto de baño.

—¡Hola! —Paul nos sonrió—. Esta es Estelle.

Estelle soltó una risita y babeó como si su nombre fuese el chiste más gracioso del universo. Tenía los ojos color verde mar de Percy y, claramente, la campechanía de su madre. También tenía mechones de pelo moreno y plateado como Paul, un rasgo que no había visto en ningún bebé. Debía de ser la primera niña canosa del mundo. En general, parecía que Estelle había heredado un buen conjunto genético.

48

—Hola. —No sabía si dirigirme a Paul, Estelle o lo que se estaba cocinando en la cocina, que olía deliciosamente—. Ejem, no quiero ser grosero, pero esperábamos... Oh, gracias, señora Jackson.

Sally había salido del cuarto de baño y estaba envolviéndonos afanosamente a los tres con unas mullidas toallas de color turquesa.

—Esperábamos ver a Percy —concluí.

Estelle chilló de regocijo. Parecía que le gustase el nombre «Percy».

—A mí también me gustaría verlo —dijo Sally—. Pero está de viaje a la costa oeste. Con Annabeth. Se fueron hace unos días.

Señaló una fotografía enmarcada en la mesita auxiliar más cercana. En la foto, mis viejos amigos Percy y Annabeth se hallaban sentados uno al lado del otro en el Prius abollado de la familia Jackson, sonriendo por la ventanilla del lado del conductor. En el asiento trasero estaba nuestro amigo mutuo el sátiro Grover Underwood haciendo muecas a la cámara: ojos bizcos, lengua de lado, signos de la paz con las manos. Annabeth estaba apoyada contra Percy, rodeándole el cuello con los brazos como si estuviese a punto de darle un beso o de estrangularlo. Detrás del volante, Percy dedicaba a la cámara un gesto con el pulgar arriba. Parecía que me dijese directamente a mí: «¡Nos piramos! ¡Que te lo pases bien con tus misiones o lo que sea!».

—Ha terminado la secundaria —dijo Meg, como si hubiese presenciado un milagro.

—Ya —dijo Sally—. Incluso lo celebramos con una tarta. —Señaló otra foto de Percy y Sally, sonriendo mientras sostenían una tarta color celeste con un glaseado azul más oscuro en el que ponía ¡FELICIDADES, PERCY EL GRADUDO! No pregunté por qué «graduado» estaba mal escrito, pues la dislexia era muy común en las familias de semidioses.

—Entonces —tragué saliva—, no está aquí.

Era un comentario ridículo, pero una parte terca de mí insistía en que Percy debía de estar en alguna parte, esperando para hacer tareas peligrosas por mí. ¡Ese era su trabajo!

Pero no. Esa era la forma de pensar del antiguo Apolo: el Apolo que había visitado esa casa la última vez. Percy tenía derecho a vivir su vida. Estaba intentando vivirla, y —¡oh, qué amarga verdad!— no tenía nada que ver conmigo.

—Me alegro por él —dije—. Y por Annabeth...

Entonces me pasó por la cabeza que debían de estar incomunicados desde que se habían ido de Nueva York. Los teléfonos móviles atraían demasiado la atención de los monstruos, y los semidioses preferían no usarlos, sobre todo en un viaje por carretera. Los medios de comunicación mágicos estaban volviendo a funcionar poco a poco desde que habíamos liberado al dios del silencio, Harpócrates, pero todavía operaban de forma irregular. Es posible que Percy y Annabeth no tuviesen ni idea de todas las tragedias a las que nos habíamos enfrentado en la costa oeste: en el Campamento Júpiter y, antes, en Santa Bárbara...

—Dioses míos —murmuré para mí—. Supongo que eso significa que no se han enterado...

Meg tosió sonoramente. Me lanzó una mirada severa en plan «Cierra el pico».

De acuerdo. Sería cruel trastornar a Sally y Paul con la noticia de la muerte de Jason Grace, sobre todo cuando Percy y Annabeth se dirigían a California y Sally ya debía de estar preocupada por ellos.

—¿Que no se han enterado de qué? —preguntó Sally.

Tragué saliva con la garganta seca.

—De que veníamos a Nueva York. No importa. Ya nos...

—Basta de cháchara —me interrumpió Lu—. Corremos un grave peligro. Estos mortales no pueden ayudarnos. Debemos irnos.

El tono de Lu no era exactamente de desdén, sino más bien de irritación, y tal vez de preocupación por nuestros anfitriones. Si Nerón nos seguía la pista hasta ese piso, no perdonaría a la familia de Percy porque no fuesen semidioses.

Por otra parte, la Flecha de Dodona nos había dicho que fuésemos allí. Tenía que haber algún motivo. Esperaba que guardase alguna relación con lo que Paul estaba cocinando.

Sally observó a nuestra corpulenta amiga tatuada. No parecía ofendida; más bien que estuviese tomando medidas a Lu y sopesando si tenía ropa lo bastante grande para ella.

—Bueno, estáis empapados. Por lo menos dejad que os demos ropa seca y algo de comer si tenéis hambre.

—Sí, por favor —dijo Meg—. La quiero, señora.

Estelle rompió a reír otra vez. Al parecer, acababa de descubrir que los dedos de su padre podían hacer cosquillas y lo encontraba graciosísimo.

Sally sonrió al bebé y luego a Meg.

—Yo también te quiero, cielo. Los amigos de Percy siempre son bienvenidos.

—No tengo ni idea de quién es ese tal Percy —protestó Lu.

—Alguien que necesita ayuda siempre es bienvenido —se corrigió Sally—. Creedme, nosotros hemos corrido peligro en el pasado y hemos sobrevivido. ¿Verdad que sí, Paul?

—Sí —convino él sin vacilar—. Hay comida de sobra. Creo que Percy tiene ropa que le vendrá bien a, ejem, ¿eres Apolo?

Asentí con la cabeza con aire taciturno. Sabía perfectamente que la ropa de Percy me vendría bien porque hacía seis meses me había ido de esa casa llevando puestas prendas suyas.

—Gracias, Paul.

Lu gruñó.

—Supongo que... ¿Eso que huelo es lasaña?

Paul sonrió.

—La receta de la familia Blofis.

—Hum. Supongo que podríamos quedarnos un poco —decidió Lu.

Las sorpresas no se acababan nunca. La gala y yo coincidíamos en algo.


—Toma, pruébate esto. —Paul me lanzó una camiseta de manga corta desteñida de Percy para acompañar los vaqueros raídos que me había puesto.

No me quejé. La ropa estaba limpia, calentita y seca, y después de atravesar penosamente bajo tierra medio Manhattan, mi viejo atuendo olía tan mal que habría que meterlo en una bolsa de residuos peligrosos e incinerarlo.

Estaba sentado en la cama de Percy al lado de Estelle, que se hallaba tumbada boca arriba mirando fascinada un aro de plástico azul.

Pasé la mano por las letras descoloridas de la camiseta: EQUIPO DE NATACIÓN IEA.

—¿Qué significa IEA?

Paul frunció la nariz.

—Instituto de Educación Alternativa. Fue el único centro en el que aceptaron a Percy el último año después de...Ya sabes.

Me acordaba. Percy había desaparecido todo el último curso de secundaria por culpa de la intromisión de Hera, que lo mandó a la otra punta del país y lo volvió amnésico, todo con el fin de que los campos de semidioses griegos y romanos se uniesen para la guerra contra Gaia. A mi madrastra le encantaba juntar a la gente.

—¿A usted no le gustó la situación o el instituto? —pregunté.

Paul se encogió de hombros. Parecía incómodo, como si decir algo negativo fuese contra su carácter.

Estelle sonrió babeando.

—¿Gah? —Lo interpreté como «¿Sois conscientes de la suerte que tenemos de estar vivos ahora mismo?».

Paul se sentó a su lado y acarició suavemente su fino cabello.

—Trabajo como profesor de lengua en otro instituto —dijo—. El IEA no era el mejor sitio. Para chicos con problemas, en situación de riesgo, conviene un centro seguro con buen alojamiento y el mejor apoyo. Hay que entender a cada alumno como una persona. El IEA parecía más una cárcel para los que no encajan en el sistema. Pero él aprovechó la situación al máximo. Quería conseguir el título. Estoy orgulloso de él.

Estelle hizo gorgoritos. Los ojos de Paul se arrugaron en los rabillos. Le dio a la pequeña un toquecito en la nariz.

—¡Uh!

El bebé se quedó pasmado un milisegundo. A continuación se echó a reír con tal gozo que temí que se ahogara con su propia saliva.

Me sorprendí mirando con asombro a Paul y Estelle, que me parecían milagros aún mayores que la graduación de Percy. Paul parecía un marido atento, un padre cariñoso, un padrastro amable. Sabía por experiencia que una criatura así era más difícil de encontrar que un unicornio albino o un grifo con tres alas.

En cuanto a Estelle, la campechanía y la capacidad de asombro del bebé alcanzaban el grado de superpoderes. Si esa niña crecía y se convertía en una persona tan perspicaz y carismática como parecía ahora, dominaría el mundo. Decidí no hablarle a Zeus de ella.

—Paul... —me aventuré a decir—. ¿No le preocupa que estemos aquí? Podríamos poner en peligro a su familia.

Las comisuras de la boca de él se tensaron.

—Estuve en la batalla de Manhattan. Sé algunas de las horribles experiencias que Sally vivió: la lucha contra el Minotauro, el encierro en el inframundo... ¿Y las aventuras de Percy? —Movió la cabeza en señal de respeto—. Percy ha puesto su vida en peligro por nosotros, por sus amigos, por el mundo, muchas veces. ¿Puedo arriesgarme yo a ofreceros un sitio para que os toméis un respiro, daros ropa limpia y comida caliente? Sí, ¿cómo no?

—Es usted un hombre bueno, Paul Blofis.

Él ladeó la cabeza como si se preguntase qué otra clase de hombre podía querer ser alguien.

—Bueno, te dejo para que te laves y te vistas. No queremos que la cena se queme, ¿verdad, Estelle?

Al bebé le dio un ataque de risa cuando su padre la cogió en brazos y la sacó de la habitación.

Me duché sin prisa. Sí, necesitaba restregarme bien. Pero sobre todo necesitaba apoyar la frente en los azulejos, temblar y llorar hasta que sentí que podía volver a hacer frente a otras personas.

¿Qué tenía de especial la bondad? Durante mi etapa como Lester Papadopoulos, había aprendido a soportar insultos horribles y una violencia letal continua, pero el más mínimo acto de generosidad me asestaba una patada ninja en el corazón y me dejaba hecho un amasijo gimoteante de emociones.

¡Malditos seáis, Paul y Sally, y vuestro monísimo bebé también!

¿Cómo podía corresponderles por proporcionarme ese refugio temporal? Sentía que les debía lo mismo que al Campamento Júpiter y al Campamento Mestizo, a la Estación de Paso y a la Cisterna, a Piper y a Frank y a Hazel y a Leo y, sí, sobre todo a Jason Grace. Les debía todo.

«¿Cómo no?»

Una vez estuve vestido, salí tambaleándome al comedor. Todos estaban sentados alrededor de la mesa menos Estelle, que según Paul me informó ya estaba acostada. Seguro que toda esa alegría pura consumía mucha energía.

Meg llevaba un nuevo vestido rosa y unas mallas blancas. Si les tomaba tanto aprecio como a las últimas prendas que Sally le había dado, acabaría llevando esa ropa hasta que se le cayese del cuerpo hecha jirones chamuscados. Junto con sus zapatillas de caña alta rojas —que, afortunadamente, las habían limpiado a conciencia—, lucía una combinación de colores del día de San Valentín que parecía impropia de ella, a menos que uno considerase que su novio era la montaña de pan de ajo que estaba engullendo.

Lu llevaba una camisa de trabajo de hombre de la talla XXL con las palabras HIPERMERCADO DE ELECTRÓNICA cosidas encima del bolsillo. Tenía una esponjosa toalla color turquesa alrededor de la cintura como una falda escocesa, porque, según me informó, los únicos pantalones lo bastante grandes para ella que había en la casa eran los viejos pantalones de premamá de Sally y, no, gracias, Lu prefería esperar a que los suyos saliesen de la secadora.

Sally y Paul nos ofrecieron unos platos rebosantes de ensalada, lasaña y pan de ajo. No era la famosa salsa de siete capas de Sally, pero fue un banquete familiar como yo no gozaba desde nuestra estancia en la Estación de Paso. El recuerdo me despertó melancolía. Me preguntaba cómo estarían todos allí: Leo, Calipso, Emmie, Jo, la pequeña Georgina... En su día, nuestras pruebas en Indianápolis me habían parecido una pesadilla, pero al volver la vista atrás me parecía una época más feliz y más sencilla.

Sally Jackson se sentó y sonrió.

—Qué bien. —Sorprendentemente, parecía sincera—. No solemos tener invitados. Y ahora, a comer mientras nos contáis quién o qué quiere mataros esta vez.

# 5

# ¿Prohibido decir tacos en la mesa? Entonces no habléis del #@$%-@&★ de Nerón

Ojalá hubiésemos podido tener una conversación normal en la mesa: el tiempo, a quién le gustaba quién en el instituto, qué dioses estaban lanzando plagas sobre qué ciudades y por qué. Pero no, siempre giraba en torno a quién quería matarme.

No quería quitarle el apetito a nadie, sobre todo porque la sabrosa lasaña de la receta familiar de Paul me estaba haciendo babear como Estelle. Además, no estaba seguro de si me fiaba lo suficiente de Luguselva para compartir con ella nuestra historia.

Meg no tuvo los mismos escrúpulos. Contó todo lo que habíamos vivido, con la excepción de las trágicas muertes. Yo estaba seguro de que si las omitió fue solo para que Sally y Paul no se preocupasen más por Percy.

Creo que no había oído a Meg hablar tanto como en la mesa del comedor de Sally y Paul, como si la presencia de unas figuras paternas bondadosas hubiese destapado algo dentro de ella.

Meg les relató nuestras batallas contra Cómodo y Calígula. Les explicó que habíamos liberado a cuatro antiguos Oráculos y habíamos vuelto a Nueva York para enfrentarnos al último y más poderoso de los emperadores, Nerón. Paul y Sally escucharon atentamente, interrumpiéndola solo para expresar preocupación o empatía. Cuando Sally me miró y dijo: «Pobrecillo», estuve a punto de perder otra vez los papeles. Deseé llorar sobre su hombro. Deseé que Paul me pusiese un bodi amarillo y me acunase hasta que me quedara dormido.

—Entonces, Nerón os está buscando —dijo Paul al final—. El Nerón original. Un emperador romano ha instalado su guarida del mal en un rascacielos del centro.

Se recostó y puso las manos en la mesa, como si tratase de digerir las noticias además de la comida.

—Creo que no es lo más raro que he oído en mi vida. Y ahora, ¿qué tenéis que hacer? ¿Vencerlo en combate? ¿Otra batalla de Manhattan?

Me estremecí.

—Espero que no. La batalla contra Cómodo y Calígula fue... muy dura para el Campamento Júpiter. Si le pidiese al Campamento Mestizo que atacase la base de Nerón...

—No. —Lu mojó su pan de ajo en el aliño de su ensalada y demostró que era una bárbara genuina—. Un ataque a gran escala sería un suicidio. Nerón cuenta con ello. Lo espera. Está dispuesto a causar enormes daños colaterales.

En el exterior, la lluvia azotaba las ventanas. Un trueno retumbó como si Zeus me advirtiese que no me acostumbrara demasiado a esos bondadosos padres adoptivos.

A pesar de lo mucho que desconfiaba de Luguselva, me creí lo que dijo. Nerón disfrutaría de un enfrentamiento, a pesar de lo que les había sucedido a sus compadres en el Área de la Bahía, o puede que por eso mismo. Me daba miedo preguntar a Lu a qué se refería con «enormes daños colaterales».

Una guerra sin cuartel con Nerón sería otra batalla de Manhattan. Cuando el ejército de Cronos había asaltado el Empire State Building, entrada del Monte Olimpo, el titán Morfeo había hecho dormir a todos los mortales de Nueva York. Los daños que había sufrido la ciudad, y su población humana, habían sido insignificantes.

Nerón no actuaba de esa forma. A él le gustaba el dramatismo. Él acogería con entusiasmo el caos, las multitudes gritando, las incontables muertes de civiles. Se trataba de un hombre que quemaba viva a la gente para iluminar sus fiestas en el jardín.

—Tiene que haber otra forma —decidí—. No pienso permitir que más inocentes sufran por mi culpa.

Sally Jackson se cruzó de brazos. A pesar de los serios asuntos que estábamos debatiendo, sonrió.

—Te has hecho mayor.

Me figuré que hablaba de Meg. Durante los últimos meses, mi joven amiga efectivamente había crecido y... Un momento. ¿Se refería Sally a mí?

¡Qué absurdo!, fue lo primero que pensé. Tenía cuatro mil años. Yo no me hacía mayor.

Ella extendió los brazos por encima de la mesa y me apretó la mano.

—La última vez que estuviste aquí estabas muy perdido. Eras muy... bueno, si me permites decirlo...

—Patético —solté—. Llorica, arrogante, egoísta. Me lamentaba mucho de mi suerte.

59

Meg asintió con la cabeza al oír mis palabras como si escuchase su canción favorita.

—Todavía te lamentas de tu suerte.

—Pero ahora —terció Sally, volviendo a reclinarse— eres más... humano, diría.

Otra vez esa palabra, «humano», que no hacía mucho habría considerado un insulto. Ahora, cada vez que la oía, pensaba en el consejo de Jason Grace: «No te olvides de lo que es ser humano».

Él no se refería a todas las cosas terribles de ser humano, que no eran pocas. Se refería a las mejores cualidades: defender una causa justa, anteponer a los demás, confiar obstinadamente en que podías cambiar las cosas, aunque eso supusiese tener que morir para proteger a tus amigos y aquello en lo que creías. Esa no era la clase de sentimientos que los dioses albergaban... nunca.

Sally Jackson se refería al mismo sentido de la palabra que Jason: algo a lo que merecía la pena aspirar.

—Gracias —logré decir.

Ella asintió con la cabeza.

—¿En qué podemos ayudar nosotros?

Lu sorbió ruidosamente la lasaña que le quedaba en el plato.

—Habéis hecho más que suficiente, Madre Jackson y Padre Blofis. Debemos irnos.

Meg echó un vistazo por la ventana a la tormenta y luego al pan de ajo que quedaba en la cesta.

—Podríamos quedarnos hasta mañana.

—Buena idea —coincidió Paul—. Tenemos espacio de sobra. Si los hombres de Nerón andan ahí fuera buscándoos en la oscuridad y con el diluvio que está cayendo... ¿no preferiríais que siguieran ahí mientras vosotros estáis aquí, calentitos y a gusto?

Lu pareció considerarlo. Soltó un eructo largo y profundo, que en su cultura debía de ser una señal de agradecimiento, o una señal de que tenía gases.

—Hablas con sensatez, Padre Blofis. Tu lasaña está rica. Muy bien. Supongo que de todas formas las cámaras nos verán mejor por la mañana.

—¿Cámaras? —Me levanté—. ¿Te refieres a las cámaras de vigilancia de Nerón? Creía que no nos interesaba ser vistos.

Lu se encogió de hombros.

—Tengo un plan.

—¿Un plan como el del tren? Porque...

—Escúchame bien, pequeño Lester...

—Alto —ordenó Paul. Empleó un tono sereno pero firme que me permitió imaginarme cómo ese hombre bueno y amable podía controlar a una clase—. No discutamos. Despertaremos a Estelle. Debería habéroslo preguntado antes, pero, esto... —Nos miró alternativamente a Meg, a Lu y a mí—. ¿De qué os conocéis exactamente?

—Lu nos tomó de rehenes en un tren —dije.

—Yo os salvé de ser capturados en un tren —me corrigió ella.

—Lu es mi tutora —intervino Meg.

Eso captó la atención de todos.

Sally arqueó las cejas. A Lu se le pusieron las orejas de un rojo encendido.

Paul mantuvo el rostro en modo profe. Me lo imaginé pidiendo a Meg que desarrollase lo que acababa de decir y que pusiese tres ejemplos en un párrafo bien argumentado.

—¿Tutora en qué sentido, Meg? —preguntó.

Lu miró a la niña. Los ojos de la gala adoptaron una extraña mirada de dolor mientras esperaba a que Meg describiese su relación.

Meg apartó el tenedor de su plato.

—Legalmente. Si necesito que alguien firme cosas. O que me recoja en la comisaría o... lo que sea.

Cuanto más pensaba en ello, menos absurdo me parecía. Nerón no se molestaría con los tecnicismos de la paternidad. ¿Firmar una autorización? ¿Llevar a Meg al médico? No, gracias. Él delegaría esas cosas. ¿Y el estatus legal? A Nerón le daba igual la tutela oficial. A su modo de ver, él era el dueño de Meg.

—Lu me enseñó a manejar las espadas. —Meg se retorció bajo su nuevo vestido rosa—. Me enseñó... bueno, casi todo. Cuando yo vivía en el palacio, en la torre de Nerón, Lu intentaba ayudarme. Ella era... Ella era la más simpática.

Observé a la gala gigante con su camisa del Hipermercado de Electrónica y su toalla de baño a modo de falda escocesa. Se me ocurrían muchas formas de describirla, pero «simpática» no era la primera que me venía a la mente.

Sin embargo, me la imaginaba más simpática que Nerón. Claro que el listón estaba muy bajo. Y me imaginaba a Nerón utilizando a Lu como su apoderada: ofreciéndole a Meg otra figura de autoridad a la que admirar, una guerrera. Después de tratar con Nerón y su terrible personalidad alternativa, la Bestia, Meg veía a Lu como un consuelo.

—Tú eras la poli buena —deduje.

A Lu se le hincharon las venas contra el torque dorado.

—Llámame como te dé la gana. No hice lo suficiente por mi Retoño, pero hice lo que pude. Ella y yo entrenamos juntas durante años.

—¿Retoño? —preguntó Paul—. Ah, claro. Porque Meg es hija de Deméter. —Mantuvo una expresión seria, pero le brillaron los ojos, como si le costase creer la suerte que tenía de estar manteniendo esa conversación.

Yo no me sentía tan afortunado. Tenía agarrado el tenedor tan fuerte que me temblaba el puño. El gesto podría haber resultado amenazante si el cubierto no hubiese tenido clavado en los dientes un tomate cherry.

—Eras la tutora legal de Meg. —Lancé una mirada asesina a Lu—. Podrías haberla sacado de esa torre. Podrías haberla trasladado. Haber escapado con ella. Pero te quedaste. Durante años.

—Oye —me advirtió Meg.

—No, él tiene razón. —La mirada de Lu abrió un agujero en la cacerola—. Le debía la vida a Nerón. En la antigüedad me perdonó cuando... Bueno, ya no importa, pero el caso es que le serví durante siglos. He hecho muchas cosas difíciles para él. Entonces apareció el retoño. Hice todo lo que estuvo en mi mano, pero no fue suficiente. Meg huyó contigo. Me enteré de lo que planeaba Nerón, lo que pasaría cuando los dos volvieseis a la ciudad... —Meneó la cabeza—. Era demasiado. No podía volver a llevar a Meg a esa torre.

—Obedeciste a tu conciencia —dijo Sally.

Ojalá yo hubiese podido ser tan compasivo como nuestra anfitriona.

—Nerón no contrata a los guerreros por su conciencia.

La robusta mujer frunció el ceño.

—Es cierto, pequeño Lester. Créeme o no me creas. Pero si no colaboramos, si no me haces caso, Nerón ganará. Destruirá todo esto.

Señaló alrededor de la sala. Ya se refiriese al mundo o a Manhattan o al piso de los Jackson/Blofis, cualquiera de esas posibilidades era inaceptable.

—Yo te creo —anunció Sally.

Parecía ridículo que a una enorme guerrera como Lu le importase la aprobación de Sally, pero la gala se mostró sinceramente aliviada. Sus músculos faciales se relajaron. Los alargados tatuajes celtas de sus brazos recuperaron la forma de círculos concéntricos.

—Gracias, Madre Jackson.

—Yo también te creo. —Meg me miró frunciendo el entrecejo; estaba claro lo que quería decir: «Y tú también la creerás o te mandaré que te estrelles contra una pared».

Dejé el tenedor con el tomatito pinchado. Era el mejor gesto de paz que podía ofrecer.

Confiar plenamente en Luguselva resultaba superior a mis fuerzas. Una «poli buena» seguía siendo una poli... seguía siendo parte de un juego psicológico. Y Nerón era un experto en jugar con la psicología de las personas. Miré a Paul esperando apoyo, pero él me dedicó un encogimiento de hombros casi imperceptible: «¿Qué otra cosa puedes hacer?».

—Muy bien, Luguselva —dije—. Cuéntanos tu plan.

Paul y Sally se inclinaron listos para recibir órdenes de movilización.

Lu negó con la cabeza.

—Vosotros no, mis buenos anfitriones. No me cabe duda de que sois fuertes y valientes, pero me aseguraré de que esta familia no sufre ningún daño.

Asentí con la cabeza.

—En eso, al menos, estamos de acuerdo. Mañana por la mañana nos marcharemos. A lo mejor después de un buen desayuno, si no es mucha molestia.

Sally sonrió, aunque había cierta decepción en su mirada, como si hubiese deseado romper la crisma a unos cuantos romanos malvados.

—De todas formas quiero oír el plan. ¿Qué vais a hacer?

—Es mejor no revelar muchos detalles —dijo Lu—. Pero hay una entrada secreta a la torre de Nerón: por debajo. Es la entrada por la que accede Nerón para visitar... al reptil.

Fue como si en mi estómago se estirasen espirales de lasaña. «El reptil.» Pitón. Intrusa en Delfos, mi enemiga acérrima y ganadora del premio a la Serpiente Menos Popular de la *Revista Olimpo* durante cuatro mil años consecutivos.

—Me parece una entrada terrible —observé.

—No es maravillosa —convino Lu.

—Pero podemos usarla para colarnos —aventuró Meg—. Y sorprender a Nerón.

Lu resopló.

—Nada es tan sencillo, Retoño. La entrada es secreta, pero está muy bien protegida y vigilada constantemente. Si intentaseis colaros, os atraparían.

—Perdón —dije—. Pero sigo sin oír nada parecido a un plan.

Lu se tomó un instante para armarse de paciencia. Conocía aquella mirada. A menudo me la lanzaban Meg y mi hermana Artemisa, y... bueno, en realidad todo el mundo.

—La entrada no es para vosotros —explicó—. Pero se podría usar para introducir a escondidas a un pequeño grupo de semidioses, si fuesen lo suficientemente valientes y lo bastante diestros para orientarse bajo tierra.

«El hijo de Hades», pensé, mientras las palabras de la anfisbena resonaban en mi cabeza, «amigo de los que cuevas hienden, / debe llevar al trono por un sendero arcano».

Lo único más perturbador que no entender una profecía era empezar a entenderla.

—Entonces los capturarían —dije.

—No necesariamente —repuso Lu—. Si Nerón estuviese lo bastante distraído.

Tuve la sensación de que no me iba a gustar la respuesta a mi siguiente pregunta.

—¿Distraído con qué?

—Con tu rendición —dijo Lu.

Esperé. Lu no parecía aficionada a las bromas, pero ese habría sido un buen momento para que se hubiera echado a reír y a gritar: «¡TE LO HAS CREÍDO!».

—No lo dices en serio, ¿verdad?

—Estoy con Apolo —terció Sally—. Si Nerón quiere matarlo, ¿por qué iba Apolo a...?

—Es la única forma. —Lu respiró hondo—. Escuchad, sé cómo piensa Nerón. Cuando vuelva con él y le diga que los dos habéis escapado, lanzará un ultimátum.

Paul frunció el entrecejo.

—¿A quién?

—Al Campamento Mestizo —contestó Lu—. A cualquier semidiós y cualquier aliado que esté dando asilo a Apolo. Las condiciones de Nerón serán muy simples: Apolo y Meg se entregarán dentro de un plazo determinado, o Nerón destruirá Nueva York.

Me dieron ganas de reír. Parecía imposible, ridículo. Entonces me acordé de los yates de Calígula en la bahía de San Francisco y de la descarga de proyectiles de fuego griego que habrían destruido la bahía Este entera si Lavinia Asimov no los hubiese saboteado. Nerón contaría como mínimo con los mismos recursos a su disposición, y Manhattan era un objetivo mucho más poblado.

¿Incendiaría su propia ciudad, con su torre palaciega en medio?

Qué pregunta más tonta, Apolo. Nerón ya lo había hecho antes. Pregúntale a la antigua Roma.

—Entonces nos has rescatado —dije— solo para decirnos que debemos entregarnos a Nerón. Ese es tu plan.

—Nerón debe de creer que ha ganado —explicó Lu—. Cuando vosotros dos estéis en sus garras, bajará la guardia. Vuestro equipo de semidioses podría tener entonces una oportunidad de infiltrarse en la torre por debajo.

—«Podría» —repetí.

—Hacerlo en el momento justo será complicado —reconoció Lu—, pero Nerón te mantendrá vivo un tiempo, Apolo. Él y el reptil... tienen planes para ti.

Un trueno lejano sacudió mi silla. O eso o estaba temblando.

Me imaginaba la clase de planes que Nerón y Pitón me tenían reservados. Ninguno de ellos incluía lasaña para cenar.

—Otra cosa, Retoño —continuó Lu—. Sé que para ti será duro volver a ese sitio, pero yo estaré allí para protegerte, como he hecho muchas veces antes. Seré vuestra infiltrada. Cuando vuestros amigos invadan el sitio, podré liberaros a los dos. Y entonces, juntos, podremos acabar con el emperador.

¿Por qué Meg parecía tan pensativa, como si realmente estuviese considerando esa estrategia descabellada?

—Un momento —protesté—. Aunque yo me fiase de ti, ¿por qué iba a fiarse Nerón? Dices que volverás con él con el rabo entre las piernas e informarás de que hemos escapado. ¿Por qué él iba a creerse eso? ¿Por qué no va a sospechar que te has vuelto contra él?

—También tengo un plan para eso —respondió Lu—. Tienes que tirarme de un edificio.

# 6

## Adiós, Luguselva.
## No te olvides de escribir si
## llegas al suelo

Había oído planes peores.

Pero aunque la idea de tirar a Lu de un edificio poseía cierto atractivo, tenía dudas con respecto a si lo decía en serio, sobre todo porque se negó a explicarnos más y darnos más detalles.

—Mañana —insistió—. Cuando estemos en camino.

A la mañana siguiente, Sally nos preparó el desayuno. Estelle se rio histéricamente de nosotros. Paul se disculpó por no tener un coche que prestarnos, ya que el Prius de la familia que solíamos estrellar estaba rumbo a California con Percy, Grover y Annabeth. Lo máximo que Paul nos podía ofrecer era una tarjeta de metro, pero yo no estaba dispuesto a viajar en más trenes.

Sally nos abrazó a todos y nos deseó suerte. Luego dijo que tenía que seguir preparando galletas, una costumbre a la que recurría para aliviar el estrés mientras trabajaba en las correcciones de su segunda novela.

Eso me planteó muchas preguntas. ¿Segunda novela? La noche anterior no habíamos hablado para nada de que ella escribiese. ¿Galletas? ¿Podíamos quedarnos hasta que estuviesen hechas?

Sin embargo, sospechaba que la buena comida era una tentación perpetua en la casa de los Jackson/Blofis. Siempre habría un postre o un sabroso aperitivo que fuese más atrayente que enfrentarse al duro mundo.

Además, respetaba el hecho de que Sally tuviese que trabajar. Como dios de la poesía, sabía cómo eran las correcciones. Enfrentarse a monstruos y mercenarios imperiales era mucho más fácil.

Por lo menos había dejado de llover y había quedado una mañana húmeda y calurosa de junio. Lu, Meg y yo nos dirigimos al East River a pie, escondiéndonos de callejón en callejón hasta que Lu encontró un sitio que pareció satisfacerla.

Junto a la Primera Avenida había un bloque de pisos de diez plantas que estaba siendo sometido a una reforma completa. Su fachada de ladrillo era un armazón hueco, y sus ventanas, marcos vacíos. Recorrimos a hurtadillas la callejuela de detrás del solar, saltamos una valla metálica y encontramos la entrada trasera bloqueada únicamente con una tabla de madera contrachapada. Lu la rompió de una fuerte patada.

—Después de vosotros —dijo.

Observé la oscura entrada.

—¿De verdad tenemos que seguir con esto?

—Yo soy la que tiene que caerse de la azotea —murmuró ella—. Deja de quejarte.

El interior del edificio estaba reforzado con andamios metálicos: escaleras de mano que llevaban de un piso al siguiente. Qué bien. Después de la torre Sutro, me encantaba encontrarme con más escaleras. Rayos de sol hendían el interior hueco de la estructura y levantaban nubes de polvo y arcoíris en miniatura. Encima de nosotros, el techo todavía estaba intacto. Una última escalera de mano ascendía de la grada superior de andamios a un rellano con una puerta metálica.

Lu empezó a subir. Se había vuelto a poner el disfraz de revisora de tren para no tener que dar explicaciones a Nerón de por qué llevaba la camisa del Hipermercado de Electrónica. Yo la seguía con mi ropa de Percy Jackson. Mi novia del día de San Valentín, Meg, cerraba la marcha. Como en la torre Sutro, solo que con un cien por cien menos de Reyna Ávila Ramírez-Arellano y un cien por cien más de gala tatuada.

En cada piso, Meg se detenía a estornudar y sonarse la nariz. Lu hacía todo lo posible por no acercarse a las ventanas, como si temiese que Nerón fuese a salir de repente por una y a gritar: *Boare!*

(Estoy convencido de que es «¡Uh!» en latín. Ha pasado bastante tiempo desde la última vez que asistí a una de las famosas fiestas en la casa encantada de Cicerón. Al tío le encantaba ponerse una toga encima de la cabeza y asustar a sus invitados.)

Por fin llegamos a la puerta metálica, que tenía un aviso pintado con aerosol rojo: ACCESO PROHIBIDO A LA AZOTEA. Yo estaba sudoroso y sin aliento. A Lu no parecía haberle afectado nada la subida. Meg daba patadas distraídamente al ladrillo que tenía más cerca como si se preguntase si podía derrumbar el edificio.

—El plan es el siguiente —dijo Lu—: Sé de buena tinta que Nerón tiene cámaras en el edificio de oficinas del otro lado de la calle. Es una de sus propiedades. Cuando salgamos por esta puerta, su equipo de seguridad debería captar imágenes claras de nosotros en la azotea.

—Recuérdanos por qué eso es algo bueno —dije.

Lu pronunció algo entre dientes, tal vez una oración a los dioses celtas para que me diesen un coscorrón.

—Porque vamos a dejar que Nerón vea lo que queremos que vea. Vamos a hacer teatro.

Meg asintió con la cabeza.

—Como en el tren.

—Exacto —dijo Lu—. Vosotros dos saldréis corriendo primero. Yo os seguiré unos pasos por detrás como si por fin os hubiese arrinconado y estuviese a punto de mataros.

—En sentido estrictamente teatral —confié.

—Tiene que parecer auténtico —dijo Lu.

—Podemos hacerlo. —Meg se volvió hacia mí con expresión de orgullo—. Tú nos viste en el tren, Lester, y eso fue sin planificar. Cuando yo vivía en la torre, Lu me ayudaba a simular unas peleas increíbles para que padre... digo, Nerón... creyese que mataba a mis adversarios.

La miré fijamente.

—Matar. A tus adversarios.

—Como criados, o prisioneros, o gente que a él le caía mal. Lu y yo lo planeábamos por adelantado. Yo hacía ver que los mataba. Con sangre falsa y todo. Luego Lu los sacaba a rastras de la palestra y les dejaba marchar. Las muertes parecían tan reales que Nerón nunca se dio cuenta.

No sabía qué me parecía más horripilante: que a Meg se le hubiese escapado «padre» para referirse a Nerón, el hecho de que

Nerón hubiese esperado que su joven hijastra ejecutase a prisioneros para entretenerlo, o que Lu hubiese conspirado para montar una farsa inofensiva con la que proteger las emociones de Meg en lugar de —qué se yo— negarse a hacer el trabajo sucio de Nerón y sacar a Meg de esa casa de los horrores.

«¿Acaso eres tú mejor?», me azuzó una vocecilla en mi cerebro. «¿Cuántas veces has plantado cara tú a Zeus?»

Vale, vocecilla. Bien visto. No es fácil oponerse a los tiranos ni huir de ellos, sobre todo cuando dependes de esos individuos para todo.

Me tragué el sabor amargo de la boca.

—¿Cuál es mi papel?

—Meg y yo nos encargaremos de casi toda la pelea. —Lu levantó su ballesta—. Apolo, tú vas dando tumbos y te encoges de miedo.

—Eso puedo hacerlo.

—Entonces, cuando parezca que estoy a punto de matar a Meg, tú gritas y me atacas. He oído que de vez en cuando tienes arrebatos de fuerza divina.

—¡No puedo invocar uno a voluntad!

—No es necesario. Finge. Empújame lo más fuerte que puedas hasta tirarme de la azotea. Yo te dejaré hacerlo.

Miré por encima de la barandilla del andamio.

—Estamos a diez pisos de altura. Lo sé porque… estamos a diez pisos de altura.

—Sí —convino Lu—. Debería bastar. No me muero fácilmente, pequeño Lester. Me romperé unos huesos, seguro, pero con suerte sobreviviré.

—¿Con suerte? —De repente Meg no parecía tan segura.

Lu invocó una cimitarra en su mano libre.

—Tenemos que arriesgarnos, Retoño. Nerón tiene que creer que he hecho todo lo posible por atraparte. Si sospecha algo... Bueno, no podemos permitirlo. —Se volvió hacia mí—. ¿Listo?

—¡No! —grité—. Todavía no nos has explicado cómo Nerón piensa incendiar la ciudad, ni lo que se supone que tenemos que hacer cuando nos capturen.

La ardiente mirada de Lu resultó bastante convincente. De hecho, creí que quería matarme.

—Tiene fuego griego. Más que Calígula. Más del que nadie ha osado acumular jamás. Tiene un sistema de distribución a punto. No conozco los detalles, pero en cuanto sospeche que algo no va bien, con solo pulsar un botón, todo se irá al garete. Por eso tenemos que representar esta farsa tan enrevesada. Tenemos que meternos en la torre sin que él descubra que es una trampa.

Me había puesto a temblar otra vez. Miré el suelo de hormigón y me imaginé que se desintegraba y se hundía en un mar de llamas verdes.

—¿Y qué pasará cuando nos capturen?

—Los calabozos —dijo Lu—. Están muy cerca de la cámara acorazada donde Nerón tiene sus fasces.

Se me levantó el ánimo un milímetro. No era exactamente una buena noticia, pero al menos el plan de Lu ahora parecía menos disparatado. Los fasces del emperador, el hacha dorada que simbolizaba su poder, estarían conectados a la fuerza vital de Nerón. En San Francisco habíamos destruido los fasces de Cómodo y Calígula y habíamos debilitado a los emperadores lo justo para matarlos. Si lográsemos hacerle lo mismo a Nerón...

—Entonces tú nos sacarás de los calabozos —deduje— y nos llevarás a esa cámara.

—Esa es la idea. —La expresión de Lu se tornó seria—. Claro que los fasces están vigilados por... en fin, algo terrible.

—¿Qué? —preguntó Meg.

La indecisión de Lu me asustó más que ningún monstruo que pudiese haber nombrado.

—Ya trataremos eso más adelante. De una cosa imposible a otra.

Una vez más me sorprendí coincidiendo con la gala. Eso me preocupaba.

—Muy bien, pues —dijo—. Lester, después de tirarme de la azotea, tú y Meg dirigíos al Campamento Mestizo lo más rápido que podáis y buscad un equipo de semidioses que se infiltre en los túneles. La gente de Nerón os seguirá de cerca.

—Pero no tenemos coche.

—Ah. Casi se me olvida. —Lu miró su cinturón como si quisiese agarrar algo, pero se dio cuenta de que tenía las manos llenas de armas—. Retoño, mete la mano en mi bolso.

Meg abrió el saquito de cuero. Se quedó boquiabierta al ver lo que había dentro y lo sacó aferrándolo fuerte con la mano, sin dejar que yo lo viese.

—¿De verdad? —Se puso a dar saltos de emoción—. ¿Puedo? Lu rio entre dientes.

—¿Por qué no? Es una ocasión especial.

—¡Yupi! —Meg metió lo que fuese en uno de los bolsillos de su cinturón de jardinería.

Me pareció que me había perdido algo importante.

—Ejem, ¿qué...?

—Basta de charla —dijo Lu—. ¿Listos? ¡Corred!

Yo no estaba listo, pero me había acostumbrado a que me mandasen correr. Mi cuerpo reaccionó por mí, y Meg y yo cruzamos la puerta de golpe.

Corrimos por la superficie de alquitrán plateada esquivando respiraderos y tropezando con ladrillos sueltos. Me metí en mi papel con una facilidad deprimente. ¿Poner pies en polvorosa, asustado e indefenso? Durante los últimos seis meses había ensayado bastante.

Lu rugió y arremetió contra nosotros. Dos flechas de ballesta pasaron silbando junto a mi oreja. Estaba interpretando el papel de «gala asesina» con mucha convicción. El corazón me subió a la garganta como si de verdad corriese peligro mortal.

Llegué al borde de la azotea demasiado rápido. Solo un muro de ladrillo que me llegaba a la cintura me separaba de una caída de treinta metros al callejón de abajo. Me volví y grité cuando la hoja de la espada de Lu se acercó a mi cara.

Me arqueé hacia atrás... pero no lo bastante rápido. La hoja me hizo un corte fino en la frente.

Meg apareció gritando de rabia. Paró el siguiente golpe de la gala y la obligó a volverse. Lu soltó la ballesta e invocó su segunda espada, y las dos dimachaerae se pusieron a pelear en una espectacular interpretación de electrodomésticos de cocina kung-fu a toda máquina.

Yo tropecé, demasiado aturdido para notar dolor. Me preguntaba por qué me caía una lluvia cálida en los ojos. Entonces me la limpié, me miré los dedos y comprendí: «No, no es lluvia». La lluvia no suele ser roja como un tomate.

Las espadas de Meg destellaban y hacían retroceder a la corpulenta gala. Lu le dio una patada en la barriga y la hizo tambalearse.

Me costaba pensar, y mi mente trataba de abrirse paso a través de la bruma densa de la conmoción, pero me parecía recordar que yo desempeñaba un papel en aquel drama. ¿Qué se suponía que tenía que hacer después de correr y encogerme asustado?

Ah, sí. Tenía que tirar a Lu de la azotea.

Una risita me brotó de los pulmones. No veía con la sangre en los ojos. Tenía las manos y los pies como globos de agua: temblorosos y calientes y a punto de explotar. Pero, claro, no había problema. Tiraría de la azotea a una enorme guerrera que empuñaba dos espadas.

Avancé haciendo eses.

Lu atacó con la espada izquierda y pinchó a Meg en el muslo. Meg gritó y se tambaleó, y cruzó las espadas justo a tiempo para parar el siguiente golpe de Lu, que le habría partido la cabeza en dos.

Un momento. Esa pelea no podía ser teatro. En los ojos de la gala brillaba pura rabia.

Lu nos había engañado, y Meg corría peligro de verdad.

La furia bulló en mi interior. Un torrente de calor disipó la bruma y me embargó de poder divino. Bramé como uno de los toros sagrados de Poseidón en el altar. (Y, te lo aseguro, esos toros no se dejaban matar fácilmente.) Salí disparado hacia Luguselva, que se volvió, con los ojos muy abiertos, pero no tuvo tiempo para defenderse. Arremetí contra ella abrazándole la cintura, la levanté por encima de la cabeza como si fuese un balón medicinal y la arrojé por un lado del edificio.

Se me fue la mano. En lugar de tirarla al callejón, sobrevoló las azoteas de la siguiente manzana y desapareció. Medio segundo más tarde, un lejano ruido metálico resonó desde el cañón de la Primera Avenida, seguido del pitido furioso de la alarma de un coche.

Mis fuerzas se esfumaron. Me tambaleé y caí de rodillas, con la sangre goteándome por la cara.

Meg se me acercó dando traspiés. Sus nuevas mallas blancas estaban empapadas de la herida del muslo.

—Tu cabeza —murmuró.

—Ya. Tu pierna.

Meg rebuscó en los bolsillos de su cinturón de jardinería hasta que encontró dos rollos de gasa. Nos esmeramos por momificarnos el uno al otro y detener las hemorragias. A Meg le temblaban los dedos. Tenía los ojos inundados de lágrimas.

—Lo siento —le dije—. No pretendía lanzar a Lu tan lejos. Es que... pensé que quería matarte de verdad.

Meg miró en dirección a la Primera Avenida entornando los ojos.

—No pasa nada. Ella es dura. Estará... estará bien.

—Pero...

—No hay tiempo para hablar. Vamos.

Me agarró de la cintura y me levantó. Logramos volver al interior y conseguimos desplazarnos por los andamios y las escaleras hasta salir del bloque de pisos hueco. Mientras nos dirigíamos cojeando al siguiente cruce, el corazón me latía de forma irregular, como una trucha en las tablas de la cubierta de un bote. (Uf, ahora tenía a Poseidón en el cerebro.)

Me imaginé una caravana de relucientes todoterrenos negros llenos de germani avanzando ruidosamente hacia nosotros y rodeando nuestra posición para detenernos. Si Nerón había visto realmente lo que había pasado en la azotea, solo era cuestión de tiempo. Le habíamos dado un buen espectáculo. Querría nuestros autógrafos, seguidos de nuestras cabezas en una bandeja de plata.

En la esquina de la calle Ochenta y uno y la Primera Avenida, escudriñé el tráfico. Ni rastro de germani aún. Ni monstruos. Ni policías o civiles que gritasen que habían sido testigos de la caída de una guerrera gala del cielo.

—Y ahora, ¿qué? —pregunté, esperando sinceramente que Meg tuviese una respuesta.

Meg sacó de los bolsillos de su cinturón el objeto que Lu le había dado: una brillante moneda romana dorada. A pesar de todo lo que habíamos pasado, detecté un atisbo de emoción en los ojos de mi joven amiga.

—Ahora invocaré un medio de transporte —dijo.

Con un sudor frío de miedo, entendí a qué se refería. Comprendí por qué Luguselva le había dado esa moneda, y una parte de mí deseó haber lanzado a la gala unas cuantas manzanas más lejos.

—Oh, no —supliqué—. No te referirás a ellas, ¿verdad? ¡A ellas, no!

—Son geniales —insistió Meg.

—¡No, no son geniales! ¡Son horribles!

—Mejor no les digas eso —me recomendó Meg, y acto seguido lanzó la moneda a la calle y gritó en latín—: «¡Detente, Carro de la Condenación!».

# 7

## Carro de la Condenación,
## ¿por qué paras aquí?
## Yo no uso tu aplicación

Llámame supersticioso, pero si vas a llamar un carro, por lo menos deberías intentar conseguir uno que no tenga la palabra «condenación» en el nombre.

La moneda de Meg cayó a la calzada y desapareció en un abrir y cerrar de ojos. Enseguida una sección de asfalto del tamaño de un coche se licuó hasta convertirse en un charco burbujeante de sangre y alquitrán. (Al menos eso es lo que parecía. No probé los ingredientes.)

Un taxi emergió de la sustancia viscosa como un submarino al salir a la superficie. Parecía un taxi normal de Nueva York, solo que gris en lugar de amarillo: el color del polvo, o de las tumbas, o es probable que de mi cara en ese momento. En la puerta tenía pintadas las palabras HERMANAS GRISES. Dentro, sentadas hombro con hombro en la parte delantera, estaban las tres viejas brujas (perdón, las tres «hermanas maduras») en persona.

La ventanilla del lado del conductor se bajó. La hermana que iba de copiloto asomó la cabeza y dijo con voz ronca:

—¿Pasaje? ¿Pasaje?

Era tan bonita como yo la recordaba: un rostro como una máscara de Halloween de goma, unos cráteres hundidos donde deberían haber estado los ojos y un mantón de telarañas y lino sobre el pelo blanco erizado.

—Hola, Tempestad —dije suspirando—. Cuánto tiempo.

Ella ladeó la cabeza.

—¿Quién habla? No reconozco tu voz. ¿Pasaje o no? ¡Tenemos más clientes!

—Soy yo —contesté tristemente—. El dios Apolo.

Tempestad olfateó el aire. Se lamió los labios y pasó la lengua por su solitario diente amarillo.

—No suenas como Apolo. No hueles como Apolo. Deja que te muerda.

—Ejem, no —repuse—. Tendrás que creerme. Necesitamos...

—Espera. —Meg me miró asombrada—. ¿Conoces a las Hermanas Grises?

Lo dijo como si yo hubiese estado ocultándoselo: como si conociese a las tres miembros fundadoras de Bananarama y todavía no les hubiese pedido un autógrafo para Meg. (Mi historia con Bananarama —cómo les presenté a la Venus real e inspiré la versión de la canción dedicada a ella con la que consiguieron el número uno— es una anécdota que tendrá que esperar a otro momento.)

—Sí, Meg —dije—. Soy un dios. Conozco a gente.

Tempestad gruñó.

—No hueles como un dios. —Gritó a la hermana sentada a su izquierda—: Avispa, echa un vistazo. ¿Quién es este tipo?

La hermana del medio se acercó a la ventanilla abriéndose paso a empujones. Era prácticamente idéntica a Tempestad —para distinguirlas, tendrías que haberlas conocido durante varios milenios, un honor que, por desgracia, yo tenía—, pero hoy llevaba el ojo común del trío: una esfera viscosa y blanquecina que miraba desde las profundidades de su cuenca izquierda.

Si me hacía poca gracia volver a verla, me hacía menos aún que, por eliminación, la tercera hermana, Ira, condujese el taxi. Tener a Ira al volante nunca era bueno.

—Es un chico mortal con un pañuelo empapado en sangre en la cabeza —declaró después de mirarme fijamente—. No es interesante. No es un dios.

—Eso ha dolido —dije—. Soy yo. Apolo.

Meg levantó las manos.

—Qué más da. He pagado una moneda. ¿Podemos subir, por favor?

Pensarás que Meg tenía razón. ¿Por qué me empeñaba en revelar quién era? El caso es que las Hermanas Grises no aceptaban a mortales normales y corrientes en su taxi. Además, considerando mi pasado con ellas, me parecía preferible ser sincero con respecto a mi identidad y que las Hermanas Grises no lo descubriesen en mitad de trayecto y me echasen de un vehículo en marcha.

—Señoras —dije, empleando la palabra sin demasiado rigor—, puede que no parezca Apolo, pero les aseguro que soy yo, atrapado en este cuerpo mortal. Si no, ¿cómo sabría tantas cosas sobre ustedes?

—¿Como qué? —preguntó Tempestad.

—Su sabor de néctar favorito es el flan —dije—. Su Beatle favorito es Ringo. Durante siglos, las tres han estado coladas por Ganímedes, pero ahora les gusta...

—¡Es Apolo! —gritó Avispa.

—¡Es Apolo, está claro! —se lamentó Tempestad—. ¡Qué rabia! ¡Sabe cosas!

—Dejadme subir —dije— y me callaré.

No era una oferta que acostumbrase a hacer.

El seguro de la puerta trasera saltó. Abrí la puerta a Meg.

Ella sonrió.

—¿Quién les gusta ahora?

«Más tarde te lo cuento», respondí gesticulando las palabras.

Una vez dentro, nos abrochamos unos cinturones de seguridad con cadenas negras. El asiento era prácticamente tan cómodo como un puf relleno de cubiertos.

Tras el volante, la tercera hermana, Ira, masculló:

—¿Adónde?

—Al Campamento... —dije.

Ira aceleró. Me di con la cabeza contra el respaldo, y Manhattan se desdibujó a la velocidad de la luz. Confiaba en que Ira hubiese entendido que me refería al Campamento Mestizo o podíamos acabar en el Campamento Júpiter, el Campamento MasterChef o el Campamento Cretácico, aunque sospechaba que esos estaban fuera del área de servicio habitual de las Hermanas Grises.

La pantalla de televisión del taxi se encendió. Por el altavoz sonaron una orquesta y unas risas enlatadas.

—¡Cada noche a las once! —dijo un locutor—. ¡Tienes una cita con... *La noche con Talía*!

Le di al botón de OFF lo más rápido que pude.

—Me gustan los anuncios —se quejó Meg.

—Te atontarán —dije.

En realidad *La noche con Talía* había sido mi programa favorito en otra época. Talía (la musa de la comedia, no mi compañera semidiosa Thalia Grace) me había pedido muchas veces que fuera como músico invitado. Me sentaba en su sofá, intercambiaba bromas con ella, o jugaba a sus absurdos juegos como «¡Aniquila esa ciudad!» o la «Profecía de la broma telefónica». Pero ahora mismo no deseaba nada que me recordase mi anterior vida divina.

Tampoco es que la echase de menos. Me... Sí, voy a decirlo. Me avergonzaban las cosas que antes consideraba importantes. Índices de audiencia. Devotos. El auge y la caída de civilizaciones que me gustaban. ¿Qué eran esas cosas comparadas con mantener a salvo a mis amigos? Nueva York no podía incendiarse. La pequeña Estelle Blofis tenía que crecer con libertad para troncharse de risa y dominar el planeta. Nerón tenía que pagar. No era posible que hubiera estado a punto de ser decapitado esa mañana y que hubiese lanzado a Luguselva encima de un coche aparcado a dos manzanas de distancia para nada.

A Meg no parecía afectarle mi humor sombrío ni su pierna herida.

Privada de anuncios, se recostó y observó el paisaje borroso por la ventanilla: el East River y luego Queens pasaban volando a una velocidad con la que los viajeros diarios mortales solo podían soñar... que, en honor a la verdad, era cualquiera por encima de quince kilómetros por hora. Ira conducía, totalmente a ciegas, mientras Avispa le gritaba de vez en cuando correcciones de rumbo.

—Izquierda. Frena. Izquierda. ¡No, la otra izquierda!

—Cómo mola —dijo Meg—. Me encanta este taxi.

Fruncí el entrecejo.

—¿Has viajado a menudo en el taxi de las Hermanas Grises?

Mi tono era el que uno habría empleado para decir «¿Te gusta hacer deberes?».

—Era un premio especial —dijo Meg—. Cuando a Lu le parecía que yo había entrenado muy bien, nos íbamos de paseo.

Traté de asimilar la idea de que alguien considerase ese medio de transporte un premio. Ciertamente, la casa del emperador era un lugar malvado y perverso.

—¡La niña tiene buen gusto! —gritó Avispa—. ¡Somos la mejor forma de viajar por Nueva York! ¡No te fíes de esos servicios para compartir coche! ¡La mayoría los llevan arpías sin licencia!

—¡Arpías! —gritó Tempestad.

—¡Nos roban el negocio! —convino Ira.

Visualicé por un momento a nuestra amiga Ella al volante de un coche. Casi me alegré de estar en ese taxi. Casi.

—¡Además, hemos modernizado el servicio! —alardeó Tempestad.

Me obligué a centrarme en sus cuencas oculares.

—¿Cómo?

Ella señaló un letrero que había en la mampara de plexiglás. Al parecer, ahora podía conectar mi arma mágica favorita a su taxi y pagar en dracmas virtuales usando algo llamado GRISESCAR.

Me estremecí al pensar lo que podría hacer la Flecha de Dodona si le dejaba hacer compras *online*. Si alguna vez volvía al Olimpo, me encontraría mis cuentas congeladas y mi palacio embargado porque la flecha había comprado todas las copias conocidas del primer volumen recopilatorio de las obras de Shakespeare.

—En efectivo está bien —dije.

—Tú y tus predicciones —masculló Avispa a Ira—. Te dije que la aplicación era una idea tonta.

—Parar a recoger a Apolo ha sido más tonto —murmuró ella—. Eso lo has predicho tú.

—¡Las dos sois tontas! —les espetó Tempestad—. Eso lo he predicho yo.

Estaba empezando a recordar los motivos de mi antigua aversión a las Hermanas Grises. No era solo que fuesen feas, groseras, ordinarias y oliesen a putrefacción. Ni que las tres compartiesen un ojo, un diente y cero habilidades sociales.

Ni siquiera era lo mal que ocultaban sus amores platónicos. En la época de la antigua Grecia, habían estado coladas por mí, cosa que era desagradable, pero al menos comprensible. Luego —te costará creerlo— se olvidaron de mí. Durante los últimos siglos habían sido miembros del Club de Fans de Ganímedes. Sus entradas en Instadiós sobre lo bueno que estaba se volvieron tan insoportables que al final tuve que dejar un comentario sarcástico. ¿Sabes ese meme de Julio Iglesias en el que señala con el dedo? Sí, yo lo creé. Sobre la foto del cantante puse «ES GAY Y LO SABES». Y en el caso de Ganímedes, no era precisamente ninguna novedad.

En los últimos tiempos habían decidido prendarse colectiva-mente de Deimos, el dios del miedo, una elección que no tenía la más mínima lógica romántica para mí. Sí, está cachas y tiene unos ojos bonitos, pero...

Un momento. ¿De qué estaba hablando?

Ah, sí. El principal motivo de tirantez entre las Hermanas Grises y yo era la envidia profesional.

Yo era un dios de las profecías. Las Hermanas Grises también adivinaban el futuro, pero ellas no pertenecían a mi estructura empresarial. No me rendían tributo ni me pagaban derechos de autor, nada. Obtenían su sabiduría de... En realidad, no lo sabía. Se rumoreaba que eran hijas de los dioses marinos primigenios y que habían sido creadas a partir de remolinos de espuma, de modo que tenían conocimiento de fragmentos de sabiduría y profecías que arrastraban las mareas. En cualquier caso, no me gustaba que pisasen mi territorio y, por algún motivo inexplica-ble, yo tampoco les gustaba a ellas.

Sus predicciones... Un momento. Rebobiné mentalmente.

—¿Habéis dicho que predijisteis que me recogeríais?

—¡Ja! —dijo Tempestad—. ¡A que te gustaría saberlo!

Ira se carcajeó.

—Como si fuésemos a compartir contigo esos ripios que te-nemos para ti...

—¡Cállate, Ira! —Avispa le dio un guantazo a su hermana—. ¡Todavía no lo ha pedido!

Meg se irguió.

—¿Tenéis unos «pío, pío» para Apolo?

Murmuré un juramento. Vi adónde querían llegar con esa

conversación. A las Tres Hermanas les encantaba hacerse de rogar con sus augurios. Les gustaba obligar a sus pasajeros a suplicar e implorar para enterarse de lo que ellas sabían sobre el futuro. Pero, en realidad, esos vejestorios grises se morían de ganas de cantarlo.

En el pasado, cada vez que había accedido a escuchar una supuesta poesía profética suya, había resultado ser una predicción de lo que comería o una opinión de experta sobre a qué dios del Olimpo me parecía más. (Una pista: nunca era Apolo.) Luego me daban la lata para que les hiciera una reseña y me pedían que le pasase sus poemas a mi agente literario.

No sabía qué chismes podían tener para mí en esta ocasión, pero no pensaba darles la satisfacción de pedírselo. Ya tenía bastantes versos proféticos reales de los que preocuparme.

—Los ripios —expliqué a Meg— son versos de poesía deficientes. Que en el caso de estas tres es una redundancia, porque todo lo que hacen es deficiente.

—¡Pues no te lo diremos! —amenazó Avispa.

—¡Nunca te lo diremos! —convino Ira.

—Tampoco os lo he pedido —repuse sin entusiasmo.

—Yo quiero saber lo de los «pío, pío» —dijo Meg.

—No, no quieres —le aseguré.

En el exterior, Queens se difuminó y se transformó en los barrios residenciales de Long Island. En el asiento delantero, las Hermanas Grises prácticamente temblaban de ganas de largar lo que sabían.

—¡Son unas palabras muy importantes! —dijo Avispa—. ¡Pero nunca las sabrás!

—De acuerdo —asentí.

—¡No puedes obligarnos! —dijo Tempestad—. ¡Aunque tu destino dependa de ello!

Un asomo de duda se infiltró en mi cráneo. ¿Era posible...? No, seguro que no. Si me dejaba engañar por ellas, lo más probable era que recibiese la interesantísima opinión de las Hermanas Grises sobre los productos faciales ideales para los matices de mi cutis.

—No me lo trago —dije.

—¡Y nosotras no lo escupimos! —gritó Avispa—. ¡Qué importantes son los versos! ¡Solo te los diríamos si nos amenazases con cosas terribles!

—No pienso recurrir a amenazas...

—¡Nos está amenazando!

Tempestad se sacudió. Golpeó tan fuerte a Avispa en la espalda que el ojo común le saltó de la cuenca. Avispa lo atrapó... y con un terrible alarde de torpeza, lo lanzó a propósito por encima del hombro directamente a mi regazo.

Grité.

Las hermanas también gritaron. Ira, desprovista de orientación, se puso a virar bruscamente por toda la carretera y el estómago me subió al esófago.

—¡Nos ha robado el ojo! —chilló Tempestad—. ¡No podemos ver!

—¡No os lo he robado! —grité—. ¡Qué asco!

Meg daba alaridos de alegría.

—¡CÓMO MOLA!

—¡Quítamelo!

Me retorcí y meneé las caderas con la esperanza de que el ojo se fuese rodando, pero se quedó obstinadamente en mi regazo, contemplándome con la mirada acusadora de un siluro muerto. Meg no me ayudó. Estaba claro que no pensaba hacer nada que interfiriese en lo mucho que molaba la perspectiva de que nos estrellásemos viajando más rápido que la luz.

—¡Aplastará el ojo si no recitamos los versos! —gritó Ira.

—¡No lo aplastaré!

—¡Moriremos todos! —terció Avispa—. ¡Está loco!

—¡NO ESTOY LOCO!

—¡Muy bien, tú ganas! —bramó Tempestad. Se enderezó y recitó como si actuase para el público de Connecticut, a dieciséis kilómetros de distancia—: «¡La del desafío revela un camino ignorado!».

—«¡Y lleva la destrucción; el león enroscado por la serpiente!»

—«¡De lo contrario, el *princeps* no será derrocado!»

Meg aplaudió.

Me quedé mirando a las Hermanas Grises con incredulidad.

—No son unos ripios. ¡Es una *terza rima*! ¡Nos habéis dado la siguiente estrofa de la profecía!

—¡Pues no tenemos nada más para vosotros! —dijo Ira—. Y ahora dame el ojo, rapidito. ¡Ya casi hemos llegado al campamento!

El pánico venció mi sorpresa. Si Ira no podía parar en nuestro destino, sobrepasaríamos el punto de no retorno y nos volatilizaríamos en un rayo de plasma de colores a través de Long Island.

Y sin embargo, esa opción me parecía preferible a tocar el globo ocular de mi regazo.

—¡Meg! ¿Un pañuelo de papel?

Ella resopló.

—Cagueta. —Recogió el ojo con la mano y se lo lanzó a Ira.

Ira se introdujo el ojo en la cuenca. Miró la carretera parpadeando, gritó «¡OSTRAS!» y dio tal frenazo que la barbilla me golpeó el esternón.

Cuando el humo se hubo despejado, vi que había derrapado en el viejo camino rural situado justo enfrente del campamento. A nuestra izquierda apareció la Colina Mestiza, con un gran pino solitario alzándose en su cima y el Vellocino de Oro reluciendo en su rama inferior. Enrollado al pie del árbol estaba el dragón Peleo. Y de pie al lado del dragón, rascándole las orejas con aire despreocupado, se encontraba un viejo enemigo acérrimo mío: Dioniso, el dios especializado en hacer cosas que fastidiaban a Apolo.

# 8

## Soy el señor A.
## He venido a arreglar váteres
## y a que me dé un patatús

Puede que el último comentario haya sido injusto.

Dioniso era el dios de otras cosas, como el vino, la locura, las fiestas que se celebraban después de la entrega de los Oscar y ciertos tipos de vegetación. Pero para mí, siempre sería el hermano pequeño cargante que me seguía a todas partes e intentaba captar mi atención imitando todo lo que hacía.

Ya sabes a lo que me refiero. Eres un dios. Tu hermano pequeño atosiga a tu padre para que también lo convierta en dios, aunque se supone que ser dios es exclusiva tuya. Tienes un bonito carro tirado por caballos de fuego. Tu hermano pequeño insiste en tener su propio carro tirado por leopardos. Causas estragos entre los ejércitos griegos en Troya. Tu hermano pequeño decide invadir India. Lo típico.

Dioniso se encontraba en la cumbre de la colina como si hubiese estado esperándonos. Puesto que era un dios, tal vez había sido así. Su polo de piel de leopardo combinaba bastante bien con el Vellocino de Oro colgado de la rama de encima. Su pantalón de golf color malva, no. En los viejos tiempos, tal vez me habría metido con él por su gusto en materia de ropa. Ahora no podía arriesgarme.

Se me hizo un nudo en la garganta. Estaba mareado del trayecto en taxi y de la partida improvisada a atrapar el ojo. La herida de la frente me dolía horrores. Los nuevos de versos de la profecía que las Hermanas Grises nos habían dado me daban vueltas en el cerebro. Pero volver a ver a Dioniso... Sería complicado.

Meg cerró la puerta del taxi de un portazo.

—¡Gracias, chicas! —dijo a las Hermanas Grises—. ¡La próxima vez me contáis lo de los «pío, pío».

Y sin ni siquiera despedirse ni suplicarme que enseñase su poesía a mi agente literario, las Hermanas Grises se sumergieron en un charco de alquitrán negro rojizo.

Meg contempló la cima de la colina entornando los ojos.

—¿Quién es ese tío? No hemos coincidido con él antes. —Parecía recelosa, como si él se hubiese metido en su territorio.

—Ese —dije— es el dios Dioniso.

Meg frunció el ceño.

—¿Por qué?

Pudo haber querido decir: «¿Por qué es un dios?», «¿Por qué está ahí arriba?» o «¿Por qué llevamos esta vida?». Las tres preguntas eran igual de válidas.

—No lo sé —contesté—. Vamos a averiguarlo.

Mientras subíamos la colina, tuve que contener las ganas de echarme a llorar o reír histéricamente. Era probable que estuviera entrando en estado de shock. Había sido un día duro y todavía ni siquiera era la hora de comer. Sin embargo, teniendo en cuenta que nos acercábamos al dios de la locura, debía considerar la posibilidad más seria de que estuviese sufriendo un brote psicótico o maníaco.

Me sentía desconectado de la realidad. No podía concentrarme. No sabía quién era, quién se suponía que era o quién quería ser. Estaba padeciendo las secuelas emocionales de mis tonificantes arranques de poder divino, mis deprimentes retornos a la fragilidad mortal y mis ataques de terror cargados de adrenalina. En ese estado, aproximarme a Dioniso era buscarme problemas. Solo estar cerca de él ya podía abrir las grietas de la psique de cualquiera.

Meg y yo llegamos a la cumbre. Peleo nos recibió expulsando una bocanada de humo por los orificios nasales. Meg abrazó el pescuezo del dragón, un gesto que no sé si yo le habría recomendado. Es bien sabido que a los dragones no les entusiasman los abrazos.

Dioniso me observó con una mezcla de sorpresa y horror, más o menos como yo me miraba en el espejo últimamente.

—Así que lo que padre te hizo es cierto —dijo—. Ese *glámon* sin corazón.

En griego antiguo, *glámon* significaba algo así como «viejo verde». Considerando el historial romántico de Zeus, dudaba que lo considerase un insulto.

Dioniso me agarró por los hombros.

No me atreví a hablar.

Tenía el mismo aspecto que durante el último medio siglo: un hombre bajo de mediana edad con panza, carrillos fofos, nariz roja y pelo moreno rizado. El tono violeta de sus iris era el único indicador de que podía ser algo más que un simple humano.

Otros dioses del Olimpo no comprendían por qué Dioniso elegía esa forma cuando podía adoptar prácticamente la apariencia que quisiese. En la antigüedad, había sido famoso por poseer una belleza juvenil que desafiaba los estereotipos de género.

Pero yo lo entendía. Por cometer el delito de perseguir a la ninfa equivocada (traducción: una que le interesaba a nuestro padre), Dioniso había sido condenado a dirigir ese campamento durante cien años. Se le había privado del vino, su más noble creación, y se le había prohibido el acceso al Olimpo salvo los días que había reuniones especiales.

Como represalia, Dioniso había decidido adoptar el aspecto y la conducta menos divinos posibles. Era como un niño que se negase a remeterse la camisa, a peinarse o a cepillarse los dientes, para demostrarles a sus padres lo poco que le importaba.

—Pobre Apolo. —Me abrazó. El pelo le olía ligeramente a chicle con sabor a uva.

Ese inesperado alarde de compasión por poco me arrancó las lágrimas... hasta que Dioniso se apartó bruscamente, mantuvo una distancia prudencial y me dedicó una sonrisa de triunfo.

—Ahora entiendes lo desgraciado que he sido —dijo—. ¡Por fin alguien recibe un castigo más duro que el mío!

Asentí con la cabeza tragándome un sollozo. Allí estaba el Dioniso de siempre al que yo conocía y al que no quería precisamente.

—Sí. Hola, hermano. Esta es Meg...

—Me da igual. —Dioniso mantuvo la vista clavada en mí, con un tono impregnado de alegría.

—Buf. —Meg se cruzó de brazos—. ¿Dónde está Quirón? Él me caía mejor.

—¿Quién? —dijo Dioniso—. Ah, él. Es una larga historia. Vamos al campamento, Apolo. Estoy deseando que los semidioses te vean. ¡Estás horroroso!

Tomamos el camino largo que atravesaba el campamento. Dioniso parecía empeñado en asegurarse de que todos me viesen.

—Este es el señor A —les decía a todos los recién llegados con los que nos encontrábamos—. Es mi ayudante. Si tenéis alguna queja o algún problema (como que los váteres se atascan o algo por el estilo), hablad con él.

—¿Puedes parar? —murmuré.

Dioniso sonrió.

—Si yo soy el señor D, tú puedes ser el señor A.

—Es Lester —se quejó Meg—. Y es mi ayudante.

Dioniso no le hizo caso.

—¡Oh, mira, otro grupo de campistas novatos! Vamos a presentarte.

Me temblaban las piernas. Me dolía la cabeza. Necesitaba comida, reposo, antibióticos y una nueva identidad, no necesariamente en ese orden. Pero seguimos caminando fatigosamente.

El campamento estaba más concurrido que en invierno, cuando Meg y yo lo habíamos visitado por primera vez. Entonces solo había un grupo básico de residentes. Ahora, oleadas de semidioses recién descubiertos llegaban para pasar el verano: montones de chavales desconcertados de todo el mundo, muchos acompañados aún de los sátiros que los habían localizado. Algunos semidioses, que claramente habían luchado contra monstruos hacía poco, estaban todavía más malheridos que yo, motivo por el que supongo que a Meg y a mí no nos miraban más.

Atravesamos el prado central del campamento. En la periferia, la mayoría de las veinte cabañas bullían de actividad. En las puertas había monitores jefe que daban la bienvenida a los nuevos miembros o les decían cómo llegar a los sitios. En la cabaña de Hermes, Julia Feingold parecía especialmente agobiada buscando alojamiento temporal a todos los campistas que todavía no habían sido reclamados por sus padres divinos. En la cabaña de Ares, Sherman Yang gritaba a todo el que se acercaba demasiado al edificio y les advertía que tuviesen cuidado con las minas de tierra repartidas alrededor del perímetro. Tanto si era broma como si no, nadie parecía impaciente por averiguarlo. El pequeño Harley de la cabaña de Hefesto corría de un lado a otro con una amplia sonrisa en la cara, retando a los nuevos a competiciones de pulso.

Al otro lado del prado, vi a dos de mis hijos —Austin y Kayla—, pero a pesar de las ganas de hablar con ellos, estaban enfrascados en la resolución de un conflicto entre un grupo de arpías de seguridad y un chico nuevo que al parecer había hecho algo que a las arpías no les había gustado. Oí las palabras de Austin:

—No, no podéis comeros a un nuevo campista así como así. ¡Antes tienen derecho a dos avisos!

Ni siquiera Dioniso quiso meterse en esa conversación. Seguimos andando.

Casi todos los desperfectos de la batalla que habíamos librado en invierno contra el Coloso de Nerón habían sido reparados, aunque algunas columnas del comedor todavía estaban rotas.

Abrigado entre dos colinas había un nuevo estanque con forma de pisada de gigante. Pasamos por delante del campo de voleibol, la palestra de esgrima y los fresales hasta que por fin Dioniso se apiadó de mí y nos llevó al cuartel general del campamento.

Comparado con los templos y anfiteatros griegos del campamento, el edificio de estilo victoriano azul celeste de cuatro plantas conocido como la Casa Grande parecía pintoresco y acogedor. Sus molduras blancas brillaban como el glaseado de una tarta. Su veleta con forma de águila de bronce se movía perezosamente empujada por la brisa. En el porche delantero de entrada múltiple, Nico di Angelo y Will Solace bebían limonada sentados a la mesa de juego.

—¡Papá! —Will se levantó de golpe. Bajó corriendo los escalones y se lanzó a mis brazos.

Entonces perdí los papeles. Me eché a llorar sin tapujos.

Mi precioso hijo, con su mirada bondadosa, sus manos de curandero y su actitud cálida como el sol. De alguna manera, había heredado todas mis mejores cualidades y ninguna de las peores. Me llevó escalones arriba e insistió en que ocupase su asiento. Me puso un vaso frío de limonada en las manos y empezó a preocuparse por la herida de mi cabeza.

—Estoy bien —murmuré, aunque estaba claro que no era así.

Su novio, Nico di Angelo, rondaba cerca de nosotros, manteniéndose en segundo plano, como solían hacer los hijos de Hades. Le había crecido el pelo moreno. Iba descalzo, con unos pantalones raídos y una versión negra de la camiseta de manga corta del campamento, con un pegaso esquelético en la parte de delante encima de las palabras CABAÑA 13.

—Meg —dijo Nico—, siéntate en mi silla. Tu pierna tiene mala pinta. —Miró a Dioniso con el entrecejo fruncido, como si el dios hubiera debido traernos en un carrito de golf.

—Sí, está bien, siéntate. —Dioniso señaló lánguidamente la mesa de juego—. Estaba enseñando a Will y Nico las reglas del pinacle, pero son unos negados.

—Oooh, el pinacle —dijo Meg—. ¡A mí me gusta el pinacle!

Dioniso entornó los ojos como si Meg fuese un perrito que de repente hubiese empezado a declamar a Emily Dickinson.

—¿Ah, sí? Vaya caja de sorpresas.

La mirada de Nico coincidió con la mía; sus ojos eran charcos negros como la tinta.

—Entonces, ¿es cierto? ¿Jason ha...?

—Nico —lo regañó Will—. No le presiones.

Los cubitos de hielo se agitaron en mi vaso. Era incapaz de hablar, pero mi expresión debió de decirle a Nico todo lo que necesitaba saber. Meg ofreció a Nico la mano. Él la tomó entre las suyas.

No parecía exactamente enfadado. Parecía que le hubiesen dado una patada en la barriga no una vez, sino muchas a lo largo de tantos años que estaba empezando a perder la perspectiva de lo que significaba el dolor. Se tambaleó. Parpadeó. A continuación se estremeció y apartó las manos de Meg bruscamente como si acabase de recordar que su contacto era venenoso.

—Yo... —dijo tartamudeando—. *Scusatemi*.

Bajó los escalones y cruzó el césped a toda prisa y sus pies descalzos dejaron un rastro de hierba marchita.

Will meneó la cabeza.

—Solo habla en italiano cuando está muy disgustado.

—Ese chico ya ha recibido bastantes malas noticias —dijo Dioniso en un tono de reticente compasión.

Me dieron ganas de preguntarle a qué se refería con malas noticias. Me dieron ganas de disculparme por causar más problemas. Me dieron ganas de explicar todos los clamorosos y espectaculares fracasos que había cometido desde la última vez que había estado en el Campamento Mestizo.

En cambio, el vaso de limonada se me escapó de entre los dedos. Se hizo añicos en el suelo. Me ladeé en la silla mientras la voz de Will retrocedía por un largo túnel oscuro.

—¡Papá! ¡Chicos, ayudadme!

Entonces caí inconsciente.

# 9

## El desayuno es la comida
## con tortitas y yogur quemado
## y locura

¿Pesadillas?

¡Claro, por qué no!

Sufrí una serie de pesadillas en bucle como efectos búmeran de Instagram; las mismas escenas breves repetidas una y otra vez: Luguselva precipitándose por una terraza. La anfisbena mirándome desconcertada mientras dos flechas de ballesta inmovilizaban sus pescuezos contra la pared. El globo ocular de las Hermanas Grises volando a mi regazo y quedándose allí pegado como si estuviese embadurnado en cola.

Traté de encauzar mis sueños por derroteros más plácidos: mi playa de Fiji favorita, mi antiguo día festivo favorito en Atenas, el concierto que toqué con Duke Ellington en el Cotton Club en 1930. Nada dio resultado.

En lugar de eso, me encontré en el salón del trono de Nerón.

El loft ocupaba un piso entero de su torre. Por todas partes las paredes de cristal daban a las torres de Manhattan. En el centro de la estancia, sobre un estrado de mármol, el emperador se hallaba repantigado en un llamativo trono con cojines de terciopelo. Su pijama de satén morado y su bata atigrada habrían sido la envidia de Dioniso. Tenía la corona de laurel dorado ladeada en la cabeza, un detalle que me hizo querer ajustarle la barba que le rodeaba el mentón como una correa.

A su izquierda había una fila de jóvenes; semidioses, supuse: miembros adoptivos de la familia imperial como lo había sido Meg. Conté once en total, dispuestos del más alto al más bajo, con una edad que oscilaba entre los dieciocho y los ocho años. Llevaban togas con ribetes morados por encima de su variopinta colección de ropa de calle para indicar su estatus real. Sus expresiones eran un caso de estudio sobre los efectos del estilo abusivo de Nerón como padre. El más pequeño parecía paralizado de asombro, miedo y adoración a su héroe. Los que eran un poco más mayores parecían abatidos y traumatizados, con los ojos vacíos. Los adolescentes mostraban una gama de ira, rencor y odio a sí mismos, todo reprimido y cuidadosamente orientado en una dirección que no fuese Nerón. Los adolescentes más mayores parecían Nerones en miniatura: sociópatas juveniles cínicos, duros y crueles.

No me imaginaba a Meg McCaffrey en ese grupo. Y sin embargo, no podía dejar de preguntarme dónde encajaría ella en la fila de horribles expresiones.

Dos germani entraron pesadamente en el salón del trono portando una camilla. Sobre ella yacía la figura robusta y magullada de Luguselva. La dejaron a los pies de Nerón y la gala soltó un terrible gemido. Por lo menos todavía estaba viva.

—La cazadora vuelve con las manos vacías —dijo Nerón con desdén—. Tendremos que poner en práctica el plan B, entonces.

Un ultimátum de cuarenta y ocho horas me parece razonable.
—Se volvió hacia sus hijos adoptivos—. Lucio, dobla la seguridad
en los tanques. Emilia, manda las invitaciones. Y encarga una tarta. Algo bonito. No todos los días tenemos ocasión de destruir
una ciudad del tamaño de Nueva York.

Mi yo del sueño cayó en picado a través de la torre a las profundidades de la tierra.

Estaba en una cueva enorme. Sabía que debía de encontrarme
en alguna parte debajo de Delfos, la sede de mi Oráculo más sagrado, porque la sopa de gases volcánicos que se arremolinaban a
mi alrededor tenían un olor único en el mundo. Oí a mi enemiga
acérrima Pitón en la oscuridad, arrastrando su inmenso cuerpo
sobre el suelo de piedra.

—Sigues sin verlo. —Su voz era un rumor grave—. Oh, Apolo, qué cerebro más diminuto y raquítico tienes. Atacas, comes
piezas, pero nunca estudias el tablero entero. Unas pocas horas,
como mucho. Es lo que hará falta cuando caiga el último peón.
¡Y tú me harás el trabajo sucio!

Su risa fue como una explosión que perforase en lo profundo
de la piedra, pensada para derribar una ladera. El miedo se apoderó de mí hasta que no pude respirar más.


Me desperté sintiéndome como si me hubiese pasado horas tratando de escapar de un capullo de piedra. Me dolían todos los
músculos del cuerpo.

Ojalá alguna vez me despertara sintiéndome como nuevo
después de soñar que me hacían un tratamiento de algas y la pe-

dicura con las Nueve Musas. ¡Oh, cómo echaba de menos nuestras décadas en balnearios! Pero no. Me tocaban emperadores que se burlaban y reptiles gigantes que se reían.

Me incorporé, atontado y con la vista borrosa. Estaba tumbado en mi viejo catre de la cabaña de un servidor. La luz del sol entraba a raudales por las ventanas... ¿luz matutina? ¿De verdad había dormido tanto? Acurrucado a mi lado, algo caliente y peludo gruñía y olfateaba mi almohada. A primera vista, pensé que podía ser un pitbull, aunque estaba seguro de que yo no tenía ningún pitbull. Entonces alcé la vista y me di cuenta de que se trataba de la cabeza sin cuerpo de un l eopardo.

Un nanosegundo más tarde, estaba en la otra punta de la cabaña gritando. Era lo más parecido a la teletransportación que había experimentado desde que había perdido mis poderes divinos.

—¡Oh, estás despierto!

Mi hijo Will salió del cuarto de baño envuelto en una nube de vapor, con el cabello rubio empapado y una toalla alrededor de la cintura. En el pectoral izquierdo tenía un estilizado tatuaje del sol, un detalle que me pareció innecesario, como si se le pudiese confundir con algo que no fuese un hijo del dios del sol.

Cuando detectó el pánico en mis ojos se quedó inmóvil.

—¿Qué pasa?

—¡GRRR! —dijo el leopardo.

—¿Seymour?

Will se acercó resueltamente a mi catre y agarró la cabeza de leopardo, que en algún momento del pasado remoto había sido disecada y fijada a una placa, y luego liberada de un mercadillo por Dioniso, que le había concedido una nueva vida. Si mal no recordaba, normalmente Seymour residía sobre la repisa de la chimenea de la Casa Grande, cosa que no explicaba por que había estado mordiendo mi almohada.

—¿Qué haces aquí? —preguntó Will al leopardo. Y acto seguido se dirigió a mí—: Te juro que yo no lo he puesto en tu cama.

—Yo sí. —Dioniso apareció justo a mi lado.

Mis castigados pulmones no pudieron lanzar otro grito, pero retrocedí de un respingo varios centímetros más.

Dioniso me dedicó su sonrisa de satisfacción patentada.

—Pensé que te gustaría tener compañía. Yo siempre duermo mejor con un leopardo de peluche.

—Muy amable. —Hice todo lo posible por matarlo fulminándolo con la mirada—. Pero prefiero dormir solo.

—Como desees. Seymour, vuelve a la Casa Grande. —Dioniso chasqueó los dedos y la cabeza de leopardo se esfumó de las manos de Will.

—Bueno... —Dioniso me estudió—. ¿Te encuentras mejor después de diecinueve horas de sueño?

Me di cuenta de que solo llevaba puesta la ropa interior. Con mi pálida y abultada forma humana llena de cardenales y cicatrices, tenía menos aspecto de dios que nunca y más de gusano levantado del suelo con un palo.

—Estupendamente —masculló.

—¡Magnífico! Will, ponlo presentable. Os veré a los dos en el desayuno.

—¿Desayuno...? —dije confundido.

—Sí —asintió Dioniso—. Es la comida con tortitas. Me encantan las tortitas.

Y desapareció en una nube de purpurina con aroma a uva.

—Menudo fantasma —murmuré.

Will rio.

—Has cambiado de verdad.

—Ojalá la gente dejase de comentarlo.

—Es algo bueno.

Volví a mirar mi cuerpo maltrecho.

—Si tú lo dices. ¿Tienes algo de ropa o un saco de arpillera que puedas prestarme?

Solo necesitas saber esto sobre Will Solace: tenía ropa preparada para mí. En su último viaje a la ciudad, había ido a comprar específicamente prendas de mi talla.

—Me imaginé que acabarías volviendo al campamento —dijo—. O por lo menos, eso esperaba. Quería que te sintieses como en casa.

Eso bastó para hacerme llorar otra vez. Dioses, tenía las emociones a flor de piel. Will no había heredado esa amabilidad de mí. Le venía de su madre, Naomi, un alma noble donde las haya.

Pensé darle un abrazo a Will, pero como íbamos vestidos únicamente con unos calzoncillos y una toalla, respectivamente, me pareció un poco violento. Él me dio una palmadita en el hombro.

—Ve a ducharte —me aconsejó—. Los demás se fueron de caminata de buena mañana —señaló las literas vacías—, pero volverán pronto. Te esperaré.

Una vez que estuve duchado y vestido —con unos vaqueros y una camiseta color aceituna con el cuello de pico nuevos, que me quedaban perfectamente—, Will volvió a vendarme la frente. Me dio una aspirina para el dolor general. Estaba empezando a sentirme casi humano otra vez —en el buen sentido— cuando una caracola sonó a lo lejos para convocar a los campistas al desayuno.

Cuando salíamos de la cabaña, nos topamos con Kayla y Austin, que volvían de la caminata acompañados de tres campistas más pequeños. Hubo más intercambios de lágrimas y abrazos.

—¡Has crecido! —Kayla me agarró por los hombros con sus manos fuertes de arquera. La luz del sol de junio acentuaba sus pecas. Las puntas teñidas de verde de su cabello naranja me recordaban unas golosinas de Halloween—. ¡Por lo menos has crecido cinco centímetros! ¿Verdad que sí, Austin?

—Fijo —convino Austin.

Como músico de jazz, Austin normalmente era despreocupado y relajado, pero me dedicó una sonrisa serena como si acabase de hacer un solo digno de Ornette Coleman. Su camiseta sin mangas naranja del campamento dejaba a la vista sus brazos morenos. Sus trenzas africanas tenían forma de remolinos como círculos de las cosechas extraterrestres.

—No es solo la altura —decidió—. Es el porte...

—Ejem —dijo uno de los chicos detrás de él.

—Ah, sí. ¡Perdón, chicos! —Austin se hizo a un lado—. Este año tenemos tres nuevos campistas, papá. Seguro que te acuerdas de tus hijos Gracie y Jerry y Yan... ¡Chicos, este es Apolo!

Austin los presentó de manera informal, como insinuando: «Sé que no tienes ni idea de quiénes son estos chicos que engendraste y de los que te olvidaste hace doce o trece años, pero no te preocupes, papá, yo me ocupo».

Jerry era de Londres, Gracie de Idaho, y Yan de Hong Kong. (¿Cuándo había estado yo en Hong Kong?) Los tres parecían sorprendidos de conocerme, pero más en plan «Te estás quedando conmigo», que en plan «Hala, qué pasada». Murmuré unas disculpas sobre el nefasto padre que era. Los recién llegados se cruzaron unas miradas y pareció que decidiesen, por acuerdo tácito, poner fin a mi sufrimiento.

—Me muero de hambre —dijo Jerry.

—Sí —asintió Gracie—. ¡Al comedor!

Y allá fuimos andando como una gran familia superincómoda.

Campistas de otras cabañas también se dirigían en tropel al pabellón comedor. Vi a Meg a mitad de la colina, charlando animadamente con sus hermanos de la cabaña de Deméter. A su lado trotaba Melocotones, su compañero el espíritu del árbol frutal. El pequeñajo con pañales parecía muy contento, y unas veces agitaba sus alas con hojas y otras agarraba la pierna de Meg para llamarle la atención. No habíamos visto a Melocotones desde que habíamos estado en Kentucky, ya que solo acostumbraba a aparecer en entornos naturales, o cuando Meg corría un grave peligro, o cuando estaban a punto de servir el desayuno.

Meg y yo habíamos estado tanto tiempo juntos, normalmente los dos solos, que se me encogió el corazón al verla con un nuevo grupo de amigos. Parecía muy contenta sin mí. Si alguna vez volvía al Monte Olimpo, me preguntaba si ella decidiría quedarse en el Campamento Mestizo. También me preguntaba por qué la idea me hacía sentir tan triste.

Después de los horrores que la niña había sufrido en la Casa Imperial de Nerón, se merecía tranquilidad.

Eso me recordó el sueño que había tenido en el que aparecía Luguselva, magullada y destrozada en una camilla frente al trono de Nerón. Tal vez tenía más en común con la gala de lo que quería admitir. Meg necesitaba una familia mejor, un hogar mejor que el que Lu o yo podíamos ofrecerle. Pero eso no facilitaba contemplar la idea de dejarla.

Justo delante de nosotros, un niño de unos nueve años salió dando traspiés de la cabaña de Ares. El casco le engullía la cabeza por completo. Corrió a alcanzar a sus compañeros de cabaña dejando una estela serpentina con la punta de una espada demasiado larga para él.

—Todos los novatos parecen muy pequeños —murmuró Will—. ¿Nosotros éramos tan pequeños?

Kayla y Austin asintieron con la cabeza.

Yan refunfuñó.

—Los novatos estamos aquí mismo.

Me dieron ganas de decirles que todos eran muy pequeños. Su esperanza de vida era un instante fugaz comparada con mis cuatro milenios. Debería arroparlos a todos con mantas calentitas y darles galletas en lugar de esperar que fuesen héroes, matasen monstruos y me comprasen ropa.

Por otra parte, Aquiles ni siquiera había empezado a afeitarse cuando partió a la guerra de Troya. Había visto a tantos héroes jóvenes encaminarse valientemente a la muerte a lo largo de los siglos... La sola idea me hacía sentir más viejo que el mordedor de Cronos.

Después de las comidas relativamente ordenadas de la Duodécima Legión en el Campamento Júpiter, el desayuno en el pabellón comedor me impactó. Los monitores trataban de explicar las normas para sentarse (como si las hubiese), mientras los campistas que volvían competían por los sitios al lado de sus amigos, y los novatos procuraban no matarse unos a otros con sus nuevas armas. Las dríades se abrían paso entre la multitud con platos de comida, y los sátiros trotaban detrás de ellas y les robaban bocados. Las madreselvas florecían en las columnas griegas y perfumaban el aire.

En el fuego sacrificial, los semidioses se turnaban para echar una parte de su comida a las llamas como ofrenda a los dioses: copos de maíz, beicon, tostadas, yogur... (¿Yogur?) Una columna ininterrumpida de humo ascendía al cielo. Como exdiós, agradecía la intención, pero también me preguntaba si el olor a yogur quemado merecía la contaminación del aire.

Will me ofreció un asiento a su lado y luego me pasó una copa de zumo de naranja.

—Gracias —logré decir—. Pero ¿dónde está...?

Busqué a Nico di Angelo con la mirada entre el gentío, recordando que solía sentarse a la mesa de Will, independientemente de las normas de las cabañas.

—Allí —dijo Will, que parecía haberme leído el pensamiento.

El hijo de Hades estaba sentado al lado de Dioniso a la mesa principal. El plato del dios tenía una montaña de tortitas. El de Nico estaba vacío. Formaban una extraña pareja, sentados uno al lado del otro, pero parecían estar enfrascados en una conversación seria y profunda. Dioniso casi nunca permitía que semidioses se sentasen a su mesa. Si concedía a Nico toda su atención, es que debía de pasar algo muy grave.

Me acordé de lo que el señor D había dicho el día anterior, antes de que yo me desmayase.

—«Ese chico ya ha recibido bastantes malas noticias» —repetí, y acto seguido miré a Will con el ceño fruncido—. ¿Qué quiere decir?

Will hurgó en el envoltorio de su magdalena integral.

—Es complicado. Nico percibió la muerte de Jason hace semanas. Se puso hecho una furia.

—Lo siento...

—No es culpa tuya —me aseguró Will—. Cuando has llegado, no has hecho más que confirmar lo que Nico ya sabía. El caso es que... Nico perdió a su hermana Bianca hace unos años. Pasó mucho tiempo furioso. Quería ir al inframundo a rescatarla, cosa que... como hijo de Hades, se supone que no puede hacer. En fin, cuando por fin estaba empezando a aceptar la muerte de ella, se enteró de lo de Jason, la primera persona a la que realmente consideraba un amigo. Y eso desencadenó muchas cosas en él. Nico ha viajado a los rincones más profundos del inframundo, incluso al Tártaro. Es un milagro que haya sobrevivido.

—Y sin perder la cordura —convine. A continuación volví a mirar a Dioniso, el dios de la locura, que parecía estar dando consejos a Nico—. Oh...

—Sí —asintió Will, cuya preocupación se reflejaba en su rostro—. Se han sentado juntos en casi todas las comidas, aunque últimamente Nico no prueba bocado... Ha tenido... supongo que se podría llamar trastorno por estrés postraumático. Tiene visiones del pasado. Sueña despierto. Dioniso intenta ayudarle a darle algún sentido. Lo peor son las voces.

Una dríade estampó sobre la mesa un plato de huevos rancheros enfrente de mí y me dio un susto de muerte. Sonrió burlonamente y se fue con cara de gran satisfacción.

—¿Voces? —pregunté a Will.

Will levantó las palmas de las manos.

—Nico no me cuenta gran cosa. Solo... que alguien del Tártaro no para de llamarlo. Alguien necesita su ayuda. Lo único que he podido hacer para evitar que vaya corriendo al inframundo solo es pedirle que hable antes con Dioniso. Para saber qué es real y qué no. Luego, si tiene que ir... iremos juntos.

Unas gotas de sudor frío me cayeron entre los omóplatos. No me imaginaba a Will en el inframundo: un sitio sin sol, ni curación, ni bondad.

—Espero que no sea necesario —dije.

Will asintió con la cabeza.

—A lo mejor si conseguimos eliminar a Nerón... a Nico le sirve para centrarse en otra cosa por un tiempo, suponiendo que podamos ayudarte.

Kayla había estado escuchando en silencio, pero entonces se inclinó hacia nosotros.

—Sí, Meg nos ha hablado de la profecía que habéis recibido. La torre de Nerón y todo eso. Si hay una batalla, queremos participar.

Austin me apuntó con una salchicha del desayuno.

—Ya te digo.

Su disposición a ayudar me hizo sentir agradecido. Si tenía que ir a la guerra, quería contar con la ballesta de Kayla en mi bando. La capacidad de curación de Will podría mantenerme con vida, a pesar de mis denodados esfuerzos por que me matasen. Austin podía aterrorizar a nuestros enemigos tocando riffs de acordes disminuidos con su saxofón.

Por otra parte, me acordé de la advertencia de Luguselva sobre la disposición de Nerón. Él quería que atacásemos. Un ataque frontal sería un suicidio. No permitiría que mis hijos sufriesen ningún daño, aunque la otra opción era confiar en el demencial plan de Lu y entregarme al emperador.

«Un ultimátum de cuarenta y ocho horas», había dicho Nerón en el sueño. Entonces incendiaría Nueva York.

Dioses, ¿por qué no había una opción C en ese examen tipo test?

Clinc, clinc, clinc.

Dioniso se levantó de la mesa principal, con un vaso y una cuchara en las manos. En el pabellón comedor se hizo el silencio. Los semidioses se volvieron y aguardaron el pregón de la mañana. Me acordé de que a Quirón le costaba mucho conseguir que todo el mundo atendiese. Claro que Quirón no tenía el poder de convertir a todos los presentes en racimos de uvas.

—Señor A y Will Solace, preséntense en la mesa principal —dijo Dioniso.

Los campistas se quedaron esperando.

—Eso es todo —dijo D—. ¿Tengo que deciros cómo comeros el desayuno? ¡Seguid!

Los campistas retomaron su alegre caos habitual. Will y yo recogimos nuestros platos.

—Buena suerte —dijo Kayla—. Tengo la sensación de que vais a necesitarla.

Fuimos a sentarnos con Dioniso y Nico a la Mesa Principal Internacional de las Tortitas.

# 10

## Los huevos rancheros
## no pegan con las profecías,
## como la felicidad

Dioniso no había llamado a Meg, pero ella nos acompañó de todas formas.

Se dejó caer a mi lado con su plato de barritas de avena y chasqueó los dedos en dirección a Dioniso.

—Pásame el sirope.

Temí que el señor D la transformase en una parte trasera disecada para Seymour, pero se limitó a hacer lo que ella le pidió. Supongo que no quería polimorfar a la única persona del campamento aparte de él a la que le gustaba el pinacle.

Melocotones se quedó en la mesa de Deméter, donde los campistas le estaban regalando el oído. Mejor así, porque los dioses de las uvas y los espíritus de los melocotones no hacen buena combinación.

Will se sentó al lado de Nico y puso una manzana en su plato vacío.

—Come algo.

—Bah —dijo Nico, aunque se apoyó ligerísimamente en Will.

—Bueno. —Dioniso mostró un trozo de papel de carta color crema entre los dedos, como un mago que hace aparecer un naipe—. Esto me llegó anoche a través de una mensajera arpía.

Lo deslizó sobre la mesa para que pudiese leer la elegante letra.

*Nerón Claudio César Augusto Germánico*
*solicita el placer de su compañía*
*en el incendio del*
*área metropolitana de Nueva York*
*cuarenta y ocho horas después de recibir esta invitación*
A MENOS
*que el antiguo dios Apolo, actualmente conocido como*
*Lester Papadopoulos,*
*se entregue a la justicia imperial antes de ese momento*
*en la torre de Nerón*
EN CUYO CASO
*comeremos tarta*

REGALOS:
*Solo caros, por favor*

SE RUEGA CONFIRMAR ASISTENCIA
*No te preocupes. Si no apareces, lo sabremos.*

Aparté los huevos rancheros. Había perdido el apetito. Una cosa era enterarme de los diabólicos planes de Nerón en mis pesadillas. Y otra verlos explicados en detalle con caligrafía en negro sobre blanco acompañados de una invitación a tarta.

—Cuarenta y ocho horas desde anoche —dije.

—Sí —asintió Dioniso pensativo—. Siempre me ha caído bien Nerón. Tiene salero.

Meg pinchó furiosamente sus tortitas. Se llenó la boca del esponjoso manjar embadurnado en sirope, probablemente para no ponerse a murmurar tacos.

Nico me llamó la atención al otro lado de la mesa. Sus ojos oscuros rebosaban ira y preocupación. En su plato, la manzana empezó a marchitarse.

Will le apretó la mano.

—Oye, para.

La expresión de Nico se suavizó un tanto. La manzana interrumpió su envejecimiento prematuro.

—Perdón. Es que... estoy harto de hablar de problemas que no puedo solucionar. Quiero ayudar.

Dijo «ayudar» como si quisiese decir «picar a nuestros enemigos en trocitos».

Nico di Angelo no era imponente desde el punto de vista físico como Sherman Yang. No tenía el aire de autoridad de Reyna Ramírez-Arellano, ni la presencia temible de Hazel Levesque cuando entraba en combate a caballo. Pero Nico era alguien a quien jamás querría tener como enemigo.

Era engañosamente tranquilo. Parecía anémico y frágil. Se mantenía en la periferia. Pero Will tenía razón con respecto a lo mucho que Nico había sufrido. Había nacido en la Italia de Mussolini. Había sobrevivido durante décadas en la realidad estancada del casino Lotus. Había aparecido en la época moderna desorientado y víctima del choque cultural, había llegado al Campamento Mestizo, y había perdido de inmediato a su hermana Bianca en una peligrosa misión. Había vagado por el Laberinto en un exilio voluntario y había sido torturado y sometido a un lavado de cerebro por un espíritu malévolo. Había vencido la desconfianza de todo el mundo y había salido de la batalla de Manhattan convertido en un héroe. Había sido atrapado por los gigantes durante el ascenso de Gaia. Había deambulado por el Tártaro solo y había logrado salir con vida. Y a pesar de todo, había luchado contra su educación de italiano católico conservador de los años treinta y por fin había aprendido a aceptarse como un joven gay.

Cualquiera capaz de sobrevivir a todo eso tenía más resistencia que el hierro estigio.

—Necesitamos tu ayuda, por favor —le aseguré—. ¿Meg te ha hablado de los versos proféticos?

—Se lo contó a Will —dijo Nico—. Y Will me lo contó a mí. *Terza rima*. Como en la obra de Dante. En Italia teníamos que estudiarla en primaria. Reconozco que nunca pensé que me sería útil.

Will hurgó en su magdalena integral.

—A ver si me aclaro... ¿La primera estrofa la sacasteis del sobaco de un cíclope; la segunda, de una serpiente de dos cabezas y la tercera, de tres viejas que conducen un taxi?

—No tuvimos muchas opciones al respecto —dije—. Pero sí, así es.

—¿Tiene fin el poema? —preguntó Will—. Si la rima se entrelaza de estrofa en estrofa, ¿no podría seguir eternamente?

Me estremecí.

—Espero que no. Lo normal es que la última estrofa tenga un pareado final, pero todavía no hemos oído ninguno.

—Y eso significa —dijo Nico— que hay más estrofas.

—Yupi. —Meg se metió más tortita en la boca.

Dioniso la imitó llenándose a su vez la boca, como si estuviesen enzarzados en una competición para ver quién podía devorar más y disfrutar menos.

—Bueno —dijo Will con alegría forzada—, pues hablemos de las estrofas que tenemos. ¿Cómo era...? ¿«A la torre de Nerón solo dos ascienden»? Esa parte es bastante obvia. Se refiere a Apolo y Meg, ¿no?

—Nos entregamos —dijo Meg—. Ese es el plan de Luguselva.

Dioniso resopló.

—Apolo, dime que no vas a fiarte de una gala, por favor. No te habrás vuelto tan descerebrado, ¿verdad?

—¡Eh! —repuso Meg—. Podemos fiarnos de Lu. Dejó que Lester la tirase de una azotea.

Dioniso entrecerró los ojos.

—¿Sobrevivió?

Meg se quedó azorada.

—O sea...

—Sí —la interrumpí—. Sobrevivió.

Les conté lo que había visto en sueños: la gala lesionada llevada ante el trono de Nerón, el ultimátum del emperador, y luego mi descenso a las cuevas de debajo de Delfos, donde Pitón había elogiado mi diminuto cerebro.

Dioniso asintió con la cabeza con aire pensativo.

—Ah, sí, Pitón. Si sobrevives a Nerón, todavía te espera eso.

No agradecí que me lo recordase. Impedir que un emperador sediento de poder conquistase el mundo y destruyese una ciudad

121

era una cosa. Pitón representaba una amenaza más vaga, más difícil de cuantificar, pero posiblemente mil veces más peligrosa.

Meg y yo habíamos liberado cuatro Oráculos de las garras del triunvirato, pero el de Delfos seguía dominado con firmeza por Pitón. Eso quería decir que la principal fuente de profecías del mundo estaba empezando a apagarse, envenenada y manipulada. En la antigüedad, Delfos había sido llamado el *omphalos*, el ombligo del mundo. A menos que lograse vencer a Pitón y volver a tomar el Oráculo, el destino de la humanidad estaba en peligro. Las profecías délficas no eran simples vislumbres del futuro. Daban forma al futuro. Y no era conveniente que un enorme monstruo malévolo controlase una fuente de poder como esa y estuviese al mando de toda la civilización humana.

Miré a Dioniso con el entrecejo fruncido.

—Siempre podrías, no sé, decidir ayudarnos.

Él se mofó.

—Sabes tan bien como yo que ese tipo de misiones son cosa de semidioses, Apolo. En cuanto a dar consejos, orientar, ayudar... eso es más bien trabajo de Quirón. Volverá de su reunión... vaya, mañana por la noche, pero ya será demasiado tarde para ti.

Ojalá no lo hubiese expuesto así: «demasiado tarde para ti».

—¿Qué reunión? —preguntó Meg.

Dioniso rechazó la pregunta con un gesto de la mano.

—Un... ¿cuerpo especial conjunto, dijo? En el mundo a menudo hay más de una crisis a la vez. Puede que ya te hayas dado cuenta. Dijo que tenía una reunión de emergencia con una gata y una cabeza cortada, signifique lo que signifique.

—Y te tenemos a ti en su lugar —dijo Meg.

—Créeme, niña, yo también preferiría no estar aquí con vosotros, encantadores bribones. Después de ser tan útil en las guerras contra Cronos y Gaia, esperaba que Zeus me concediese la libertad condicional anticipada por mi esclavitud en este deprimente sitio. Pero, como puedes ver, me mandó de vuelta a cumplir los cien años enteros. A nuestro padre le encanta castigar a sus hijos.

Volvió a dedicarme aquella sonrisa que decía: «Por lo menos a ti te ha caído algo peor».

Ojalá Quirón estuviese allí, pero no tenía sentido mortificarse por eso, ni por lo que podía estar tramando el viejo centauro en su reunión de emergencia. Bastantes preocupaciones teníamos ya.

Las palabras de Pitón no paraban de reptar por mi cerebro: «Nunca estudias el tablero entero».

El malvado reptil estaba jugando un juego dentro de otro juego. No me extrañaba nada que estuviese utilizando al triunvirato en beneficio propio, pero a Pitón parecía entusiasmarle la idea de que yo matase a su último aliado, Nerón. ¿Y después? «Unas pocas horas, como mucho. Es lo que hará falta cuando caiga el último peón.»

No tenía ni idea de lo que eso significaba. Pitón estaba en lo cierto cuando decía que yo no veía el tablero entero. No entendía las reglas. Solo quería barrer las piezas y gritar: «¡Me vuelvo a casa!».

—En fin. —Meg se echó más sirope en el plato con el fin de crear el lago Tortita—. El caso es que... hay un verso que dice que nuestras vidas dependen de los de Nerón. Eso significa que podemos fiarnos de Lu. Nos entregaremos antes del plazo, como ella nos dijo.

Nico ladeó la cabeza.

—Aunque os entreguéis, ¿qué te hace pensar que Nerón cumplirá su palabra? Si se ha tomado las molestias de acumular suficiente fuego griego para incendiar Nueva York, ¿por qué no iba a hacerlo igualmente?

—Lo haría —dije—. Sin duda.

Dioniso pareció considerar mis palabras.

—Pero el fuego no se propagará hasta, digamos, el Campamento Mestizo.

—Colega —dijo Will.

—¿Qué? —preguntó el dios—. Yo solo me encargo de la seguridad de este campamento.

—Lu tiene un plan —insistió Meg—. Cuando nos capturen, Nerón bajará la guardia. Lu nos liberará. Destruiremos... —Titubeó—. Destruiremos sus fasces. Entonces él estará débil. Podemos vencerlo antes de que queme la ciudad.

Me preguntaba si alguien más había reparado en el giro que ella había dado: el hecho de que se había sentido demasiado incómoda para decir «Destruiremos a Nerón».

En las otras mesas, los campistas seguían desayunando, dándose empujones cordialmente, charlando sobre las actividades programadas para el día.

Ninguno se fijaba mucho en nuestra conversación. Ninguno me miraba nervioso y preguntaba a sus compañeros de cabaña si era realmente el dios Apolo.

¿Por qué iban a hacerlo? Eran una nueva generación de semidioses que acababan de ingresar en el campamento. Para ellos, yo era un elemento más del paisaje, como el señor D, los sátiros y la quema ritual de yogur. «¿El señor A? Ah, sí. Antes era un dios o algo así. Pasa de él.»

A lo largo de los siglos, me había sentido desfasado y olvidado en muchas ocasiones, pero nunca tanto como en ese momento.

—Si Lu dice la verdad —estaba diciendo Will— y si Nerón sigue confiando en ella...

—Y si puede liberaros —añadió Nico— y si podéis destruir los fasces antes de que Nerón incendie la ciudad... Son muchas suposiciones. No me gustan las situaciones con más de un «si».

—Como que yo podría invitarte a comer pizza este fin de semana —propuso Will— si no fueses tan pesado.

—Exacto. —La sonrisa de Nico fue como un atisbo de sol invernal asomando entre rachas de nieve—. Entonces, suponiendo que llevéis a cabo ese plan absurdo, ¿qué se supone que tenemos que hacer nosotros?

Meg eructó.

—Lo dice la profecía. La parte del hijo de Hades.

El rostro de Nico se ensombreció.

—¿Qué parte del hijo de Hades?

Will adquirió un interés repentino por el envoltorio de su magdalena integral. Nico pareció percatarse al mismo tiempo que yo de que Will no le había revelado todos los versos de la profecía.

—William Andrew Solace —dijo Nico—, ¿tienes algo que confesar?

—Iba a decírtelo. —Will me lanzó una mirada suplicante, como si no se sintiese con el valor para pronunciar los versos.

—«El hijo de Hades, amigo de los que cuevas hienden —recité—, debe llevar al trono por un sendero arcano.»

Nico frunció el entrecejo con tal intensidad que temí que fuese a marchitar a Will como a la manzana.

—¿No crees que habría estado bien decirlo antes?

—Un momento —intervine, en parte para evitarle a Will la ira de Nico, y en parte porque había estado devanándome los sesos pensando quiénes podían ser «los que cuevas hienden», y seguía sin tener ni idea—. Nico, ¿sabes lo que quieren decir esos versos?

Nico asintió con la cabeza.

—Los que cuevas hienden son... unos nuevos amigos míos.

—Nunca han sido amigos —murmuró Will.

—Son expertos en geografía subterránea —explicó Nico—. He estado hablando con ellos de... otro asunto.

—Que no es bueno para tu salud mental —añadió Dioniso en tono cantarín.

Nico le lanzó una mirada fulminamanzanas.

—Si la torre de Nerón tiene una entrada secreta, ellos podrían conocerla.

Will meneó la cabeza.

—Cada vez que los visitas...

Dejó la frase en el aire, pero la preocupación de su voz era cortante como un cristal roto.

—Entonces ven conmigo esta vez —dijo Nico—. Ayúdame.

Will tenía una expresión triste. Yo notaba que deseaba proteger a Nico más que nada en el mundo y ayudarle como fuese. Y también que no deseaba visitar a esos que hendían cuevas más que nada en el mundo.

—¿Quiénes son? —preguntó Meg entre bocado y bocado de tortita—. ¿Son horribles?

—Sí —contestó Will.

—No —dijo Nico.

—Bueno, entonces está decidido —terció Dioniso—. Como el señor Di Angelo parece empeñado en desoír mis consejos sobre su salud mental y emprender la misión...

—No es justo —protestó Nico—. Ya has oído la profecía. Tengo que hacerlo.

—No estoy familiarizado con el concepto de «tener que hacer algo» —dijo Dioniso—, pero si estás decidido, más vale que os pongáis en marcha. Apolo solo tiene hasta mañana por la noche para entregarse, o fingir que se entrega, o como queráis llamarlo.

—¿Deseando librarte de nosotros? —preguntó Meg.

Dioniso rio.

—Y la gente dice que no existen las preguntas tontas. Pero si te fías de tu amiga Luluseta...

—Luguselva —gruñó Meg.

—Como se llame. ¿No deberíais volver corriendo con ella?

Nico se cruzó de brazos.

—Necesito algo de tiempo antes de que salgamos. Si tengo que pedirles a mis nuevos amigos un favor, no puedo presentarme con las manos vacías.

—Puaj, qué asco —dijo Will—. ¿No irás a...?

Nico lo miró arqueando una ceja como diciendo «¿En serio, cari? Ya estás pringado en esto».

Will suspiró.

—Está bien. Iré contigo a... reunir provisiones.

Nico asintió con la cabeza.

—Nos llevará casi todo el día. Apolo, Meg, ¿qué tal si os quedáis en el campamento y descansáis de momento? Mañana a primera hora de la mañana los cuatro partiremos a la ciudad. Tendremos tiempo suficiente.

—Pero... —Me tembló la voz.

Quería protestar, pero no sabía por qué motivo. ¿Solo un día en el Campamento Mestizo antes de la recta final a la destrucción y la muerte? ¡No era tiempo suficiente para remolonear!

—Yo, ejem... pensaba que había que autorizar formalmente las misiones.

—Yo la autorizo formalmente —dijo Dioniso.

—¡Pero solo puede haber tres personas! —repuse.

Dioniso nos miró a Will, a Nico y a mí.

—Yo solo cuento a tres.

—¡Eh! —dijo Meg—. ¡Yo también voy!

Dioniso la ninguneó intencionadamente.

—¡Ni siquiera tenemos un plan! —protesté—. Cuando encontremos ese sendero arcano, ¿qué hacemos con él? ¿Por dónde empezamos?

—Empezamos por Rachel —dijo Will, que seguía hurgando en su magdalena con aire taciturno—. «La del desafío revela un camino ignorado.»

La verdad me perforó la nuca como una aguja de acupuntura.

Por supuesto, la interpretación de Will tenía todo el sentido del mundo. *Dare*, el apellido de Rachel, significaba «desafío» en inglés. Nuestra vieja amiga debía de estar en su casa de Brooklyn, empezando las vacaciones de verano, sin esperar que yo me presentase en su casa y le pidiese ayuda.

—Rachel Elizabeth Dare —dije—. Mi sacerdotisa délfica.

—Magnífico —comentó Dioniso—. Ahora que ya habéis descifrado vuestra misión suicida, ¿podemos acabar de desayunar, por favor? Y deja de acaparar el sirope, McCaffrey. Hay más gente comiendo tortitas.

# 11

## Pido disculpas
## a mi flecha y mis calzoncillos
## y, en fin, a todo

¿Qué harías tú si solo pudieses estar un día en el Campamento Mestizo?

Tal vez jugarías a atrapar la bandera, o montarías en pegaso por la playa, o descansarías en el prado disfrutando del sol y la dulce fragancia que desprenden las fresas al madurar.

Todas son buenas opciones. Yo no elegí ninguna de ellas.

Me pasé el día corriendo de un lado a otro presa del pánico, tratando de prepararme para mi muerte inminente.

Después de desayunar, Nico se negó a darme más información sobre sus misteriosos amigos que hendían cuevas.

—Mañana lo descubrirás —fue todo cuanto dijo.

Cuando le pregunté a Will, no dijo ni pío y puso una cara tan triste que no tuve valor para insistirle.

Dioniso podría haberme puesto al corriente, pero ya nos había tachado en su lista de tareas pendientes.

—Ya te lo he dicho, Apolo, en el mundo hay muchas crisis. Esta mañana mismo, los científicos han publicado otro estudio que relaciona el consumo de refrescos con la hipertensión. ¡Como sigan desprestigiando la Coca-Cola Light tendré que castigar a alguien! —Y se fue echando chispas para tramar su venganza contra el sector sanitario.

Pensaba que por lo menos Meg se quedaría a mi lado mientras nos preparábamos para la misión. En cambio, decidió pasar la mañana plantando calabazas con los de la cabaña de Deméter. Lo que oyes, querido lector. Eligió unas calabazas antes que a mí.

Mi primera parada fue la cabaña de Ares, donde le pregunté a Sherman Yang si tenía información útil sobre la torre de Nerón.

—Es una fortaleza —explicó—. Un ataque frontal sería...

—Un suicidio —aventuré—. ¿No hay entradas secretas?

—No que yo sepa. Si las hubiese, estarían muy vigiladas y llenas de trampas. —Su cara adquirió un aire ausente—. Como lanzallamas con sensores de movimiento. Qué pasote.

Empecé a preguntarme si Sherman sería más útil como asesor de Nerón.

—¿Es posible —pregunté— que Nerón tenga preparada un arma catastrófica? ¿Por ejemplo, suficiente fuego griego para destruir Nueva York con solo pulsar un botón?

—Hala... —Sherman adoptó la expresión de profundo enamoramiento de alguien que ve a Afrodita por primera vez—. Eso sería increíble. O sea, terrible. Sería terrible. Pero... sí, es posible. ¿Con la riqueza y los recursos que él tiene? ¿Y la cantidad de tiempo que ha tenido para planearlo? Por supuesto. Necesitaría un depósito central y un sistema de distribución para dispersarlo rápido. ¿Mi teoría? Estaría bajo tierra, para aprovechar las tuberías, las alcantarillas, los túneles de la ciudad y todas esas cosas. ¿Crees que tiene algo así? ¿Cuándo vamos a la batalla?

Me di cuenta de que quizá le había contado demasiado a Sherman Yang.

—Ya te avisaré —murmuré, y me retiré a toda prisa.

Siguiente parada: la cabaña de Atenea.

Pregunté al actual monitor jefe, Malcolm, si disponía de información sobre la torre de Nerón o unas criaturas que pudiesen hender cuevas, o alguna hipótesis sobre por qué una gala como Luguselva podía estar trabajando para Nerón, y si podíamos fiarnos de ella.

Malcolm se paseó por la cabaña mirando ceñudamente diversos mapas murales y estanterías.

—Puedo investigar —propuso—. Podemos preparar un dosier con información fiable y un plan de ataque.

—Eso... ¡sería increíble!

—Tardaremos unas cuatro semanas. Puede que tres si nos damos prisa. ¿Cuándo tenéis que marchar?

Salí de la cabaña desconsolado.

Antes de la hora de comer, decidí consultar a mi arma para situaciones desesperadas: la Flecha de Dodona. Me interné en el bosque, pensando que tal vez las cualidades proféticas de la flecha mejorarían si la acercaba a su lugar de origen, la Arboleda de Dodona, donde los árboles susurraban el futuro y cada rama soñaba con convertirse en un proyectil de habla florida. Además, quería estar lo bastante lejos de las cabañas para que nadie me viese hablando con un objeto inanimado.

Puse al corriente a la flecha de las novedades y los últimos

versos de la profecía. A continuación, que los dioses me ampara-
sen, le pedí consejo.

*YA OS LO DIJE,* declaró la flecha. *NO VEO OTRA INTER-
PRETACIÓN. DEBÉIS CONFIAR EN LOS DEL EMPERADOR.*

—O sea, en Luguselva —dije—. O sea, que debo entregarme
a Nerón porque una gala a la que apenas conozco me dice que es
la única forma de detener al emperador.

*CIERTAMENTE,* asintió la flecha.

—¿Y acaso veis...? ¿Puedes ver lo que pasará después de que
nos entreguemos?

*NO.*

—¿A lo mejor si te llevase a la Arboleda de Dodona?

*¡NO!* Lo dijo tan enérgicamente que por poco se me escapó
de la mano de la vibración.

Me quedé mirando la flecha esperando a que siguiese, pero
me daba la impresión de que su estallido la había sorprendido
incluso a ella.

—Entonces... ¿ahora solo sabes decir que no?

*¡UNA HIGA!,* maldijo. Al menos, supuse que estaba jurando y
no pidiendo comida. *¡NO ME LLEVÉIS A LA ARBOLEDA, PER-
NICIOSO LESTER! ¿CREÉIS QUE SERÍA BIEN RECIBIDO,
SIN HABER CUMPLIDO MI MISIÓN?*

Su tono no era fácil de entender, ya que su voz resonaba en mi
cráneo, pero me parecía... ofendida.

—Lo... lo siento —dije—. No sabía...

*DESDE LUEGO QUE NO.* Sus plumas ondearon. *NO PARTÍ
POR VOLUNTAD PROPIA DE MI CASA, OH, LESTER. ¡ME VI
OBLIGADO, EXPULSADO! ¡UNA RAMITA, PRESCINDIBLE,*

*OLVIDABLE, EXILIADA DEL CORO DE ÁRBOLES HASTA QUE DEMOSTRASE MI VALÍA! SI AHORA REGRESASE, SERÍA EL HAZMERREÍR DE TODA LA ARBOLEDA. QUÉ HUMILLACIÓN...*

Se quedó quieta en mi mano.

*OLVIDAD LO QUE HE DICHO,* dijo zumbando. *FINGID QUE NUNCA HA OCURRIDO.*

No sabía qué decir. Todos mis años como dios del tiro con arco no me habían preparado para ejercer de psicólogo de una flecha. Y sin embargo, me sentía fatal por el pobre proyectil. Había cargado con ella de una punta a otra del país. Me había quejado de sus defectos. Había restado importancia a sus consejos y me había burlado de su lenguaje grandilocuente. Nunca me había parado a pensar que tenía sentimientos, esperanzas, sueños y quizá una familia tan disfuncional e insolidaria como la mía.

Me pregunté amargamente si había alguien a quien había descuidado, ofendido o subestimado durante mi periodo como mortal —tacha eso—, durante mis cuatro mil años de existencia, punto. Solo podía dar gracias de que mis zapatillas no fuesen sensibles. Ni mis calzoncillos. Dioses, entonces no podría parar de disculparme.

—Te he desaprovechado —le dije a la flecha—. Lo siento. Cuando hayamos cumplido esta misión, te devolveré a la Arboleda de Dodona y serás recibida como una heroína.

Notaba el pulso en las puntas de los dedos palpitando contra el astil de la flecha. El proyectil permaneció en silencio seis segundos.

*SÍ,* dijo al final. *SIN DUDA ESTÁIS EN LO CIERTO.*

En lo tocante a señales de alarma, que la Flecha de Dodona me dijese que estaba en lo cierto era la señal de alarma más clamorosa que se me ocurría.

—¿De qué se trata? —pregunté—. ¿Has visto algo en el futuro? ¿Algo malo?

La punta de la flecha tembló. *NO OS PREOCUPÉIS. DEBO REGRESAR A MI CARCAJ. VOS DEBÉIS HABLAR CON MEG.*

La flecha se quedó en silencio. Yo quería saber más. Sabía que había más. Pero la flecha había señalado que no quería seguir hablando, y por una vez pensé que debía considerar sus deseos.

Volví a guardarla en el carcaj y emprendí la caminata de regreso a las cabañas.

Tal vez yo estaba exagerando. Que en mi vida todo fuese negro no significaba necesariamente que la flecha también lo tuviese negro.

Quizá se mostraba esquiva porque, al final de mis viajes, tanto si yo moría como si no, la flecha pensaba presentar el proyecto de mi biografía a uno de los nuevos servicios de *streaming* de las Musas. Sería recordado únicamente como una miniserie de Calíope+.

Sí, seguro que era eso. Qué alivio...

Casi había llegado al linde del bosque cuando oí risas: las risas de las dríades, deduje, basándome en mis siglos de experiencia como acosador de dríades. Seguí el sonido hasta un afloramiento rocoso cercano, donde Meg McCaffrey y Melocotones estaban acompañados de media docena de espíritus de los árboles.

Las dríades estaban adulando al espíritu frutal, que no tenía un pelo de tonto y se mostraba lo más adorable posible ante las damas, es decir, que no enseñaba los colmillos, ni gruñía, ni lucía las garras. Además, llevaba un taparrabos limpio, que era más de lo que había hecho cuando estaba conmigo.

—¡Oh, es precioso! —dijo una de las dríades, revolviendo el frondoso pelo verde de Melocotones.

—¡Qué deditos! —dijo otra, dándole un masaje en los pies.

El *karpos* ronroneaba y agitaba sus alas llenas de ramas. No parecía que a las dríades les importase que pareciera un bebé asesino cultivado a partir de un kit de siembra de chía.

Meg le hizo cosquillas en la barriga.

—Sí, es la caña. Lo encontré...

Entonces las dríades me vieron.

—Me tengo que ir —dijo una, y desapareció en un remolino de hojas.

—Sí, yo tengo un... asunto —dijo otra, y se deshizo en polen.

Las demás dríades siguieron su ejemplo, hasta que solo quedamos Meg, Melocotones y yo, y el aroma persistente a champú biodegradable Driadique™.

Melocotones me gruñó.

—Melocotones.

Sin duda quería decir: «Me has espantado a las *groupies*, colega».

—Perdón. Yo solo... —Agité la mano—. ¿Pasaba por aquí? ¿Estaba dando una vuelta, esperando a morir? No lo sé.

—Tranquilo —dijo Meg—. Pilla una roca.

Melocotones gruñó; tal vez dudaba de mi disposición a masajearle los pies.

Meg lo calmó rascándole detrás de la oreja, un acto que le hizo ronronear de felicidad.

Daba gusto estar sentado, aunque fuese en un trozo puntiagudo de cuarzo. El sol resultaba agradable pero no daba demasiado calor. (Sí, antes era el dios del sol. Ahora soy un tiquismiquis con la temperatura.)

Meg llevaba el conjunto del día de San Valentín que le había dado Sally Jackson. Afortunadamente, el vestido rosa había sido lavado desde que habíamos llegado, pero las rodillas de las mallas blancas tenían nuevas manchas de cavar en el huerto de las calabazas esa mañana. Tenía las gafas limpias. La montura con diamantes de imitación brillaba, y podía verle los ojos a través de los cristales. Su cabello había sido lavado con champú y recogido con horquillas rojas. Sospechaba que alguien de la cabaña de Deméter la había cuidado en lo tocante al aseo.

Tampoco es que yo estuviese en posición de criticar. Llevaba ropa que me había comprado Will Solace.

—¿Te lo has pasado bien en el huerto? —pregunté.

—Genial. —Se limpió la nariz con la manga—. Ese chico nuevo, Steve, hizo brotar una patata de los pantalones de Douglas.

—Sí, debió de ser genial.

—Ojalá pudiéramos quedarnos. —Lanzó un pedacito de cuarzo a la hierba.

Yo tenía el corazón como una ampolla abierta. Pensando en las cosas horribles que nos aguardaban en Manhattan, quise concederle a Meg su deseo más que nada en el mundo. Ella debería poder quedarse en el campamento, riendo y haciendo amigos y viendo patatas brotar de los pantalones de sus compañeros de cabaña como cualquier niña normal y corriente.

Me asombraba lo tranquila y conforme que parecía. Había oído que los jóvenes eran especialmente fuertes a la hora de sobrevivir a un trauma. Eran mucho más duros que, por ejemplo, un inmortal medio. Y sin embargo, por una vez, deseé poder ofrecer a Meg un lugar seguro en el que estar, sin la presión de tener que marcharnos enseguida a impedir un apocalipsis.

—Podría ir yo solo —me sorprendí diciendo—. Podría entregarme a Nerón. No tienes por qué...

—Basta —ordenó.

Se me cerró la garganta.

No podía hacer otra cosa que esperar mientras Meg daba vueltas a una brizna de hierba entre los dedos.

—¿Lo dices porque no te fías de mí? —preguntó al fin.

—¿Qué? —Su pregunta me permitió volver a hablar—. No, no es...

—Te traicioné una vez —dijo—. Aquí mismo, en este bosque.

No parecía triste ni avergonzada por ello, como podía haberse sentido antes. Hablaba con una suerte de incredulidad ensoñadora, como si intentase acordarse de la persona que era hacía seis meses. Era un problema con el que yo podía identificarme.

—Los dos hemos cambiado mucho desde entonces, Meg —dije—. Te confiaría mi vida. Solo me preocupa Nerón... cómo intentará hacerte daño, cómo intentará utilizarte.

Ella me lanzó una mirada casi propia de una maestra, como advirtiéndome: «¿Seguro que es tu respuesta definitiva?».

Comprendí lo que mi amiga debía de estar pensando: yo aseguraba que no me preocupaba que ella me traicionase, pero me preocupaba cómo Nerón podía manipularla. ¿No era lo mismo?

—Tengo que volver —insistió Meg—. Tengo que comprobar si soy lo bastante fuerte.

Melocotones se acurrucó a su lado como si no tuviese esas inquietudes.

Meg le acarició las alas con hojas.

—A lo mejor me he hecho más fuerte. Pero cuando vuelva al palacio, ¿será suficiente? ¿Me acordaré de ser quien soy ahora y no... quien era entonces?

No creía que esperase una respuesta, pero pensé que tal vez yo debía hacerme la misma pregunta.

Desde la muerte de Jason Grace, había pasado noches en blanco preguntándome si podría cumplir la promesa que le había hecho. Suponiendo que lograse volver al Monte Olimpo, ¿me acordaría de lo que es ser humano, o me convertiría otra vez en el dios egocéntrico que era?

Los cambios son algo frágil. Requieren tiempo y distancia. Los supervivientes de malos tratos, como Meg, tienen que alejarse de sus maltratadores. Volver a ese entorno tóxico era lo peor que podía hacer. Y antiguos dioses arrogantes como yo no podían arrimarse a otros dioses arrogantes y esperar seguir impolutos.

Pero supuse que Meg tenía razón. Volver era la única forma de ver lo fuertes que nos habíamos vuelto, aunque eso significase arriesgarlo todo.

—Vale, estoy preocupado —reconocí—. Por ti. Y por mí. No sé la respuesta a tu pregunta.

Meg asintió con la cabeza.

—Pero tenemos que intentarlo.

—Juntos, entonces —dije—. Otra vez a la guarida de la Bestia.

—Melocotones —murmuró Melocotones.

Meg sonrió.

—Dice que él se quedará en el campamento. Necesita tiempo para él.

No soporto cuando los espíritus frutales tienen más sentido común que yo.


Esa tarde llené dos carcajs de flechas. Saqué brillo al arco y le cambié la cuerda. Escogí un nuevo ukelele de la tienda de instrumentos musicales de la cabaña; no era tan bonito ni duradero como el ukelele de combate de bronce que había perdido, pero aun así era un instrumento de cuerda imponente. Me aseguré de que tenía suficientes suministros médicos en la mochila, además de comida y bebida y la muda habitual de ropa y calzoncillos. (¡Lo siento, ropa interior!)

Pasé las horas de la tarde aturdido; me sentía como si me estuviese preparando para un funeral... el mío, en concreto. Austin y Kayla andaban cerca, tratando de ayudarme en lo que podían, pero sin invadir mi espacio.

—Hemos hablado con Sherman y Malcolm —me informó Kayla—. Estaremos esperando.

—Si existe alguna posibilidad de que podamos ayudar —dijo Austin—, estaremos listos para intervenir de inmediato.

Las palabras no bastaban para expresarles mi agradecimiento, pero espero que viesen mi gratitud en mi cara llorosa, magullada y picada de acné.

Esa noche teníamos la habitual sesión de canto a coro alrededor de la fogata. Nadie mencionó nuestra misión. Nadie pronunció un discurso de despedida o de buena suerte. Hacía tan poco que los campistas primerizos eran conscientes de su condición de semidioses, estaban tan asombrados por todo, que dudaba que se diesen cuenta de que nos habíamos ido. Tal vez era lo mejor.

No tenían por qué saber cuánto estaba en juego: no solo si Nueva York se incendiaba, sino si el Oráculo de Delfos volvería a poder suministrarles profecías y ofrecerles misiones, o si el futuro estaría controlado y predeterminado por un emperador malvado y un reptil gigante.

Si yo fracasaba, esos jóvenes semidioses crecerían en un mundo en el que la tiranía de Nerón sería la norma y solo habría once dioses del Olimpo.

Traté de relegar esos pensamientos a lo más recóndito de mi mente. Austin y yo tocamos un dúo de saxofón y guitarra. Luego Kayla se nos unió para dirigir a los campistas en una emotiva versión de «Las ruedas del carro girando van». Asamos malvaviscos, y Meg y yo intentamos disfrutar de las últimas horas en compañía de nuestros amigos.

Podría haber sido peor: esa noche no tuve sueños.

Al amanecer, Will me despertó. Él y Nico habían vuelto de dondequiera que habían estado «reuniendo provisiones», pero no quisieron hablar del asunto.

Él y yo nos reunimos con Meg y Nico en el camino al otro lado de la Colina Mestiza, donde la furgoneta de enlace del campamento aguardaba para llevarnos a la casa de Rachel Elizabeth Dare en Brooklyn y —de una forma u otra— a los últimos días de mi vida como mortal.

# 12

## Almacén de ricachón.
## Pilla rápido tu batido de chocolate,
## las vacas vigilan

Brooklyn.

Normalmente, los principales peligros del distrito son el tráfico congestionado, los cuencos de *poké* y la falta de mesas suficientes de las cafeterías para todos los aspirantes a guionistas. Sin embargo, esa mañana advertí que el conductor de nuestra furgoneta, Argus el gigante, tenía los ojos bien abiertos por si surgían problemas.

Para Argus no era *peccata minuta*, porque tenía cientos de pares de ojos repartidos por todo el cuerpo. (En realidad no los había contado, ni le había preguntado si los ojos del trasero se le ponían morados de estar mucho tiempo sentado.)

Mientras recorríamos Flushing Avenue, sus ojos azules parpadeaban y se movían con nerviosismo por sus brazos, su cuello, sus mejillas y su mentón, tratando de mirar a todas partes al mismo tiempo.

Estaba claro que intuía que algo no iba bien. Yo también lo percibía. El aire estaba cargado de electricidad, como poco antes de que Zeus lanzase un rayo enorme o Beyoncé publicase un disco nuevo. El mundo contenía el aliento.

Argus paró a una manzana de la casa de los Dare como si temiera acercarse más.

En otro tiempo, el área del muelle había sido la zona portuaria de los pescadores locales, si mal no recordaba desde el siglo XIX. Luego se había poblado principalmente de depósitos de ferrocarril y fábricas. Todavía podían verse los pilotes podridos de los embarcaderos que sobresalían del agua. Armazones de ladrillo rojo y chimeneas de hormigón de asilos para pobres se erguían oscuros y abandonados como ruinas de templos. Un tramo del depósito de ferrocarril seguía abierto, con unos cuantos vagones de mercancías llenos de grafitis en la vía.

Pero como el resto de Brooklyn, el barrio se estaba gentrificando rápidamente. Al otro lado de la calle, un edificio que parecía un antiguo taller mecánico ahora albergaba una cafetería que anunciaba bagels con aguacate y té matcha con zumo de piña. Dos manzanas más abajo, unas grúas sobresalían del foso de una obra. En las vallas, unos letreros rezaban PROHIBIDO PASAR SIN CASCO y ¡PRÓXIMA APERTURA DE PISOS DE ALQUILER DE LUJO! Me preguntaba si a los obreros les exigían llevar cascos de lujo.

La residencia de los Dare era un antiguo almacén industrial transformado en una finca ultramoderna. Ocupaba casi media hectárea de puerto, que lo convertía en cinco mil millones de veces más grande que una casa media de Nueva York. La fachada era de hormigón y acero: una especie de combinación de museo artístico y búnker a prueba de bombas.

Yo no conocía al señor Dare, el magnate inmobiliario, pero

tenía la sensación de que tampoco lo necesitaba. Tenía experiencia con los dioses y sus palacios. El señor Dare actuaba según los mismos principios: «Mírame, mira mi casoplón, haz correr la voz de lo poderoso que soy. Puedes dejar tu holocausto en el felpudo».

En cuanto bajamos de la furgoneta, Argus pisó el acelerador a fondo. Se fue a toda velocidad entre una nube de gases de escape y grava de primera calidad.

Will y Nico cruzaron una mirada.

—Supongo que ha pensado que no necesitaremos que nos recojan —dijo Will.

—No lo necesitaremos —asintió Will de forma enigmática—. Vamos.

Nos llevó hasta la verja principal: unos enormes paneles de acero corrugado sin ningún mecanismo de abertura visible ni interfono. Supongo que si tenías que preguntar, no te podías permitir entrar.

Nico se quedó quieto y esperó.

Meg se aclaró la garganta.

—Ejem, ¿y bien...?

La verja se abrió sola. Ante nosotros se encontraba Rachel Elizabeth Dare.

Como todos los grandes artistas, iba descalza. (Leonardo nunca se ponía las sandalias.) Tenía los vaqueros decorados con garabatos de rotulador que habían ganado en complejidad y colorido a lo largo de los años. Su camiseta de tirantes blanca estaba salpicada de pintura. En su cara, rivalizando por la atención con sus pecas de color naranja, había unas manchas de algo que parecía pintura acrílica azul ultramarino. También tenía salpicaduras de esta en el cabello pelirrojo como confeti.

—Entrad rápido —dijo, como si llevase horas esperándonos—. El ganado está vigilando.


—Sí, he dicho «ganado» —me aclaró, adelantándose a mi pregunta mientras recorríamos la vivienda—. Y, no, no estoy loca. Hola, Meg. Will, Nico. Seguidme. Tenemos la casa para nosotros.

Eso era como decir que teníamos el estadio de los Yankees para nosotros. Estupendo, supongo, aunque no sabía qué hacer con ello.

La mansión estaba organizada en torno a un atrio central: al estilo romano, mirando hacia dentro, de forma que la plebe del exterior no te arruinase la vista. Pero por lo menos los romanos tenían jardines. El señor Dare parecía creer solo en el hormigón, el metal y la grava. En su atrio había una pila gigantesca de hierro y piedra que era o bien una genial escultura vanguardista o un montón de restos de material de construcción.

Seguimos a Rachel por un ancho pasillo de cemento pintado y luego subimos por una escalera flotante al segundo piso, pero en la mansión nada transmitía sensación de vida. La propia Rachel parecía pequeña y fuera de lugar allí, una cálida y colorida aberración paseándose descalza por un mausoleo arquitectónico.

Por lo menos su cuarto tenía unos ventanales del suelo al techo que daban al cercano depósito ferroviario y el río situado más allá. La luz del sol entraba a raudales e iluminaba el suelo de madera de roble, las lonas salpicadas que hacían las veces de alfombrillas, varios pufs, unas latas de pintura abiertas e inmensos caballetes en los que Rachel tenía seis lienzos distintos en los que estaba trabajando al mismo tiempo. Extendido en el suelo en la parte del fondo, había otro cuadro a medio terminar al que Rachel parecía estar aplicando gotas y salpicaduras a lo Jackson Pollock. En una esquina había una nevera y un sencillo futón, como si comer y dormir fueran totalmente secundarios para ella.

—Qué pasada. —Will se dirigió a los ventanales para emparse de la vista y de la luz del sol.

Meg fue derecha a la nevera.

Nico se desvió a los caballetes.

—Son increíbles. —Trazó líneas en el aire siguiendo los remolinos de pintura de Rachel en el lienzo.

—Vaya, gracias —dijo Rachel con aire distraído—. En realidad, son solo ejercicios de calentamiento.

A mí me parecían más bien sesiones completas de aerobic: brochazos enormes y agresivos, gruesos pedazos de color aplicados con una paleta de albañil, salpicaduras tan grandes que su artífice debía de haber echado una lata de pintura entera. A primera vista, las obras parecían abstractas. Entonces retrocedí, y las formas se transformaron en escenas.

Ese cuadrado granate era la Estación de Paso de Indianápolis. Esos remolinos eran grifos volando. En un segundo lienzo aparecían unas llamas que engullían el Laberinto en Llamas y, flotando en el cuadrante superior derecho, una hilera de relucientes barcos borrosos: la flota de Calígula. Un tercer cuadro... Empecé a ponerme sentimental de nuevo. Era una pira funeraria: los ritos fúnebres de Jason Grace.

—Has empezado a tener visiones otra vez —dije.

Ella me miró con una especie de anhelo lleno de resentimiento, como si estuviera desenganchándose del azúcar y yo estuviese agitando una tableta de chocolate.

—Solo destellos. Cada vez que liberas un Oráculo, tengo unos cuantos momentos de claridad. Luego la Niebla vuelve a posarse. —Se apretó la frente con las puntas de los dedos—. Es como si Pitón estuviese dentro de mi cerebro, jugando conmigo. A veces creo... —Vaciló, como si la idea le resultase demasiado perturbadora para decirla en voz alta—. Dime que vas a acabar con él. Pronto.

Asentí con la cabeza, sin atreverme a hablar. Una cosa era que Pitón se plantase de okupa en mis cuevas sagradas de Delfos. Y otra que invadiera la mente de mi pitia elegida, la sacerdotisa de mis profecías. Yo había escogido a Rachel Elizabeth Dare como mi Oráculo más importante. Era responsable de ella. Si no lograba vencer a Pitón, la criatura seguiría haciéndose cada vez más fuerte. Acabaría controlando todos los canales del futuro. Y como Rachel estaba inextricablemente unida a lo délfico... No. No soportaba pensar lo que podría suponer para ella.

—Hala. —Meg asomó la cabeza de la nevera como un submarinista con doblones de oro. En la mano tenía un batido de chocolate—. ¿Puedo beber uno?

Rachel esbozó una sonrisa forzada.

—Sírvete, Meg. Y, oye, Di Angelo —lo apartó jovialmente del lienzo que él estaba contemplando—, ¡no te roces contra las obras de arte! Me dan igual los cuadros, pero si te manchas de color, arruinarás esa estética en blanco y negro tan conseguida que tienes.

—Hum —dijo Nico.

—A ver, ¿de qué estábamos hablando...? —preguntó Rachel pensativa.

En el ventanal, Will dio unos golpecitos contra el cristal con los nudillos.

—¿Eso de ahí es el ganado?

—¡Ah, sí! —Rachel nos condujo en esa dirección.

A unos cien metros de distancia, entre nosotros y el río, había una fila de tres vagones de ganado en la vía férrea. Todos los vagones estaban ocupados, como demostraban los hocicos bovinos que de vez en cuando asomaban entre los barrotes.

—No parece lo más adecuado dejarlos ahí aparcados —dijo Will—. Hoy va a hacer calor.

Rachel asintió con la cabeza.

—Llevan ahí desde ayer. Los vagones aparecieron de la noche a la mañana. He llamado a la empresa de transporte y a la línea de teléfono para denunciar el maltrato animal. Es como si los vagones no existiesen. Nadie tiene constancia de ellos. Nadie va a venir a investigarlos. Nadie ha traído comida ni agua a los animales...

—Debemos liberarlos —dijo Meg.

—Eso sería muy mala idea —opinó Nico.

Meg frunció el entrecejo.

—¿Odias a las vacas?

—No odio a las... —Nico hizo una pausa—. Bueno, no me vuelven loco las vacas. Pero esa no es la cuestión. Esos no pueden ser animales normales y corrientes. —Miró a Rachel—. Has dicho que aparecieron de repente. La gente no reconoce su existencia. ¿Has dicho que el ganado estaba vigilando?

Rachel se apartó poco a poco de la ventana.

—A veces les veo los ojos entre los barrotes. Siempre las encuentro mirándome fijamente. Y más o menos cuando vosotros habéis llegado, se han vuelto locas y han empezado a sacudir los vagones como si quisiesen salir. Entonces he mirado las cámaras de seguridad y os he visto en la verja de entrada. Normalmente, no soy tan paranoica con las vacas. Pero esas... No sé. Algo me da mala espina. Al principio, pensé que podía tener algo que ver con nuestros vecinos...

Señaló hacia el norte siguiendo el litoral hasta un grupo de viejas torres residenciales sin nada especial.

—A veces hacen cosas extrañas.

—¿En la urbanización? —pregunté.

Ella arqueó las cejas.

—¿No ves la gran mansión?

—¿Qué mansión?

Ella miró a Will, Nico y Meg, pero todos negaron con la cabeza.

—Bueno —dijo Rachel—, pues tendréis que creerme. Allí hay una gran mansión. Se traen muchos tejemanejes raros.

No se lo discutimos. Pese a ser totalmente mortal, Rachel poseía el raro don de la clarividencia. Podía ver a través de la Niebla y otras barreras mágicas mejor que la mayoría de los semidioses, y al parecer mejor que la mayoría de Lesters.

—Una vez vi un pingüino andando por la terraza de detrás...

—¿Un qué? —preguntó Nico.

—Pero dejar vacas encerradas en jaulas durante días me parece algo distinto —dijo—. Más cruel. Esas vacas no deben de ser nada bueno.

Meg frunció el ceño.

—Ahora parecen bastante tranquilas. Sigo diciendo que las liberemos.

—Y luego, ¿qué? —inquirió Nico—. Aunque no sean peligrosas, ¿dejamos tres vagones llenos de vacas vagando por Brooklyn? Yo estoy con Rachel. Hay algo aquí... —Parecía que tratase de desenterrar algo de su memoria sin suerte: una sensación que yo también conocía perfectamente—. Yo digo que las dejemos en paz.

—¡Qué cruel! —dijo Meg—. No podemos...

—Amigos, por favor. —Me interpuse entre Nico y Meg antes de que la situación desembocase en el mayor enfrentamiento entre el bando de Hades y el de Deméter desde la despedida de soltera de Perséfone—. Como de momento el ganado está tranquilo, volvamos al tema cuando hayamos hablado de lo que hemos venido a hablar, ¿vale?

—La torre de Nerón —resumió Rachel.

Will abrió mucho los ojos.

—¿Has visto el futuro?

—No, William, he usado la simple lógica. Pero sí tengo información que podría seros útil. Que todo el mundo pille un batido de chocolate y un puf. Vamos a charlar del emperador que más asquito nos da.

# 13

## No existen planos
## para acabar con emperadores.
## Espera. Rachel tiene uno

Formamos un corro con nuestros pufs.

Rachel esparció unos planos por el suelo entre nosotros.

—¿Sabéis lo que son los fasces del emperador, chicos?

Meg y yo nos cruzamos una mirada que decía: «Ojalá no lo supiésemos».

—Estamos familiarizados con ellos —dije—. En San Francisco destruimos los fasces de Cómodo y Calígula y gracias a eso pudimos matarlos. Supongo que estás proponiendo que hagamos lo mismo con Nerón.

Rachel hizo un mohín.

—Te has cargado mi gran descubrimiento. Con lo que he tardado en averiguarlo...

—Lo has hecho de maravilla —le aseguró Meg—. A Apolo le gusta escucharse a sí mismo.

—¿Perdón...?

—¿Has descubierto el lugar exacto de los fasces de Nerón? —me interrumpió Nico—. Porque eso nos sería muy útil.

Rachel se enderezó un poco.

—Sí, creo que sí. Este es el proyecto original de la torre de Nerón. No ha sido fácil de conseguir.

Will silbó con admiración.

—Apuesto a que muchos bothan murieron para darnos esta información.

Rachel se lo quedó mirando.

—¿Qué?

Nico suspiró.

—Supongo que es una referencia a *Star Wars*. Mi novio es un friki de *Star Wars* de lo peor que hay.

—Perdone usted, Don Mitomagia. Si vieses la trilogía original... —Will nos miró al resto en busca de apoyo, pero no encontró más que expresiones vagas—. ¿Nadie? Oh, dioses. Sois unos ignorantes.

—En fin —continuó Rachel—, mi teoría es que Nerón guarda sus fasces aquí. —Señaló un punto situado a media altura del esquema de sección transversal de la torre—. Justo en medio del edificio. Es el único nivel sin ventanas exteriores. Solo se puede acceder con un ascensor especial. Todas las puertas están reforzadas con bronce celestial. El edificio entero es una fortaleza, pero sería imposible entrar en este nivel.

Meg asintió con la cabeza.

—Sé a qué piso te refieres. Nunca nos dejaban entrar allí. Nunca.

Un frío repentino se asentó sobre nuestro grupito. A Will se le puso la piel de gallina en los brazos. La idea de que Meg, nuestra Meg, se introdujese en esa fortaleza del mal era más perturbadora que cualquier cantidad de vacas o pingüinos misteriosos.

Rachel pasó a otro esquema: un plano del nivel ultrasecreto.

—Aquí. Tiene que ser esta cámara acorazada. Jamás podríais acercaros, a menos que... —Señaló una habitación cercana—. Si no interpreto mal estos dibujos, esto debe de ser un calabozo para prisioneros. —Le brillaban los ojos de emoción—. Si consiguieseis que os capturasen y luego convencieseis a alguien de dentro para que os ayudase a escapar...

—Lu tenía razón. —Meg me miró con aire triunfal—. Te lo dije.

Rachel frunció el ceño, y las manchas de pintura azul de su frente se concentraron aún más.

—¿Quién es Lu?

Le hablamos de Luguselva y del tiempo de complicidad que habíamos compartido con ella antes de que yo la tirase de un edificio.

Rachel meneó la cabeza.

—Vale... entonces, si ya habéis pensado todas mis ideas, ¿qué hago hablando?

—No, no —dijo Will—. Las estás confirmando. Y confiamos más en ti que en... ejem, otras fuentes.

Esperaba que se refiriese a Lu y no a mí.

—Además —terció Nico—, tienes el proyecto real. —Estudió el plano—. Pero ¿por qué encerraría Nerón a sus prisioneros en el mismo nivel que su posesión más valiosa?

—Ten cerca tus fasces —especulé—, pero más cerca a tus enemigos.

—Quizá —dijo Rachel—. Pero los fasces están muy bien protegidos, y no solo por dispositivos de seguridad o por guardias. Hay algo en esa cámara acorazada, algo vivo...

Entonces se me puso la carne de gallina a mí.

—¿Cómo lo sabes?

—Una visión. Solo un destello, como si... como si Pitón quisiera que yo lo viese. La figura parecía de un hombre, pero tenía una cabeza...

—Una cabeza de león —aventuré.

Rachel se estremeció.

—Exacto. Y alrededor de su cuerpo reptaban...

—Serpientes.

—Entonces, ¿sabes de qué se trata?

Busqué el recuerdo en mi memoria. Como siempre, estaba fuera de mi alcance. Te preguntarás por qué no tenía más controlados mis conocimientos divinos, pero mi cerebro mortal era un almacén imperfecto. Solo puedo comparar mi frustración con lo que sentirías si te presentases a un examen de comprensión lectora muy exigente. Te asignan cincuenta páginas. Te las lees. Entonces el profesor decide ponerte a prueba preguntándote: «¡Rápido! ¿Cuál es la primera palabra de la página treinta y siete?».

—No estoy seguro —reconocí—. Evidentemente, algún tipo de guardián poderoso. En la estrofa más reciente de la profecía aparece un «león enroscado por la serpiente». —Informé a Rachel de nuestro increíble viaje con las Hermanas Grises.

Nico miraba los planos con expresión ceñuda, como si quisiese intimidarlos para que revelaran sus secretos.

—Sea lo que sea ese guardián, Nerón le confía la vida. Meg, me parece que dijiste que Luguselva era una guerrera grande y poderosa.

—Lo es.

—Entonces, ¿por qué no acaba con ese guardián y destruye los fasces ella misma? —preguntó—. ¿Por qué necesita... ya sabes, que os dejéis capturar?

Nico formuló la pregunta de manera diplomática, pero entendí lo que quería decir. Si Lu no podía acabar con ese guardián, ¿cómo iba a poder yo, Lester Papadopoulos, el No Tan Grande Ni Poderoso?

—No lo sé —respondió Meg—. Pero debe de haber un motivo.

«Por ejemplo, que Lu prefiera vernos morir», pensé, pero tuve la prudencia de no decirlo.

—Supongamos que Lu tiene razón —dijo Nico—. Os dejáis capturar y encerrar en esa celda. Ella os libera. Matáis al guardián, destruís los fasces, debilitáis a Nerón, chupi. Incluso entonces, y siento hacer de Don Pésimo...

—A partir de ahora te llamaré Don Pésimo —dijo Will maliciosamente.

—Calla, Solace. Incluso entonces, entre vosotros y el salón del trono de Nerón todavía habrá media torre y un ejército entero de guardias de seguridad de por medio, ¿no?

—Ya nos hemos enfrentado a ejércitos enteros antes —dijo Meg.

Nico rio, cosa de la que no sabía que era capaz.

—Vale. Me gusta tu seguridad. Pero ¿no había cierto detallito sobre el interruptor del pánico de Nerón? Si se siente amenazado, puede volar Nueva York con solo pulsar un botón. ¿Cómo impedís eso?

—Ah... —Rachel murmuró un juramento inapropiado para una sacerdotisa—. Esos bichos deben de estar ahí para eso.

Con las manos temblorosas, pasó otra página de los planos.

—Le pregunté al arquitecto de mi padre por estos planos —dijo—. Y no los entendía. Dijo que era imposible que estuviesen bien. Veinte metros bajo tierra, con muros de contención triples alrededor. Tanques gigantescos, como si el edificio tuviese su propio depósito o su propia planta de tratamiento de aguas. Están conectados al alcantarillado de la ciudad, pero la red eléctrica independiente, los generadores, las bombas... Es como si todo el sistema estuviese diseñado para lanzar agua hacia fuera e inundar la ciudad.

—Pero no con agua —apuntó Will—. Con fuego griego.

—Don Pésimo —murmuró Nico.

Me quedé mirando los planos, tratando de imaginar cómo se podía haber construido semejante instalación. Durante nuestra última batalla en el Área de la Bahía, Meg y yo habíamos visto más fuego griego del existente en toda la historia del imperio bizantino. Nerón tenía más. Una cantidad exponencialmente superior. Parecía imposible, pero el emperador había contado con cientos de años para hacer planes y con recursos casi ilimitados. Solo Nerón podía gastar casi todo su dinero en un sistema de autodestrucción.

—Él también se quemará —dije asombrado—. Toda su familia y sus guardias, y su querida torre.

—Puede que no —repuso Rachel—. El edificio está diseñado para ser autónomo. Aislante térmico, sistema de circulación de aire cerrado, materiales resistentes al calor reforzados. Hasta las ventanas tienen cristales especiales a prueba de explosiones. Nerón podría incendiar la ciudad a su alrededor y su torre sería lo único que quedaría en pie.

Meg estrujó el tetrabrik de su batido de chocolate.

—Parece propio de él.

Will estudió los planos.

—No soy ningún experto en leer estas cosas, pero ¿dónde están los puntos de acceso a los tanques?

—Solo hay uno —dijo Rachel—. Cerrado a cal y canto, automatizado, lleno de guardias y vigilando continuamente. Aunque lograseis abriros paso o colaros, no os daría tiempo a desactivar los generadores antes de que Nerón apretase el botón del pánico.

—A menos —intervino Nico— que excavaseis un túnel hasta esos depósitos por debajo. Podríais sabotear todo el sistema de distribución sin que Nerón lo supiese.

—Ya estaaamos otra vez con esa idea horrible —dijo Will.

—Son los mejores excavadores de túneles del mundo —insistió Nico—. Podrían atravesar todo ese hormigón y ese acero y ese bronce celestial sin que nadie se enterase. Esta es nuestra parte del plan, Will. Mientras Apolo y Meg se dejan capturar y mantienen distraído a Nerón, nosotros iremos bajo tierra y nos cargaremos esa arma desastrosa.

—Espera, Nico —dije—. Ya va siendo hora de que nos expliques quiénes son esos seres que atraviesan cuevas.

El hijo de Hades me clavó sus ojos oscuros como si yo fuese otra capa de hormigón que excavar.

—Hace unos meses me puse en contacto con los trogloditas.

Me atraganté de la risa. La afirmación de Nico era lo más ridículo que había oído desde que Marte me juró que Elvis Presley seguía vivo en, sorpresa, Marte.

—Los trogloditas son un mito —dije.

Nico frunció el entrecejo.

—¿Un dios le dice a un semidiós que algo es un mito?

—¡Ya sabes lo que quiero decir! No son reales. Eliano, ese escritor de tercera, se los inventó para vender más copias de sus libros en la antigua Roma. ¿Una raza de humanoides subterráneos que se alimentan de lagartos y luchan contra toros? Venga ya. Nunca los he visto. Ni una sola vez en mis milenios de vida.

—¿Te ha pasado alguna vez por la cabeza —dijo Nico— que los trogloditas podrían hacer todo lo posible por esconderse de un dios del sol? No soportan la luz.

—Bueno...

—¿Alguna vez los has buscado? —insistió Nico.

—Pues no, pero...

—Son reales —confirmó Will—. Por desgracia, Nico los ha encontrado.

Traté de procesar esa información. Nunca me había tomado en serio las historias de Eliano sobre los trogloditas. Sin embargo, en honor a la verdad, tampoco había creído en los rochos hasta el día que uno sobrevoló mi carro solar y me bombardeó con el contenido de sus intestinos. Ese fue un mal día para mí, para el rocho y para varios terrenos a los que mi carro descontrolado prendió fuego.

—Si tú lo dices. Pero ¿sabes cómo volver a encontrar a los trogloditas? —pregunté—. ¿Crees que estarían dispuestos a ayudarnos?

—Son dos preguntas distintas —aclaró Nico—. Pero creo que puedo convencerlos para que nos ayuden. Quizá. Si les gusta el regalo que les llevo. Y si no nos matan nada más vernos.

—Me encanta el plan —masculló Will.

—Chicos —terció Rachel—, os habéis olvidado de mí.

La miré fijamente.

—¿A qué te refieres?

—Yo también voy.

—¡Ni hablar! —protesté—. ¡Eres una mortal!

—E imprescindible —dijo Rachel—. La profecía lo dice. «La del desafío revela un camino ignorado.» De momento solo os he enseñado planos, pero puedo hacer más. Puedo ver cosas que vosotros no veis. Además, tengo un interés personal en la misión. Si no sobrevivís en la torre de Nerón, no podréis luchar contra Pitón. Y si no podéis vencerla...

Le tembló la voz. Tragó saliva, se inclinó hacia delante y empezó a ahogarse.

Al principio pensé que se le había atragantado el batido de chocolate. Le di unas palmaditas en la espalda que no sirvieron de nada. Acto seguido volvió a erguirse, con la espalda rígida y los ojos brillantes. Le salió una nube de humo de la boca, que no es algo que suelan provocar los batidos de chocolate.

Will, Nico y Meg se largaron encima de sus pufs.

Yo habría hecho lo mismo, pero durante medio segundo me pareció entender lo que estaba pasando: ¡una profecía! ¡Sus poderes délficos se habían abierto paso!

Entonces, presa de una sensación de pánico atenazadora, me di cuenta de que ese humo era de un color extraño: amarillo claro en lugar de verde oscuro. Y el hedor... acre y putrefacto como si viniese directamente de las axilas de Pitón.

Cuando Rachel habló, lo hizo con la voz de Pitón: un rumor grave cargado de malicia.

*La carne y sangre de Apolo serán mías prontamente.*
*El divino deberá descender solo a las tinieblas.*
*Esta sibila no volverá a ver su rastro próximamente,*
*si agotando conmigo sus últimas centellas*
*el dios se esfuma y no deja ni huella.*

El humo se desvaneció. Rachel se desplomó contra mí, sin fuerzas en el cuerpo.

¡ZAS! Un sonido de metal haciéndose añicos me sacudió los huesos. Me asusté tanto que no supe si el ruido venía de fuera o si era mi sistema nervioso que se estaba colapsando.

Nico se levantó y corrió a los ventanales. Meg se acercó a toda prisa para ayudarme con Rachel. Will le tomó el pulso y empezó a decir:

—Tenemos que llevarla...

—¡Eh! —Nico se apartó de la ventana pálido de la impresión—. Tenemos que largarnos de aquí. Las vacas están atacando.

# 14

Me caigo en un agujero
y me ahogo de la rabia.
Soy una vaca. Mu

«Las vacas están atacando» no se puede considerar una buena noticia en ningún contexto.

Will se echó a Rachel al hombro —para ser un tierno curandero, era más fuerte de lo que parecía— y corrimos todos juntos para reunirnos con Nico ante la ventana.

En la vía de tren, las vacas estaban armando una revolución. Habían roto con violencia los lados de los vagones de ganado como una avalancha que atraviesa una cerca de madera y ahora se dirigían en desbandada a la residencia de los Dare. Sospechaba que las vacas no habían estado encerradas en esos vagones en absoluto. Simplemente habían estado esperando el momento oportuno para salir y matarnos.

Poseían una belleza de pesadilla. Cada una era el doble de grande que un bovino normal, con unos ojos azules brillantes y un pelaje rojo greñudo que se rizaba en espirales mareantes como un cuadro de Van Gogh viviente. Tanto las vacas como los toros —sí, sabía distinguirlos; era un experto en vacas— poseían unos enormes cuernos curvos que habrían servido de copas a los parientes celtas más grandotes y sedientos de Lu.

Una fila de vagones de carga se interponía entre nosotros y las vacas, pero eso no disuadió al ganado. Pasaron a toda velocidad por en medio derribando y aplastando vagones como cajas de papiroflexia.

—¿Luchamos? —preguntó Meg, en un tono lleno de incertidumbre.

De repente me acordé del nombre de esas criaturas; demasiado tarde, para variar. Antes había dicho que los trogloditas eran famosos por luchar contra toros, pero no había relacionado las dos cosas. Tal vez Nerón había aparcado los vagones de ganado allí a modo de trampa, sabiendo que iríamos a pedir ayuda a Rachel. O tal vez su presencia simplemente era la forma cruel que tenían las Moiras de reírse de mí. «Ah, ¿conque quieres jugar la baza de los trogloditas? ¡Pues nosotras contraatacamos con vacas!»

—Luchar sería inútil —dije con abatimiento—. Son *tauri silvestres*: «toros salvajes», como los llamaban los romanos. Su piel es impenetrable. Según la leyenda, los tauri son enemigos ancestrales de los amigos de Nico, los trogloditas.

—Entonces, ¿ahora crees en la existencia de los troglos? —preguntó Nico.

—¡Estoy aprendiendo a creer en un montón de cosas que pueden matarme!

La primera oleada de ganado llegó al muro de contención de los Dare. Se abrieron paso a través de él y embistieron contra la casa.

—¡Tenemos que escapar! —exclamé, ejerciendo mi noble deber como Lord Obvio de Perogrullo.

Nico encabezaba la marcha. Will lo seguía de cerca con Rachel echada al hombro y Meg y yo íbamos detrás de él.

Habíamos llegado a la mitad del pasillo cuando la casa empezó a sacudirse. Se abrieron grietas zigzagueando por las paredes. En lo alto de la escalera flotante descubrimos (dato curioso) que una escalera flotante deja de flotar si un toro salvaje intenta subir por ella. Los primeros escalones habían sido arrancados de la pared. Los toros corrían como locos por el pasillo de debajo como una marabunta de buscadores de gangas en un Black Friday, pisoteando escalones rotos, estrellándose contra las paredes de cristal del atrio y reformando la casa de los Dare por las bravas.

—Por lo menos no pueden subir aquí —dijo Will.

El suelo volvió a temblar cuando los tauri derribaron otra pared.

—No tardaremos en estar ahí abajo —dijo Meg—. ¿Hay otra salida?

Rachel gimió.

—Bájame.

Will la puso de pie con cuidado. Ella se balanceó y parpadeó, tratando de procesar la escena que tenía lugar abajo.

—Vacas —dijo Rachel.

—Ya —asintió Nico.

Rachel señaló débilmente al fondo del pasillo por el que habíamos venido.

—Por aquí.

Usando a Meg como muleta, Rachel nos llevó otra vez hacia su habitación. Giró a la derecha y bajó otro tramo de escaleras hasta el garaje. En el suelo de hormigón pulido había dos Ferrari, los dos rojo chillón, porque ¿por qué tener una crisis de los cuarenta cuando puedes tener dos? Detrás de nosotros, oía a las vacas bramando furiosamente, chocando y rompiendo cosas mientras remodelaban el recinto de los Dare para darle ese aire de corral apocalíptico tan de moda.

—¡Llaves! —dijo Rachel—. ¡Buscad llaves de coche!

Will, Nico y yo nos pusimos manos a la obra. No encontramos llaves en los coches; eso habría sido demasiado ideal. No había llaves en los ganchos de las paredes, ni en los cajones de almacenamiento, ni en las estanterías. O el señor Dare llevaba las llaves encima en todo momento o los Ferrari eran puramente decorativos.

—¡Nada! —dije.

Rachel murmuró algo sobre su padre que no pienso repetir.

—No importa. —Le dio a un botón de la pared. La puerta del garaje empezó a abrirse con un ruido sordo—. Ya me encuentro mejor. Iremos andando.

Nos echamos a la calle y nos dirigimos hacia el norte tan rápido como Rachel podía cojear. Nos encontrábamos a media manzana de distancia cuando la residencia de los Dare tembló, crujió y se desplomó sobre sí misma expulsando un hongo de polvo y escombros.

—Lo siento mucho, Rachel —dijo Will.

—No te preocupes. De todas formas no soportaba esa casa. Mi padre nos trasladará a otra de sus mansiones.

—¿Y tus obras de arte? —dijo Meg.

La expresión de Rachel se tensó.

—Las obras de arte pueden volver a hacerse. Las personas no. ¡No os paréis!

Sabía que no disponíamos de mucho tiempo hasta que los tauri silvestres nos encontrasen. En esa parte del puerto de Brooklyn, las manzanas eran largas, las calles anchas y las líneas de visión claras: perfecto para una estampida sobrenatural. Casi habíamos llegado a la cafetería del té matcha con zumo de piña cuando Meg chilló:

—¡Ya vienen los Silvestres!

—Meg —dije resollando—, no todos los toros se llaman Silvestre.

Sin embargo, tenía razón con respecto a la amenaza. El ganado diabólico, que aparentemente se había quedado como si nada después de que un edificio le hubiese caído encima, salió de entre los escombros de Chez Dare. La manada empezó a reagruparse en medio de la calle, sacudiéndose los escombros del pellejo rojo como perros recién bañados.

—¿Nos escondemos? —preguntó Nico, señalando la cafetería.

—Demasiado tarde —dijo Will.

Las vacas nos habían visto. Una docena de pares de ojos azules se clavaron en nuestra posición. Los tauri alzaron la cabeza, lanzaron sus mugidos de batalla y embistieron. Supongo que podríamos habernos metido en la cafetería, solo para que las vacas la destruyesen y salvasen al barrio del peligro que suponían los bagels con aguacate. En cambio, corrimos.

Era consciente de que eso no haría más que aplazar lo inevitable. Aunque Rachel no hubiese estado aturdida debido al trance que le había inducido la serpiente, no podíamos dejar atrás a las vacas.

—¡Nos están alcanzando! —gritó Meg—. ¿Seguro que no podemos luchar contra ellas?

—¿Quieres intentarlo? —pregunté—. ¿Después de lo que le han hecho a la casa?

—¿Cuál es su punto débil? —quiso saber Rachel—. ¡Tienen que tener un talón de Aquiles!

¿Por qué la gente siempre daba eso por supuesto? ¿Por qué se obsesionaban con el talón de Aquiles? Que un héroe griego tuviese un punto vulnerable detrás del pie no quería decir que cada monstruo, semidiós y villano de la antigua Grecia tuviese también un problema podológico. La mayoría de los monstruos, de hecho, no tenían debilidades secretas. Así de insufribles eran.

Aun así, me exprimí los sesos buscando algún dato de dudosa credibilidad que pudiese haber extraído del *best seller* de medio pelo de Eliano *Sobre la naturaleza de los animales*. (No es que yo suela leer esas cosas, claro.)

—¿Fosos? —especulé—. Creo que los agricultores de Etiopía se defendían de los tauri con fosos.

—¿Son osos etíopes? —preguntó Meg.

—¡No, son agujeros en el suelo!

—¡Se nos han acabado los fosos! —dijo Rachel.

Los tauri habían reducido a la mitad la distancia entre nosotros. Otros cien metros y nos harían papilla.

—¡Allí! —gritó Nico—. ¡Seguidme!

Corrió y se situó a la cabeza.

Tenía que reconocerle el mérito. Cuando Nico elegía un foso, iba a por todas. Corrió hasta la obra de pisos de lujo, invocó su espada de hierro estigio negro de la nada y cortó la valla metálica.

Lo seguimos al interior, donde un estrecho cerco de caravanas y retretes portátiles rodeaba un cráter cuadrado de quince metros de profundidad. Una grúa gigante se alzaba en el centro del abismo, y su aguilón se extendía hacia nosotros hasta aproximadamente la altura de las rodillas. El lugar parecía abandonado. ¿Tal vez era la hora de comer? ¿Tal vez los obreros estaban en la cafetería del té matcha con zumo de piña? En cualquier caso, me alegré de que no hubiese mortales que corriesen peligro.

(Quién me había visto y quién me veía; yo, preocupándome por los transeúntes inocentes. Los demás dioses del Olimpo se habrían burlado de mí sin piedad.)

—Nico —dijo Rachel—, esto parece más un cañón.

—¡Es lo único que tenemos! —Nico corrió al borde del foso... y saltó.

Me sentí como si mi corazón saltase con él. Es posible que gritase.

Nico voló por encima del abismo y cayó en el brazo de la grúa sin dar un paso en falso. Se volvió y extendió el brazo.

—¡Vamos! Son solo unos dos metros y medio. ¡En el campamento hemos practicado saltos más grandes sobre lava!

—Los habrás practicado tú —dije.

El suelo tembló. La manada estaba justo detrás de nosotros.

Will cogió carrerilla, saltó y cayó al lado de Nico. Miró hacia atrás en dirección a nosotros y asintió con la cabeza en actitud tranquilizadora.

—¿Lo veis? ¡No es tan difícil! ¡Os agarraremos!

Rachel saltó la siguiente; sin problemas. Luego fue Meg, la novia voladora. Cuando sus pies tocaron la grúa, el brazo entero chirrió y se movió a la derecha, circunstancia que obligó a mis amigos a adoptar una postura de surfista para recobrar el equilibrio.

—¡Apolo —gritó Rachel—, date prisa!

No me miraba a mí. Miraba detrás de mí. El retumbo de la manada era ahora como un martillo neumático en mi columna vertebral.

Salté y caí en el brazo de la grúa dándome el mayor barrigazo de la historia desde que Ícaro se estampó contra el mar Egeo.

Mis amigos me agarraron los brazos para evitar que me precipitase rodando al abismo. Me incorporé resollando y gimiendo justo cuando los tauri llegaban al borde del foso.

Yo esperaba que embistiesen y se matasen de la caída como lemmings. Aunque, claro, en realidad los lemmings no hacían eso. Los pobrecillos son lo bastante listos para no suicidarse en masa. Lamentablemente, también lo eran las vacas diabólicas.

Los primeros tauri sí se despeñaron al foso, incapaces de detener el impulso que habían adquirido, pero el resto de la manada logró echar el freno. Hubo muchos empujones y achuchones y mugidos airados en las últimas filas, pero parecía que si había algo que un toro salvaje no podía atravesar era otro toro salvaje.

Murmuré varios tacos que no usaba desde que #MinoicosPrimero fue *trending topic* en las redes sociales. Al otro lado del estrecho hueco, los tauri nos miraban fijamente con sus sanguinarios ojos azul celeste. El hedor acre de su aliento y el tufo de sus pieles hizo que mis orificios nasales quisiesen replegarse sobre sí mismos y morir. Los animales se desplegaron en abanico por el borde del abismo, pero ninguno intentó saltar al brazo de la grúa. Tal vez habían aprendido la lección de la escalera flotante de los Dare. O tal vez eran lo bastante listos para saber que sus pezuñas no les servirían de gran cosa sobre unas estrechas vigas de acero.

Mucho más abajo, la media docena de vacas caídas estaban empezando a levantarse, aparentemente ilesas después de la caída de quince metros. Se paseaban de un lado a otro mugiendo indignadas. Alrededor del borde del foso, el resto de la manada permanecía alerta y en silencio mientras sus compañeras caídas se agitaban cada vez más. Las seis no parecían haber sufrido lesiones físicas, pero sus voces estaban llenas de rabia. Se les hincharon los músculos del pescuezo. Los ojos les saltaron de las cuencas. Empezaron a dar patadas en el suelo, echaron espuma por la boca y de repente, una a una, se desplomaron y se quedaron inmóviles. Sus cuerpos empezaron a ajarse y su carne a deshacerse hasta que solo quedaron sus pellejos rojos vacíos.

Meg lloró.

La comprendía perfectamente. Diabólicas o no, la muerte de las vacas fue un espectáculo horrible.

—¿Qué ha pasado? —A Rachel le temblaba la voz.

—Se han ahogado de la rabia —expliqué—. Yo... yo no creía que fuese posible, pero por lo visto Eliano acertó. Los silvestres detestan tanto quedarse atrapados en fosos que... se atragantan y mueren. Es la única forma de matarlos.

Meg se estremeció.

—Qué horror.

La manada nos miró aparentemente de acuerdo. Sus ojos azules eran como rayos láser que me quemaban la cara. Me dio la impresión de que antes habían ido a por nosotros porque matar formaba parte de su carácter. Ahora era algo personal.

—¿Y qué hacemos con el resto? —inquirió Will—. Papá, ¿seguro que no puedes...? —Señaló a nuestro público bovino—. A ver, tienes un arco divino y dos carcajs con flechas para disparar prácticamente a bocajarro.

—¡Will! —protestó Meg. Ver a los toros ahogarse en el foso parecía haber socavado toda su voluntad de luchar.

—Lo siento, Meg —dijo Will—. Pero estamos aquí atrapados.

—No servirá de nada —aseguré—. Mirad.

Saqué el arco. Coloqué una flecha y apunté a la vaca más próxima. La vaca simplemente se me quedó mirando en plan: «¿En serio, colega?».

Solté la flecha: un tiro perfecto, justo entre ojo y ojo, con suficiente fuerza para perforar la piedra. El astil se hizo astillas contra la testuz de la vaca.

—Hala —dijo Nico—. Qué cabeza más dura.

—Es toda la piel —le indiqué—. Mira.

Disparé al pescuezo de la vaca. El pelo rojo greñudo del animal se rizó, desvió la punta de la flecha y dirigió el astil hacia abajo de tal forma que pasó entre sus patas.

—Podría estar disparándoles todo el día —dije—. No servirá de nada.

—Podemos esperar a que se marchen —propuso Meg—. Se acabarán cansando y se irán, ¿no?

Rachel negó con la cabeza.

—Olvidas que han esperado enfrente de mi casa metidas en vagones de ganado abrasadores durante dos días sin comida ni agua hasta que habéis aparecido. Estoy convencida de que esos bichos pueden aguantar más que nosotros.

Me estremecí.

—Y tenemos una fecha límite. Si no nos entregamos a Nerón esta noche... —Hice un gesto de explosión con las manos.

Will frunció el ceño.

—Puede que no tengáis la oportunidad de entregaros. Si Nerón ha mandado a esas vacas, es posible que ya sepa que estáis aquí. Sus hombres podrían estar en camino.

Me quedó en la boca un sabor a aliento de vaca. Me acordé de que Luguselva nos había dicho que Nerón tenía ojos en todas partes. Esa obra podía ser perfectamente uno de los proyectos del triunvirato. Podía haber drones de vigilancia sobrevolando nuestras cabezas en ese momento...

—Tenemos que largarnos de aquí —decidí.

—Podríamos bajar por la grúa —dijo Will—. Las vacas no nos seguirán.

—Y luego, ¿qué? —quiso saber Rachel—. Estaríamos atrapados en el foso.

—Puede que no. —Nico se quedó mirando el abismo como si estuviese calculando cuántos cadáveres se podían enterrar en él—. Veo buenas sombras ahí abajo. Si llegamos al fondo sanos y salvos... ¿Qué os parece un viajecito por las sombras?

# 15

Están lloviendo vacas rojas,
pero me da igual. ¡Estoy cantando,
cantando bajo las vacas!

Me encantaba la idea. Estaba a favor de cualquier viaje que nos llevase lejos de los tauri. Incluso habría vuelto a invocar a las Hermanas Grises, aunque dudaba que su taxi apareciese en el brazo de una grúa, y en caso de hacerlo, sospechaba que las hermanas se enamorarían en el acto de Nico y Will porque formaban una pareja monísima. No le desearía a nadie esa clase de atención.

Nos dirigimos gateando en fila india al centro de la grúa como una hilera de hormigas andrajosas. Yo procuraba no mirar los cadáveres de los toros muertos de abajo, pero podía percibir la mirada malevolente de los demás silvestres mientras seguían nuestro progreso. Tenía la ligera sospecha de que estaban apostando a ver cuál de nosotros caía primero.

A mitad de camino a la torre principal, Rachel habló detrás de mí.

—Oye, ¿vas a contarme lo que pasó antes?

Eché un vistazo por encima del hombro. El viento hacía que el cabello pelirrojo le diera en la cara y se arremolinase como el pelaje de los toros.

Traté de asimilar la pregunta. ¿No había visto mi amiga cómo las vacas asesinas habían destruido su casa? ¿Estaba sonámbula cuando había saltado a la grúa?

Entonces caí en la cuenta de que se refería a su trance profético. Habíamos estado tan ocupados huyendo que no había tenido tiempo para pensarlo. A juzgar por mis anteriores experiencias con los oráculos de Delfos, me imaginé que Rachel no recordaba lo que había dicho.

—Has completado la profecía —dije—. La última estrofa de la *terza rima*, más un pareado final. Solo que...

—¿Solo que...?

—Me temo que Pitón te utilizó como canal.

Seguí avanzando a gatas, con la mirada fija en las suelas de las zapatillas de Meg, mientras le explicaba a Rachel lo que había pasado: el humo amarillo que le había salido de la boca, el brillo de sus ojos, la terrible voz profunda de la serpiente. Le repetí los versos que había pronunciado.

Ella se quedó callada lo que se tarda en contar hasta cinco.

—Suena feo.

—También es mi interpretación de experto.

Se me durmieron los dedos contra las vigas. El verso de la profecía que auguraba que yo me esfumaría sin dejar huella... Fue como si esas palabras penetrasen en mi sistema circulatorio y me borrasen las venas y las arterias.

—Ya lo descifraremos —prometió Rachel—. A lo mejor Pitón estaba tergiversando mis palabras. A lo mejor esos versos no forman parte de la profecía real.

No miré hacia atrás, pero pude advertir la determinación de

su voz. Rachel había estado enfrentándose a la presencia escurridiza de Pitón en su cabeza posiblemente durante meses. Había estado luchando sola contra ella, plasmando sus visiones en sus obras de arte para no perder la cordura. Hoy la había poseído la voz de Pitón y sus gases venenosos la habían envuelto. Aun así, su primer impulso fue tranquilizarme diciéndome que todo saldría bien.

—Ojalá tengas razón —dije—. Pero cuanto más tiempo Pitón controle Delfos, más podrá envenenar el futuro. No sé si tergiversó tus palabras o no, pero ahora forman parte de la profecía. Lo que has predicho ocurrirá.

«La carne y sangre de Apolo serán mías prontamente.» La voz de la serpiente parecía enroscarse dentro de mi cabeza. «El divino deberá descender solo a las tinieblas.»

«Cállate», le dije a la voz. Pero yo no era Meg, y Pitón no era mi Lester.

—Bueno —dijo Rachel detrás de mí—, pues tendremos que asegurarnos de que la profecía se cumpla sin que te esfumes.

Hizo que pareciese tan factible... tan posible...

—No me merezco una sacerdotisa como tú —dije.

—No, tienes razón —convino Rachel—. Puedes corresponderme matando a Pitón y sacándome los gases de la serpiente de la cabeza.

—Trato hecho —dije, esforzándome por creer que podía mantener mi parte del trato.

Por fin llegamos al mástil central de la grúa. Nico nos hizo bajar por los peldaños de la escalera de mano. Me temblaban las extremidades de agotamiento. Estuve tentado de preguntarle a

Meg si podía crear otra celosía de plantas para bajarnos al fondo como había hecho en la torre Sutro. Decidí no hacerlo porque 1) no quería que ella se desmayase del esfuerzo, y 2) no soportaba que las plantas me zarandeasen.

Cuando llegamos al suelo, me sentía mareado y tenía náuseas.

Nico no parecía encontrarse mucho mejor. No me imaginaba cómo pensaba invocar la suficiente energía para desplazarnos por las sombras. Encima de nosotros, alrededor del borde del foso, los tauri observaban en silencio, con sus ojos azules brillantes como una hilera de velas encendidas.

Meg los estudió con recelo.

—Nico, ¿cuánto puedes tardar en sacarnos?

—Déjame... recobrar... el... aliento —dijo entre bocanada y bocanada de aire.

—Por favor —convino Will—. Si está demasiado cansado, podría teletransportarnos a un tanque de salsa de queso de Venezuela.

—Bueno... —dijo Nico—. No acabamos en el tanque.

—Por poco —apuntó Will—. Desde luego acabamos en medio de la planta de procesamiento de salsa de queso más grande de Venezuela.

—Solo pasó una vez —masculló Nico.

—¿Chicos?

Rachel señaló al borde del foso, donde las vacas se estaban agitando. Se atropellaban y se empujaban entre ellas hasta que una —o por elección propia o presionada por la manada— se despeñó por el borde.

Viéndola caer, agitando las patas y torciendo el cuerpo, me acordé de la vez que Ares lanzó a un gato del Monte Olimpo para demostrar que caía de pie en Manhattan. Atenea puso al animal a salvo teletransportándolo y luego atizó a Ares con el mango de su lanza por poner al animal en peligro, pero aun así fue terrible presenciar la caída.

El toro no tuvo tanta suerte como el gato. Cayó de lado en la tierra lanzando un gruñido gutural. El impacto habría matado a la mayoría de los animales, pero el toro se limitó a sacudir las patas, se enderezó y agitó los cuernos. Nos lanzó una mirada asesina como diciendo: «Os va a caer la del pulpo».

—Ejem... —Will retrocedió poco a poco—. Está en el foso. ¿Por qué no se ahoga de rabia?

—Creo... creo que es porque estamos aquí. —La voz me sonó como si hubiese aspirado helio—. ¿Tiene más ganas de matarnos que de morir ahogado?

—Estupendo —dijo Meg—. Nico, a viajar por las sombras. Ya.

Nico hizo una mueca.

—¡No puedo llevaros a todos a la vez! Dos aparte de mí ya es pasarse un poco. El verano pasado, con la Atenea Partenos... Por poco me muero, y tenía la ayuda de Reyna.

El toro embistió.

—Llévate a Will y a Rachel —dije, sin apenas creer las palabras que salían de mi boca—. Vuelve a por Meg y a por mí cuando puedas.

Nico empezó a protestar.

—¡Apolo tiene razón! —dijo Meg—. ¡Marchaos!

No esperamos a que nos respondiese. Yo tensé el arco. Meg invocó sus cimitarras, y entramos en combate corriendo uno al lado del otro.

Hay una vieja máxima que dice: «Locura es disparar a una vaca invulnerable a la cara una y otra vez y esperar resultados diferentes».

Me volví loco. Disparé una flecha tras otra al toro, apuntándole a la boca, a los ojos, a las fosas nasales, con la esperanza de encontrar un punto débil. Mientras tanto, Meg lanzaba tajos y estocadas con entusiasmo, zigzagueando como un boxeador para mantenerse alejada de los cuernos del animal. Sus espadas no servían de nada. El pelaje rojo enmarañado del toro se arremolinaba y se ondulaba y desviaba cada golpe.

Si seguimos con vida es solo porque el toro no se decidía por cuál de los dos matar primero. Cambiaba continuamente de opinión y daba marcha atrás mientras nosotros nos turnábamos para incordiarle.

Tal vez si seguíamos presionando, lográsemos agotar al toro. Lamentablemente, también nos estábamos agotando nosotros, y arriba aguardaban montones de toros más con curiosidad por ver cómo le iba a su amigo antes de arriesgarse a caer ellos.

—¡Vaca bonita! —gritó Meg, dándole una estocada en la cara, y acto seguido escapó de los cuernos de un brinco—. ¡Vete, por favor!

—¡Se lo está pasando bomba! —dije.

Mi siguiente tiro fue el temido Triple P: el perforador posterior perfecto. No pareció herir al toro, pero sin duda captó su atención. El animal bramó y se dio la vuelta para mirarme, con los ojos azules centelleando de furia.

Mientras me estudiaba, decidiendo seguramente cuál de mis

extremidades quería arrancarme y luego usar para aporrearme la cabeza, Meg miró al borde del foso.

—Ejem, ¿Apolo?

Me arriesgué a mirar. Un segundo toro cayó al foso. Aterrizó encima de un retrete portátil, aplastó la caja y la convirtió en una tortita de fibra de cristal. A continuación salió de entre los restos y gritó: «¡Muuu!». (Que sospechaba que en el idioma de los tauri significaba: «Eso era justo lo que quería hacer».)

—Yo me pido a Vaca Popó —le dije a Meg—. Tú distrae a nuestro amigo aquí presente.

Un reparto de funciones totalmente aleatorio; en absoluto relacionado con el hecho de que no quería enfrentarme al toro al que acababa de clavarle una flecha donde la espalda pierde su casto nombre.

Meg empezó a danzar con Vaca Primera mientras yo cargaba contra Vaca Popó. Me sentía bien, me sentía heroico, hasta que traté de alcanzar mis carcajs y descubrí que no me quedaba ninguna flecha... salvo Su Merced de Urgencia, la Flecha de Dodona, a la que no le haría ninguna gracia que la usasen contra el trasero de un bovino invulnerable.

Sin embargo, ya me había comprometido, de modo que arremetí contra Vaca Popó con gran entusiasmo y ni idea de cómo luchar contra ella.

—¡Eh! —grité, agitando los brazos con la dudosa esperanza de dar miedo—. ¡Bla, bla, bla! ¡Vete!

La vaca atacó.

Ese habría sido un magnífico momento para que hubiese notado mi fuerza divina, de modo que como es natural me quedé con las ganas. Justo antes de que el toro pudiese atropellarme, grité y me aparté de un salto.

En ese momento, el toro debería haber llevado a cabo un lento cambio de rumbo y haber corrido alrededor del perímetro entero del foso para darme tiempo a recuperarme. En Madrid había salido con un torero que me había asegurado que los toros hacían eso porque eran animales corteses y también porque tomaban fatal las curvas cerradas.

O mi torero mentía o nunca se había enfrentado a los tauri. El toro dio la vuelta realizando un giro de ciento ochenta grados perfecto y embistió otra vez contra mí. Me aparté rodando por el suelo y traté de agarrar desesperadamente algo que me fuese útil. Acabé tirando del borde de una lona de poliuretano azul. El peor escudo de la historia.

El toro clavó rápidamente un cuerno en la tela. Salté hacia atrás cuando el animal pisó la lona y cayó arrastrado por su peso como quien tropieza con su toga. (No es que a mí me haya pasado, pero he oído anécdotas.)

El toro rugió agitando la cabeza para soltarse de la lona, cosa que solo hizo que se enredase aún más en la tela. Retrocedí tratando de recobrar el aliento.

A unos quince metros a mi izquierda, Meg jugaba al pillapilla mortal con Vaca Primera. Parecía ilesa, pero noté que se estaba cansando y que sus tiempos de reacción se volvían más lentos.

Empezaron a caer más vacas al foso cual grandes clavadistas descoordinados de Acapulco. Me acordé de cierto detalle que Dioniso me había contado en una ocasión sobre sus hijos gemelos, Cástor y Pólux, cuando vivía con su esposa mortal durante una breve fase de «dicha doméstica». Me había dicho que el número ideal de hijos era dos, porque a partir de dos, tus hijos te sobrepasaban.

Lo mismo era aplicable a las vacas asesinas. Meg y yo no podíamos aspirar a defendernos de más de un par de ellas. Nuestra única esperanza era... Fijé la vista en el mástil de la grúa.

—¡Meg! —grité—. ¡Volvemos a la escalera!

Meg intentó hacer lo que le dije, pero Vaca Primera se interponía entre ella y la grúa. Saqué rápidamente el ukelele y corrí en dirección a ellos.

—¡Vaquita, vaquita, vaca! —Rasgueé desesperadamente el instrumento—. ¡Oye, vaca! ¡Vaca mala! ¡Largo, vaquita, vaquita, vaca!

Dudaba que la canción ganase un premio Grammy, pero esperaba que al menos distrajese a Vaca Primera lo suficiente para que Meg pudiese esquivarla. La vaca se quedó obstinadamente quieta. Y Meg también.

Llegué al lado de mi amiga. Miré hacia atrás a tiempo para ver a Vaca Popó quitarse la lona y cargar hacia nosotros. Las vacas recién caídas también estaban levantándose.

Calculé que nos quedaban unos diez segundos de vida.

—Vete —le dije a Meg—. Sal-salta por encima de la vaca y sube por la escalera. Yo...

No sabía cómo acabar la frase. «¿Me quedaré aquí a morir?» «¿Compondré otro verso de "Vaquita, vaquita, vaca"?»

Justo cuando Vaca Primera bajaba los cuernos y embestía, una mano me agarró el hombro.

—Te tengo —dijo la voz de Nico di Angelo.

Y el mundo se volvió frío y oscuro.

# 16

## Will Solace, curandero,
## un héroe que no merecemos,
## tiene barritas Kit Kat

—¿«Salta por encima de la vaca»? —preguntó Meg—. ¿Ese era tu plan?

Los cinco estábamos sentados en una alcantarilla, que era algo a lo que me había acostumbrado. Meg parecía estar recuperándose rápido del mareo resultante del viaje por las sombras, gracias a la oportuna administración de néctar y barritas Kit Kat por parte de Will. Sin embargo, yo todavía me sentía como si estuviese enfermando de gripe: escalofríos, dolor muscular, desorientación... No estaba en condiciones de que me atacasen por mis decisiones en combate.

—Estaba improvisando —dije—. No quería verte morir.

Meg levantó las manos.

—Y yo tampoco quería verte morir a ti, bobo. ¿No se te pasó eso por la cabeza?

—Chicos —la interrumpió Rachel, sujetando una compresa fría contra la cabeza—. ¿Qué tal si ninguno de nosotros deja que ninguno de nosotros muera? ¿Vale?

Will le examinó la sien amoratada.

—¿Te encuentras mejor?

—No es nada —dijo Rachel, y a continuación me explicó—: Cuando nos teletransportamos aquí me di contra un muro.

Nico se quedó avergonzado.

—Lo siento.

—Eh, no me quejo —dijo Rachel—. Mejor eso que acabar pisoteada.

—Supongo —convino—. Una vez...

Nico parpadeó. Se le pusieron las pupilas blancas y se desplomó contra el hombro de Will. Pudo haber sido una treta ingeniosa para caer en los brazos de su novio —yo también había usado el truco de «Agárrame, guapo, que me desmayo» unas cuantas veces—, pero como Nico se puso a roncar enseguida, llegué a la conclusión de que no fingía.

—Nico va a soñar con los angelitos. —Will sacó una almohada de viaje de su mochila con provisiones, que sospechaba que llevaba exclusivamente para esas ocasiones. Colocó al hijo de Hades en una posición cómoda para dormir y luego nos dedicó una sonrisa de cansancio—. Necesitará media hora más o menos para recuperarse. Hasta entonces, nosotros también podemos ponernos cómodos.

Mirando el lado bueno, tenía mucha experiencia en lo referente a acomodarme en cloacas, y Nico nos había traído al equivalente de la suite presidencial del alcantarillado de Nueva York.

El techo abovedado estaba decorado con un diseño en espiga de ladrillo rojo. En cada pared, tuberías de terracota vertían la más selecta porquería en un canal que recorría el centro del suelo. El saliente de hormigón en el que estábamos sentados se hallaba tapizado confortablemente con líquenes y verdín. A la tenue luz dorada de las espadas de Meg —nuestra única iluminación—, el túnel casi tenía un aire romántico.

Considerando los precios de los alquileres de Nueva York, me imaginé que se podía pedir bastante por un sitio así. Agua corriente. Intimidad. Mucho espacio. Huesos fenomenales: de ratón, de pollo y otros que no logré identificar. ¿Y he hablado de la peste? La peste estaba incluida sin ningún costo adicional.

Will nos curó los distintos cortes y arañazos, que eran sorprendentemente leves considerando las aventuras de la mañana. Insistió en que comiésemos cuanto nos apeteciese de sus reservas medicinales de barritas Kit Kat.

—Lo mejor para recuperarse de un viaje por las sombras —nos aseguró.

¿Quién era yo para discutir los poderes curativos del chocolate y las galletas?

Comimos en silencio un rato. Rachel sostenía la compresa fría contra su cabeza mirando tristemente las aguas residuales como si esperase que pasara flotando un pedazo del hogar de su familia. Meg espolvoreaba con semillas las manchas de verdín que tenía al lado y hacía brotar setas luminosas como paraguas diminutos. Si la vida te da verdín, planta setas.

—Esos toros salvajes son increíbles —dijo Meg al cabo de un rato—. Si se pudiesen entrenar para que llevasen...

Gemí.

—Ya tuvimos suficiente cuando militarizaste a los unicornios.

—Ya. Fue genial. —Miró por el túnel a un lado y al otro—. ¿Alguien sabe cómo podemos salir de aquí?

—Nico lo sabe. —A Will le tembló el ojo—. Aunque más que sacarnos nos va a hacer bajar.

—A ver a los trogloditas —aventuró Rachel—. ¿Cómo son?

Will movió las manos como si quisiera modelar algo con barro o indicar el tamaño de un pez que había pescado.

—No... no puedo describirlos —concluyó.

Eso no era precisamente tranquilizador. Como hijo mío, Will debía tener cierta destreza poética. Si los trogloditas resultaban imposibles de describir en un soneto o una quintilla jocosa cualquiera, no me interesaba conocerlos.

—Espero que puedan ayudarnos. —Rachel levantó la palma de la mano para evitar que se le acercase Will, que se dirigía a examinar otra vez su cabeza herida—. Ya estoy bien, gracias.

La chica sonrió, pero tenía un tono tenso. Yo sabía que Will le caía bien. También sabía que ella tenía problemas con el espacio personal. Era un efecto habitual de convertirse en pitia. Que el poder de Delfos poseyera tu cuerpo y tu alma de improviso te volvía irritable si la gente se te acercaba demasiado sin tu consentimiento. Tener a Pitón susurrando dentro de tu cabeza tampoco debía de contribuir a mejorar la situación.

—Ya lo pillo. —Will se recostó—. Has tenido una mañana complicada. Siento que te hayamos metido en este lío.

Rachel se encogió de hombros.

—Ya lo dije antes, creo que tengo que estar metida en este lío. No es culpa tuya. «La del desafío revela un camino ignorado.» Por una vez formo parte de la profecía.

Parecía extrañamente orgullosa de ese hecho. Quizá, después de suministrar misiones peligrosas a tantas personas, a Rachel le resultaba agradable que la incluyesen en nuestra aventura suicida común. A la gente le gustaba que la viesen, aunque fuesen los fríos y crueles ojos del destino.

—Pero ¿no será peligroso que vengas? —preguntó Meg—. Lo digo... porque como tienes a Pitón en la cabeza o lo que sea. ¿No verá él lo que hacemos?

Rachel tiró más fuerte de sus tobillos entrecruzados.

—No creo que esté viendo a través de mí. Al menos... aún. —Dejó que la idea se posase a nuestro alrededor como una capa de gas de los pantanos—. De todas formas, no os vais a librar de mí. Pitón ha convertido esto en algo personal.

Me miró, y no pude evitar la sensación de que Pitón no era realmente a quien ella culpaba. Esa misión se había convertido en personal para ella desde que yo había aceptado a Rachel como mi sacerdotisa. Desde que... en fin, desde que era Apolo. Si mis pruebas como mortal habían servido de algo, había sido para mostrarme cuántas veces había abandonado, olvidado y fallado a mis oráculos a lo largo de los siglos. No podía abandonar a Rachel de la misma forma. Había descuidado la verdad fundamental: ellas no me servían a mí; yo tenía que servirlas a ellas.

—Tenemos suerte de contar contigo —dije—. Ojalá tuviésemos más tiempo para pensar un plan.

Rachel consultó su reloj: un modelo rudimentario de cuerda, que probablemente había elegido después de ver la facilidad con la que la tecnología se averiaba cuando había cerca semidioses, monstruos y los demás individuos mágicos que ella frecuentaba.

—Es la hora de comer pasada. Tenéis que entregaros a Nerón al anochecer. No nos queda mucho margen.

—Ah, la hora de comer —dijo Meg, fiel a su carácter—. Will, ¿tienes algo aparte de Kit Kat? Me muero de hamb...

Apartó la mano de golpe de las provisiones de Will como si le hubiesen dado una descarga.

—¿Por qué asoma una cola de tu mochila?

Will frunció el ceño.

—Oh. Ah, sí. —Sacó algo que parecía un lagarto disecado de treinta centímetros de largo envuelto en un pañuelo.

—¡Qué asco! —exclamó Meg con entusiasmo—. ¿Es para medicinas o algo así?

—Ejem, no —contestó Will—. ¿Os acordáis de que Nico y yo fuimos a buscar un regalo para los troglos? Pues...

—Puaj. —Rachel se apartó rápidamente—. ¿Por qué iban a querer eso?

Will me miró en plan: «Por favor, no me hagas decirlo».

Me estremecí.

—Los trogloditas... Si las leyendas son ciertas... consideran los lagartos un gran... —Imité el acto de meterme algo en la boca—. Manjar.

Rachel se abrazó la barriga.

—Siento haberlo preguntado.

—Mola —dijo Meg—. Entonces, si encontramos a los troglos y les damos el lagarto, ¿nos ayudarán?

—Dudo que sea tan sencillo —contesté—. Meg, ¿alguien se ha prestado a ayudarte solo porque le hayas dado un lagarto muerto?

Ella consideró la pregunta tanto tiempo que me hizo dudar de sus prácticas como regaladora en el pasado.

—Supongo que no.

Will guardó el animal disecado en su mochila.

—Pues por lo visto este es raro y especial. No os imagináis lo difícil que ha sido encontrarlo. Con suerte...

Nico resopló y empezó a moverse.

—¿Qu-qué...?

—Tranquilo —le dijo Will en tono tranquilizador—. Estás con amigos.

—¿Amigos? —Nico se incorporó, adormilado.

—Amigos. —Will nos lanzó una mirada de advertencia, como si quisiese avisarnos que no sobresaltásemos a Nico con movimientos bruscos.

Deduje que Nico tenía tan mal despertar como su padre, Hades. Como despertases a Hades antes de tiempo, es probable que acabaras convertido en la sombra de una explosión nuclear en la pared de su dormitorio.

Nico se frotó los ojos y me miró con el entrecejo fruncido. Intenté mostrarme inofensivo.

—Apolo —dijo—. Claro. Me acuerdo.

—Bien —asintió Will—. Pero sigues atontado. Come un Kit Kat.

—Sí, doctor —murmuró Nico.

Esperamos mientras Nico tomaba chocolate y un trago de néctar.

—Mejor. —Se levantó, todavía tambaleante—. Bueno, chicos, voy a llevaros a las cuevas de los trogloditas. No toquéis vuestras armas en ningún momento. Dejad que yo vaya primero y que sea el que hable. Los trogloditas pueden ponerse un poco... nerviosos.

—Cuando Nico dice «pueden ponerse nerviosos» —intervino Will— quiere decir: «Es probable que nos maten sin provocación».

—Es lo que he dicho. —Nico se metió lo que le quedaba de Kit Kat en la boca—. ¿Listos? Vamos allá.


¿Quieres saber cómo se llega a las cuevas de los trogloditas? ¡No hay problema!

Primero bajas. Luego bajas un poco más. Después tomas las tres siguientes curvas hacia abajo. Verás un camino que sube un poco. Pasa de largo. Sigue bajando hasta que los tímpanos te exploten. Entonces baja aún más.

Nos arrastramos por tuberías. Caminamos por fosos de cieno. Recorrimos túneles de ladrillo, túneles de piedra y túneles de tierra que parecían haber sido excavados siguiendo el método basado en comer y evacuar de las lombrices. En un momento determinado, nos arrastramos por una tubería de cobre tan estrecha que temí que acabásemos asomando por el váter personal de Nerón como un grupo de chicas guapas que salen de una tarta gigante de cumpleaños.

Me imaginé cantando «Cumpleaños feliz, señor emperador», y rápidamente reprimí la idea. El gas de la alcantarilla debía de estar haciéndome delirar.

Después de lo que me parecieron horas de diversión de temática cloacal, salimos a una habitación circular formada con paneles de roca toscamente labrada. En el centro, una enorme estalagmita sobresalía del suelo y atravesaba el techo como el poste central de un tiovivo. (Después de sobrevivir al tiovivo sobre el que se encontraba la tumba de Tarquinio en Tilden Park, no era una comparación que me gustase hacer.)

—Hemos llegado —dijo Nico.

Nos llevó al pie de la estalagmita. En el suelo había un agujero abierto lo bastante grande para que alguien pasase por él. En un lado de la estalagmita habían esculpido asideros que se perdían en la oscuridad.

—¿Esto forma parte del Laberinto? —pregunté.

El lugar poseía un ambiente parecido. El aire que salía de debajo estaba caliente y en cierto modo vivo, como el aliento de un leviatán dormido. Tenía la sensación de que alguien controlaba nuestro progreso: algo inteligente y no necesariamente amistoso.

Nico negó con la cabeza.

—No habléis del Laberinto, por favor. Los troglos detestan el Laberinto de Dédalo. Lo consideran poco profundo. De ahora en adelante, todo está construido por los troglos. Estamos a más profundidad de la que jamás ha alcanzado el Laberinto.

—Qué pasada —dijo Meg.

—Puedes ir delante de mí, entonces —le propuse.

Seguimos a Nico por el lado de la estalagmita hasta una inmensa cueva natural. No podía ver los bordes ni el fondo, pero a juzgar por el eco, supe que era más grande que mi antiguo templo de Dídima. (No es por presumir de tamaño, pero ese santuario era ENORME.)

Los asideros eran planos y resbaladizos, iluminados solo por manchas de líquenes que brillaban tenuemente en la roca. Tuve que echar mano de toda mi concentración para no caerme. Sospechaba que los troglos habían diseñado la entrada de su reino de esa forma a propósito, de modo que cualquiera lo bastante insensato para invadirlo se viese obligado a bajar en fila india, y puede que no llegase al fondo. El sonido de nuestra respiración y el tintineo de nuestras provisiones reverberaban por la cueva. Infinidad de seres hostiles podían estar vigilando cómo descendíamos, apuntándonos con todo tipo de simpáticas armas de proyectiles.

Por fin llegamos al suelo. Me dolían las piernas. Tenía los dedos curvados como garras artríticas.

Rachel miró a la penumbra entornando los ojos.

—¿Qué hacemos ahora?

—Quedaos detrás de mí, chicos —dijo Nico—. Will, ¿puedes hacer lo que tú sabes? Lo mínimo, por favor.

—Espera —dije—. ¿Qué es «lo que Will sabe»?

Will siguió centrado en Nico.

—¿Tengo que hacerlo?

—No podemos usar las armas para iluminarnos —le recordó Nico—. Y necesitaremos un poco más de luz, porque a los troglos no les hace falta. Preferiría poder verlos.

Will arrugó la nariz.

—Está bien. —Dejó la mochila, se quitó la camisa de lino y se quedó con la camiseta de tirantes.

Yo seguía sin tener ni idea de lo que estaba haciendo Will, aunque a las chicas no parecía importarles que hiciera lo que él sabía. ¿Tenía tal vez una linterna escondida en la camiseta interior? ¿Iba a iluminarnos frotándose con líquenes y sonriendo radiantemente?

En cualquier caso, no estaba seguro de querer ver a los troglos. Recordaba vagamente a un grupo de música perteneciente a la oleada de bandas británicas de los sesenta llamado los Troggs. No podía evitar pensar que esa raza subterránea podía llevar peinados de tazón y jerséis de cuello alto y usar continuamente la palabra «chachi». No necesitaba ese grado de horror en mi vida.

Will respiró hondo. Cuando espiró...

Pensé que me engañaban los ojos. Habíamos estado tanto tiempo en una oscuridad casi absoluta que no sabía por qué la silueta de Will de repente parecía más clara. Distinguía la textura de sus vaqueros, los mechones individuales de su pelo, el azul de sus ojos. Su piel emitía un leve y cálido fulgor dorado como si hubiese ingerido luz del sol.

—Hala —dijo Meg.

A Rachel las cejas le subieron hasta el nacimiento del pelo.

Nico sonrió de satisfacción.

—Amigos, os presento a mi novio fosforescente.

—¿Quieres hacer el favor de no montar un numerito? —preguntó Will.

Yo estaba estupefacto. ¿Cómo alguien no podía montar un numerito ante eso? En lo referente a poderes semidivinos, brillar en la oscuridad puede que no fuese tan llamativo como invocar esqueletos o controlar tomateras, pero seguía siendo impresionante. Y como los conocimientos curativos de Will, era algo discreto, útil e ideal para un aprieto.

—Qué orgulloso estoy —dije.

A Will se le puso la cara del color del sol cuando brilla a través de un vaso de zumo de arándano.

—Solo estoy brillando, papá. No me he graduado el primero de la clase.

—También estaré orgulloso cuando hagas eso —le aseguré.

—En fin. —A Nico le temblaban los labios como si estuviese haciendo esfuerzos por no reír—. Ahora llamaré a los que hienden cuevas. Que todo el mundo esté tranquilo, ¿vale?

—¿Por qué la profecía dice que atraviesan cuevas? —preguntó Rachel.

Nico levantó la mano para indicar: «Espera» o «Estás a punto de descubrirlo».

Se volvió hacia la oscuridad y gritó:

—¡Trogloditas! ¡Soy Nico di Angelo, hijo de Hades! ¡He vuelto con cuatro compañeros!

La caverna se llenó de ruidos y chasquidos como si la voz de Nico hubiese hecho salir a un millón de murciélagos. Estábamos solos y, un instante después, un ejército de trogloditas se hallaba ante nosotros como si se hubiesen teletransportado por el hiperespacio. Comprendí con inquietante certeza que habían venido corriendo de dondequiera que estaban —¿a metros de allí?, ¿a kilómetros de allí?— a una velocidad que rivalizaba con la del mismísimo Hermes.

De repente entendí las advertencias de Nico. Esas criaturas eran tan rápidas que podrían habernos matado antes de que nos diese tiempo a respirar. Si hubiese tenido un arma en la mano y la hubiese levantado instintivamente, sin querer... ahora sería la mancha de grasa antes conocida como Lester y antes conocida como Apolo.

Los trogloditas tenían un aspecto todavía más raro que el grupo de los sesenta que se había apropiado de su nombre. Eran humanoides menudos, el más alto apenas medía lo mismo que Meg, con rasgos que recordaban ligeramente los de una rana: bocas grandes y finas, narices hundidas y unas gigantescas esferas marrones con párpados gruesos por ojos. Su piel poseía todos los tonos posibles, del color de la obsidiana al de la tiza. Pedazos de piedra y musgo decoraban su oscuro cabello trenzado. Tenían un sinfín de estilos de moda, de vaqueros y camisetas de manga corta modernos a trajes de calle de los años veinte, pasando por camisas con volantes y chalecos de seda de la época colonial de Estados Unidos.

Sin embargo, lo que realmente causaba sensación era su selección de sombreros, apilados a veces en montones de tres y cuatro sobre sus cabezas: tricornios, bombines, gorras de pilotos de carreras, sombreros de copa, cascos de obra, gorros de lana y gorras de béisbol.

Los trogloditas parecían un grupo de colegiales revoltosos a los que habían soltado en una tienda de disfraces, les habían dicho que se pusieran lo que quisiesen y luego les habían dejado arrastrarse por el barro con su nuevo atuendo.

—¡Te vemos, Nico di Angelo! —dijo un troglo con un disfraz de George Washington en miniatura. Sus palabras estaban intercaladas con chasquidos, chirridos y gruñidos, de modo que en realidad sonó: «CLIC. Te... grrr... vemos... CRIII... Nico... CLIC... di Angelo... grrr».

George Washington nos dedicó una sonrisa de dientes puntiagudos.

—¿Son estos los sacrificios que nos prometiste? ¡Los troglos tienen hambre!

# 17

## Háblame de sopa.
## Que sea un caldo sabroso
## con gustito de escinco

No vi toda la vida pasar ante mis ojos, pero sí busqué en el pasado algo que pudiese haber hecho para ofender a Nico di Angelo.

Me lo imaginé diciendo: «¡Sí, estos son los sacrificios!», y luego tomando a Will de la mano y desapareciendo en las tinieblas mientras Rachel, Meg y yo éramos devorados por un ejército de diminutos hombres rana disfrazados y embadurnados de barro.

—Estos no son los sacrificios —dijo Nico, y pude volver a respirar—. ¡Les he traído una oferta mejor! ¡Le veo, oh, gran Criii-Bling!

Eso sí, Nico no dijo «criii». Emitió un chirrido que me indicó que había estado practicando troglodités. Tenía un bonito acento que taladraba el oído.

Los troglos se acercaron, olfateando y esperando, mientras Nico tendía la mano a Will para que le diese algo.

Will metió la mano en la mochila. Sacó el lagarto disecado y se lo dio a Nico, que lo desenvolvió como una reliquia sagrada y lo sostuvo en alto.

La multitud dejó escapar un grito ahogado colectivo.

—¡Oooh!

A Criii-Bling le temblaron los orificios nasales. Pensé que iba a saltarle el tricornio de la cabeza de la emoción.

—¿Es un... GRRR... escinco de cinco rayas... CLIC?

—En efecto... GRRR —dijo Nico—. Ha sido difícil de encontrar, oh, Criii-Bling, portador de los mejores sombreros.

Criii-Bling se lamió los labios. Le caía la baba por toda la corbata.

—Un regalo ciertamente poco común. En nuestro reino solemos encontrar lagartijas italianas. Tortugas. Ranas del bosque. Culebras ratoneras. De vez en cuando, con suerte, un crótalo.

—¡Ricos! —chilló un troglo del fondo—. ¡Crótalos ricos!

Varios troglos más asintieron emitiendo chirridos y gruñidos.

—Pero un escinco de cinco rayas —dijo Criii-Bling— es un manjar que raramente vemos.

—Mi regalo para ustedes —dijo Nico—. Una ofrenda de paz con la esperanza de que seamos amigos.

Criii-Bling tomó el escinco con sus manos de dedos largos y garras puntiagudas. Supuse que se metería el reptil en la boca, y se acabó. Es lo que haría cualquier rey o dios si le regalasen su manjar favorito.

En cambio, el troglodita se volvió hacia su gente y pronunció un breve discurso en su idioma. Los troglos prorrumpieron en vítores y agitaron sus sombreros. Un troglo con un gorro de cocinero salpicado de barro se abrió paso a empujones hasta la parte delantera del grupo. Se arrodilló ante Criii-Bling y aceptó el escinco.

El jefe de la tribu se volvió hacia nosotros sonriendo.

—¡Compartiremos este presente! ¡Yo, Criii-Bling, director general... CLIC... de los trogloditas, he decretado que se prepare una gran sopa para que todos los accionistas puedan degustar el maravilloso escinco!

Más vítores de los trogloditas. «Claro», comprendí. Si Criii-Bling imitaba a George Washington, no sería un rey; sería un director general.

—A cambio de este gran regalo —continuó—, no te mataremos ni te comeremos, Nico di Angelo, aunque eres italiano y nos preguntamos si sabrás tan bien como una lagartija italiana.

Nico agachó la cabeza.

—Es muy amable por su parte.

—También nos abstendremos generosamente de comer a tus compañeros —unos cuantos accionistas de Criii-Bling murmuraron: «¿Eeeh, qué?»—, aunque bien es cierto que, como tú, no llevan sombreros, y ninguna especie sin sombrero puede considerarse civilizada.

Rachel y Meg se alarmaron, probablemente porque Criii-Bling seguía babeando copiosamente mientras anunciaba que no iba a comernos. O tal vez estaban pensando en los maravillosos sombreros que podrían haber llevado si lo hubiesen sabido.

Will el Fosforescente nos miró asintiendo con la cabeza en actitud tranquilizadora y esbozó mudamente las palabras: «No pasa nada». Por lo visto, la entrega de un regalo, seguida de la promesa de no matar ni comer a tus invitados, era el protocolo diplomático habitual de los trogloditas.

—¡Apreciamos su generosidad, oh, Criii-Bling! —dijo Nico—. Propongo un pacto entre nosotros: un acuerdo que nos reportaría a todos muchos sombreros, además de reptiles, ropa elegante y rocas.

Un murmullo de excitación recorrió la multitud. Parecía que Nico había dado con los cuatro elementos de la lista de deseos de Navidad de los trogloditas.

Criii-Bling llamó adelante a unos cuantos troglos con cargos superiores, que deduje que debían de ser miembros de la junta de directivos. Uno era el cocinero. Los otros llevaban una gorra de policía, un casco de bombero y un sombrero de vaquero. Tras una breve consulta, Criii-Bling se volvió hacia nosotros dirigiéndonos otra sonrisa de dientes puntiagudos.

—¡Muy bien! —dijo—. ¡Os llevaremos a nuestra sede social, donde nos daremos un banquete a base de sopa de escinco y... CLIC, GRRR... hablaremos más detenidamente de esos asuntos!

Una horda de accionistas entusiastas y gruñones nos rodeó. Con una falta de consideración absoluta por el espacio personal, como cabía esperar de una especie que habitaba en túneles, nos levantaron, nos llevaron corriendo a hombros y nos sacaron de la caverna para internarnos en un laberinto de túneles a una velocidad que habría puesto en evidencia a los tauri silvestres.


—Estos tíos son la caña —señaló Meg—. Comen serpientes.

Yo conocía a varias serpientes, incluidas las compañeras de Hermes, George y Martha, a las que habría incomodado el concepto de «caña» que tenía Meg. Puesto que estábamos en mitad del campamento de los troglos, decidí no sacar el tema a colación.

A primera vista, la sede social de los trogloditas parecía una estación de metro abandonada. El ancho andén estaba bordeado de columnas que sostenían un techo abovedado de azulejos negros que absorbían la tenue luz de unas macetas de setas bioluminescentes esparcidas por la cueva. En el lado izquierdo del andén, en lugar de la base de la vía, se hallaba la calzada hundida de tierra compactada que los troglos habían usado para llevarnos allí. Y a la velocidad que corrían, ¿quién necesitaba trenes?

Por el lado derecho del andén corría un río subterráneo de corriente rápida. Los troglos llenaban sus calabazas y calderos de esa fuente, y también vaciaban sus orinales en ella, aunque como eran personas civilizadas portadoras de sombreros, vertían sus orinales río abajo del punto del que sacaban el agua que bebían.

A diferencia de una estación de metro, no se veían escaleras que subiesen, ni salidas señaladas claramente. Solo el río y el camino por el que habíamos llegado.

El andén bullía de actividad. Montones de troglos corrían aquí y allá y milagrosamente lograban hacer sus tareas cotidianas sin perder los montones de sombreros que llevaban en la cabeza. Unos se ocupaban de unas ollas colocadas sobre unos trípodes en fogones. Otros —¿comerciantes, quizá?— regateaban el precio de cubos de piedras. Niños troglos, cuyo tamaño no era mayor que el de bebés humanos, retozaban jugando a la pelota con esferas de cristal sólido.

Habitaban en tiendas. La mayoría las habían usurpado del mundo de los humanos, circunstancia que me trajo desagradables recuerdos del surtido de artículos de camping del Desmadre Militar de Macrón de Palm Springs. Otras parecían de diseño troglo, cosidas con cuidado a partir de las pieles rojas greñudas de los tauri silvestres. No tenía ni idea de cómo los troglos habían conseguido desollar y coser aquellas pieles impenetrables, pero saltaba a la vista que, como enemigos ancestrales de los toros salvajes, habían hallado la forma.

También me hacía preguntas sobre esa rivalidad. ¿Cómo unos hombres rana subterráneos enamorados de los sombreros y los lagartos se convertían en enemigos mortales de una raza de toros diabólicos de color rojo chillón? Tal vez al principio de los tiempos, los dioses ancestrales les habían dicho a los primeros troglos: «¡Podéis elegir a vuestros enemigos!». Y los primeros troglos habían señalado con el dedo al otro lado de los campos recién creados y habían gritado: «¡No soportamos a esas vacas!».

En cualquier caso, me consolaba saber que aunque los troglos no eran aún nuestros amigos, al menos teníamos un enemigo común.

Criii-Bling nos había proporcionado una tienda de huéspedes y un foso para hacer fuego y nos había instado a que nos pusiésemos cómodos mientras él se encargaba de los preparativos de la cena. O, mejor dicho, había instado a Nico a que se pusiese cómodo. El director general no paraba de mirarnos a Rachel, a Meg y a mí como si fuésemos medias reses colgadas en un escaparate. En cuanto a Will, los trogloditas parecían no hacerle caso. Mi teoría era que, como Will brillaba, lo consideraban simplemente una fuente de luz, como si Nico hubiese llevado su propia maceta de setas luminosas. A juzgar por la expresión ceñuda de Will, no le hacía gracia.

Habría sido más fácil tranquilizarse si Rachel no hubiese estado continuamente mirando el reloj y recordándonos que eran las cuatro de la tarde, luego las cuatro y media, y que Meg y yo teníamos que entregarnos al anochecer. Solo esperaba que los trogloditas fuesen como las personas mayores y cenasen prontísimo.

Meg se entretuvo recogiendo esporas de los tiestos con setas de al lado, que parecía considerar lo más guay del mundo después de comer serpientes. Will y Nico estaban sentados al otro lado del foso para hacer fuego manteniendo una tensa discusión. Yo no oía lo que decían, pero por sus expresiones faciales y los gestos de sus manos, capté lo esencial:

Will: «Me agobio, me agobio, me agobio».

Nico: «Tranquilo, seguro que no morimos».

Will: «Me agobio. Troglos. Peligrosos. Puaj».

Nico: «Troglos buenos. Sombreros bonitos».

O algo por el estilo.

Al cabo de un rato, el troglo del gorro de cocinero apareció en nuestro campamento. En la mano tenía un cazo humeante.

—Criii-Bling está dispuesto a hablar ahora —dijo en nuestro idioma, con un marcado acento troglodités.

Todos empezamos a levantarnos, pero el cocinero nos detuvo con un rápido movimiento de cazo.

—Solo con Nico, la lagartija italiana... ejem, YIII... digo, el hijo italiano de Hades. El resto esperaréis aquí hasta la cena.

Pareció que sus ojos brillantes añadiesen: «¡Cuando puede que estéis en el menú o puede que no!».

Nico apretó la mano de Will.

—Todo irá bien. Enseguida vuelvo.

A continuación él y el cocinero se fueron. Exasperado, Will se lanzó sobre su esterilla junto al fuego y se tapó la cara con la mochila, con lo que la iluminación que nos proporcionaba su fulgor se redujo aproximadamente un cincuenta por ciento.

Rachel escudriñaba el campamento; sus ojos relucían en la penumbra.

Me preguntaba qué veía con su visión ultraclara. Quizá los trogloditas daban todavía más miedo de lo que yo era consciente. Quizá sus sombreros eran todavía más espléndidos. En cualquier caso, se le pusieron los hombros rígidos como un arco tenso. Trazaba líneas con el dedo en el suelo manchado de hollín como si se muriese por tener sus pinceles.

—Cuando te entregues a Nerón —me dijo—, lo primero que tienes que hacer es conseguirnos tiempo.

Su tono me inquietó casi tanto como sus palabras: «cuando», no «si» yo me entregaba. Rachel había aceptado que esa era la única solución posible. La realidad de mi problema se enroscó y se acurrucó en mi garganta como un escinco de cinco rayas.

Asentí con la cabeza.

—Conseguir tiempo. Sí.

—Nerón querrá incendiar Nueva York en cuanto te tenga —dijo—. ¿Por qué iba a esperar? A menos, claro, que tú le des un motivo.

Tenía la sensación de que no me gustaría la propuesta de Rachel. No tenía una idea clara de lo que Nerón pretendía hacer conmigo cuando me entregase... aparte de la tortura y la muerte de rigor. Luguselva creía que el emperador nos mantendría a Meg y a mí con vida al menos por un tiempo, aunque no había precisado lo que sabía de los planes de Nerón.

Cómodo había querido convertir mi muerte en un espectáculo. Calígula había querido extraerme la divinidad que me quedaba y sumarla a su poder con la ayuda de la hechicería de Medea. Nerón podía tener ideas parecidas. O —y me temía que era lo más probable— cuando acabase de torturarme, podía entregarme a Pitón para sellar su alianza. Sin duda mi viejo enemigo reptil disfrutaría engulléndome entero y dejando que muriese en su barriga durante muchos días de digestión insoportables. De modo que podía aguardarme esa suerte.

—¿Qu-qué motivo haría esperar a Nerón? —pregunté.

Al parecer, estaba aprendiendo troglodités, porque mi voz sonó salpicada de chasquidos y chirridos.

Rachel trazaba florituras en el hollín: ondas, quizá, o el contorno de las cabezas de unas personas.

—¿Dijiste que el Campamento Mestizo está listo para ayudar?

—Sí... Kayla y Austin me dijeron que permanecerían en alerta. Además, Quirón debería volver pronto al campamento. Pero un ataque a la torre de Nerón estaría condenado al fracaso. El objetivo de que nos entreguemos...

—Es distraer al emperador de lo que Nico, Will y yo estaremos haciendo, con suerte, gracias a la ayuda de los troglos: inutilizar los tanques de fuego griego. Pero tendrás que darle a Nerón otro incentivo para evitar que pulse ese botón cuando te entregues. De lo contrario, no tendremos tiempo para sabotear su arma, por muy rápido que los troglos puedan correr o excavar.

Entendí lo que ella insinuaba. El escinco de cinco rayas de la realidad empezó a deslizarse lenta y dolorosamente por mi esófago.

—Quieres avisar al Campamento Mestizo —dije—. Que emprendan un ataque de todas formas, a pesar de los riesgos.

—Yo no quiero nada —repuso ella—. Pero es la única forma. Tendrá que estar perfectamente sincronizado. Tú y Meg os entregáis. Nosotros nos ponemos manos a la obra con los trogloditas. El Campamento Mestizo se prepara para el ataque. Pero si Nerón cree que el campamento entero va a por él...

—Sería algo por lo que valdría la pena esperar. Acabar con toda la población del Campamento Mestizo a la vez que destruye la ciudad, todo en medio de una terrible tormenta de fuego. —Tragué saliva—. Podría limitarme a tirarme un farol. Podría decir que vienen refuerzos.

—No —dijo Rachel—. Tiene que ser de verdad. Nerón tiene a Pitón de su parte. Pitón lo sabría.

No me molesté en preguntarle por qué. Es posible que el monstruo todavía no pudiese ver a través de los ojos de Rachel, pero yo recordaba perfectamente cómo sonaba su voz a través de la boca de mi amiga. Estaban conectados. Y esa conexión se estaba intensificando.

Me negaba a considerar los detalles de un plan tan disparatado, pero me sorprendí preguntando:

—¿Cómo avisarías al campamento?

Rachel esbozó una sonrisa.

—Yo puedo usar móviles. Normalmente no llevo ninguno, pero no soy una semidiosa. Suponiendo que consiga volver a la superficie, donde los móviles funcionan, puedo comprar uno barato. Quirón tiene un ordenador viejo y cutre en la Casa Grande. Apenas lo usa, pero sabe buscar mensajes o correos electrónicos en situaciones de emergencia. Suponiendo que esté allí.

Parecía muy tranquila, cosa que me hizo sentir más agitado.

—Tengo miedo, Rachel —reconocí—. Una cosa es ponerme yo en peligro. Pero ¿el campamento entero? ¿Todo el mundo?

Por extraño que parezca, ese comentario pareció complacerla. Me tomó la mano.

—Lo sé, Apolo. Y el hecho de que estés preocupado por otras personas es muy bonito. Pero tendrás que confiar en mí. Ese camino arcano, lo que se supone que tengo que mostrarte, estoy convencida de que se trata de eso. Así es cómo podemos arreglarlo todo.

«Arreglarlo todo.»

¿Cómo se suponía que sería ese final?

Hacía seis meses, cuando había aterrizado en Manhattan, la respuesta me parecía evidente. Volvería al Monte Olimpo, recuperaría la inmortalidad, y todo iría fenomenal. Después de ser Lester durante unos cuantos meses, es posible que hubiese añadido que también estaría bien destruir el triunvirato y liberar a los antiguos oráculos... pero sobre todo porque era la vía para recobrar mi divinidad. Ahora, después de todos los sacrificios que había visto, el dolor que habían sufrido tantas personas... ¿qué podía arreglarlo todo?

Ni todos los éxitos del mundo nos devolverían a Jason, ni a Dakota, ni a Don, ni a Crest, ni a Planta del Dinero, ni a Heloise, ni a los muchos héroes que habían caído. No podíamos reparar esas tragedias.

Los mortales y los dioses teníamos una cosa en común: éramos conocidos por nuestra añoranza de «los buenos tiempos». Siempre estábamos rememorando una época mágica y dorada antes de que las cosas se torciesen. Recordaba estar sentado con Sócrates, en torno a 425 a. C., y quejarnos el uno al otro de que las nuevas generaciones estaban echando a perder la civilización.

Como inmortal, debería haber sabido que nunca había habido «buenos tiempos». Los problemas a los que hacen frente los humanos nunca cambian realmente, porque los mortales aportan su propio bagaje. Lo mismo es aplicable a los dioses.

Quería volver a una época anterior a todos los sacrificios que se habían hecho. Anterior a todo el dolor que yo había experimentado. Pero arreglarlo todo no podía significar dar marcha atrás al reloj. Ni siquiera Cronos tenía ese poder sobre el tiempo.

Sospechaba que eso tampoco era lo que Jason Grace querría.

Cuando me había dicho que no olvidase lo que era ser humano, se refería a crecer a partir del dolor y la tragedia, a superarlo, a aprender de ello. Eso era algo que los dioses nunca hacíamos. Nosotros simplemente nos quejábamos.

Ser humano equivale a avanzar, adaptarte, creer en tu capacidad para mejorar las cosas. Esa es la única forma de lograr que el dolor y el sacrificio tengan algún sentido.

Miré a Rachel a los ojos.

—Confío en ti. Lo arreglaré todo. O moriré en el intento.

Lo curioso es que lo decía en serio. Un mundo en el que el futuro estaba controlado por un reptil gigante, en el que la esperanza se apagaba, en el que los héroes sacrificaban su vida en vano, y el dolor y la adversidad no podían dar fruto a una vida mejor... me parecía mucho peor que un mundo sin Apolo.

Rachel me dio un beso en la mejilla: un gesto de hermana, aunque me costaba imaginarme a mi verdadera hermana Artemisa haciendo eso.

—Estoy orgullosa de ti —dijo Rachel—. Pase lo que pase. Recuérdalo.

Me quedé sin habla.

Meg se volvió hacia nosotros, con las manos llenas de líquenes y setas.

—¿Acabas de darle un beso, Rachel? Qué asco. ¿Por qué?

Antes de que Rachel pudiese contestar, el cocinero volvió a aparecer en nuestro campamento con el delantal y el gorro salpicados de caldo humeante. Todavía tenía un brillo ávido en los ojos.

—VISITANTES... YIII... ¡venid conmigo! ¡Estamos listos para el banquete!

# 18

## El especial de esta noche: delicioso Apolo estofado bajo una gorra de los Mets

Un consejo: si alguna vez te dan a elegir entre beber sopa de escinco u ofrecerte como plato principal de los trogloditas, lanza una moneda al aire. Es imposible sobrevivir a cualquiera de las dos opciones.

Nos sentamos sobre unos cojines alrededor del foso de setas común acompañados de cien trogloditas más o menos. Como los huéspedes bárbaros que éramos, nos dieron a cada uno una prenda para la cabeza, a fin de no herir la sensibilidad de nuestros anfitriones. Meg llevaba una careta de apicultor. A Rachel le tocó un salacot. A mí me dieron una gorra de los Mets de Nueva York porque, me dijeron, nadie más la quería. Me pareció insultante tanto para mí como para el equipo.

Nico y Will estaban sentados a la derecha de Criii-Bling. Nico lucía un sombrero de copa, que combinaba bien con su estética de blanco y negro. A Will, el pobre, le habían dado la pantalla de una lámpara. Qué poco respeto por los que traían luz al mundo.

A mi derecha estaba sentado el cocinero, que se presentó

como Clic-Mal. Su nombre me hizo preguntarme si había sido una compra impulsiva para sus padres en un ciberlunes, pero me pareció de mala educación preguntar.

A los niños troglos les correspondía servir. Un niño pequeño con una gorra de hélice me ofreció una copa de piedra negra llena hasta el borde y acto seguido se fue corriendo entre risas. La sopa borboteaba con un intenso marrón dorado.

—El secreto está en ponerle mucha cúrcuma —confesó Clic-Mal.

—Ah.

Alcé la copa como los demás. Los troglos empezaron a sorber con expresiones de felicidad y muchos clic, grrr y sonidos de aprobación.

No olía mal: recordaba el caldo de pollo fuerte. Entonces vi una pata de lagarto entre la espuma y fui incapaz de probarlo.

Pegué los labios al borde e hice ver que bebía un sorbo. Esperé una cantidad de tiempo que consideré creíble para dejar que la mayoría de los troglos terminasen sus raciones.

—¡Mmm! —dije—. ¡Clic-Mal, sus dotes culinarias me asombran! Es un gran honor disfrutar de esta sopa. De hecho, tomar más sería un honor excesivo. ¿Puedo ofrecerle el resto a alguien que sepa apreciar mejor los sabores suculentos?

—¡Yo! —gritó un troglo cercano.

—¡Yo! —chilló otro.

Hice circular la copa por el corro, donde no tardó en ser vaciada por trogloditas felices.

Clic-Mal no se mostró ofendido. Me dio una palmadita en el hombro con comprensión.

—Recuerdo mi primer escinco. ¡Es una sopa contundente! La próxima vez la aguantarás mejor.

Me alegré de saber que habría una próxima vez. Hacía pensar que no me matarían en esa ocasión. Rachel anunció con cara de alivio que a ella también le abrumaba el honor y que compartiría gustosamente su ración.

Miré el plato de Meg, que ya estaba vacío.

—¿Te lo has...? —Su expresión era indescifrable tras la malla de la careta de apicultor.

—Nada.

Se me revolvió el estómago con una mezcla de náuseas y hambre. Me preguntaba si tendría el honor de recibir un segundo plato. Por ejemplo, unos palitos de pan. O cualquier cosa que no estuviese aderezada con patas de escinco.

Criii-Bling levantó las manos y solicitó atención haciendo clic, clic, clic.

—¡Amigos! ¡Accionistas! ¡Os veo a todos!

Los trogloditas se pusieron a dar golpecitos con las cucharas contra las copas de piedra e hicieron un ruido equivalente al de mil huesos retumbando.

—En deferencia a nuestros huéspedes incivilizados —continuó Criii-Bling—, hablaré en el idioma bárbaro de los moradores de la corteza.

Nico hizo un gesto inclinando su elegante sombrero de copa.

—Veo el honor que nos concedéis. Gracias, director general Criii-Bling, por no comernos y también por hablar en nuestro idioma.

Criii-Bling asintió con la cabeza adoptando una expresión de suficiencia que decía: «De nada, chaval. Así de majos somos».

—¡La lagartija italiana nos ha contado muchas cosas!

Un miembro de la junta situado de pie detrás de él, el del sombrero de vaquero, le susurró al oído.

—¡O sea, el hijo italiano de Hades! —se corrigió Criii-Bling—. ¡Nos ha explicado los diabólicos planes del emperador Nerón!

Los troglos murmuraron y susurraron. Por lo visto, la infamia de Nerón había llegado hasta las más profundas corporaciones de portadores de sombreros. Criii-Bling pronunciaba el nombre «Ni-JJJ-o», con un sonido intermedio como si un gato se estuviese ahogando, detalle que resultaba bastante pertinente.

—¡El hijo de Hades desea nuestra ayuda! —dijo Criii-Bling—. El emperador tiene tanques de fuego líquido. Muchos de vosotros sabéis a los que me refiero. Ruidosa y torpe fue la excavación cuando instalaron esos tanques. ¡Chapucera, la obra!

—¡Chapucera! —convinieron muchos troglos.

—Pronto —dijo el director general— Ni-JJJ-o desatará la muerte ardiente por la Corteza Costrosa. ¡El hijo de Hades nos ha pedido ayuda para excavar hasta esos tanques y comérnoslos!

—Querrá decir inutilizarlos —propuso Nico.

—¡Sí, eso! —asintió Criii-Bling—. ¡Tu idioma es burdo y difícil!

Al otro lado del corro, el miembro de la junta de la gorra de policía emitió una especie de gruñido leve como para llamar la atención.

—Oh, Criii-Bling, ese fuego no nos alcanzará. ¡Estamos a

mucha profundidad! ¿No deberíamos dejar que la Corteza Costrosa ardiese?

—¡Eh! —Will habló por primera vez, todo lo serio que podía parecer con una pantalla de lámpara en la cabeza—. Estamos hablando de millones de vidas inocentes.

Gorra de Policía gruñó.

—Los troglos solo somos unos cientos. No procreamos sin parar e invadimos el mundo con nuestros desechos. Nuestras vidas son excepcionales y valiosas. Los moradores de la corteza no lo sois. Además, ignoráis nuestra existencia. Vosotros no nos ayudaríais.

—Grrr-Fred dice la verdad —opinó Sombrero de Vaquero—. Sin ánimo de ofender a nuestros invitados.

El niño de la gorra de hélice eligió ese momento para aparecer a mi lado, sonreír y ofrecerme una cesta de mimbre tapada con una servilleta.

—¿Palitos de pan?

Yo estaba tan disgustado que decliné la oferta.

—... asegurar a nuestros invitados —estaba diciendo Criii-Bling—. Os hemos recibido en nuestra mesa. Vemos que sois seres inteligentes. No debéis pensar que estamos en contra de vuestra especie. ¡No tenemos mala voluntad! Simplemente nos da igual si vivís o morís.

Hubo un murmullo general de asentimiento. Clic-Mal me lanzó una mirada que insinuaba: «¡Esa lógica es irrefutable!».

Lo más terrible de todo era que, cuando yo era dios, podría haber coincidido con los troglos. En la antigüedad había destruido unas cuantas ciudades. Los humanos siempre volvían a aparecer como malas hierbas. ¿Por qué preocuparse por un pequeño apocalipsis de fuego en Nueva York?

Sin embargo, ahora una de esas vidas «no tan excepcionales» era la de Estelle Blofis, risitas y futura gobernanta de la Corteza Costrosa. Y sus padres, Sally y Paul… En realidad, no había un solo mortal que considerase sacrificable. Nadie merecía que su vida se apagase por culpa de la crueldad de Nerón. Esa revelación me dejó atónito. ¡Me había convertido en un acaparador de vidas humanas!

—No solo se trata de los moradores de la corteza —estaba diciendo Nico, en un tono extraordinariamente sereno—. Lagartos, escincos, ranas, serpientes… Sus reservas de alimentos arderán.

Eso provocó susurros de incomodidad, pero me di cuenta de que los troglos todavía no estaban convencidos. Puede que tuviesen que llegar hasta New Jersey o Long Island para cazar sus reptiles. Puede que tuviesen que vivir a base de palitos de pan durante una temporada. ¿Y qué? La amenaza no era crítica para sus vidas ni para el precio de sus acciones.

—¿Y los sombreros? —preguntó Will—. ¿Cuántas tiendas de artículos de moda para caballeros se quemarán si no detenemos a Nerón? Los sastres muertos no pueden confeccionar ropa para troglos.

Más susurros, pero ese argumento tampoco bastó para persuadirlos.

Con una sensación de impotencia cada vez mayor, me di cuenta de que no podríamos convencer a los trogloditas apelando a su interés propio. Si solo existían unos pocos cientos de ellos, ¿por qué iban a jugarse la vida excavando hasta el funesto depósito de Nerón? Ningún dios ni empresa aceptaría semejante grado de riesgo.

Antes de darme cuenta de lo que estaba haciendo, me había puesto de pie.

—¡Alto! ¡Oídme, trogloditas!

La multitud se quedó en un silencio inquietante. Cientos de grandes ojos marrones se clavaron en mí.

—¿Quién es ese? —susurró un troglo.

—No lo sé, pero no puede ser importante —contestó su compañero—. Lleva una gorra de los Mets.

Nico me lanzó una mirada urgente en plan: «Siéntate antes de que consigas que nos maten».

—Amigos —dije—, no se trata de reptiles y sombreros.

Los troglos dejaron escapar un grito ahogado. Acababa de insinuar que dos de las cosas que más les gustaban en el mundo no eran más importantes que las vidas de los moradores de la corteza.

Seguí adelante.

—¡Los troglos sois civilizados! Pero ¿qué hace a un pueblo civilizado?

—¡Los sombreros! —gritó uno.

—¡El lenguaje! —chilló otro.

—¿La sopa? —inquirió un tercero.

—Tenéis la capacidad de ver —dije—. Por eso nos habéis acogido. Visteis al hijo de Hades. Y no me refiero a ver solo con los ojos. Sabéis ver el valor, el honor y el mérito. Veis las cosas tal como son. ¿No es cierto?

Los troglos asintieron con la cabeza a regañadientes y confirmaron que sí, en términos de importancia, la capacidad de ver probablemente estaba a la altura de los reptiles y los sombreros.

—Tenéis razón con respecto a la ceguera de los moradores de la corteza —reconocí—. En muchos aspectos, son ciegos. Yo también lo fui durante siglos.

—¿Siglos? —Clic-Mal se apartó como si se hubiera dado cuenta de que mi fecha de caducidad había pasado hacía mucho—. ¿Quién eres?

—Era Apolo —contesté—. Dios del sol. Ahora soy un mortal llamado Lester.

Ninguno se mostró asombrado ni escéptico; solo confundidos.

—¿Qué es un sol? —susurró alguien a un amigo.

—¿Qué es un Lester? —preguntó otro.

—Yo creía que conocía a todas las razas del mundo —continué—, pero no creía que los trogloditas existían hasta que Nico me trajo aquí. ¡Ahora veo vuestra importancia! Como vosotros, antes pensaba que las vidas de los moradores de la corteza eran vulgares y carecían de importancia. Pero he aprendido lo contrario. Me gustaría ayudaros a verlos como yo he aprendido a verlos. Su valor no tiene nada que ver con los sombreros.

Criii-Bling entornó sus grandes ojos marrones.

—¿Nada que ver con los sombreros?

—¿Puedo? —Saqué el ukelele de la forma menos amenazadora posible.

La expresión de Nico pasó de la urgencia a la desesperación, como si yo hubiese firmado nuestras sentencias de muerte. Estaba acostumbrado a recibir esas críticas silenciosas de su padre. Hades no sabía apreciar las bellas artes.

Toqué un acorde de do mayor. El sonido reverberó por la caverna como un trueno tonal. Los troglos se taparon los oídos. Se quedaron boquiabiertos. Miraron asombrados mientras yo empezaba a cantar.

Como había hecho en el Campamento Júpiter, me inventé la letra sobre la marcha. Canté sobre mis pruebas, mis viajes con Meg y todos los héroes que nos habían ayudado por el camino. Canté sobre sacrificios y victorias. Canté sobre Jason, nuestro accionista caído, con sinceridad y dolor, aunque es posible que adornase la cantidad de sombreros elegantes que llevaba. Canté sobre los desafíos a los que ahora nos enfrentábamos: el ultimátum de Nerón para mi rendición, el incendio mortal que reservaba a Nueva York y la amenaza aún mayor que suponía Pitón, que aguardaba en las cuevas de Delfos, esperando para aniquilar el mismísimo futuro.

Los troglos escucharon absortos. A nadie se le ocurrió ni siquiera masticar un palito de pan. Si nuestros anfitriones tenían idea de que estaba reciclando la melodía de «Kiss on My List», de Hall & Oates, no dieron ningún indicio de ello. (¿Qué quieres que te diga? En situaciones de presión, a veces recurro por defecto a Hall & Oates.)

Cuando el último acorde dejó de resonar por la cueva, nadie se movió.

Al final, Criii-Bling se secó las lágrimas de los ojos.

—Ese sonido... es lo más... GRRR... horrible que he oído en mi vida. ¿Son ciertas esas palabras?

—Lo son. —Llegué a la conclusión de que tal vez el director general había confundido «horrible» con «maravilloso», como había confundido «comer» con «inutilizar»—. Lo sé porque mi amiga aquí presente, Rachel Elizabeth Dare, lo ve. Es profetisa y tiene el don de la clarividencia.

Rachel saludó con la mano, su expresión oculta bajo la sombra de su salacot.

—Si no detenemos a Nerón —dijo—, no solo conquistará el mun... la Corteza Costrosa. Acabará viniendo también a por vosotros, los troglos, y el resto de los pueblos que llevan sombreros. Y Pitón hará algo aún peor. Nos arrebatará a todos el futuro. No pasará nada a menos que ella lo decrete. Imaginad vuestro destino controlado por un reptil gigante.

Ese último comentario impactó a la multitud como una ráfaga de aire ártico. Las madres abrazaron a sus niños. Los niños abrazaron sus cestas de palitos de pan. Montones de sombreros temblaron en la cabeza de todos los trogloditas. Supuse que como se alimentaban de reptiles, los troglos se imaginaban perfectamente lo que un reptil gigante podía hacerles.

—Pero ese no es el motivo por el que debéis ayudarnos —añadí—. No solo porque os beneficie a los troglos, sino porque todos debemos ayudarnos unos a otros. Esa es la única forma de ser civilizado. Debemos... debemos ver el camino correcto y seguirlo.

Nico cerró los ojos como si estuviese pronunciando sus últimas plegarias. Will brillaba tenuemente bajo su pantalla. Meg me hizo un gesto furtivo de aprobación con el dedo, cosa que no me animó en lo más mínimo.

Los troglos esperaron a que Criii-Bling decidiese si nos añadían o no al menú de la cena.

Yo me sentía extrañamente tranquilo. Estaba convencido de que habíamos presentado nuestros argumentos lo mejor posible. Yo había apelado a su altruismo. Rachel había apelado a su miedo a que un reptil gigante devorase el futuro. ¿Quién podía decir qué argumento tenía más peso?

Criii-Bling nos estudió a mí y mi gorra de los Mets de Nueva York.

—¿Qué querrías que hiciese yo, Lester-Apolo?

Utilizó la palabra «Lester» de la misma forma que utilizaba chirridos o chasquidos antes de otros nombres, casi como un título, como si me mostrase respeto.

—¿Podríais excavar bajo la torre del emperador sin que os descubriesen? —pregunté—. ¿Y permitir a mis amigos inutilizar los tanques de fuego griego?

Él asintió bruscamente con la cabeza.

—Se podría hacer.

—Entonces os pediría que llevaseis a Will y Nico...

Rachel tosió.

—Y a Rachel —añadí, con la esperanza de no estar sentenciando a mi sacerdotisa favorita a morir bajo un salacot—. Mientras tanto, Meg y yo debemos presentarnos en la puerta del emperador para entregarnos.

Los troglos se removieron inquietos. O no les gustó lo que yo dije o la sopa de escinco había empezado a llegarles a los intestinos.

Grrr-Fred me lanzó una mirada fulminante por debajo de su gorra de policía.

—Sigo sin fiarme de vosotros. ¿Por qué ibais a entregaros a Nerón?

—¡Os veo, oh, Grrr-Fred —dijo Nico—, poderoso de los sombreros, jefe de seguridad empresarial! Hacéis bien desconfiando, pero la rendición de Apolo es una distracción, una treta. Él desviará la atención del emperador mientras nosotros excavamos un túnel. Si conseguimos engañar al emperador para que baje la guardia...

Se le fue apagando la voz. Miró al techo como si hubiese oído algo muy por encima.

Un instante más tarde, los troglos se agitaron. Se levantaron de golpe y volcaron platos soperos y cestas de pan. Muchos agarraron puñales y lanzas de obsidiana.

Criii-Bling gruñó a Nico.

—¡Se acercan tauri silvestres! ¿Qué has hecho, hijo de Hades?

Nico se quedó mudo de asombro.

—¡Nada! Lu-luchamos contra una manada en la superficie. Pero viajamos por las sombras. Es imposible que hayan...

—¡Insensatos moradores de la corteza! —gritó Grrr-Fred—. ¡Los tauri silvestres pueden seguir el rastro de sus presas a cualquier parte! Habéis traído a nuestros enemigos a nuestra central. ¡Cric-Morris, encárgate de los tuneleritos! ¡Ponlos a salvo!

Cric-Morris empezó a reunir a los niños. Otros adultos comenzaron a desmontar tiendas, recoger sus mejores rocas, sombreros y otras provisiones.

—Tenéis suerte de que seamos los corredores más rápidos que existen —gruñó Clic-Mal, con el gorro de cocinero temblándole de la rabia—. ¡Nos habéis puesto a todos en peligro! —Levantó su caldero de sopa vacío, saltó a la calzada y desapareció con un zuuum con aroma a escinco.

—¿Y los moradores de la corteza? —preguntó Grrr-Fred a su director general—. ¿Los matamos o se los dejamos a los toros?

Criii-Bling me lanzó una mirada furibunda.

—Grrr-Fred, lleva a Lester-Apolo y Meg-Niña a la torre de Nerón. Si desean entregarse, no se lo impidas. En cuanto a esos tres, yo me...

El andén tembló, el techo se agrietó, y cayeron vacas sobre el campamento.

# 19

# Sigue tu curso, río ¡Ay!
# Llévame... ¡ay! lejos de... ¡ay!
# Bendito río... ¡ay!

Los siguientes cinco minutos no fueron solo caóticos. Fueron como cuando Caos quiere soltarse el pelo y desmadrarse. Y, créeme, no te conviene ver nunca a una diosa primordial desmadrarse.

De las grietas del techo cayeron tauri silvestres que se estrellaron contra tiendas, aplastaron trogloditas, desperdigaron sombreros y platos soperos y tiestos de setas. Prácticamente en el acto, perdí de vista a Will, Rachel y Nico en medio del pandemónium. Esperaba que Criii-Bling y sus tenientes los hubiesen puesto a salvo de inmediato.

Un toro se desplomó justo enfrente de mí y me separó de Meg y Grrr-Fred. Mientras el animal se ponía de pie (¿de pezuña?) con dificultad, lo sorteé haciendo *parkour* por encima de él, desesperado por no perder a mi joven ama.

La vi a unos tres metros de distancia, mientras Grrr-Fred tiraba de ella hacia el río por motivos desconocidos. El espacio reducido y los obstáculos del andén parecían dificultar la capacidad nata de los troglos para correr, pero aun así Grrr-Fred se movía a toda velocidad. Si Meg no hubiese tropezado repetidamente mientras se abrían paso entre los destrozos, no hubiese tenido la más remota posibilidad de alcanzarlos.

Brinqué por encima de un segundo toro. (Oye, si la vaca podía saltar sobre la luna, no veía por qué el sol no podía saltar sobre dos vacas.) Otro animal pasó disparado a ciegas junto a mí, mugiendo de pánico mientras trataba de sacudirse una tienda de piel de toro de los cuernos. En honor a la verdad, yo también me habría dejado llevar por el pánico si hubiese tenido la piel de un miembro de mi especie enredada alrededor de la cabeza.

Casi había alcanzado a Meg cuando vi que en el andén se desarrollaba una crisis. El pequeño troglo de la gorra de hélice, mi camarero en la cena, se había separado de los demás niños. Ajeno al peligro, perseguía su bola de cristal dando traspiés mientras la esfera rodaba directa hacia un toro que embestía.

Alargué la mano para tomar el arco, pero me acordé de que había agotado las flechas de los carcajs. Soltando un juramento, agarré lo que encontré más cerca —una daga de obsidiana— y la giré hacia la cabeza del toro.

—¡EH! —grité.

Con eso conseguí dos cosas: que el troglo se parase en seco y que el toro se volviese hacia mí justo a tiempo para meterle la daga en un orificio nasal.

—¡Mu! —exclamó el toro.

—¡Mi bola! —gritó el niño de la gorrita mientras su esfera de cristal rodaba entre las patas del toro en dirección a mí.

—¡Yo te la devolveré! —dije, una promesa absurda dadas las circunstancias—. ¡Corre! ¡Ponte a salvo!

Lanzando una última mirada triste a su bola de cristal, el niño de la gorrita saltó del andén y desapareció por el camino.

El toro expulsó la daga del hocico de un soplido. Me lanzó una mirada asesina, con sus ojos azules brillantes y abrasadores como llamas de butano en la penumbra de la cueva. Entonces atacó.

Como los héroes de la antigüedad, retrocedí, tropecé con una olla y me di una culada. Justo antes de que el toro pudiese pisotearme y convertirme en mermelada con sabor a Apolo, le brotaron setas brillantes por toda la cabeza. El toro, deslumbrado, chilló y se desvió al tumulto.

—¡Vamos! —Meg, que de alguna manera había convencido a Grrr-Fred de que volviese sobre sus pasos, se encontraba a escasa distancia—. ¡Tenemos que irnos, Lester! —Lo dijo como si a mí no se me hubiese ocurrido la idea.

Agarré la bola de cristal del niño de la gorrita, me levanté con dificultad y seguí a Grrr-Fred y a Meg hasta la orilla del río.

—¡Saltad! —ordenó Grrr-Fred.

—¡Pero hay un camino en perfecto estado! —Hurgué en mi mochila para guardar la bola de cristal—. ¡Y en esa agua vaciáis los orinales!

—Los tauri pueden seguirnos por el camino —gritó Grrr-Fred—. No corréis lo bastante rápido.

—¿Saben nadar? —pregunté.

—¡Sí, pero no tan rápido como corren! ¡Vamos, saltad o morid!

Me gustaban las elecciones sencillas. Agarré la mano de Meg. Saltamos juntos.

Ah, los ríos subterráneos. Qué fríos. Qué rápidos. Qué llenos de rocas.

Cualquiera pensaría que todas las piedras puntiagudas del río se habrían erosionado con el paso del tiempo por el efecto de la corriente rápida, pero no era así. Me pegaban y arañaban y pinchaban sin descanso al pasar a toda velocidad. Nos precipitamos a través de la oscuridad girando y dando volteretas a merced del río; mi cabeza se hundía y asomaba del agua a intervalos aleatorios. No sé cómo, siempre elegía el peor momento para intentar respirar. A pesar de todo, seguí agarrando la mano de Meg.

No tengo ni idea de cuánto duró esa tortura acuática, pero se me hizo más larga que la mayoría de los siglos que había vivido, salvo quizá el siglo XIV, una época horrible para estar vivo. Empezaba a preguntarme si moriría de hipotermia, me ahogaría o sufriría un traumatismo cuando Meg me agarró la mano más fuerte. Por poco se me desencajó el brazo cuando de repente paramos de una sacudida. Una fuerza sobrehumana me sacó del río como una vaca marina en una red de pesca.

Caí en un saliente de piedra resbaladizo. Me hice un ovillo, escupiendo, temblando, agotado. Era vagamente consciente de que Meg tosía y tenía arcadas a mi lado. El zapato puntiagudo de alguien me dio un puntapié entre los omóplatos.

—¡Levanta, levanta! —dijo Grrr-Fred—. ¡No hay tiempo para siestas!

Gemí.

—¿Así son las siestas en tu planeta?

Él se alzaba imponente sobre mí, con su gorra de policía milagrosamente intacta y los puños plantados en las caderas. Me pasó por la cabeza que debía de habernos sacado del río al ver el saliente, pero parecía imposible. Para eso, Grrr-Fred debería haber tenido suficiente fuerza corporal para levantar una lavadora.

—¡Los toros salvajes saben nadar! —me recordó—. Debemos marcharnos antes de que puedan rastrear este saliente. Toma.

Me dio un pedazo de cecina. Por lo menos olía como si hubiese sido cecina antes de nuestro chapuzón en el río Ay. Ahora parecía más bien una rodaja de esponja de mar.

—Cómetelo —me mandó.

Le dio otro trozo a Meg. La corriente se había llevado su careta de apicultor y le había dejado el pelo como un tejón mojado muerto. Se le habían torcido las gafas. Tenía unos cuantos arañazos en los brazos. Algunos sobres de semillas le habían estallado en el cinturón de jardinería y le habían dado una cosecha abundante de calabazas pequeñas alrededor de la cintura. Pero por lo demás tenía bastante buen aspecto. Se metió la cecina en la boca y masticó.

—Rico —pronunció, cosa que no me sorprendió viniendo de una niña que bebía sopa de escinco.

Grrr-Fred me lanzó una mirada desafiante hasta que cedí y probé un bocado de cecina. No estaba rica. Sin embargo, estaba insípida y digerible. Cuando el primer bocado me bajó por la garganta, un calor recorrió mis extremidades. Me bulló la sangre. Se me destaponaron los oídos. Juro que noté cómo el acné desaparecía de mis mejillas.

—Hala —dije—. ¿Vendéis esto?

—Déjame trabajar —gruñó nuestro guía—. Ya hemos perdido bastante tiempo.

Se volvió y examinó la pared del túnel.

A medida que se me aclaraba la vista y los dientes dejaban de castañetearme tanto, evalué nuestro santuario. A nuestros pies, el río seguía rugiendo, feroz y ruidoso. Río abajo, el cauce se reducía hasta que no había espacio para la cabeza; es decir, que Grrr-Fred nos había puesto a salvo justo a tiempo para que siguiésemos respirando. El saliente era lo bastante ancho para que los tres nos sentásemos, justos de espacio, pero el techo era tan bajo que hasta Grrr-Fred tenía que encorvarse un poco.

Aparte del río, no vi ninguna salida: solo la pared de roca lisa que Grrr-Fred estaba mirando.

—¿Hay algún pasaje secreto? —pregunté.

El frunció el entrecejo como si yo no fuese digno de la cecina de esponja que me había dado.

—Todavía no, morador de la corteza.

Hizo crujir los nudillos, movió los dedos y empezó a excavar. Bajo sus manos, la roca se desmenuzaba en pedazos livianos como el merengue, que Grrr-Fred retiraba y lanzaba al río. A los pocos minutos, había despejado medio metro cúbico de piedra con la facilidad con que un mortal saca ropa de un armario. Y siguió excavando.

Recogí un trozo de rocalla preguntándome si sería quebradizo. Lo apreté y rápidamente me cortó en el dedo.

Meg señaló la cecina a medio comer.

—¿Vas a terminarla?

Yo pensaba reservar la cecina para más tarde —por si tenía hambre, necesitaba fuerzas extra o sufría un severo brote de granos—, pero Meg parecía tan famélica que se la di.

Me pasé los siguientes minutos vaciando el agua del ukelele, los carcajs y las zapatillas mientras Grrr-Fred continuaba excavando.

Por fin, una nube de polvo brotó del agujero que había excavado. El troglo gruñó de satisfacción. Salió y dejó ver un pasaje de un metro y medio de profundidad que daba a otra cueva.

—Deprisa —dijo—. Cerraré el túnel detrás de nosotros. Con suerte, bastará para despistar a los tauri durante un rato.

Nuestra suerte duró. Disfruta de esa frase, querido lector, porque no tengo ocasión de usarla a menudo. Mientras nos abríamos camino con cuidado por la siguiente caverna, no paraba de mirar hacia atrás a la pared que Grrr-Fred había cerrado, esperando que irrumpiese una manada de diabólicas vacas rojas mojadas, pero ninguna la atravesó.

Grrr-Fred nos condujo hacia arriba por un sinuoso laberinto de túneles hasta que por fin salimos a un pasillo de ladrillos donde el aire olía mucho peor, a aguas residuales de ciudad.

Grrr-Fred olfateó con desaprobación.

—Territorio humano.

Sentí tal alivio que podría haber abrazado a una rata de cloaca.

—¿Por dónde se va a la luz del día?

Grrr-Fred me enseñó los dientes.

—No uses ese lenguaje conmigo.

—¿Qué lenguaje? ¿Luz del...?

Siseó.

—¡Si fueses un tunelerito, te lavaría la boca con basalto!

Meg sonrió de satisfacción.

—Me gustaría verlo.

—Hum —dijo Grrr-Fred—. Por aquí.

Nos condujo más adelante, internándonos en la oscuridad.

Yo había perdido la noción del tiempo, pero me imaginé a Rachel Elizabeth Dare señalando su reloj y recordándome que era tarde, muy tarde. Solo esperaba que llegásemos a la torre de Nerón antes de que anocheciese.

Esperaba igual de fervientemente que Nico, Will y Rachel hubiesen sobrevivido al ataque de los toros. Sí, nuestros amigos eran ingeniosos y valientes. Con suerte, todavía contarían con la ayuda de los trogloditas. Pero muy a menudo la supervivencia era cuestión de pura chiripa. Se trataba de algo que a los dioses no nos gustaba pregonar, porque las donaciones de nuestros templos se reducían.

—¿Grrr-Fred...? —empecé a preguntar.

—Se dice *Grrr*-Fred —me corrigió.

—¿GRRR-Fred?

—*Grrr*-Fred.

—¿GRRR-Fred?

—¡*Grrr*-Fred!

Con mis dotes musicales, debería haber sabido captar mejor los matices de los idiomas, pero por lo visto no tenía el salero de Nico para el troglodités.

—Guía honorable —dije—, ¿y nuestros amigos? ¿Crees que Criii-Bling cumplirá su promesa y les ayudará a excavar hasta los tanques del emperador?

Grrr-Fred rio burlonamente.

—¿Prometió eso el director general? Yo no le oí.

—Pero...

—Hemos llegado. —Se detuvo al final del pasillo, donde una estrecha escalera de ladrillo conducía hacia arriba—. Hasta aquí puedo llegar. Esta escalera os llevará a una de las estaciones de metro de los humanos. Desde allí, podréis llegar a la Corteza Costrosa. Saldréis a la superficie a menos de cinco metros de la torre de Nerón.

Parpadeé.

—¿Cómo puedes estar seguro?

—Soy un troglo —dijo, como si estuviese explicándole algo a un tunelerito especialmente corto.

Meg hizo una reverencia, y sus calabacitas entrechocaron.

—Gracias, *Grrr*-Fred.

Él asintió bruscamente con la cabeza. Me fijé en que a ella no le corrigió la pronunciación.

—He cumplido con mi deber —dijo—. Lo que les pase a vuestros amigos depende de Criii-Bling, suponiendo que el director general siga vivo después de la destrucción que habéis causado en nuestra central, bárbaros sin sombrero. Si por mi fuera...

No se molestó en terminar la frase. Deduje que Grrr-Fred no votaría a favor de ofrecernos opciones de compra de las acciones de la empresa en la próxima reunión de accionistas trogloditas.

Saqué la bola de cristal del niño de la gorrita de la mochila empapada y se la ofrecí a Grrr-Fred.

—Por favor, ¿puedes devolvérsela a su dueño? Y gracias por guiarnos. Por si sirve de algo, lo que dije iba en serio. Tenemos que ayudarnos unos a otros. Es el único futuro por el que vale la pena luchar.

Grrr-Fred hizo girar la esfera de cristal entre los dedos. Sus ojos marrones eran inescrutables como las paredes de una caverna. Podrían haber sido duros e imperturbables, o haber estado a punto de convertirse en merengue, o a un paso de ser atravesados por vacas cabreadas.

—Que cavéis bien —dijo finalmente. Acto seguido desapareció.

Meg escudriñó el hueco de la escalera. Le temblaban las manos, y no creía que fuese del frío.

—¿Estás segura? —pregunté.

Ella se sobresaltó, como si se hubiese olvidado de que yo estaba allí.

—Tú lo dijiste: o nos ayudamos unos a otros o dejamos que una serpiente se coma el futuro.

—Eso no es exactamente lo que yo...

—Venga, Lester. —Respiró hondo—. Pongámonos en marcha.

Formulado como una orden, era algo a lo que yo no podía negarme, pero me dio la impresión de que Meg lo decía para armarse también ella de determinación.

Subimos juntos otra vez hacia la Corteza Costrosa.

# 20

## ¿Has comido?
## No se aconseja leer esta parte
## si acabas de papear

Yo esperaba un foso lleno de caimanes. Una verja levadiza de hierro forjado. Tal vez unos tanques de aceite hirviendo.

Me había formado una imagen mental de la torre de Nerón como una fortaleza de la oscuridad con todos los complementos del mal. Sin embargo, era una monstruosidad de acero y cristal como las que abundaban en el centro.

Meg y yo salimos del metro más o menos una hora antes de que se pusiese el sol. Para lo que era habitual en nosotros, teníamos tiempo de sobra. Nos encontrábamos al otro lado de la Séptima Avenida enfrente de la torre, observando y haciendo acopio de valor.

La escena de la acera de enfrente podría haber correspondido a cualquier parte de Manhattan. Neoyorquinos molestos se abrían paso a empujones entre grupos de turistas embobados. El viento arrastraba humo con olor a kebab de un puesto de comida halal. Por el altavoz de un camión de helados Mister Softee sonaba música funk a todo volumen. Un artista callejero vendía cuadros de famosos pintados con aerógrafo. Nadie prestaba especial atención al edificio de aspecto empresarial que albergaba Fincas Triunvirato SA y el botón catastrófico que destruiría la ciudad dentro de aproximadamente cincuenta y ocho minutos.

Desde el otro lado de la calle, no veía guardias armados, ni monstruos o germani patrullando; solo unas columnas de mármol negro que flanqueaban una entrada de cristal, y dentro, el típico vestíbulo enorme con obras de arte abstracto en las paredes, un mostrador de seguridad atendido por un empleado y unos torniquetes de cristal que protegían el acceso a los ascensores.

Eran las siete de la tarde pasadas, pero todavía salían empleados del edificio en pequeños grupos. Tipos con trajes de oficina se apresuraban a tomar su tren empuñando maletines y móviles. Algunos intercambiaban cumplidos con el vigilante de seguridad al salir. Traté de imaginarme esas conversaciones. «Adiós, Caleb. Dale recuerdos a la familia de mi parte. ¡Hasta mañana, que será otro día de malvadas transacciones empresariales!»

De repente me sentí como si hubiese llegado hasta allí para entregarme a una empresa de corredores de bolsa.

Meg y yo atravesamos la calle por el paso de peatones, no quisieran los dioses que cruzásemos imprudentemente y nos atropellase un coche camino de una muerte dolorosa. Atrajimos algunas miradas extrañas de otros transeúntes, cosa que era razonable considerando que seguíamos empapados y olíamos a sobaco de troglodita. Aun así, tratándose de Nueva York, la mayoría de la gente no nos hacía caso.

Meg y yo subimos los escalones de la entrada sin pronunciar

palabra. Por mutuo acuerdo tácito, nos agarramos las manos como si pudiese arrastrarnos otro río.

No saltó ninguna alarma. Ningún guardia salió de su escondite. No se activó ninguna alarma para osos. Abrimos las pesadas puertas de cristal y entramos en el vestíbulo.

Música clásica tenue flotaba través del aire fresco. Encima del mostrador de seguridad había colgada una escultura metálica con figuras de colores primarios que giraban despacio. El guardia estaba inclinado hacia delante en su silla, leyendo un libro en rústica, con la cara azul claro a la luz de los monitores de ordenador.

—¿En qué puedo ayudaros? —dijo sin alzar la vista.

Miré a Meg para volver a comprobar que no nos habíamos equivocado de edificio. Ella asintió con la cabeza.

—Venimos a entregarnos —le dije al guardia.

Seguro que eso le hacía levantar la vista. Pero no.

No podría haber mostrado menos interés por nosotros. Me acordé de la entrada para invitados del Monte Olimpo, a través del vestíbulo del Empire State Building. Normalmente, yo nunca iba por allí, pero sabía que Zeus contrataba a los seres menos impresionables y más indiferentes que encontraba para desanimar a los visitantes. Me preguntaba si Nerón había hecho lo mismo en su torre.

—Soy Apolo —continué—. Y esta es Meg. Creo que nos esperan. En plan... fecha límite al anochecer o la ciudad arde.

El guardia respiró hondo, como si le doliese moverse. Manteniendo un dedo entre las páginas de la novela, agarró un bolígrafo y lo plantó sobre el mostrador al lado del libro de visitas.

—Nombres. Carnés.

—¿Necesita nuestros carnés para hacernos prisioneros? —pregunté.

El guardia pasó la página del libro y siguió leyendo.

Saqué el carné de conducir del estado de Nueva York lanzando un suspiro. Supongo que no debería haberme sorprendido tener que sacarlo por última vez para completar mi humillación. Lo deslicé a través del mostrador. A continuación firmé en el registro por los dos. «Nombre(s): Lester (Apolo) y Meg. Persona a la que desean ver: Nerón. Asunto: Rendición. Hora de entrada: 7:16 p.m. Hora de salida: Probablemente nunca.»

Como Meg era menor, me imaginaba que no tendría ningún documento de identificación, pero se quitó los anillos de oro convertibles en cimitarras y los colocó al lado de mi carné. Reprimí el impulso de gritar: «¿Estás loca?». Pero Meg los entregó como si lo hubiese hecho antes millones de veces. El guardia tomó los anillos y los examinó sin hacer ningún comentario. Levantó mi carné y lo comparó con mi cara. Sus ojos tenían el color de unos cubitos de hielo de hacía una década.

El individuo pareció decidir que, desgraciadamente, yo tenía tan mala pinta en la vida real como en la foto del carné. Me lo devolvió, junto con los anillos de Meg.

—Ascensor nueve, a vuestra derecha —anunció.

Estuve a punto de darle las gracias. Entonces me lo pensé mejor.

Meg me agarró la manga.

—Vamos, Lester.

Ella pasó primero por el torniquete al ascensor nueve. En el interior, la caja de acero inoxidable no tenía botones. Subía automáticamente en cuanto se cerraban las puertas. Un pequeño alivio: no sonaba música de ascensor, solo el suave zumbido de la maquinaria, brillante y eficiente como una cortadora de fiambres industrial.

—¿Qué debo esperar cuando lleguemos arriba? —pregunté a Meg.

Me imaginaba que el ascensor estaba vigilado, pero no pude evitar preguntarlo. Quería oír la voz de Meg. También quería evitar que ella se quedase absorta en sus pensamientos negativos. Había adoptado esa expresión hermética que tenía cuando pensaba en su horrible padrastro, como si su cerebro estuviese apagando todas las funciones no esenciales y parapetándose con tablas antes de la llegada de un huracán.

Volvió a ponerse los anillos en el dedo corazón de cada mano.

—A lo que crees que pueda pasar —me aconsejó—, dale la vuelta y ponlo al revés.

Ese no era precisamente el comentario tranquilizador que yo esperaba. Tenía el pecho como si le estuviesen dando la vuelta y poniéndolo al revés. Me crispaba los nervios estar entrando en la guardia de Nerón con dos carcajs vacíos y un ukelele empapado. Me crispaba los nervios que nadie nos hubiese detenido al vernos, y que el guardia de seguridad le hubiese devuelto a Meg los anillos, como si un par de cimitarras mágicas no fuesen a cambiar nuestro destino en lo más mínimo.

A pesar de todo, erguí la espalda y apreté la mano de Meg una vez más.

—Haremos lo que tengamos que hacer.

Las puertas del ascensor se abrieron, y salimos a la antecámara imperial.

—¡Bienvenidos!

La joven que nos recibió llevaba un traje de oficina negro, tacones altos y un auricular en la oreja izquierda. Su exuberante cabello verde se hallaba recogido en una coleta. Tenía la cara maquillada para que su cutis pareciese más sonrosado y humano, pero el tono verde de sus ojos y las orejas puntiagudas delataban que era una dríade.

—Soy Areca. Antes de que veáis al emperador, ¿os apetece algo de beber? ¿Agua? ¿Café? ¿Té?

Hablaba con una alegría forzada. Sus ojos decían: «¡Socorro, me tienen secuestrada!».

—No, estoy bien —dije, una mentira poco convincente. Meg negó con la cabeza.

—¡Estupendo! —Mintió Areca a su vez—. ¡Seguidme!

Lo traduje como: «¡Escapad mientras podáis!». Ella titubeó, dándonos tiempo a reconsiderar nuestras elecciones vitales. Al ver que no gritábamos ni volvíamos a meternos en el ascensor, nos llevó hacia unas puertas doradas de dos hojas situadas al final del pasillo.

Las puertas se abrieron por dentro y dejaron ver el loft/salón del trono que había visto en mi pesadilla.

Ventanales del suelo al techo ofrecían una vista de trescientos sesenta grados de Manhattan al atardecer. Hacia el oeste, el cielo lucía un color rojo sangre sobre New Jersey y el río Hudson brillaba como una arteria púrpura. Hacia el este, los cañones urbanos se llenaban de sombras. Las ventanas estaban bordeadas de distintos tipos de árboles plantados en macetas, cosa que me extrañó. Los gustos de Nerón en materia de decoración normalmente tendían más a la filigrana dorada y las cabezas cortadas.

Lujosas alfombras persas formaban un tablero de ajedrez asimétrico en el suelo de madera noble. Hileras de columnas de mármol negro sostenían el techo, un detalle que me recordó en exceso el palacio de Cronos. (A él y a sus titanes les pirraba el mármol negro. Ese fue uno de los motivos por los que Zeus impuso una estricta normativa de construcción en el Monte Olimpo que obligaba a que todo fuese blanco cegador.)

La sala estaba llena de personas cuidadosamente situadas, paralizadas, que nos miraban con atención como si hubiesen estado practicando en sus marcas durante días y Nerón acabase de gritarles hacía unos segundos: «¡Todos a sus puestos! ¡Ya han llegado!». Si se ponían a hacer un número de baile coreografiado, me tiraría por la ventana más próxima.

Formando una fila a la izquierda de Nerón se hallaban los once jóvenes semidioses de la Casa Imperial, también conocidos como los niños Von Trapp Malvados, vestidos con sus mejores togas con ribete morado sobre unos vaqueros gastados y unas camisas de vestir a la moda, tal vez porque las camisetas de manga corta iban contra la etiqueta cuando la familia recibía a prisioneros importantes para ejecutarlos. Muchos de los semidioses mayores lanzaban miradas asesinas a Meg.

A la derecha del emperador había una docena de criados: chicas con bandejas y cántaros; chicos musculosos con abanicos de

243

hojas de palmera, aunque el aire acondicionado de la sala estaba puesto en modo «Invierno antártico». Un joven, que claramente había perdido una apuesta, masajeaba los pies del emperador.

Media docena de germani flanqueaban el trono, incluido Gunther, nuestro colega del tren de alta velocidad a Nueva York. Me observaba como si estuviese imaginándose todas las formas interesantes y dolorosas en que podría separarme la cabeza de los hombros. A su lado, a mano derecha del emperador, se encontraba Luguselva.

Tuve que contener un suspiro de alivio. Por supuesto, tenía un aspecto terrible. Sus piernas estaban cubiertas de aparatos ortopédicos metálicos. Tenía una muleta debajo de cada brazo. También llevaba un collarín y la piel de alrededor de sus ojos era una máscara de mapache hecha de cardenales. Su cresta era lo único que no parecía haber sufrido desperfectos. Pero considerando que yo la había tirado de un edificio solo tres días antes, era extraordinario verla de pie. La necesitábamos para que nuestro plan saliese bien. Además, si Lu hubiese acabado muriendo de las heridas, probablemente Meg me hubiese matado antes de que Nerón tuviera la ocasión.

El emperador en persona estaba repantigado en su llamativo sofá morado. Se había cambiado la bata por una túnica y una toga tradicional romana, un atuendo que supuse que no difería mucho de su ropa para dormir. Le habían pulido hacía poco la corona de laurel dorado. La barba le relucía embadurnada de aceite. Si hubiese tenido una expresión más petulante, la especie entera de gatos domésticos lo habría demandado por plagio.

—¡Su Majestad Imperial! —Nuestra guía, Areca, intentó

adoptar un tono alegre, pero se le quebró la voz de miedo—. ¡Sus invitados han llegado!

Nerón la espantó. Areca corrió a un lado de la sala y se quedó junto al tiesto de una planta, que era... Ah, claro. El corazón me latió con fuerza de dolor simpático. Areca estaba junto a una palmera areca, su fuerza vital. El emperador había decorado su salón del trono con las esclavizadas: dríades plantadas en macetas.

A mi lado, pude oír cómo a Meg le rechinaban los dientes. Deduje que las dríades eran una nueva incorporación; tal vez estaban allí colocadas con el único fin de recordar a Meg quién tenía el poder.

—¡Vaya, vaya! —Nerón apartó de una patada al joven que había estado masajeándole los pies—. Apolo. Estoy asombrado.

Luguselva se removió apoyada en las muletas. En su cabeza afeitada, las venas le sobresalían rígidas como raíces de árbol.

—¿Lo ve, milord? Le dije que vendrían.

—Sí. Me lo dijiste.

La voz de Nerón sonó profunda y fría. Se inclinó y entrelazó los dedos, con la barriga abultada contra la túnica. Pensé en Dioniso, que seguía con un cuerpo de panoli fofisano como forma de protesta contra Zeus. Me preguntaba cuál era la excusa de Nerón.

—Bueno, Lester, después de todos los problemas que me has dado, ¿por qué te entregas y te rindes ahora?

Parpadeé.

—Has amenazado con incendiar la ciudad.

—Venga ya. —Me dirigió una sonrisa cómplice—. Tú y yo hemos contemplado cómo otras ciudades ardían. En cambio, mi preciosa Meg... —La observó con un afecto tan lleno de ternura que me dieron ganas de vomitar en su alfombra persa—. Sí me creo que ella quiera salvar una ciudad. Es una gran heroína.

Los demás semidioses de la Casa Imperial cruzaron miradas de indignación. Estaba claro que Meg era una de las favoritas de Nerón, circunstancia que la convertía en enemiga del resto de los miembros de su amorosa familia adoptiva de sociópatas.

—Pero tú, Lester —continuó Nerón—. No... no me creo que te hayas vuelto tan noble. No podemos cambiar miles de años de nuestro carácter tan rápido, ¿verdad? Tú no estarías aquí si no pensases que te... beneficiaría.

Señaló con el dedo mi esternón. Casi podía notar la presión de la punta de su dedo.

Traté de mostrarme agitado, cosa que no me costó.

—¿Quieres que me entregue o no?

Nerón sonrió a Luguselva y luego a Meg.

—¿Sabes, Apolo? —dijo sin muchas ganas—. Resulta fascinante cómo las malas obras pueden ser buenas, y viceversa. ¿Te acuerdas de mi madre, Agripina? Una mujer terrible. Siempre intentando controlarme, diciéndome lo que tenía que hacer. Al final tuve que matarla. Bueno, yo en persona, no, claro. Se lo encargué a mi ayo Aniceto. —Me miró encogiéndose ligeramente de hombros, como diciendo: «Madres, ¿a que sí?»—. En fin, el matricidio era uno de los peores crímenes para un romano. ¡Y sin embargo, después de matarla, la gente me quiso todavía más! Yo no me había dejado pisotear, había demostrado mi independencia. ¡Me convertí en un héroe del hombre corriente! Luego circularon todas esas historias sobre que quemaba a cristianos vivos...

No sabía adónde quería ir a parar Nerón. Estábamos hablando de mi rendición, y ahora se ponía a largar sobre su madre y sus farras con quema de cristianos. Yo solo quería que me metieran en una celda con Meg, a ser posible sin que nos torturasen, para que Lu pudiera venir más tarde a liberarnos y ayudarnos a destruir la torre entera. ¿Era tanto pedir? Pero cuando un emperador empieza a hablar de sí mismo, no te queda otra que aguantar. La cosa podía alargarse un rato.

—¿Estás diciendo que las historias de que quemabas a cristianos no son ciertas? —pregunté.

Él rio.

—Claro que son ciertas. Los cristianos eran terroristas empeñados en minar los valores romanos tradicionales. Sí, decían que la suya era una religión pacífica, pero no engañaban a nadie. El caso es que los romanos de verdad me adoraron por tener mano dura. Cuando me morí... ¿Sabías esto? Cuando me morí, los plebeyos se amotinaron. Se negaban a creer que estuviese muerto. Hubo una oleada de rebeliones, y cada líder rebelde aseguraba que era yo renacido. —Sus ojos adoptaron una mirada distraída—. Me querían. Mis supuestas malas obras me hicieron famosísimo, mientras que mis buenas obras, como indultar a mis enemigos, traer la paz y la estabilidad al imperio... esas cosas me hicieron parecer blando y me acabaron llevando a la tumba. Esta vez haré las cosas de otra forma. Restauraré los valores romanos tradicionales. Dejaré de preocuparme por el bien y el mal. Los que sobrevivan a la transición... me querrán como a un padre.

Señaló su fila de hijos adoptivos, todos lo bastante prudentes como para mantener expresiones escrupulosamente neutras.

El escinco metafórico volvía a intentar subir por mi garganta a toda costa. El hecho de que Nerón —un hombre que había matado a su propia madre— estuviese hablando de defender los valores romanos tradicionales... era lo más romano que podía imaginar. Y la idea de que quisiese hacer de papi del mundo entero me revolvía las tripas. Visualicé a mis amigos del Campamento Mestizo obligados a hacer cola detrás de los criados del emperador. Me imaginé a Meg volviendo al redil con el resto de la Casa Imperial.

Ella sería la duodécima, comprendí. Doce hijos adoptivos de Nerón, como los doce dioses del Olimpo. No podía ser una casualidad. Nerón estaba criándolos como a jóvenes dioses formados para dominar su nuevo mundo de pesadilla. Eso convertía a Nerón en el nuevo Cronos, el padre todopoderoso que podía colmar a sus hijos de bendiciones o devorarlos a su antojo. Había subestimado terriblemente la megalomanía de Nerón.

—¿Por dónde iba? —dijo Nerón pensativo, mientras volvía de sus agradables pensamientos de masacres.

—El monólogo del villano —dije.

—¡Ah, ya me acuerdo! Las buenas y las malas obras. Tú, Apolo, has venido a entregarte, a sacrificarte para salvar a la ciudad. ¡Parece una buena obra! Por eso mismo sospecho que es mala. ¡Luguselva!

La gala no me parecía alguien que se inmutase con facilidad, pero cuando Nerón gritó su nombre, los aparatos ortopédicos de las piernas le chirriaron.

—¿Milord?

—¿Cuál era el plan? —preguntó Nerón.

Se me helaron los pulmones.

Lu se esmeró por mostrarse confundida.

—¿Milord?

—El plan —le espetó él—. Dejaste escapar a estos dos a propósito. Y ahora se entregan justo antes de que venza el ultimátum. ¿Qué esperabas conseguir traicionándome?

—No, milord. Yo...

—¡Agarradlos!

De repente, la coreografía del salón del trono quedó clara. Cada uno desempeñó su papel a la perfección. Los criados se retiraron. Los semidioses de la Casa Imperial avanzaron y desenvainaron sus espadas. No me fijé en que los germani se nos acercaban sigilosamente por detrás hasta que dos fuertes gigantes me agarraron los brazos. Otros dos asieron a Meg. Gunther y un amigo sujetaron a Luguselva con tal entusiasmo que las muletas cayeron al suelo con estruendo. De haber estado totalmente curada, sin duda Luguselva habría librado una buena pelea, pero en su estado actual no hubo combate. La tiraron al suelo boca abajo, enfrente del emperador, haciendo caso omiso de sus gritos y del chirrido de los aparatos de sus piernas.

—¡Basta!

Meg forcejeó, pero sus captores pesaban cientos de kilos más que ella. Yo les di a mis germani sendas patadas en las espinillas sin ningún resultado. Fue como darle una patada a un toro salvaje.

A Nerón le brillaban los ojos de diversión.

—¿Lo veis, niños? —les dijo a sus once hijos adoptivos—. Si alguna vez decidís destituirme, tendréis que hacerlo mucho mejor que ellos. Sinceramente, estoy decepcionado.

Se retorció unos pelos de la barba del cuello, probablemente porque no tenía un bigote de villano como es debido.

—A ver si lo he entendido, Apolo. Te entregas para meterte en mi torre, esperando que eso me convenza para que no queme la ciudad, y así hacerme bajar la guardia. Mientras tanto, tu pequeño ejército de semidioses se reúne en el Campamento Mestizo... —Sonrió cruelmente—. Sí, sé de buena tinta que se están preparando para la marcha. ¡Qué emoción! Entonces, cuando ataquen, Luguselva os liberará de la celda, y juntos, en medio de la confusión, conseguiréis matarme de alguna forma. ¿Es eso?

El corazón me arañó el pecho como un troglodita con una pared de roca. Si el Campamento Mestizo había emprendido realmente la marcha, eso significaba que Rachel podía haber llegado a la superficie y haberse puesto en contacto con ellos. Lo que significaba que Will y Nico todavía podían estar vivos, y todavía podían estar con los trogloditas. O Nerón podía estar mintiendo. O podía saber más de lo que daba a entender. En cualquier caso, Luguselva había sido descubierta, y eso quería decir que no podría liberarnos ni ayudarnos a destruir los fasces del emperador. Tanto si Nico y los troglos conseguían llevar a cabo el sabotaje que planeaban como si no, cuando nuestros amigos del campamento atacasen, les esperaba una masacre. Ah, y además yo la palmaría.

Nerón reía de regocijo.

—¡Ahí está! —Señaló mi cara con el dedo—. La expresión de alguien que se da cuenta de que su vida se acaba. No se puede simular. ¡Qué sinceridad tan hermosa! Y no te equivocas, claro.

—¡No, Nerón! —chilló Meg—. ¡P-padre!

Pareció que la palabra le hiciese daño, como si estuviera escupiendo un pedazo de cristal.

Nerón hizo un mohín y extendió los brazos, como si quisiese abrazar amorosamente a Meg de no ser por los dos corpulentos matones que la sujetaban.

—Oh, mi querida y dulce hija. Cuánto siento que hayas decidido participar en esto. Ojalá pudiese ahorrarte el dolor que se avecina. Pero sabes perfectamente... que no debes enfadar a la Bestia.

Meg se quejó y trató de morder a uno de los guardias. Ojalá yo hubiese tenido su ferocidad. El terror absoluto me había vuelto las extremidades de plastilina.

—Casio —gritó Nerón—, acércate, hijo.

El semidiós más pequeño corrió al estrado. No debía de tener más de ocho años.

Nerón le acarició la mejilla.

—Buen chico. Ve a recoger los anillos de tu hermana, ¿quieres? Espero que tú los uses mejor que ella.

Después de un momento de vacilación, como si estuviese traduciendo las instrucciones del neronés, Casio se acercó trotando a Meg. Se cuidó de no mirarla a los ojos mientras le extraía los anillos del dedo corazón de cada mano.

—Cas. —Meg estaba llorando—. No. No le hagas caso.

El niño se ruborizó, pero siguió tirando en silencio de los anillos. Tenía unas manchas rosadas alrededor de los labios de algo que había bebido: zumo o refresco. Su cabello rubio suave y sedoso me recordaba... No. No, me negué a pensar en ello. Ah. ¡Demasiado tarde! ¡Maldita sea mi imaginación! Me recordaba a un Jason Grace pequeño.

Cuando hubo sacado los dos anillos, Casio volvió corriendo con su padrastro.

—Bien, bien —dijo Nerón, con un dejo de impaciencia—. Póntelos. Has entrenado con cimitarras, ¿verdad?

Casio asintió con la cabeza, intentando obedecer torpemente.

Nerón me sonrió, como el maestro de ceremonias de un espectáculo. «Gracias por su paciencia. Estamos teniendo problemas técnicos.»

—¿Sabes, Apolo? —dijo—. Hay una antigua cita que me gusta de los cristianos. ¿Cómo dice? «Si tus manos te ofenden, córtalas...» Algo por el estilo. —Miró a Lu—. Vaya, Lu, me temo que tus manos me han ofendido. Casio, haz los honores.

Luguselva luchó y gritó mientras los guardias le estiraban los brazos por delante, pero estaba débil y dolorida. Casio tragó saliva; su rostro era una mezcla de horror y ansia.

Los ojos duros de Nerón, los ojos de la Bestia, lo traspasaban.

—Vamos, muchacho —dijo con una tranquilidad escalofriante.

Casio invocó las espadas doradas. Cuando las bajó sobre las muñecas de Lu, el salón entero pareció ladearse y volverse borroso. Ya no sabía quién gritaba: si Lu, Meg o yo.

A través de una neblina de dolor y náuseas, oí a Nerón decir con brusquedad:

—¡Vendadle las heridas! ¡No morirá tan fácilmente! —A continuación centró los ojos de la Bestia en mí—. Y ahora, Apolo, te voy a contar el nuevo plan. Mis hombres te meterán en una celda con esta traidora, Luguselva. Y Meg, mi querida Meg, empezaremos tu rehabilitación. Bienvenida a casa.

# 21

Teme el sofá cómodo.

Teme la bandeja de fruta del carcelero.

Y el váter reluciente

La celda de Nerón era el sitio más bonito en el que me habían encarcelado. Le habría puesto cinco estrellas. «¡Un auténtico lujo! ¡Volvería a morir aquí!»

Del alto techo colgaba una araña de luces... una araña de luces que quedaba demasiado lejos para que un prisionero la agarrase. Colgantes de cristal danzaban bajo las luces led y emitían reflejos en las paredes de color blanco semimate. Al fondo de la estancia había un lavabo con grifos de oro y un váter automatizado con bidé, todo resguardado tras un biombo para mayor intimidad: ¡qué mimo! El suelo estaba cubierto con una de las alfombras persas de Nerón. Dos lujosos sofás de estilo romano se hallaban dispuestos en forma de V a cada lado de una mesa baja rebosante de queso, galletas saladas y fruta, además de una jarra de plata con agua y dos copas, por si los prisioneros queríamos brindar por nuestra buena suerte. Solo la pared delantera tenía aspecto de cárcel, pues había una hilera de gruesos barrotes metálicos, pero incluso esos estaban recubiertos —o tal vez fabricados— de oro imperial.

Me pasé los primeros veinte o treinta minutos solo en la celda. Costaba calcular el tiempo. Me paseé de un lado a otro, grité, exigí ver a Meg. Aporreé los barrotes con una bandeja de plata y chillé al pasillo vacío. Finalmente, cuando el miedo y la sensación de mareo se apoderaron de mí, descubrí los placeres de vomitar en un váter de lujo con asiento climatizado y múltiples opciones de autolimpieza.

Estaba empezando a pensar que Luguselva debía de haber muerto. ¿Por qué si no no estaba en la celda conmigo, como Nerón había prometido? ¿Cómo podía haber sobrevivido al shock de la doble amputación estando ya gravemente malherida?

Justo cuando me estaba convenciendo de que moriría allí solo, sin nadie que me ayudase a comer el queso y las galletas saladas, al fondo del pasillo sonó una puerta que se abría de golpe, seguida de unos pasos pesados y muchos gruñidos. Gunther y otro *germanus* aparecieron arrastrando a Luguselva entre los dos. Los tres barrotes centrales de la entrada de la celda descendieron abruptamente y se hundieron en el suelo raudas como espadas envainadas. Los guardias metieron a Lu de un empujón y los barrotes volvieron a cerrarse con brusquedad.

Corrí al lado de Lu. Ella se hizo un ovillo en la alfombra persa, con el cuerpo temblando y salpicado de sangre. Le habían quitado los aparatos ortopédicos de las piernas. Estaba más pálida que las paredes. Le habían vendado las muñecas, pero la tela ya se había empapado. La frente le ardía de la fiebre.

—¡Necesita un médico! —grité.

Gunther me lanzó una mirada maliciosa.

—¿No eres un dios de la curación?

Su amigo bufó, y los dos regresaron pesadamente por el pasillo.

—Erggg —murmuró Lu.

—Aférrate —dije.

A continuación hice una mueca al percatarme de que tal vez no fuese el comentario más delicado considerando su estado. Volví a toda prisa a mi cómodo sofá y me puse a rebuscar en mi mochila. Los guardias me habían quitado el arco y los carcajs, incluida la Flecha de Dodona, pero me habían dejado todo lo que no era aparentemente un arma: el ukelele y la mochila empapados incluyendo algunos suministros médicos que Will me había dado como vendas, ungüentos, pastillas, néctar y ambrosía. ¿Podían tomar ambrosía las galas? ¿Podían tomar aspirinas? No tenía tiempo para esas preocupaciones.

Mojé unas servilletas de lino en la jarra con agua helada y le envolví a Lu la cabeza y el cuello con ellas para bajarle la temperatura. Machaqué unos analgésicos, los mezclé con ambrosía y néctar, y le di de comer un poco de la papilla, aunque apenas podía tragar. Tenía los ojos desenfocados. Cada vez temblaba más.

—¿Meg...? —preguntó con voz ronca.

—Chis —dije, procurando no llorar—. La salvaremos, te lo juro. Pero primero tienes que curarte.

Ella gimió y luego hizo un ruido agudo como un grito sin energías. Tenía que estar sufriendo un dolor insoportable. Ya debería estar muerta, pero la gala era muy dura.

—Tienes que estar dormida para lo que viene ahora —le avisé—. Lo... lo siento, pero tengo que mirarte las muñecas. Tengo que limpiar las heridas y volver a vendarlas o morirás de septicemia.

No tenía ni idea de cómo lograrlo sin que muriese de la pérdida de sangre o del shock, pero tenía que intentarlo. Los guardias le habían atado las muñecas de cualquier manera. Dudaba que se hubiesen molestado en esterilizarlas. Habían reducido la hemorragia, pero Lu moriría a menos que yo interviniese.

Agarré otra servilleta y un frasco de cloroformo: uno de los artículos más peligrosos del botiquín de Will. Su uso suponía un gran riesgo, pero las circunstancias desesperadas en las que nos encontrábamos no me dejaban muchas opciones, a menos que quisiera darle a Lu un porrazo en la cabeza con una bandeja de queso.

Moví la servilleta mojada por encima de su cara.

—No —dijo ella débilmente—. No puedes...

—Es esto o desmayarte del dolor en cuanto te toque las muñecas.

Ella hizo una mueca y acto seguido asintió con la cabeza.

Le apreté la tela contra la nariz y la boca. Dos inhalaciones, y se le fueron las fuerzas del cuerpo. Recé para que siguiese inconsciente por su bien.

Trabajé lo más rápido posible. Tenía el pulso sorprendentemente firme. Recobré mis conocimientos médicos por instinto. No pensaba en las graves heridas que estaba viendo, ni en la cantidad de sangre... solo hacía lo que había que hacer. Torniquete. Esterilizar. Habría intentado reimplantarle las manos, a pesar de las escasas probabilidades de éxito, pero no se habían molestado en traerlas. Sí, dame una araña de luces y un surtido de fruta, pero ninguna mano.

—Cauterizar —murmuré para mis adentros—. Necesito...

Mi mano derecha estalló en llamas.

En ese momento no me pareció raro. ¿Una pizca de mi antiguo poder como dios del sol? Claro, ¿por qué no? Sellé los muñones de las pobres muñecas de Lu, los unté abundantemente con ungüento curativo, los vendé como es debido y le dejé dos bastoncillos regordetes en lugar de manos.

—Lo siento mucho —dije.

La culpabilidad me pesaba como una armadura. Había desconfiado mucho de Lu, cuando en todo momento ella había arriesgado su vida tratando de ayudar. Su único delito había sido subestimar a Nerón, como habíamos hecho todos. Y el precio que había pagado...

Tienes que entender que para un músico como yo no puede haber peor castigo que perder las manos: no poder tocar más el teclado o el diapasón, no volver a hacer sonar música con los dedos. Crear música era una forma de divinidad en sí misma. Me imaginaba que Lu opinaba lo mismo de las técnicas de combate. Ella no volvería a empuñar un arma.

La crueldad de Nerón era inconmensurable. Tenía ganas de cauterizarle la sonrisa de su cara de suficiencia.

«Atiende a tu paciente», me regañé a mí mismo.

Agarré unos cojines del sofá y los coloqué alrededor de Lu, tratando de que estuviese lo más cómoda posible en la alfombra. Aunque hubiese querido arriesgarme a trasladarla al sofá, dudaba que hubiese tenido las fuerzas. Le unté ligeramente la frente con más paños fríos. Le eché un chorrito de agua y néctar en la boca. Luego posé la mano contra su arteria carótida y me concentré con todas mis fuerzas. «Cura, cura, cura.»

Tal vez fuesen imaginaciones mías, pero me pareció que parte de mi antiguo poder despertaba. Mis dedos se calentaron contra su piel. Su pulso empezó a estabilizarse. Su respiración se volvió menos agitada. La fiebre disminuyó.

Había hecho lo que había podido. Me arrastré por el suelo y me subí al sofá, con la cabeza dándome vueltas de agotamiento.

¿Cuánto tiempo había pasado? No sabía si Nerón había decidido destruir Nueva York o esperar a que las fuerzas del Campamento Mestizo estuviesen a tiro. La ciudad podía estar ardiendo a mi alrededor ahora mismo y no veía ni rastro en esa celda sin ventanas dentro de la torre aislada de Nerón. El aire acondicionado seguiría soplando. La araña de luces seguiría brillando. El váter seguiría funcionando.

Y Meg... Oh, dioses, ¿qué estaría haciendo Nerón para «rehabilitarla»?

No podía soportarlo. Tenía que levantarme. Tenía que salvar a mi amiga. Pero mi cuerpo exhausto tenía otros planes.

Se me pusieron los ojos llorosos. Caí redondo de lado y mis pensamientos se sumieron en un charco de oscuridad.

—Eh, tío.

La voz familiar parecía venir de la otra punta del mundo a través de una débil conexión por satélite.

A medida que la escena se aclaraba, me vi sentado a una mesa de picnic en la playa de Santa Mónica. Cerca de allí estaba el puesto de tacos de pescado en el que Jason, Piper, Meg y yo habíamos comido por última vez antes de infiltrarnos en la flota de yates de lujo de Calígula. Al otro lado de la mesa estaba sentado Jason Grace, brillante e incorpóreo, como un vídeo proyectado contra una nube.

—Jason. —Mi voz fue un sollozo quebrado—. Estás aquí.

Su sonrisa parpadeó. Sus ojos no eran más que manchas de color turquesa. Aun así, podía notar la fuerza callada de su presencia, y percibí la bondad de su voz.

—La verdad es que no, Apolo. Estoy muerto. Estás soñando. Pero me alegro de verte.

Bajé la vista sin atreverme a hablar. Ante mí había un plato de tacos de pescado que se habían convertido en oro, como por obra del rey Midas. No sabía lo que eso significaba. Tampoco me gustaba.

—Lo siento —logré decir al fin.

—No, no —repuso Jason—. Yo tomé una decisión. Tú no tienes la culpa. No me debes nada salvo recordar lo que te dije. Acuérdate de lo importante.

—Tú eres importante —dije—. ¡Tu vida!

Jason ladeó la cabeza.

—Pues... claro. Pero si un héroe no está dispuesto a perderlo todo por una causa más importante, ¿de verdad esa persona es un héroe?

Pronunció la palabra «persona» con sutileza, como si quisiese subrayar que podía referirse a un humano, un fauno, una dríade, un grifo, un *pandos*... incluso un dios.

—Pero...

Me esforcé por buscar un contraargumento. Deseaba con toda mi alma estirar los brazos a través de la mesa, agarrar a Jason por las muñecas y arrastrarlo otra vez al mundo de los vivos. Pero aunque hubiese podido, era consciente de que no lo habría hecho por Jason. Él había aceptado sus decisiones. Yo lo habría traído de vuelta por motivos egoístas, porque no quería lidiar con la pena y el dolor de haberlo perdido.

—Está bien —concedí. El nudo de dolor que había tenido en el pecho durante semanas empezó a deshacerse—. Está bien, Jason. Pero te echamos de menos.

Su rostro formó ondas de humo de colores.

—Yo también os echo de menos. A todos. Hazme un favor, Apolo. Ten cuidado con el siervo de Mitra: el león enroscado por la serpiente. Ya sabes lo que es y de lo que es capaz.

—¿Que yo... qué? ¡No, no lo sé! ¡Dímelo, por favor!

Jason esbozó una última sonrisa forzada.

—Solo soy un sueño en tu cabeza, tío. Ya tienes la información. Solo digo... que negociar con el guardián de las estrellas tiene un precio. A veces tú tienes que pagar ese precio. Y otras tienes que dejar que otra persona lo pague.

Eso no me aclaró absolutamente nada, pero no me dio tiempo a hacer más preguntas.

Jason se disolvió. Mis tacos de pescado dorados se redujeron a polvo. La costa de Santa Bárbara se deshizo, y desperté sobresaltado en mi cómodo sofá.

—¿Estás vivo? —preguntó una voz ronca.

Lu estaba tumbada en el sofá de enfrente. No me imaginaba cómo había llegado allí desde el suelo. Tenía los pómulos y los ojos hundidos. Sus muñones vendados estaban moteados de lunares en las zonas donde se había filtrado sangre reciente. Pero estaba un poco menos pálida y tenía una mirada extraordinariamente clara. Solo podía concluir que mis poderes curativos divinos —de dondequiera que hubiesen salido— debían de haber servido de algo.

Estaba tan sorprendido que necesité un instante para recuperar el habla.

—Soy... soy yo quien debería preguntarte eso. ¿Qué tal el dolor?

Ella levantó los muñones con cautela.

—¿Qué, estos? En peores plazas he toreado.

—¡Dioses míos! —exclamé asombrado—. Qué sentido del humor. Realmente eres indestructible.

Sus músculos faciales se tensaron: tal vez un intento de sonreír, o una simple reacción a su intenso y continuo sufrimiento.

—Meg. ¿Qué ha sido de ella? ¿Cómo la encontramos?

No pude por menos de admirar su firmeza. A pesar de su dolor y su injusto castigo, Lu seguía centrada en ayudar a nuestra joven amiga.

—No estoy seguro —dije—. La encontraremos, pero primero tienes que recuperar las fuerzas. Cuando salgamos de aquí, tendrás que moverte por tu propio pie. No creo que pueda cargar contigo.

—¿No? —preguntó Lu—. Estaba deseando que me llevases a caballito.

Vaya, supongo que los galos se ponen mordaces cuando sufren heridas mortales.

Naturalmente, la idea de que nos fugásemos de la celda era absurda. Aunque lo consiguiéramos, no estábamos en condiciones de rescatar a Meg ni luchar contra las fuerzas del emperador. Pero no podía perder la esperanza, sobre todo cuando mi compañera manca todavía era capaz de gastar bromas.

Además, el sueño de Jason me había recordado que los fasces del emperador estaban escondidos en algún lugar de esa planta de la torre, vigilados por el león enroscado por la serpiente. El guardián de las estrellas, el siervo de Mitra, significara lo que significase, tenía que andar cerca. Y si exigía un precio por dejarnos pisotear la vara de la inmortalidad de Nerón hasta hacerla astillas, yo estaba dispuesto a pagarlo.

—Me queda un poco de ambrosía. —Me volví y busqué a tientas mi botiquín—. Tienes que comer...

La puerta del final del pasillo se abrió de golpe. Gunther apareció al otro lado de la celda sosteniendo una bandeja de plata llena de sándwiches y diversas latas de refresco.

Sonrió mostrando sus tres dientes.

—La comida.

Los barrotes centrales de la celda bajaron a la velocidad de una guillotina. Gunther deslizó la bandeja a través del hueco, y los barrotes se cerraron de golpe antes de que pudiese plantearme siquiera intentar atacar a nuestro captor.

Necesitaba comer urgentemente, pero con solo mirar los sándwiches se me revolvió el estómago. Alguien había quitado la corteza al pan. Estaban cortados en cuadrados en lugar de triángulos. Así es cómo se sabe cuándo unos bárbaros te han preparado la comida.

—¡Recuperad las fuerzas! —dijo Gunther con alegría—. ¡No muráis antes de la fiesta!

—¿Fiesta? —pregunté, sintiendo un levísimo atisbo de esperanza.

No porque las fiestas fuesen divertidas, ni porque me gustase
la tarta (que también), sino porque si Nerón había aplazado su
gran celebración, quizá todavía no había pulsado el botón del fin
del mundo.

—¡Sí! —dijo Gunther—. ¡Esta noche! Primero os torturare-
mos a los dos. ¡Y luego quemaremos la ciudad!

Y con ese pensamiento feliz, Gunther regresó sin prisa por el
pasillo, riendo entre dientes para sí y dejándonos con la bandeja
de sándwiches bárbaros.

# 22

Me acostaré
para salvar a los que quiero.
No me deis las gracias. No hay de qué

A los dioses no se les dan muy bien cumplir plazos.

La idea de disponer de un tiempo limitado para hacer algo no tiene mucho sentido para un inmortal. Desde que me había convertido en Lester Papadopoulos, me había acostumbrado a la idea: ve aquí para esta fecha o el mundo se acabará. Consigue este objeto para la siguiente semana o todos tus conocidos morirán.

Aun así, me sorprendió descubrir que Nerón planteaba incendiar Nueva York esa misma noche —con tarta, celebración y tortura en abundancia— y que no había nada que yo pudiese hacer al respecto.

Me quedé mirando a través de los barrotes después de que Gunther se fuera. Esperaba que volviese a aparecer y gritase: «¡Era coña!», pero el pasillo siguió vacío. Podía ver muy poco del corredor salvo unas paredes blancas lisas y una única cámara de seguridad fijada al techo, que me miraba con su reluciente ojo negro.

Me volví hacia Lu.

—He llegado a la conclusión de que nuestra situación es un asco.

—Gracias. —Ella cruzó sus muñones sobre el pecho como un faraón—. Necesitaba esa perspectiva.

—Hay una cámara de seguridad ahí fuera.

—Claro.

—Entonces, ¿cómo pensabas sacarnos? Te habrían visto.

Lu gruñó.

—Es una sola cámara. Fácil de evitar. Las zonas residenciales están vigiladas desde todos los ángulos, tienen micrófonos que captan los sonidos, sensores de movimiento en todas las entradas...

—Ya lo pillo.

Me daba rabia, pero no me sorprendía, que la familia de Nerón estuviese más vigilada que sus prisioneros. Al fin y al cabo, era un hombre que había matado a su propia madre. Ahora estaba criando a su prole de pequeños déspotas. Tenía que llegar hasta Meg.

Sacudí los barrotes solo para poder decir que lo había intentado. No se movieron. Necesitaba un arrebato de fuerza divina para escapar a golpes apolíneos, pero si quería que mis poderes obedeciesen a mis necesidades, podía esperar sentado.

Volví fatigosamente al sofá y miré con odio los ofensivos sándwiches y refrescos.

Traté de imaginar lo que estaría pasando Meg en ese momento.

Me la imaginé en una opulenta habitación parecida a esa; menos los barrotes, quizá, pero una celda de todas formas. Cada uno de sus movimientos sería registrado, cada una de sus conversaciones escuchada. No me extrañaba que en el pasado hubiese preferido deambular por los callejones de Hell's Kitchen, abordando a matones con bolsas de verdura podrida y adoptando a exdioses como sus criados. Ahora no tenía esa válvula de escape. No nos tenía a mí ni a Luguselva a su lado. Estaría totalmente rodeada y totalmente sola.

Yo tenía cierta idea de cómo funcionaban los juegos psicológicos de Nerón. Como dios de la curación, sabía algo de psicología y salud mental, aunque reconozco que no siempre me aplicaba a mí mismo las mejores prácticas.

Después de haber soltado a la Bestia, Nerón fingiría bondad. Intentaría convencer a Meg de que estaba en casa. Si ella se dejaba «ayudar», sería perdonada. Nerón era su propio poli bueno/poli malo: el manipulador definitivo.

La idea de que intentase consolar a una niña a la que acababa de traumatizar me repugnaba profundamente.

Meg había escapado de Nerón en una ocasión. Desafiarlo debía de haberle exigido más fuerza y valor de los que la mayoría de los dioses poseerían jamás. Pero ahora... obligada a volver al antiguo entorno en el que había sido maltratada, que Nerón había hecho pasar por normal a la mayoría de sus hijos, necesitaría ser aún más fuerte para no venirse abajo. Le sería muy fácil olvidar lo lejos que había llegado.

«Acuérdate de lo importante.» La voz de Jason resonaba en mi cabeza, pero las palabras de Nerón también daban vueltas en mi mente. «No podemos cambiar miles de años de nuestro carácter tan rápido, ¿verdad?»

Sabía que la preocupación por mi debilidad se mezclaba con

la preocupación por Meg. Aunque consiguiese volver al Monte Olimpo, no confiaba en que retuviese las cosas importantes que había aprendido como mortal. Eso me hacía dudar de la capacidad de Meg para no desfallecer en su antiguo hogar tóxico.

Los parecidos entre la casa de Nerón y mi familia del Monte Olimpo me inquietaban cada vez más. La idea de que los dioses fuésemos tan manipuladores, tan maltratadores como el peor emperador romano... No podía ser cierto.

Ah, un momento. Sí que lo era. Uf. No soportaba la claridad. Prefería tener un filtro de Instagram más suave en mi vida: Amaro, por ejemplo, o Perpetua.

—Saldremos de aquí. —La voz de Lu me arrancó de mis deprimentes pensamientos—. Y luego ayudaremos a Meg.

Considerando su estado, era una afirmación atrevida. Sabía que intentaba levantarme el ánimo. Resultaba injusto que tuviese que hacerlo ella... y todavía más injusto que yo lo necesitase tanto.

La única respuesta que se me ocurrió fue «¿Te apetece un sándwich?».

Ella miró la fuente.

—Sí. De pepino y queso para untar, si hay. El cocinero prepara unos sándwiches muy buenos de pepino y queso.

Encontré el sabor adecuado. Me preguntaba si en la antigüedad las bandas errantes de guerreros celtas entraban en combate con los morrales llenos de sándwiches de pepino y queso para untar. Tal vez el secreto de su éxito residía en eso.

Le di de comer unos bocados, pero ella se impacientó.

—Déjamelo sobre el pecho. Ya me las apañaré. Tengo que empezar en algún momento.

Utilizó los muñones para llevarse la comida a la boca. No sé cómo logró hacerlo sin desmayarse del dolor, pero respeté sus deseos. Mi hijo Asclepio, dios de la medicina, solía reprenderme por ayudar a los discapacitados. «Puedes ayudarles si te lo piden, pero espera a que lo pidan. La decisión les corresponde a ellos, no a ti.»

Para un dios, era algo difícil de entender, como las fechas límite, pero dejé a Lu con su comida. Elegí un par de sándwiches para mí: de jamón y queso y de ensalada de huevo. Hacía mucho que no probaba bocado. No tenía apetito, pero necesitaría energías si queríamos salir de allí.

Energías... e información.

Miré a Lu.

—Antes has hablado de micrófonos.

A la gala le resbaló el sándwich entre los muñones y le cayó en el regazo. Frunciendo ligerísimamente el ceño, volvió a emprender el lento proceso de acorralarlo.

—Micrófonos espía, quieres decir. ¿Qué pasa con ellos?

—¿Hay alguno en la celda?

Lu se quedó confundida.

—¿Quieres saber si los guardias nos están escuchando? No creo. A menos que hayan instalado micros en las últimas veinticuatro horas. A Nerón le da igual lo que dicen los prisioneros. No le gusta que la gente lloriquee y se queje. Él es el único que puede hacerlo.

Tenía todo el sentido neroniano del mundo.

Quería tratar los planes con Lu, aunque solo fuese para levantarle el ánimo, para hacerle saber que en ese momento mi tremendo equipo de excavadores trogloditas podía estar yendo a sabotear el sistema de distribución de fuego griego de Nerón, lo que significaría que el sacrificio de Lu no habría sido del todo en vano. Aun así, tenía que ser cauto con lo que decía. No quería dar por sentado que teníamos intimidad. Ya habíamos subestimado a Nerón demasiadas veces.

—No parecía que el emperador supiese... lo otro —dije.

A Lu se le volvió a caer el sándwich al regazo.

—¿Te refieres a lo otro que está pasando? ¿Pudiste organizarlo?

Esperaba que estuviésemos hablando de lo mismo. Lu nos había mandado que organizásemos un sabotaje subterráneo, pero por motivos obvios, yo no había tenido ocasión de contarle los detalles sobre Nico, Will, Rachel y los trogloditas. (Que, por cierto, sería el peor nombre de grupo de la historia.)

—Eso espero —dije—. Suponiendo que todo haya salido según lo planeado. —No añadí: «Y que los trogloditas no se hayan zampado a mis amigos porque llevamos a unas vacas rojas malvadas a su campamento»—. Pero, sinceramente, de momento todo no ha salido según lo planeado.

Lu volvió a recoger el sándwich; esta vez con más destreza.

—No sé tú, pero yo tengo a Nerón exactamente donde quiero que esté.

No pude evitar sonreír. Dioses míos, qué gala... Había pasado de tenerle antipatía y recelo a estar dispuesto a recibir un disparo por ella. La quería a mi lado, con manos o sin ellas, cuando acabásemos con el emperador y salvásemos a Meg. Y lo haríamos, si lograba hacer acopio de una pequeña parte de la fortaleza de Lu.

—Nerón debería temerte —convine—. Supongamos que lo otro está en marcha. Supongamos también que logramos salir de aquí y ocuparnos de... ejem, lo otro.

Lu puso los ojos en blanco.

—¿Te refieres a los fasces del emperador?

Hice una mueca.

—Sí, vale. Eso. Me sería de ayuda tener más información sobre su protector. Jason lo llamó el guardián de las estrellas, una criatura de Mitra, pero...

—Espera. ¿Quién es Jason?

No quería repasar ese doloroso tema, pero le conté lo básico y luego le expliqué lo que había hablado con el hijo de Júpiter en el sueño.

Lu trató de incorporarse. Se le puso la cara de color plastilina y eso hizo que sus tatuajes se volviesen morados.

—Uf. —Volvió a recostarse—. Conque Mitra, ¿eh? Hacía tiempo que no oía ese nombre. Antiguamente muchos oficiales romanos lo adoraban, pero a mí nunca me gustaron esos dioses persas. Tenías que entrar en su secta para aprender todas esas señas secretas y tal. Una sociedad de élite exclusiva para miembros, bla, bla, bla. El emperador se hizo socio al instante, claro, cosa que tiene sentido...

—¿Por qué?

Ella masticó el sándwich de pepino.

—Explica cómo Nerón habría encontrado a ese guardián. No... no sé qué es. Solo lo vi una vez, cuando Nerón... lo instaló, supongo que se podría decir. Hace años de eso. —Se estremeció—. Nunca he querido volver a verlo. Esa cara de león, esos ojos... como si pudiese verlo todo de mí, como si me retase a...

—Meneó la cabeza—. Tienes razón. Necesitamos más información si queremos vencerlo. Y necesitamos saber cómo está Meg.

¿Por qué me miraba con tanta expectación?

—Sería estupendo —asentí—. Pero como estamos encerrados en una celda...

—Me acabas de contar que tuviste una visión en un sueño. ¿Las tienes a menudo?

—Pues sí. Pero no las controlo. Al menos, como me gustaría.

Lu resopló.

—El típico romano.

—Griego.

—Lo que sea. Los sueños son un vehículo, como un carro. Tienes que conducirlos. No puedes permitir que ellos te conduzcan a ti.

—¿Quieres que... vuelva a soñar? ¿Que recabe más información en sueños?

Se le empezaron a cerrar los párpados. Quizá la palabra «sueños» le había recordado a su cuerpo que era una idea estupenda. En su estado, el simple hecho de estar despierta unas horas y comer un sándwich debía de equivaler a correr un maratón.

—Me parece que ya tenemos plan —convino Lu—. Si ahora es la hora de comer, tenemos... ¿siete, ocho horas antes de que se ponga el sol? El mejor momento del día para ver arder una ciudad. Despiértame cuando sepas más.

—Pero ¿y si no consigo dormirme? Y si me duermo, ¿quién me despertará?

Lu empezó a roncar.

Tenía un pedacito de pepino pegado a la barbilla, pero decidí dejarlo donde estaba. La gala podía quererlo para más tarde.

Me recliné en el sofá y me quedé mirando cómo la araña de luces centelleaba alegremente en lo alto.

Esa noche se celebraría una fiesta con motivo de la quema de Manhattan. Nerón nos torturaría. Luego, me imaginaba, me sacrificaría de una forma u otra para apaciguar a Pitón y sellar su alianza.

Tenía que pensar rápido y actuar aún más rápido.

Necesitaba mis poderes: fuerza para doblar barrotes o atravesar paredes, fuego para derretir la cara Gunther la próxima vez que nos trajese sándwiches sin corteza...

No necesitaba una siesta.

Y sin embargo... Lu no se equivocaba. Los sueños podían ser vehículos.

Como dios de las profecías, a menudo había transmitido visiones a aquellos que las necesitaban: advertencias, vislumbres del futuro, recomendaciones sobre el tipo de incienso para templos que más me gustaba. Había conducido sueños y los había introducido en la cabeza de la gente. Pero desde que era mortal, había perdido esa confianza en mí mismo. Había dejado que mis sueños me condujesen a mí, en lugar de tomar las riendas como cuando pilotaba el carro del sol. Mi tiro de caballos de fuego siempre sabía si quien lo dirigía era débil o indeciso. (El pobre Faetón lo había descubierto por las malas.) Los sueños no eran menos ingobernables.

Necesitaba ver lo que le ocurría a Meg. Necesitaba ver a ese guardián que protegía los fasces del emperador para averiguar cómo destruirlo. Necesitaba saber si Nico, Will y Rachel estaban a salvo.

Si tomaba las riendas de mis sueños y gritaba: «¡Arre!», ¿qué pasaría? Como mínimo, tendría pesadillas perturbadoras. En el peor de los casos, despeñaría mi mente por los Acantilados de la Locura y no despertaría jamás.

Pero mis amigos contaban conmigo.

De modo que hice lo que correspondía a un héroe. Cerré los ojos y me dormí.

# 23

¡Vamos, carro de los sueños!
¡Aparta, que soy un dios!
Mec, mec. Piii, piii. Zum

Conducir el carro de los sueños no salió bien. Si la policía de los sueños hubiese estado patrullando, me habría hecho parar y me habría puesto una multa.

Enseguida un viento psíquico de costado alcanzó mi conciencia. Caí a través del suelo y me precipité más allá de las escaleras y las oficinas y los armarios de las escobas, dando vueltas hasta las entrañas de la torre como si hubiesen tirado de la cadena del váter cósmico y me hubiese arrastrado el remolino. (Que es un sanitario asqueroso, por cierto. Nadie lo limpia nunca.)

«¡SUBE, SUBE!», ordené a mi sueño con toda mi voluntad, pero no conseguía dar con las riendas.

Caí en picado a través de un tanque de fuego griego. Eso fue una novedad. Fui a parar a los túneles de debajo de Manhattan, buscando desesperadamente a mi alrededor algún rastro de mis amigos y los trogloditas, pero iba demasiado rápido girando como un molinete. Llegué al Laberinto y salí despedido de lado, arrastrado por una corriente de éter sobrecalentado.

«Puedo conseguirlo», me dije. «Es como si estuviese conduciendo un carro. Solo que sin caballos. Ni carro. Ni cuerpo.»

Ordené a mi sueño que me llevase con Meg: la persona a la que más quería ver. Me imaginé mis manos estirándose y agarrando unas riendas. Justo cuando pensaba que las tenía, el paisaje onírico cambió. Me encontraba otra vez en las cuevas de Delfos, con los gases volcánicos estratificados en el aire y la silueta oscura de Pitón moviéndose pesadamente entre las sombras.

—Vaya, otra vez eres mío —dijo regodeándose—. Perecerás...

—No tengo tiempo para ti ahora. —Mi voz me sorprendió casi tanto como al reptil.

—¿Qué?

—Me tengo que ir. —Sacudí las riendas de mi sueño.

—¿Cómo te atreves? No puedes...

Di marcha atrás a toda velocidad como si estuviese enganchado a una goma elástica.

¿Por qué hacia atrás? No soportaba ir sentado hacia atrás en un vehículo en movimiento, pero supongo que el sueño todavía quería demostrarme quién mandaba. Retrocedí como en una montaña rusa por el Laberinto, los túneles de los mortales, las escaleras de la torre... Finalmente me detuve de una sacudida. Se me cerró el estómago y devolví... bueno, el vómito espiritual etéreo que uno puede echar en el mundo de los sueños.

Mi cabeza y mi estómago giraban uno alrededor del otro como planetas de lava inestables. Me encontré de rodillas en un extravagante dormitorio. Ventanales del suelo al techo daban al centro hasta el río Hudson. Afortunadamente, el paisaje urbano todavía estaba libre de llamas.

Meg McCaffrey estaba ocupada destrozando su cuarto. Incluso sin las espadas, estaba realizando un excelente trabajo de demolición con una pata rota de una silla, que blandía y golpeaba como loca prácticamente contra todo. Mientras tanto, un germanus bloqueaba la única salida cruzado de brazos con expresión imperturbable. Una mujer con un anticuado uniforme de criada blanco y negro se retorcía las manos y hacía una mueca cada vez que algo se rompía. Tenía un montón de algo que parecían vestidos de fiesta colgados de un brazo.

—Señorita —dijo la doncella—, ¿puede elegir un atuendo para esta noche? Tal vez si no... Oh. Oh, eso era una antigüedad. No, no pasa nada. Conseguiré otro... ¡OH! Muy bien, señorita, si no le gusta esa ropa de cama, puedo... ¡No hace falta que la haga trizas, señorita!

El berrinche de Meg me levantó considerablemente el ánimo. «¡Así se hace, amiga mía!», pensé. «¡Al Tártaro con ellos!» Meg lanzó la pata de la silla contra una lámpara y a continuación agarró otra silla entera y la levantó por encima de la cabeza, dispuesta a arrojarla contra la ventana.

Un golpe tenue en la puerta del cuarto le hizo quedarse paralizada. El germanus se apartó, abrió la puerta e hizo una reverencia mientras Nerón entraba en la habitación majestuosamente.

—Oh, tesoro, cuánto lo siento. —La voz del emperador exudaba compasión—. Ven. Siéntate conmigo.

Se acercó suavemente a la cama y se sentó en el borde, dando unos golpecitos a su lado en el edredón rasgado.

Animé en silencio a Meg para que le rompiese la crisma con la silla. Estaba allí mismo, a su alcance. Pero me di cuenta de que esa era la intención de Nerón: hacer que pareciese que estaba a merced de Meg. Hacerla a ella responsable de optar por la violencia. Y en el caso de que mi amiga lo hiciese, él tendría libertad para castigarla.

Ella dejó la silla, pero no acudió a Nerón. Volvió la espalda y se cruzó de brazos. Le temblaban los labios. Yo deseaba con toda mi alma acercarme a ella y protegerla. Deseaba estrellar mi carro de los sueños contra la cara de Nerón, pero solo podía observar.

—Sé que te sientes fatal —dijo Nerón— después de lo que le has hecho a tu amigo.

Ella se dio la vuelta.

—¿Después de lo que YO HE HECHO?

Volvió a agarrar la silla y la lanzó al otro lado de la habitación... pero no a Nerón. El asiento rebotó contra la ventana y dejó una mancha pero ninguna grieta. Advertí un atisbo de sonrisa en la cara de Nerón —una sonrisa de satisfacción— antes de que su expresión volviera a fijarse en una máscara de compasión.

—Sí, querida. Esa ira es producto de la culpabilidad. Tú trajiste a Apolo aquí. Tú eras consciente de lo que eso suponía, de lo que pasaría. Pero lo hiciste igualmente. Debe de ser muy doloroso saber que lo has arrastrado a su final.

A Meg le temblaban los brazos.

—Yo... no. Tú has cortado... —Tuvo una arcada, claramente incapaz de pronunciar las palabras. Se quedó mirando sus puños, apretados como si fuesen a salir disparados de sus muñecas si no los vigilaba.

—No puedes echarte la culpa —dijo Nerón en un tono que de alguna forma daba a entender: «Todo esto es culpa tuya».

»Luguselva tomó la decisión equivocada. Lo sabes. Tú debías de saber lo que pasaría. Eres demasiado lista para estar ciega. Hemos hablado de las consecuencias muchas veces. —Suspiró de arrepentimiento—. Tal vez Casio se pasó de duro amputándole las manos. —Ladeó la cabeza—. Si te apetece, puedo castigarlo.

—¿Qué? —Meg estaba temblando, como si ya no supiera adónde dirigir el cañón gigante de su ira—. ¡No! No fue él. Fuiste...

Se le atragantó la respuesta clara: «TÚ».

Con Nerón sentado enfrente de ella, hablándole en tono dulce, concediéndole toda su atención, titubeó.

«¡Meg!», grité, pero de mi boca no salió ningún sonido. «¡Sigue rompiendo cosas, Meg!»

—Tienes buen corazón —dijo Nerón suspirando otra vez—. Te importa Apolo. Te importa Lu. Lo entiendo. Y cuando sueltas a la Bestia... —Extendió los brazos—. Sé que te produce desasosiego. Pero no ha terminado, Meg. ¿Quieres sentarte conmigo? No te pido un abrazo, ni que dejes de estar enfadada. Pero tengo una noticia que puede que te haga sentir mejor.

Volvió a dar unos golpecitos en el colchón. La criada se retorció las manos. El germanus se escarbó los dientes.

Meg vaciló. Podía imaginarme los pensamientos que se agolpaban en su mente: «¿La noticia tiene que ver con Apolo? ¿Le ofrecerás marcharse si yo colaboro? ¿Sigue Lu viva? ¿La pondrás en libertad? Y si no obedezco tus deseos, ¿los pondré en peligro?».

El mensaje no expresado de Nerón parecía flotar en el aire: «Todo esto es culpa tuya, pero todavía puedes arreglarlo».

Poco a poco, Meg se dirigió a la cama. Se sentó con una postura rígida y cautelosa. Yo quería lanzarme entre ella y Nerón, interponerme en el hueco y asegurarme de que él no podía acercarse más, pero me temía que su influencia era peor que física... Estaba introduciéndose en su mente.

—He aquí la buena noticia, Meg —dijo—. Siempre nos tendremos el uno al otro. Nunca te abandonaré. Por mucho que te equivoques, siempre podrás volver conmigo. Lu te traicionó cuando me traicionó a mí. Apolo era poco de fiar, egoísta y (me atrevería a decir) narcisista. Pero yo te conozco. Te he criado. Este es tu hogar.

«Oh, dioses», pensé. A Nerón se le daba tan bien ser malo y era tan malo cuando hacía de bueno que las palabras perdían su significado. Podía decirte que el suelo era el techo con tal convicción que empezabas a creerlo, sobre todo considerando que cualquier desacuerdo desataba a la Bestia.

Me asombró cómo un hombre así pudo llegar a ser emperador de Roma. Luego me asombró cómo un hombre así pudo llegar a perder el control de Roma. Era fácil ver cómo había conseguido poner a las multitudes de su parte.

Meg se estremeció, pero no estaba seguro de si de rabia o desesperación.

—No pasa nada. —Nerón le echó el brazo sobre los hombros—. Puedes llorar. Tranquila. Estoy aquí.

Se me formó un nudo helado en el estómago. Sospechaba que en cuanto Meg empezase a derramar lágrimas, el juego terminaría. Toda la independencia que había adquirido y que tanto había luchado por mantener se vendría abajo. Se dejaría estrechar contra el pecho de Nerón, como había hecho cuando era una niña pequeña, después de que Nerón matase a su verdadero padre. La Meg que yo conocía desaparecería bajo el amasijo retorcido y atormentado que Nerón había pasado años cultivando.

La escena perdió cohesión; tal vez porque yo estaba demasiado disgustado para controlar el sueño. O tal vez simplemente porque no soportaba presenciar lo que pasaría a continuación. Me desplomé a través de la torre, piso tras piso, tratando de recobrar las riendas.

«No he terminado», insistí. «¡Necesito más información!»

Lamentablemente la obtuve.

Me paré enfrente de una puerta dorada; las puertas doradas nunca eran una buena señal. El sueño me introdujo en una pequeña cámara acorazada. Me sentí como si hubiese entrado en el núcleo de un reactor. Un intenso calor amenazaba con quemar mi yo onírico en una nube de cenizas oníricas. El aire tenía un olor fuerte y tóxico. Ante mí, flotando sobre un pedestal de hierro estigio, estaban los fasces de Nerón: un hacha dorada de un metro y medio de altura, envuelta en varas de madera amarradas con cordones de oro. El arma ceremonial vibraba de poder; muy superior al de los dos fasces que Meg y yo habíamos destruido en la torre Sutro.

El significado de todo se me hizo evidente, susurrado en mi cerebro como un verso de la profecía envenenada de Pitón. Los tres emperadores del triunvirato no solo se habían unido a través de una empresa. Sus fuerzas vitales, sus ambiciones, su codicia y su malicia se habían entrelazado a lo largo de los siglos. Matando a Cómodo y Calígula, yo había concentrado todo el poder del triunvirato en los fasces de Nerón. Había hecho al emperador superviviente tres veces más poderoso y difícil de matar. Aunque los fasces no estuviesen vigilados, destruirlos sería difícil.

Y los fasces no estaban vigilados.

Detrás del hacha brillante, con las manos extendidas como en un gesto de bendición, se hallaba el guardián. Tenía un cuerpo humanoide y medía unos dos metros quince de altura. Su pecho, sus brazos y sus piernas musculosos estaban cubiertos de porciones de pelo de oro. Sus alas blancas con plumas me recordaban un espíritu del viento de Zeus, o los ángeles que a los cristianos les gustaba pintar.

Sin embargo, su cara no era angelical. Tenía el semblante con melena greñuda de un león, unas orejas bordeadas de pelo negro, una boca abierta que dejaba ver sus colmillos y una lengua roja asomando. Sus enormes ojos dorados irradiaban una suerte de fuerza somnolienta llena de seguridad.

Pero lo más extraño del guardián era la culebra que rodeaba su cuerpo de los tobillos al pescuezo —una espiral reptante de carne verde que se movía alrededor de él como una escalera mecánica interminable—, una serpiente sin cabeza ni cola.

El hombre león me vio. Mi ensueño no era nada para él. Aquellos ojos de oro se fijaron en mí y no me soltaban. Me dieron la vuelta y me examinaron como si fuera una esfera de cristal de un niño troglo.

Se comunicaba sin hablar. Me dijo que era el leontocéfalo, una creación de Mitra, un dios persa tan hermético que ni siquiera los dioses del Olimpo habíamos llegado a entenderlo. El leontocéfalo había controlado el movimiento de las estrellas y las fases de la luna en el zodíaco en nombre de Mitra. También había sido el guardián del gran espectro de la inmortalidad de Mitra, pero se había perdido hacía una eternidad. Ahora el leontocéfalo había recibido un nuevo cometido, un nuevo símbolo de poder que vigilar.

El simple hecho de mirarlo amenazaba con destrozar mi mente. Traté de hacerle preguntas. Entendía que luchar contra él era imposible. Él era eterno. No se le podía matar como no se podía matar el tiempo. Custodiaba la inmortalidad de Nerón, pero ¿no existía ninguna forma...?

Ah, sí. Se podía negociar con él. Comprendí lo que deseaba. Cuando me di cuenta, mi alma se hizo una bola como una araña aplastada.

Nerón era listo. Terrible, perversamente listo. Había tendido una trampa con su símbolo de poder. Estaba apostando con cinismo a que yo jamás pagaría el precio.

Al final, una vez que quedó claro lo que pretendía, el leontocéfalo me soltó. Mi yo onírico volvió de golpe a mi cuerpo.

Me incorporé en la cama jadeando y empapado en sudor.

—Ya era hora —dijo Lu.

Por increíble que parezca, estaba de pie paseándose por la celda. Mi poder curativo debía de haber hecho algo más que aliviar las heridas de sus amputaciones. Cojeaba un poco, pero no parecía alguien que hacía solo un día llevaba muletas y aparatos ortopédicos en las piernas. Hasta los cardenales de su cara habían desaparecido.

—Estás... estás mejor —observé—. ¿Cuánto tiempo he dormido?

—Demasiado. Gunther trajo la cena hace una hora. —Señaló con la cabeza una nueva bandeja de comida situada en el suelo—. Dijo que volvería pronto a recogernos para la fiesta. Pero el muy tonto ha cometido un descuido. ¡Nos ha dejado cubiertos!

Lució sus muñones.

Oh, dioses. ¿Qué había hecho? De algún modo, había conseguido fijarse un tenedor a un muñón y un cuchillo al otro. Había introducido los mangos entre los pliegues de las vendas y luego los había sujetado con... Un momento. ¿Era eso mi esparadrapo?

Miré al pie de mi cama. Como era de esperar, mi mochila estaba abierta y su contenido esparcido por el suelo.

Intenté preguntar cómo y por qué al mismo tiempo, de modo que me salió «¿Comorqué?».

—Con tiempo suficiente, esparadrapo y unos buenos dientes, puedes hacer muchas cosas —dijo Lu con orgullo—. No podía esperar a que despertases. No sabía cuándo volvería Gunther. Lamento el desorden.

—Yo...

—Tú puedes ayudar. —Probó sus accesorios de cubertería con unos cuantos golpes de kung-fu—. He atado estos pequeños lo más fuerte que he podido, pero puedes envolvérmelos otra vez. Tengo que poder usarlos en combate.

—Esto...

Se dejó caer pesadamente en el sofá a mi lado.

—Mientras lo haces, puedes contarme lo que has descubierto.

No pensaba discutir con alguien que podía clavarme un tenedor en el ojo. Tenía dudas sobre la efectividad de sus nuevos accesorios de combate, pero no dije nada. Entendía que lo importante era que Luguselva se hiciese cargo de su situación, que no se rindiera, que hiciese lo que pudiera con lo que tenía. Cuando sufres un golpe que te cambia la vida, el pensamiento positivo es el arma más efectiva que puedes empuñar.

Le fijé los utensilios envolviéndolos más fuerte mientras le explicaba lo que había visto en mi viaje de ensueño: a Meg intentando no desmoronarse bajo el influjo de Nerón, los fasces del emperador flotando en su cuarto radioactivo y el leontocéfalo, que esperaba a que intentásemos hacernos con él.

—Más vale que nos demos prisa, entonces. —Lu hizo una mueca—. Aprieta más el esparadrapo.

Era evidente que mis esfuerzos le hacían daño, a juzgar por las arrugas que se le formaban alrededor de los ojos, pero hice lo que me pidió.

—Está bien —dijo, golpeando al aire con sus cubiertos—. Con eso valdrá.

Traté de esbozar una sonrisa de aliento. No estaba seguro de que la Capitana Cuchillo y Tenedor tuviese mucha suerte contra Gunther o el leontocéfalo, pero si coincidíamos con un entrecot hostil, Lu sería la reina del combate.

—¿Y ni rastro de lo otro? —preguntó.

Ojalá hubiese podido contestarle que sí. Me moría de ganas de ver a la empresa de trogloditas entera excavando hasta el sótano de Nerón e inutilizando sus tanques de fuego. Me habría conformado con un sueño en el que Nico, Will y Rachel corriesen en nuestro auxilio gritando fuerte y agitando matracas.

—Nada —dije—. Pero todavía tenemos tiempo.

—Sí —asintió Lu—. Minutos y minutos. Luego empezará la fiesta y la ciudad se quemará. Pero está bien. Concentrémonos en lo que podemos hacer. Tengo un plan para salir de aquí.

Un escalofrío me recorrió el cuello al pensar en mi conversación silenciosa con el guardián de los fasces.

—Y yo tengo un plan para cuando salgamos.

Entonces los dos dijimos a la vez:

—No te va a gustar.

—Oh, qué alegría. —Suspiré—. Oigamos primero el tuyo.

# 24

## ¡Al diablo con Nerón, que no quiere el discurso de mi flecha! (Aunque lo entiendo)

Lu tenía razón.

No me gustó un pelo su plan, pero como teníamos poco tiempo y Gunther podía presentarse en cualquier momento con nuestros gorros de fiesta y varios instrumentos de tortura, accedí a hacer mi parte.

Para ser totalmente sincero, tampoco me gustaba un pelo mi plan. Le expliqué a Lu lo que exigiría el leontocéfalo a cambio de los fasces.

Lu me lanzó una mirada fulminante como un búfalo de agua cabreado.

—¿Estás seguro?

—Me temo que sí. Custodia la inmortalidad, de modo que...

—Espera un sacrificio de inmortalidad.

Las palabras quedaron flotando en el aire como el humo de un puro: empalagosas y asfixiantes. Todas mis pruebas habían conducido a ese punto: esa decisión. Ese era el motivo por el que Pitón había estado riéndose de mí en sueños durante meses. Nerón había decidido que el coste de su destrucción fuese renunciar a lo que yo más deseaba. Para acabar con él, tendría que perder mi divinidad para siempre.

Lu se rascó el mentón con la mano del tenedor.

—Tenemos que ayudar a Meg, cueste lo que cueste.

—Estoy de acuerdo.

Ella asintió con la cabeza seriamente.

—De acuerdo, entonces esto es lo que haremos.

Me tragué el sabor a cobre de la boca. Estaba dispuesto a pagar el precio. Si eso implicaba liberar a Meg de la Bestia, liberar el mundo, liberar Delfos... lo pagaría. Pero habría estado bien que Lu hubiese protestado solo un poquito en mi defensa. «¡Oh, no, Apolo! ¡No puedes hacerlo!»

Sin embargo, supongo que nuestra relación ya había pasado el punto en el que era necesario dorar la píldora al otro. Lu era demasiado práctica para eso. Era la clase de mujer que no se quejaba de que le hubiesen cortado las manos. Simplemente se pegaba unos cubiertos a los muñones y seguía adelante. No iba a darme una palmadita en la espalda por hacer lo correcto, por muy doloroso que fuese.

Aun así, me preguntaba si se me había escapado algo. No sabía si pensábamos realmente lo mismo. Lu tenía una mirada distante, como si estuviese calculando bajas en un campo de batalla.

Tal vez lo que detectaba era la preocupación de la gala por Meg.

Los dos sabíamos que, en la mayoría de las circunstancias, Meg no necesitaba que nadie la rescatase. Pero en el caso de Nerón... Sospechaba que Lu, como yo, deseaba que Meg tuviese la fuerza para salvarse a sí misma. Nosotros no podíamos tomar las decisiones difíciles por ella. Y sin embargo, era insoportable mantenerse al margen mientras el sentido de independencia de Meg era puesto a prueba. Lu y yo éramos como unos padres nerviosos que dejan a su hija en la guardería el primer día de clase... solo que en este caso, el profesor de guardería era un emperador megalomaníaco y homicida. Llámanos locos, pero no nos fiábamos de lo que Meg podía aprender en esa clase.

Lu me miró a los ojos por última vez. Me la imaginé guardando sus dudas y miedos en sus alforjas mentales para más adelante, cuando tuviese tiempo para ellas, y para los sándwiches de pepino y queso de untar.

—Vamos al tajo —me dijo.

No tardamos mucho en oír el portazo de la puerta del pasillo al abrirse y los pasos pesados que se acercaban a la celda.

—Haz como si nada —me ordenó Lu, recostándose en su sofá.

Me apoyé en la pared y silbé la melodía de «Maneater». Gunther apareció con una serie de bridas amarillo fosforito en la mano.

Le apunté con el dedo como si fuese una pistola.

—Eh, ¿qué tal?

Él frunció el entrecejo. Luego miró a Lu con sus nuevos accesorios de cubertería, y una sonrisa se dibujó en su rostro.

—¿Qué se supone que es eso? ¡JA, JA, JA, JA, JA, JA!

Lu levantó su cuchillo y su tenedor.

—He pensado trincharte como el pavo que eres.

A Gunther le dio la risa tonta, cosa que resultaba perturbadora en un hombre de su tamaño.

—Qué estúpida, Lu. Tienes un cuchillo y un tenedor en lugar

de manos... ¡JA, JA, JA, JA, JA, JA! —Lanzó las bridas a través de los barrotes de la celda—. Tú, chico feo, átale los brazos a la espalda. Y luego átate tú.

—No —repuse—. Va a ser que no.

Su alegría se disipó como la espuma de la sopa de escinco.

—¿Qué has dicho?

—Si quieres atarnos —dije muy despacio—, tendrás que hacerlo tú mismo.

Él frunció el ceño, tratando de asimilar que un adolescente le estuviese diciendo lo que tenía que hacer. Estaba claro que no había tenido hijos.

—Llamaré a otros guardias.

Lu bufó.

—Hazlo. Tú solo no puedes con nosotros. Yo soy demasiado peligrosa. —Levantó la mano del cuchillo en lo que se podría haber interpretado como un gesto grosero.

La cara de Gunther se tiñó de rojo.

—Ya no eres mi jefa, Luguselva.

—«Ya no eres mi jefa» —lo imitó Lu—. Adelante, ve a pedir ayuda. Diles que no eres capaz de atar a un chico debilucho y una mujer manca tú solito. O entra, y seré yo quien te ate a ti.

El plan de Lu dependía de que Gunther picase el anzuelo. Tenía que entrar en la celda. Con su hombría de bárbaro puesta en duda y su honor ultrajado por un cubierto grosero, no nos decepcionó. Los barrotes centrales de la celda se retiraron al suelo. Gunther entró resueltamente. No se fijó en el bálsamo que yo había untado en el umbral, y te lo aseguro: el ungüento para quemaduras de Will resbala que no veas.

Había estado preguntándome en qué dirección caería Gunther. Resultó que cayó hacia atrás. El talón le salió disparado, las piernas le fallaron y se dio un cabezazo contra el suelo de mármol, de modo que quedó tumbado boca arriba gimiendo con medio cuerpo dentro de la celda.

—¡Ahora! —gritó Lu.

Corrí hacia la puerta.

Lu me había dicho que los barrotes de la celda eran sensibles al movimiento. Los travesaños subieron de golpe, decididos a impedir que escapase, pero no estaban diseñados para compensar el peso de un germanus tumbado a través del umbral.

Los barrotes estamparon a Gunther contra el techo como una carretilla elevadora hiperactiva y luego lo bajaron, mientras su mecanismo oculto protestaba chirriando y rechinando. Gunther balbució de dolor. Le bizqueaban los ojos. Su armadura estaba totalmente aplastada. Probablemente sus costillas no se encontraban en mucho mejor estado, pero por lo menos los barrotes no lo habían atravesado. No tenía ganas de presenciar semejante calamidad, ni de pasar a través de ella.

—Quítale la espada —ordenó Lu.

Hice lo que me mandó. A continuación, utilizando el cuerpo de Gunther como puente a través del bálsamo resbaladizo, escapamos al pasillo, mientras el ojo de la cámara de seguridad observaba cómo huíamos.

—Aquí.—Lu señaló algo que parecía una puerta de un armario.

La eché abajo de una patada y no me di cuenta hasta después de que 1) no tenía ni idea de por qué lo hice, y 2) confiaba lo bastante en Lu para que no me preguntase.

Dentro había estanterías llenas de objetos personales: mochilas, ropa, armas, escudos... Me pregunté a qué pobres prisioneros habían pertenecido. Apoyados contra un rincón del fondo estaban mi arco y mis carcajs.

—¡Ajá! —Los agarré. Asombrado, saqué la Flecha de Dodona de mis carcajs vacíos—. Gracias a los dioses. ¿Cómo es que sigues aquí?

*OS ALEGRÁIS DE VERME*, observó la flecha.

—Bueno, pensaba que el emperador se habría quedado contigo. ¡O que te habría convertido en leña!

*NERÓN NO VALE UN COMINO*, dijo la flecha. *ÉL NO VE MI BRILLANTEZ.*

Al fondo del pasillo empezó a sonar una alarma. La iluminación del techo pasó del color blanco al rojo.

—¿Puedes hablar con tu proyectil más tarde? —propuso Lu—. Tenemos que largarnos.

—Claro —dije—. ¿Por dónde se va a los fasces?

—Por la izquierda —contestó Lu—. Así que vete por la derecha.

—Un momento, ¿qué? Has dicho que están a la izquierda.

—A la derecha.

—¿A la derecha?

*¡POR EL CUERPO SAGRADO DE LOS DIOSES!* La flecha vibró en mi mano. *¡HACED CASO A LA GALA!*

—Yo iré a por los fasces —explicó Lu—. Tú ve a buscar a Meg.

—Pero... —Me daba vueltas la cabeza. ¿Era una broma? ¿No nos habíamos puesto de acuerdo? Yo estaba listo para mi momento de lucimiento, mi gran sacrificio heroico—. El leontocéfalo exige inmortalidad a cambio de inmortalidad. Tengo que...

—Yo me ocupo de eso —dijo Lu—. No te preocupes. Además, los celtas perdimos a la mayoría de nuestros dioses hace mucho. No pienso quedarme de brazos cruzados mientras muere otra deidad.

—Pero tú no eres...

Me interrumpí. Estaba a punto de decir «inmortal». Entonces consideré cuántos siglos había estado viva Lu. ¿Aceptaría el leontocéfalo su vida como pago?

Se me llenaron los ojos de lágrimas.

—No —dije—. Meg no puede perderte.

Lu resopló.

—No me dejaré matar si puedo evitarlo. Tengo un plan, pero tienes que ponerte en marcha. Meg está en peligro. Su habitación está seis pisos más arriba. En la esquina sudeste. Sigue la escalera del final del pasillo.

Empecé a protestar, pero la Flecha de Dodona zumbó en señal de advertencia. Tenía que confiar en Lu. Tenía que ceder la batalla a la mejor guerrera.

—Está bien —transigí—. ¿Puedo al menos pegarte una espada al brazo?

—No hay tiempo —dijo ella—. Demasiado poco manejable. Un momento, espera. Esa daga de ahí. Desenváinala y ponme la hoja entre los dientes.

—¿De qué te servirá?

—Probablemente de nada —reconoció ella—. Pero quedará muy chulo.

Hice lo que me pidió.

Ahora tenía ante mí a BarbaLu la Pirata, el terror cubertero de los Siete Mares.

—Fuena zuete —masculló mordiendo la hoja de la daga. Acto seguido se volvió y se fue corriendo.

—¿Qué ha pasado? —pregunté.

*HABÉIS HECHO UNA AMIGA*, dijo la flecha. *AHORA RE-LLENAD VUESTROS CARCAJS PARA NO TENER QUE DIS-PARARME.*

—De acuerdo.

Con las manos temblorosas, recogí tantas flechas intactas como encontré en el almacén de los prisioneros y las incorporé a mi arsenal. Las alarmas seguían sonando. La luz rojo sangre no contribuía a aliviar mi grado de ansiedad.

Enfilé el pasillo. Apenas había llegado a la mitad cuando la Flecha de Dodona me advirtió zumbando: *¡CUIDADO!*

Un guardia de seguridad mortal ataviado con un equipo antidisturbios dobló la esquina corriendo hacia mí con una pistola levantada. Como me pilló por sorpresa, grité y le lancé la espada de Gunther. Milagrosamente, la empuñadura le dio en la cara y lo derribó.

*ASÍ NO ES COMO NORMALMENTE SE USA UNA ESPA-DA,* dijo la flecha.

—Siempre criticando —me quejé.

*MEG ESTÁ EN PELIGRO,* dijo.

—Meg está en peligro —asentí. Pasé por encima del guardia mortal, que estaba acurrucado en el suelo gimiendo—. Lo siento mucho. —Le propiné una patada en la cara. Dejó de moverse y empezó a roncar. Seguí corriendo.

Llegué abruptamente a la escalera y subí los escalones de hormigón de dos en dos. Mantenía la Flecha de Dodona aferrada en la mano. Probablemente debería haberla guardado y haber preparado el arco con proyectiles normales, pero para mi sorpresa, sus pomposos comentarios levantaban mi delicada moral.

Dos germani que venían del piso de arriba llegaron corriendo a la escalera y me atacaron apuntándome con unas lanzas.

Sin la espada de Gunther en mi arsenal, estiré la mano libre, cerré los ojos y grité como si eso fuese a hacer que se largasen, o al menos que mi muerte fuese menos dolorosa.

Me ardieron los dedos. Rugieron llamas. Los dos germani chillaron aterrorizados y luego se quedaron en silencio.

Cuando abrí los ojos, la mano echaba humo pero estaba intacta. Las llamas lamían la pintura desconchada de las paredes. En los escalones situados encima de mí había dos montones de ceniza donde antes se encontraban los germani.

*DEBERÍAIS HACER ESO MÁS ASIDUAMENTE,* recomendó la flecha.

La idea me dio ganas de vomitar. Hace tiempo habría estado encantado de chamuscar a mis enemigos. Pero ahora, después de conocer a Lu, me preguntaba cuántos de esos germani deseaban realmente servir a Nerón, y cuántos habían sido reclutados a la fuerza. Ya había muerto bastante gente. Mi rencor iba dirigido a una sola persona, Nerón, y un reptil, Pitón.

*DEPRISA,* dijo la flecha con nueva urgencia. *PERCIBO... SÍ. NERÓN HA ENVIADO GUARDIAS A BUSCAR A MEG.*

No estaba seguro de cómo había obtenido esa información —si estaba controlando el sistema de seguridad del edificio o escuchando a escondidas la línea de atención psíquica de Nerón—, pero la noticia me hizo apretar los dientes.

—Nadie irá a buscar a Meg estando yo de guardia —gruñí.

Introduje la Flecha de Dodona en uno de los carcajs y saqué un proyectil carente de verbo florido.

Subí la escalera dando saltos.

Me preocupaba Luguselva, que a esas alturas debía de haberse enfrentado al leontocéfalo. Me preocupaban Nico, Will y Rachel, de quienes no había visto ni rastro en mis sueños. Me preocupaban las fuerzas del Campamento Mestizo, que podían estar lanzándose a una misión de rescate suicida en ese mismo momento. Pero por encima de todo, me preocupaba Meg.

Con tal de encontrarla, lucharía contra la torre entera yo solo si hacía falta.

Llegué al siguiente rellano. ¿Había dicho Lu cinco pisos más arriba? ¿Seis? ¿Cuántos había subido ya? ¡Jo, odiaba los números!

Me abrí paso hasta otro anodino pasillo blanco y corrí en la dirección que me pareció el sudeste.

Abrí una puerta de una patada y descubrí (procura no sorprenderte demasiado) que me había equivocado por completo de sitio. Montones de monitores brillaban en una gran sala de control. En muchos aparecían imágenes en directo de enormes depósitos metálicos: los tanques de fuego griego del emperador. Unos técnicos mortales se volvieron y me miraron boquiabiertos. Unos germani alzaron la vista y fruncieron el entrecejo. Un germanus que debía de ser el comandante, a juzgar por la calidad de su armadura y la cantidad de cuentas brillantes de su barba, me miró desdeñosamente.

—Ya habéis oído la orden del emperador —gruñó a los técnicos—. Encended esos fuegos YA. Y, guardias, matad a este idiota.

# 25

## ¡Cuidado, servicio técnico!
## ¡No pulséis el botón malo!
## Vaya, ya está hecho

¿Cuántas veces había dicho yo esas mismas palabras? «Matad a este idiota.»

Los dioses manejábamos frases como esa a todas horas, pero nunca pensábamos en las consecuencias. Que idiotas de verdad pueden morir. Y, en esta situación concreta, el idiota era yo.

Después de inspeccionar la sala en un milisegundo, localicé a diez enemigos en distintos grados de preparación. En el rincón del fondo, cuatro germani se hallaban apretujados en un sofá deteriorado devorando comida china en recipientes para llevar. Tres técnicos estaban sentados en sillas giratorias manejando consolas de mando. Eran vigilantes de seguridad humanos, cada uno con un arma de mano, pero estaban demasiado concentrados en su trabajo para suponer una amenaza inmediata. Un guardia mortal se encontraba justo a mi lado, sorprendido de que yo acabase de cruzar la puerta que él estaba vigilando. ¡Hola! Un segundo guardia se hallaba al otro lado de la sala, bloqueando la otra salida. Solo faltaba el jefe germanus, que estaba levantándose de su silla y desenvainando su espada.

Muchas preguntas me cruzaron la mente como relámpagos.

¿Qué veían los técnicos mortales a través de la Niebla?

¿Cómo saldría de allí con vida?

¿Cómo podía sentarse cómodamente el Jefazo en esa silla giratoria llevando una espada?

¿Era pollo al limón lo que olía, y había suficiente para mí?

Tuve la tentación de decir: «Me he equivocado de habitación», cerrar la puerta y largarme por el pasillo. Pero como los técnicos acababan de recibir la orden de incendiar la ciudad, no era una opción.

—¡ALTO! —canté instintivamente—. ¡EN NOMBRE DEL AMOR! —«Stop In the Name of Love» me venía a la cabeza en los momentos más insospechados.

Todo el mundo se quedó inmóvil; tal vez porque mi voz tenía poderes mágicos, o tal vez porque desafiné espantosamente. Asesté un puñetazo con el arco en la cara al tío que tenía al lado. Si nunca te han pegado con un puño que sostiene un arco, no te lo recomiendo. La experiencia es similar a que te zurren con un puño americano, solo que duele mucho más al arquero en los dedos. El Tío de la Puerta n.º 1 cayó redondo.

Al otro lado de la sala, el Tío de la Puerta n.º 2 levantó su pistola y disparó. La bala echó chispas en la puerta junto a mi cabeza.

Un dato curioso de un antiguo dios que sabe de acústica: si disparas un arma en un espacio cerrado, acabas de dejar sordos a todos los presentes en esa habitación. Los técnicos se estremecieron y se taparon los oídos. Los envases de comida china para llevar de los germani volaron por los aires. Incluso el Jefazo se tambaleó mientras se levantaba de la silla.

Con los oídos zumbando, tensé el arco y disparé dos flechas a la vez: la primera arrebató la pistola de la mano al Tío de la Puerta n.° 2, y la segunda le inmovilizó la manga contra la pared. ¡Sí, este exdiós del tiro con arco todavía se guardaba ases en la manga!

Los técnicos volvieron a centrar su atención en los mandos. El contingente de devoradores de comida china trató de desencajarse del sofá. El Jefazo cargó contra mí empuñando la espada con las dos manos y apuntando directamente a mi bajo vientre.

—¡Ja, ja!

Inicié un movimiento de deslizamiento como un jugador de béisbol cuando se lanza a una base. En mi mente la maniobra parecía muy sencilla: resbalaría sin esfuerzo por el suelo, evitaría la estocada del Jefazo y giraría entre sus piernas al mismo tiempo que disparaba a múltiples objetivos en decúbito supino. Si Orlando Bloom podía hacerlo en *El Señor de los Anillos*, ¿por qué yo no?

No tuve en cuenta que el suelo de la sala estaba enmoquetado. Caí de espaldas y el Jefazo tropezó conmigo y se dio de bruces contra la pared.

Conseguí disparar un tiro: una flecha que pasó rozando sobre el tablero de mandos del técnico más cercano y lo derribó de su silla por sorpresa. Me aparté rodando por el suelo cuando el Jefazo se volvió e intentó darme un espadazo. Como no tenía tiempo para colocar otra flecha en el arco, saqué una y se la clavé en la espinilla.

El Jefazo chilló. Me levanté con dificultad y me subí de un salto a la hilera de consolas de control.

—¡Atrás! —grité a los técnicos, haciendo todo lo posible por apuntar a los tres con una sola flecha.

Mientras tanto, los Cuatro de la Comida China manejaban torpemente sus espadas. El Tío de la Puerta n.° 2 se había soltado la manga de la pared y buscaba su pistola por todas partes.

Uno de los técnicos estiró el brazo para agarrar su arma.

—¡NO!

Disparé una flecha de advertencia y atravesé el asiento de su silla a un milímetro de su entrepierna. No quería hacer daño a infelices mortales (qué fuerte, de verdad he escrito esa frase), pero tenía que mantener a esos tipos alejados de los botones malos que destruirían Nueva York.

Coloqué tres flechas a la vez en el arco e hice lo que pude por mostrarme amenazante.

—¡Largo de aquí! ¡Vamos!

Los técnicos parecían tentados —después de todo, era una oferta muy justa—, pero por lo visto el miedo que yo les inspiraba no era tan grande como el que les inspiraban los germani.

Chillando aún de dolor a causa de la flecha que le había clavado en la pierna, el Jefazo gritó:

—¡Haced vuestro trabajo!

Los técnicos se lanzaron hacia sus botones malos. Los cuatro germani cargaron contra mí.

—Lo siento, chicos.

Repartí las flechas y disparé a cada técnico en el pie, con lo que esperaba tenerlos distraídos suficiente tiempo para enfrentarme a los germani.

Reduje a polvo al bárbaro más próximo lanzándole una flecha al pecho, pero los otros tres seguían acercándose. Me situé en medio de ellos de un salto, dando puñetazos con el arco, propinando codazos y pinchando con flechas como loco. Con otro tiro de chiripa, derribé a un segundo devorador de comida china, y a continuación logré soltarme forcejeando el tiempo suficiente para lanzar una silla al Tío de la Puerta n.º 2, que acababa de localizar su pistola. Una de las patas metálicas lo dejó fuera de combate.

Quedaban dos germani manchados de pollo al limón. Mientras arremetían contra mí, corrí en medio de ellos con el arco en horizontal, al nivel de la cara, y le di un trompazo a cada uno en la nariz. Los germani retrocedieron tambaleándose mientras disparaba dos tiros más a bocajarro. No fue un acto muy deportivo, pero fue efectivo. Los germani se desplomaron en montones de polvo y arroz pegajoso.

Me sentía bastante ufano... hasta que alguien me golpeó en la coronilla. La sala se volvió de color rojo y morado. Caí a cuatro patas, rodé por el suelo para defenderme, y me encontré al Jefazo de pie junto a mí con la punta de su espada en mi cara.

—Basta —gruñó. Tenía la pierna empapada en sangre, y mi flecha seguía atravesándole la espinilla como un accesorio de Halloween. Gritó a los técnicos—: ¡ENCENDED ESAS BOMBAS!

En un último intento desesperado de intervenir canté: «¡NO ME HAGAS ESO!» con una voz que habría dado dentera a Tom Petty si hubiese oído mi versión de su tema «Don't Do Me Like That».

El Jefazo presionó con la punta de su espada contra mi nuez.

—Como cantes una palabra más, te cortaré las cuerdas vocales.

Pensé desesperadamente más tretas a las que recurrir. Me había ido bien. No podía rendirme ahora. Pero tumbado en el suelo, exhausto y magullado y bullendo de adrenalina, me empezó a dar vueltas la cabeza. Comencé a ver doble. Dos Jefazos flotaban por encima de mí. Seis técnicos borrosos con flechas en los zapatos volvieron cojeando a sus tableros de mandos.

—¿A qué viene el retraso? —gritó el Jefazo.

—Lo-lo estamos intentando, señor —dijo uno de los técnicos—. Los mandos no... No recibo ninguna lectura.

Las dos caras borrosas del Jefazo me miraron con furia.

—Me alegro de que todavía no estés muerto. Porque pienso matarte despacio.

Curiosamente, me sentí eufórico. Es posible que incluso sonriese. ¿Había conseguido cortocircuitar los tableros de mandos cuando los había pisoteado? ¡Guay! ¡Puede que la palmase, pero había salvado Nueva York!

—Prueba a desenchufarlo —dijo el segundo técnico—. Y luego vuelve a enchufarlo.

Estaba claro que él era el experto en detección de problemas de la línea de asistencia para malotes.

El Técnico n.º 3 se arrastró por debajo de la mesa y hurgó entre los cables.

—¡No funcionará! —dije con voz ronca—. ¡Vuestro diabólico plan ha fracasado!

—No, esto ya está operativo —anunció el Técnico n.º 1—. Las lecturas son normales. —Se volvió hacia el Jefazo—. ¿Lo activo...?

—¿HACE FALTA QUE LO PREGUNTES? —rugió el Jefazo—. ¡HAZLO!

—No —protesté.

El Jefazo presionó un poco más la punta de su espada contra mi garganta, pero no lo bastante para matarme. Por lo visto, hablaba en serio cuando decía que quería matarme despacio.

Los técnicos pulsaron sus botones malos. Se quedaron mirando expectantes los monitores de vídeo. Pronuncié una oración silenciosa esperando que el área metropolitana de Nueva York perdonase mi último y más estrepitoso fracaso.

Los técnicos siguieron toqueteando botones.

—Todo parece normal —dijo el Técnico n.º 1 en un tono de desconcierto que indicaba que todo no parecía normal.

—No veo que pase nada —repuso el Jefazo, echando un vistazo a los monitores—. ¿Por qué no hay llamas? ¿Ni explosiones?

—No... no lo entiendo. —El Técnico n.º 2 aporreó su monitor—. El combustible no... No va a ninguna parte.

No pude evitarlo. Me dio la risa tonta.

El Jefazo me dio una patada en la cara. Me dolió tanto que no pude por menos que reír más.

—¿Qué les has hecho a mis tanques de fuego? —preguntó—. ¿Qué has hecho?

—¿Yo? —dije carcajeándome. Notaba la nariz rota. Me borboteaban sangre y mocos de una manera que debía de resultar extraordinariamente atractiva—. ¡Nada!

Me reí de él. Era perfecto. La idea de morir allí, rodeado de comida china y bárbaros, me parecía absolutamente perfecta. O las máquinas del fin del mundo de Nerón habían funcionado mal por sí solas, o yo les había causado más desperfectos de lo que era consciente, o en algún lugar muy por debajo del edificio, algo había salido bien para variar y le debía a cada troglodita un sombrero nuevo.

La idea hizo que me echara a reír histérico, cosa que me dolió un montón.

El Jefazo escupió.

—Se acabó, te voy a matar.

Levantó la espada... y se quedó inmóvil. Palideció. Se le empezó a arrugar la piel. Se le cayó la barba pelo a pelo como agujas de pino muertas. Por último, la piel se le cayó a pedazos, junto con la ropa y la carne, hasta que no quedó más del Jefazo que un esqueleto blanqueado empuñando una espada entre sus manos huesudas.

Detrás de él, con la mano en el hombro del esqueleto, se hallaba Nico di Angelo.

—Eso está mejor —dijo Nico—. Y ahora retírate.

El esqueleto obedeció bajando la espada y apartándose de mí.

Los técnicos gimotearon aterrorizados. Eran mortales, de modo que no estoy seguro de lo que creían haber visto, pero no era nada bueno.

Nico los miró.

—Escapad.

Se pegaron por obedecer. No podían correr muy bien con flechas clavadas en los pies, pero salieron por la puerta antes de lo que se tarda en decir: «Hades mío, ese tío acaba de convertir al Jefazo en un esqueleto».

Nico me miró frunciendo el ceño.

—Estás horrible.

Reí débilmente, y me salieron burbujas de mocos.

—¿Verdad que sí?

Mi sentido del humor no pareció tranquilizarle.

—Voy a sacarte de aquí —dijo Nico—. Este edificio entero es una zona de guerra y todavía no hemos terminado nuestro trabajo.

# 26

Torre de la diversión.

Ríe conmigo mientras subimos.

¡Por Meg! ¡La gloria! ¡Los sombreros!

Mientras Nico me ayudaba a ponerme de pie, el Jefazo se desplomó en un montón de huesos.

Supongo que controlar a un esqueleto al mismo tiempo que levantaba mi patético trasero requirió un gran esfuerzo hasta para Nico.

Era sorprendentemente fuerte. Tuve que apoyar casi todo mi peso en él porque la habitación seguía dándome vueltas, la cara me dolía horrores, y todavía sufría un ataque de risa tonta casi mortal.

—¿Dónde... dónde está Will? —pregunté.

—No lo sé. —Nico tiró más fuerte de mi brazo sobre sus hombros—. De repente dijo: «Me necesitan», y se fue disparado en otra dirección. Lo encontraremos. —Nico parecía preocupado de todas formas—. ¿Y tú? ¿Cómo has... hecho todo esto exactamente?

Supongo que se refería a los montones de ceniza y arroz, las sillas rotas y los tableros de mandos y la sangre de mis enemigos que decoraba las paredes y la moqueta. Intenté no reírme como un loco.

—¿Pura suerte?

—Nadie tiene tanta suerte. Creo que estás empezando a recuperar más poderes divinos. Pero muchos más.

—¡Yupi! —Se me doblaron las rodillas—. ¿Dónde está Rachel? Nico gruñó tratando de mantenerme de pie.

—Estaba bien la última vez que la vi. Ella es la que me mandó aquí a por ti: durante el último día no ha parado de tener visiones. Está con los troglos.

—¡Tenemos a los troglos! ¡Hurra! —Apoyé la cabeza contra la de Nico y suspiré con satisfacción. El pelo le olía como la lluvia contra las piedras... un aroma agradable.

—¿Me estás oliendo la cabeza? —preguntó.

—Ejem...

—¿Podrías dejar de hacerlo? Me estás manchando de sangre por todas partes.

—Perdón. —Acto seguido volví a reír.

«Vaya», pensé abstraídamente. La patada en la cabeza debe de haberme aflojado el cerebro.

Nico me llevó medio a rastras por el pasillo mientras me ponía al corriente de sus aventuras desde que habíamos estado en el campamento de los troglos. Yo no podía concentrarme, y no paraba de soltar risitas en momentos inadecuados, pero deduje que, sí, los troglos les habían ayudado a desactivar los tanques de fuego griego; Rachel había conseguido pedir ayuda al Campamento Mestizo, y la torre de Nerón era ahora el campo de juego para la guerra urbana más grande del mundo.

A cambio, yo le conté que Lu tenía ahora cubiertos en lugar de manos...

—¿Eh?

Había ido a quitarle los fasces de Nerón a un leontocéfalo...

—¿Un qué?

Y yo tenía que ir a la esquina sudeste del ala de la residencia a buscar a Meg.

Eso, al menos, Nico lo entendió.

—Estás tres pisos por debajo.

—¡Sabía que algo fallaba!

—Será difícil ayudarte a atravesar todos los enfrentamientos. Cada nivel es, en fin...

Habíamos llegado al final del pasillo. Nico abrió una puerta de una patada y entramos en la Sala de Conferencias de las Calamidades.

Media docena de trogloditas daban saltos por la sala luchando contra el mismo número de guardias de seguridad mortales. Además de sus elegantes prendas de vestir y sombreros, todos los troglos llevaban unas gruesas gafas de protección oscuras para resguardarse los ojos de la luz, de tal manera que parecían minia-viadores en una fiesta de disfraces. Algunos guardias intentaban dispararles, pero los troglos eran menudos y rápidos. Incluso cuando una bala les alcanzaba, simplemente rebotaba en su piel dura como las rocas y les hacía susurrar de fastidio. Otros guardias habían recurrido a porras antidisturbios, que no eran mucho más efectivas. Los troglos brincaban alrededor de los mortales zurrán-doles con garrotes, robándoles los cascos y básicamente pasándo-selo bomba.

Mi viejo amigo Grrr-Fred, Poderoso de los Sombreros, jefe de seguridad empresarial, saltó de una lámpara, partió la crisma a un guardia y acto seguido cayó en la mesa de conferencias y me sonrió. Encima de la gorra de policía se había puesto una nueva gorra en la que ponía FINCAS TRIUNVIRATO.

—¡BUEN COMBATE, Lester-Apolo! —Se golpeó el pecho con sus puñitos y a continuación arrancó un altavoz de la mesa y se lo lanzó a la cara a un guardia que se acercaba.

Nico me guio a través del caos. Cruzamos otra puerta y tropezamos contra un germanus, al que Nico empaló con su espada de hierro estigio sin ni siquiera detenerse.

—La zona de aterrizaje del Campamento Mestizo está un poco más adelante.

—¿Zona de aterrizaje?

—Sí. Prácticamente todos han venido a ayudar.

—¿Dioniso también? —Habría pagado un porrón de dracmas por verlo convertir a nuestros enemigos en uvas y luego pisotearlas. Siempre me hacía reír.

—Bueno, no, el señor D, no —dijo Nico—. Ya sabes cómo funcionan estas cosas. Los dioses no luchan en batallas de semidioses. Exceptuando el aquí presente.

—¡Yo soy una excepción! —Besé la coronilla de Nico de alegría.

—No hagas eso, por favor.

—¡Vale! ¿Quién más ha venido? ¡Cuéntame! ¡Cuéntame! —Me sentía como si me llevase a mi fiesta de cumpleaños y me muriese de ganas de saber la lista de invitados. ¡También me sentía como si me estuviese muriendo!

—Ejem, bueno...

Habíamos llegado a unas gruesas puertas correderas de caoba.

Nico abrió una tirando de ella y el sol poniente casi me cegó.

—Ya hemos llegado.

Una amplia terraza recorría un lado entero del edificio y ofrecía vistas multimillonarias del río Hudson y, más allá, los acantilados de New Jersey, teñidos de color borgoña al atardecer.

La escena de la terraza era aún más caótica que la de la sala de conferencias. Pegasos bajaban en picado por los aires como gaviotas gigantes y de vez en cuando se posaban en el suelo para descargar nuevos refuerzos semidivinos con camisetas naranja del Campamento Mestizo. La barandilla estaba bordeada de amenazantes torretas arponeras de bronce celestial, pero la mayoría habían volado por los aires o habían sido aplastadas. Había tumbonas en llamas. Nuestros amigos del campamento luchaban cuerpo a cuerpo con montones de fuerzas de Nerón: unos cuantos chicos mayores de la Casa Imperial, una brigada de germani, guardias de seguridad mortales e incluso algunos cinocéfalos: guerreros con cabeza de león que tenían garras letales y bocas rabiosas y babeantes.

Contra la pared había una hilera de árboles plantados en tiestos, como en el salón del trono. Sus dríades se habían alzado para luchar con el Campamento Mestizo contra la opresión de Nerón.

—¡Vamos, hermanas! —gritó un espíritu del ficus, blandiendo un palo puntiagudo—. ¡No tenemos nada que perder salvo la tierra de nuestras macetas!

En medio del caos, Quirón en persona trotaba de un lado a otro, con su mitad inferior de corcel blanco llena de carcajs, armas, escudos y botellas de agua de sobra, como una mezcla de supermamá semidivina y furgoneta. Manejaba el arco tan bien como podría haberlo manejado yo (aunque este comentario debe considerarse estrictamente extraoficial) mientras animaba y gritaba instrucciones a sus jóvenes alumnos.

—¡Dennis, procura no matar a semidioses ni mortales enemigos! ¡Bueno, vale, a partir de ahora! ¡Evette, vigila el flanco izquierdo! ¡Ben... para, cuidado, Ben!

Ese último comentario iba dirigido a un joven con una silla de ruedas manual, que tenía la musculosa parte superior de su cuerpo enfundada en una camiseta de carreras y unos guantes de conducir llenos de pinchos. Su cabello moreno revuelto ondeaba en todas direcciones, y, al girar, unas hojas afiladas sobresalían de las llantas de sus ruedas que arrasaban con todo el que osaba acercarse. Con su último giro de ciento ochenta grados estuvo a punto de alcanzar las patas traseras de Quirón, pero por suerte el viejo centauro era muy ágil.

—¡Lo siento! —dijo sonriendo Ben, que no parecía sentirlo en absoluto, y se fue rodando directo contra una manada de cinocéfalos.

—¡Papá! —Kayla vino corriendo hacia mí—. Oh, dioses, ¿qué te ha pasado? Nico, ¿dónde está Will?

—Es una buena pregunta —dijo Nico—. Kayla, ¿puedes llevarte a Apolo mientras voy a buscarlo?

—¡Sí, vete!

Nico se marchó corriendo y Kayla me llevó a rastras al rincón más seguro que encontró. Me apoyó en la única tumbona intacta que quedaba y empezó a hurgar en su botiquín.

Allí podía disfrutar de una bonita vista de la puesta de sol y de la masacre en curso. Me preguntaba si podría conseguir que uno de los criados de Nerón me trajese un cóctel decorado con una pequeña sombrilla. Me dio otra vez la risa tonta, aunque el sentido común que me quedaba susurró: «Basta. Basta. No tiene gracia».

Kayla frunció el entrecejo, claramente preocupada por mi risa. Me untó ligeramente la nariz rota con un ungüento curativo de aroma mentolado.

—Oh, papá. Me temo que te quedará una cicatriz.

—Ya. —Reí entre dientes—. Cuánto me alegro de verte.

Kayla esbozó una débil sonrisa.

—Yo también. Ha sido una tarde de locos. Nico y los troglos se infiltraron en el edificio por debajo. El resto de nosotros llegamos a distintos pisos de la torre a la vez y aplastamos al personal de seguridad. La cabaña de Hermes ha desactivado muchas de las trampas y torretas y demás, pero todavía hay combates intensos prácticamente por todas partes.

—¿Vamos ganando? —pregunté.

Un germanus gritó cuando Sherman Yang, monitor jefe de la cabaña de Ares, lo tiró por el lado del edificio.

—Es difícil saberlo —contestó Kayla—. Quirón les ha dicho a los novatos que esto era una excursión. Como un ejercicio de entrenamiento. Tienen que aprender tarde o temprano.

Eché un vistazo a la terraza. Muchos de esos campistas primerizos, que no debían de tener más de once o doce años, luchaban con los ojos muy abiertos junto a sus compañeros de cabaña, tratando de imitar lo que hacían sus monitores. Parecían muy pequeños, pero por otra parte, eran semidioses. Probablemente ya habían sobrevivido a numerosos episodios terribles en sus breves vidas. Y Kayla estaba en lo cierto: las aventuras no esperarían a que ellos estuviesen listos. Tenían que lanzarse a la piscina, cuanto antes mejor.

—¡Rosamie! —gritó Quirón—. ¡La espada más alta, querida!

La niña sonrió y levantó su arma, e interceptó el golpe de porra de un guardia de seguridad. Acto seguido asestó un tortazo a su enemigo con la cara de la hoja de su espada.

—¿Tenemos excursiones cada semana? ¡Cómo mola!

Quirón le dedicó una sonrisa apenada y siguió disparando a enemigos.

Kayla me vendó la cara lo mejor que pudo, envolviéndome la nariz con gasa blanca y dejándome bizco. Debía de parecer el hombre parcialmente invisible, cosa que me hizo reír otra vez como un tonto.

Kayla hizo una mueca.

—Bueno, ahora tenemos que limpiarte la cabeza. Bebe esto. —Me acercó un frasco a los labios.

—¿Néctar?

—Nada que ver.

El sabor me explotó en la boca. Enseguida me di cuenta de lo que me estaba dando y por qué: Mountain Dew, el elixir verde lima brillante de la sobriedad absoluta. No sé qué efecto produce a los mortales, pero si le preguntas a cualquier ente sobrenatural, te dirá que la combinación de dulzura, cafeína y sabor de otro mundo a un no sé qué radioactivo del Mountain Dew basta para proporcionar concentración total y seriedad a cualquier dios. Se me aclaró la vista. El mareo se esfumó. No tenía el más mínimo deseo de reír. Una funesta sensación de peligro y muerte inminente se apoderó de mí. El Mountain Dew es el equivalente al criado que iba montado detrás el emperador en sus desfiles triunfales susurrándole: «Recordad que sois mortal y acabaréis muriendo» para impedir que se le subiese a la cabeza.

—Meg —dije, acordándome de lo más importante—. Tengo que encontrar a Meg.

Kayla asintió con la cabeza seriamente.

—Pues eso haremos. Te he traído flechas de repuesto. He pensado que podrías necesitarlas.

—Eres la hija más considerada que he tenido en mi vida.

Ella se ruborizó hasta las raíces pelirrojas del cabello.

—¿Puedes andar? Pongámonos en marcha.

Salimos corriendo y nos metimos en un pasillo que Kayla creía que podía llevar a la escalera. Cruzamos otras puertas y nos vimos en el Comedor de los Desastres.

En otras circunstancias, podría haber sido un bonito sitio para una cena: una mesa con capacidad para veinte comensales, una araña de luces de Tiffany, una enorme chimenea de mármol y paredes recubiertas de paneles de madera con hornacinas para bustos de mármol que representaban la cara del mismo emperador romano. (Si has apostado por Nerón, has ganado un Mountain Dew.)

Lo que no encajaba en los planes de cena era el toro salvaje rojo que había llegado al salón y ahora perseguía a un grupo de semidioses alrededor de la mesa mientras ellos le gritaban insultos y le tiraban platos dorados, copas y cubiertos de Nerón. El toro no parecía percatarse de que simplemente podía atravesar la mesa y pisotear a los semidioses, pero sospechaba que acabaría descubriéndolo.

—Uf, esos bichos —dijo Kayla cuando vio al toro.

Me pareció que sería una magnífica descripción en la enciclopedia de monstruos del campamento. «Uf, esos bichos» era todo lo que uno necesitaba saber de los tauri silvestres.

—No se les puede matar —avisé mientras nos uníamos a los demás semidioses y jugábamos al corro de la mesa.

—Sí, ya lo sé. —El tono de Kayla me indicó que ya había recibido un curso intensivo sobre toros salvajes durante su divertida excursión—. Eh, chicos —dijo a sus jóvenes compañeros—. Tenemos que atraer a ese bicho fuera del comedor. Si conseguimos engañarlo para que se tire por el borde de la terraza...

En el otro extremo de la sala, las puertas se abrieron de golpe. Mi hijo Austin apareció con su saxo tenor en ristre. Al verse justo al lado de la cabeza del toro, gritó: «¡Ostras!». Y soltó un «chiii, plap» con el saxo que habría enorgullecido a Coltrane. El toro se apartó dando tumbos y sacudiendo la cabeza desconcertado, mientras Austin saltaba la mesa y se situaba sigilosamente a nuestro lado.

—Hola, chicos —dijo—. ¿Ya ha empezado la diversión?

—Austin —dijo Kayla aliviada—. Necesito atraer a ese toro fuera del comedor. ¿Puedes...? —Me señaló con el dedo.

—¿Estamos jugando a «Pasa a Apolo»? —Austin sonrió—. Claro. Vamos, papá. Yo cuido de ti.

Mientras Kayla reunía a los semidioses más pequeños y empezaba a disparar flechas para provocar al toro y lograr que la siguiese, Austin me llevó a toda prisa por una puerta lateral.

—¿Adónde vamos, papá? —Tuvo la cortesía de no preguntarme por qué tenía la nariz vendada ni por qué el aliento me olía a Mountain Dew.

—Tengo que encontrar a Meg —dije—. ¿Tres pisos más arriba? ¿La esquina sudeste?

Austin siguió trotando conmigo por el pasillo, pero tenía la boca tirante en una mueca pensativa.

—Creo que nadie ha conseguido abrirse paso aún hasta esa planta, pero vamos allá.

Encontramos una imponente escalera de caracol que nos llevó un piso más arriba. Recorrimos un laberinto de pasillos y a continuación atravesamos una puerta estrecha y entramos en la Sala de los Sombreros de los Horrores.

Los troglos habían encontrado una mina de oro en materia de artículos de moda y accesorios para caballeros. El descomunal armario empotrado debía de servir a Nerón de probador de ropa de temporada, porque las paredes estaban llenas de chaquetas de otoño e invierno. Las estanterías estaban a rebosar de bufandas, guantes y, sí, toda clase imaginable de sombreros y gorros. Los troglos rebuscaban en la colección con regocijo, colocándose pilas de seis o siete sombreros en la cabeza, probándose bufandas y botas de goma para acentuar su estilo increíblemente civilizado.

Un troglo me miró a través de sus gafas protectoras oscuras, con hilos de baba colgándole de los labios.

—¡Sombreeeros!

Solo pude sonreír y asentir con la cabeza y avanzar a hurtadillas por el borde del armario, esperando que ninguno de los troglos nos confundiese con cazadores furtivos de bombines.

Afortunadamente, los troglos no nos prestaron atención. Salimos por el otro lado del armario a un vestíbulo de mármol con una hilera de ascensores.

Mis esperanzas aumentaron. Suponiendo que esa fuese la entrada principal de las plantas residenciales de Nerón, donde recibía a sus invitados favoritos, nos estábamos acercando a Meg.

Austin se detuvo enfrente de un teclado con un símbolo dorado con las iniciales SPQR incrustadas.

—Parece que con este ascensor se accede directamente a los aposentos imperiales. Pero necesitamos una tarjeta magnética.

—¿La escalera? —propuse.

—No lo sé —dijo él—. Al estar tan cerca de las dependencias del emperador, seguro que cualquier vía estará cerrada con llave o llena de trampas. La cabaña de Hermes ha peinado las escaleras de abajo, pero dudo que hayan llegado hasta aquí. Nosotros somos los primeros. —Toqueteó las teclas de su saxofón—. A lo mejor consigo abrir el ascensor con la secuencia correcta de notas...

Su voz se fue apagando cuando las puertas del ascensor se abrieron solas.

Dentro había un semidiós pequeño con el cabello rubio despeinado y ropa de calle arrugada. Dos anillos dorados brillaban en sus dedos corazón.

Casio abrió mucho los ojos cuando me vio. Estaba claro que no esperaba volver a encontrarse conmigo. Parecía que sus últimas veinticuatro horas habían sido casi tan terribles como las mías. Tenía la cara gris y los ojos hinchados e irritados de llorar. Había adquirido un tic nervioso que le recorría el cuerpo de golpe.

—Yo...—Se le quebró la voz—.Yo no quería...—Se quitó los anillos de Meg con las manos temblorosas y me los ofreció—. Por favor...

Miraba más allá de mí. Estaba claro que solo quería marcharse y salir de la torre.

Reconozco que sentí un acceso de ira. Ese niño había cortado las manos a Luguselva con las espadas de Meg. Pero era muy pequeño y estaba muy asustado. Parecía que esperase que yo me convirtiera en la Bestia, como habría hecho Nerón, y le castigase por lo que Nerón le había obligado a hacer.

Mi ira se desvaneció. Dejé que soltase los anillos de Meg en la palma de mi mano.

—Vete.

Austin carraspeó.

—Sí, pero primero... ¿qué tal si nos das tu tarjeta? —Señaló un cuadrado plastificado que colgaba de un cordón alrededor del cuello de Casio. Se parecía tanto al carné de estudiante que podía llevar cualquier niño que ni siquiera me había fijado en él.

Casio se lo quitó con torpeza. Se lo dio a Austin. Acto seguido echó a correr.

Austin trató de descifrar mi expresión.

—Deduzco que has coincidido antes con ese chaval.

—Es una larga y desagradable historia —dije—. ¿No será peligroso que utilicemos su pase para el ascensor?

—Puede que sí, puede que no —contestó Austin—. Averigüémoslo.

# 27

¿No podemos luchar en persona?
Podemos hacerlo por videoconferencia.
Te mataré *online*

Las sorpresas no tenían fin. La tarjeta magnética funcionó. El ascensor no nos incineró ni nos mató de la caída. Sin embargo, a diferencia del anterior que habíamos tomado, ese sí que tenía música de fondo. Subimos lenta y suavemente, como si Nerón quisiese darnos tiempo suficiente para disfrutar del trayecto.

Siempre he pensado que se puede juzgar la calidad de un villano por la música que suena en su ascensor. ¿Música ligera? Maldad pedestre sin imaginación. *¿Smooth jazz?* Maldad retorcida con complejo de inferioridad. ¿Éxitos pop? Maldad entrada en años que trata desesperadamente de estar a la moda.

Nerón había elegido música clásica tenue, como en el vestíbulo. Buena decisión. Eso equivalía a maldad con seguridad en sí misma. Una maldad que decía: «Ya soy dueño de todo y tengo todo el poder. Tranquilízate. Vas a morir en un momento, así que disfruta de este relajante cuarteto de cuerda».

A mi lado, Austin toqueteaba las teclas de su saxofón. Noté que a él también le preocupaba la banda sonora.

—Ojalá fuese Miles Davis —dijo.

—No estaría nada mal.

—Oye, si no salimos de esta...

—No digas eso —lo regañé.

—Ya, pero quería decirte que me alegro de que hayamos pasado tiempo juntos. Tiempo... de verdad.

Sus palabras me caldearon por dentro más que la lasaña de Paul Blofis.

Sabía a lo que se refería. Durante mi periodo como Lester Papadopoulos, no había pasado mucho tiempo con Austin, ni con ninguna de las personas con las que había estado, en realidad, pero era más tiempo del que había pasado jamás con alguien cuando era dios. Austin y yo habíamos llegado a conocernos, no como dios y mortal, o como padre e hijo, sino como dos personas que colaboran codo con codo y se ayudan a sobrevivir a unas vidas a menudo desastrosas. Eso había sido un regalo muy valioso.

Estuve tentado de prometerle que lo haríamos más a menudo si salíamos con vida, pero había aprendido que las promesas también son muy valiosas. Si no estás totalmente seguro de poder cumplirlas, no debes hacerlas, más o menos lo que pasa con las galletas con pepitas de chocolate.

Sonreí y le apreté el hombro; no me atrevía a hablar.

Además, no podía evitar pensar en Meg. Si el poco tiempo que había pasado con Austin había sido tan importante, ¿cómo podía cuantificar lo que las aventuras que había vivido con Meg habían supuesto para mí? Había compartido prácticamente el viaje entero con esa niña tonta, valiente, crispante y maravillosa. Tenía que encontrarla.

Las puertas del ascensor se abrieron. Salimos a un rellano con un mosaico en el suelo que representaba una procesión triunfal a través de un paisaje urbano de Nueva York en llamas. Saltaba a la vista que Nerón llevaba meses, tal vez años, planeando provocar esa hoguera gigantesca independientemente de lo que yo hiciese. Me pareció tan espantoso y tan típico de él que ni siquiera pude enfadarme.

Nos detuvimos justo antes del final del rellano, donde se dividía en una T. Del pasillo de la derecha veían sonidos de muchas voces que conversaban, copas que tintineaban e incluso algunas risas. En el pasillo de la izquierda no oía nada.

Austin me hizo un gesto para que esperase. Sacó con cuidado una larga varilla de latón del cuerpo de su saxofón. Tenía todo tipo de accesorios nada convencionales en su instrumento, incluida una bolsa de lengüetas explosivas, limpiadores de agujeros que hacían las veces de bridas y un estilete para apuñalar a monstruos y críticos musicales que no sabían apreciar el arte. La varilla que eligió estaba equipada con un espejito curvo en un extremo. La asomó poco a poco por el pasillo como un periscopio, estudió los reflejos y la retiró.

—Un salón de fiestas a la derecha —me susurró al oído—. Está lleno de guardias y hay un montón de personas que parecen invitados. Una biblioteca a la izquierda; parece vacía. Si tienes que llegar a la esquina sudeste para encontrar a Meg, tendrás que atravesar a toda esa gente.

Apreté los puños, dispuesto a hacer lo que fuese necesario.

Del salón de fiestas venía la voz de una joven que anunciaba algo. Me pareció reconocer el tono cortés y asustado de la dríade Areca.

—¡Gracias a todos por su paciencia! —dijo a la multitud—. El emperador está concluyendo unos asuntos en el salón del trono. Y pronto se solucionarán los, ejem, problemillas de los pisos de abajo. Entre tanto, disfruten de la tarta y la bebida mientras esperamos a —se le quebró la voz— que empiece la quema.

Los invitados le dedicaron algunos aplausos de cortesía.

Preparé al arco. Quería arremeter contra esa multitud, liberar a Areca, disparar a todos los demás y pisotear su tarta. Sin embargo, Austin me agarró el brazo y me hizo retroceder unos pasos hacia el ascensor.

—Hay demasiados —dijo—. Déjame distraerlos. Atraeré a todos los que pueda a la biblioteca y haré que me persigan. Con suerte, tendrás vía libre para llegar hasta Meg.

Negué con la cabeza.

—Es demasiado peligroso. No puedo permitir que tú...

—Eh. —Austin sonrió. Por un momento, atisbé en él mi antigua seguridad divina en mí mismo; esa expresión que decía: «Soy músico. Confía en mí»—. El peligro forma parte de nuestro trabajo. Deja que yo me encargue. Tú quédate atrás hasta que yo los saque. Luego ve a buscar a nuestra amiga. Te veré al otro lado.

Antes de que pudiese protestar, Austin corrió al cruce del pasillo y gritó: «¡Eh, idiotas! ¡Vais a palmarla todos!». Luego se llevó la boquilla del saxo a los labios y tocó a todo volumen: «Ahí va la comadreja».

Incluso sin los insultos, esa canción en concreto, tocada por un hijo de Apolo, provocaba una estampida el cien por cien de las veces. Me pegué a la pared del ascensor mientras Austin corría hacia la biblioteca, perseguido por cincuenta o sesenta invitados y germani cabreados y chillones. Esperaba que Austin encontrase una segunda salida de la biblioteca, o sería una persecución muy breve.

Me obligué a ponerme en marcha. «Ve a buscar a nuestra amiga», había dicho Austin.

Sí. Ese era el plan.

Corrí a la derecha y entré en el salón de fiestas.

Austin había despejado el lugar por completo. Hasta Areca parecía haber seguido a la turba desbocada al ritmo de «Ahí va la comadreja».

Atrás quedaron montones de mesas altas cubiertas con manteles, espolvoreadas con purpurina y pétalos de rosa, y decoradas con esculturas de centro hechas con madera de balsa que representaban Manhattan envuelto en llamas pintadas. Me pareció excesivo hasta para Nerón. El bufé estaba lleno de todo aperitivo imaginable, más una tarta de motivo flamígero roja y amarilla con varias capas. En la pared del fondo, una pancarta rezaba: ¡FELIZ HOGUERA!

En la otra pared, unas ventanas de cristal (sin duda equipadas con abundante material aislante) dominaban la ciudad y ofrecían una preciosa vista de la tormenta de fuego prometida, que ahora —alabados fuesen los troglos y sus espléndidos sombreros— no tendría lugar.

En un rincón había un pequeño escenario con un micrófono y una serie de instrumentos: una guitarra, una lira y un violín. Oh, Nerón. En un alarde enfermizo, pretendía tocar música mientras

NuevaYork ardía. Seguro que sus invitados habrían reído y aplaudido cortésmente mientras la ciudad explotaba y millones de ciudadanos perecían al son de «This Land isYour Land». ¿Y quiénes eran esos invitados? ¿Los compañeros de golf multimillonarios del emperador? ¿Semidioses adultos que habían sido reclutados para su imperio posapocalíptico? Quienesquiera que fuesen, esperaba que Austin los llevase derechos contra una turba de accionistas trogloditas cabreados.

Fue una suerte que no hubiese nadie en la sala. Habrían tenido que hacer frente a mi ira. Aun así, disparé una flecha contra la tarta, aunque la experiencia no me dejó muy satisfecho.

Atravesé el salón andando resueltamente y luego, impaciente ante el tamaño del lugar, empecé a correr. En el otro extremo, crucé una puerta abriéndola de una patada, con el arco en ristre, pero solo encontré otro pasillo vacío.

Sin embargo, reconocía esa zona por mis sueños. Por fin había llegado al área habitable de la familia imperial. ¿Dónde estaban los guardias? ¿Y los criados? Me daba igual. Más adelante debía de estar la puerta de la habitación de Meg. Corrí.

—¡Meg! —Entré en su cuarto a toda velocidad.

No había nadie.

La cama estaba perfectamente hecha con una nueva colcha. Las sillas rotas habían sido sustituidas. La habitación olía a friegasuelos con aroma a pino, de modo que el olor de Meg había sido eliminado junto con cualquier rastro de su rebelión. En mi vida me había sentido más deprimido y solo.

—¡Hola! —dijo una vocecilla a mi izquierda.

Disparé una flecha a la mesa de noche, y la pantalla de un ordenador portátil en el que aparecía la cara de Nerón en plena videollamada se agrietó.

—Oh, no —dijo secamente, con su imagen ahora fracturada y pixelada—. Me has dado.

La imagen se meneó, demasiado grande y descentrada, como si él mismo sujetase el teléfono y no estuviera acostumbrado a usar la cámara. Me preguntaba si el emperador tenía que preocuparse por si los móviles no funcionaban, como les ocurría a los semidioses, o si el teléfono transmitiría su posición a los monstruos. Entonces me di cuenta de que no había monstruo peor que Nerón en un radio de ochocientos kilómetros.

Bajé el arco. Tuve que aflojar la mandíbula para hablar.

—¿Dónde está Meg?

—Oh, está perfectamente. Está conmigo en el salón del trono. Me imaginaba que tarde o temprano acabarías delante de ese monitor y así poder hablar de tu situación.

—¿Mi situación? Estás asediado. Hemos arruinado tu fiesta incendiaria. Tú y tus ejércitos estáis siendo aplastados. Voy a por ti, y como se te ocurra tocarle a Meg un diamante falso de las gafas, te mataré.

Nerón rio tranquilamente, como si no le preocupase nada en el mundo. No capté la primera parte de su respuesta, porque mi atención se desvió a un movimiento rápido en el pasillo. Criii-Bling, director general de los trogloditas, apareció en la puerta de la habitación de Meg sonriendo de júbilo, con su atuendo colonial cubierto de polvo de monstruo y mechones de pelo de toro rojo, y varias nuevas adquisiciones en materia de prendas para la cabeza sobre su tricornio.

Antes de que Criii-Bling pudiese decir algo que delatase su presencia, le hice un sutil gesto con la cabeza para advertirle de que no se moviese y se mantuviera fuera del alcance de la cámara del portátil. No quería dar a Nerón más información sobre nuestros aliados de la necesaria.

Era imposible descifrar los ojos de Criii-Bling tras sus gafas de protección oscuras, pero como era un troglo listo, pareció que comprendía.

—... una situación totalmente distinta —estaba diciendo Nerón—. ¿Has oído hablar del gas sasánida, Apolo?

No tenía ni idea de lo que era, pero a Criii-Bling por poco le saltaron los zapatos con hebilla de los pies. Frunció los labios en una mueca de disgusto.

—Muy ingenioso, la verdad —continuó Nerón—. Los persas lo utilizaron contra nuestras tropas en Siria. Azufre, betún y unos cuantos ingredientes secretos más. Terriblemente venenoso, provoca una muerte insoportable y es muy efectivo sobre todo en espacios cerrados como túneles... o edificios.

Se me erizó el vello de la nuca.

—Nerón. No.

—Oh, yo creo que sí —replicó él, en tono aún afable—. Me has arrebatado la oportunidad de incendiar la ciudad, pero no pensarás que era mi único plan, ¿verdad? El sistema auxiliar sigue intacto. ¡Me has hecho un favor reuniendo a todo el campamento griego en un sitio! Ahora, con solo pulsar un botón, todo lo que esté por debajo del piso del salón del trono...

—¡Abajo también hay gente tuya! —grité, temblando de furia.

La expresión distorsionada de Nerón parecía de dolor.

—Sí, es una lástima. Pero tú me has obligado a hacerlo. Por lo menos mi querida Meg está aquí y otros de mis favoritos. Sobreviviremos. Lo que tú no pareces entender, Apolo, es que no puedes destruir cuentas corrientes con un arco y unas flechas. Todos mis bienes, todo el poder que he acumulado a lo largo de siglos, está a salvo. Y Pitón sigue esperando a que le entregue tu cadáver. De modo que hagamos un trato. Retrasaré la liberación de la sorpresa sasánida durante... digamos, quince minutos. Eso debería bastarte para llegar al salón del trono. Te dejaré entrar a ti y solo a ti.

—¿Y Meg?

Nerón se quedó desconcertado.

—Ya te he dicho que Meg está bien. Yo jamás le haría daño.

—Tú... —Me atraganté de la rabia—. Tú no has hecho otra cosa que hacerle daño.

Él puso los ojos en blanco.

—Sube y charlemos. Incluso... —Hizo una pausa como si se le acabase de ocurrir algo—. ¡Incluso dejaré que Meg decida qué hacer contigo! Es más que justo. La otra opción es que libere el gas ahora y luego baje a recoger tu cadáver cuando me venga bien, con los de tus amigos...

—¡No! —Traté de dominar la desesperación de mi tono—. No, ya subo.

—Magnífico. —Nerón me dedicó una sonrisa de suficiencia—. Tachán.

La pantalla se oscureció.

Me volví hacia Criii-Bling. Él me miró a su vez con expresión seria.

—El gas sasánida es muy... GRRR... malo —dijo—. Ya veo por qué la Sacerdotisa Roja me ha mandado aquí.

—¿La Sacerdotisa...? ¿Te refieres a Rachel? ¿Ella te dijo que me buscases?

Criii-Bling asintió con la cabeza.

—Ella ve cosas, como tú dijiste. El futuro. Los peores enemigos. Los mejores sombreros. Me dijo que viniese a este sitio.

Su voz expresaba tal grado de reverencia que hacía pensar que Rachel Elizabeth Dare recibiría sopa de escinco gratis el resto de su vida. Echaba de menos a mi pitia. Ojalá me hubiese venido a buscar ella en persona, en lugar de mandar a Criii-Bling, pero como el troglo podía correr a velocidad supersónica y atravesar roca sólida, era una decisión lógica.

El director general de los trogloditas miró con expresión ceñuda el monitor agrietado y oscuro del portátil.

—¿Es posible que Ne-JJJ-rón se está marcando un farol con lo del gas?

—No —repuse amargamente—. Nerón no se marca faroles. Le gusta alardear y luego cumplir sus amenazas. Soltará ese gas en cuanto me tenga en el salón del trono.

—Quince minutos —dijo Criii-Bling pensativo—. No es mucho tiempo. Intenta entretenerlo. Yo reuniré a los troglos. ¡Desactivaremos ese gas, o te veré en el infracielo!

—Pero...

Criii-Bling se esfumó en una nube de polvo y pelo de toro.

Traté de estabilizar mi respiración. Los trogloditas no nos habían abandonado en la ocasión anterior, cuando yo creía que lo harían. Aun así, ahora no estábamos bajo tierra. Nerón no me habría informado de su sistema de distribución de gas venenoso si fuese fácil de encontrar o de desactivar. Si podía fumigar un rascacielos entero con solo apretar un botón, no sabía cómo a los troglos les daría tiempo a detenerlo, ni a poner a salvo a nuestras fuerzas sacándolas del edificio. Y cuando me enfrentase al emperador, no tenía ninguna posibilidad de vencerlo... a menos que Lu hubiese conseguido quitarle los fasces al leontocéfalo, y esa misión también parecía imposible.

Por otra parte, no me quedaba más remedio que tener esperanza. Tenía un papel que desempeñar. Entretener a Nerón. Encontrar a Meg.

Salí resueltamente de la habitación.

Quince minutos. Entonces acabaría con Nerón, o él acabaría conmigo.

## 28

# Señales del fin del mundo:
# antorchas, uvas caídas, barbas papaderas.
# Meg queda como una patena

Las puertas blindadas fueron un bonito detalle.

Había logrado volver al piso del salón del trono sin problemas. Los ascensores colaboraron. Los pasillos estaban sumidos en un silencio inquietante. Esta vez nadie me recibió en la antecámara.

Donde antes estaban las puertas doradas ornamentales, la entrada del santuario de Nerón se hallaba ahora cerrada con enormes planchas de titanio y oro imperial. Hefesto habría salivado al verlas: un precioso trabajo en metal, grabado con hechizos de protección mágicos dignos de Hécate. Todo para proteger a un emperador asqueroso en su habitación del pánico.

Al no encontrar timbre, golpeé con los nudillos en el titanio: Tan, tan, tan...

Nadie contestó como correspondía porque eran unos pedazo de bárbaros. En lugar de eso, en la esquina superior izquierda de la pared, el piloto de una cámara de seguridad pasó del color rojo al verde.

—Bien. —La voz de Nerón crepitó por un altavoz del techo—. Estás solo. Chico listo.

Podría haberme ofendido por que me llamase «chico», pero había tantas cosas por las que sentirse ofendido que pensé que más me valía controlarme. Las puertas hicieron un ruido sordo y se abrieron lo justo para que yo pasase con dificultad. A continuación se cerraron detrás de mí.

Busqué a Meg con la mirada por el salón. No se la veía por ninguna parte y me dieron ganas de propinarle un guantazo a Nerón.

La sala estaba prácticamente igual. Al pie del estrado de Nerón, las alfombras persas habían sido sustituidas para librarse de las molestas manchas de sangre de la doble amputación de Luguselva. Habían hecho salir a los criados. Formando un semicírculo detrás del trono de Nerón había una docena de germani, algunos con aspecto de haber servido de blanco para las prácticas de tiro en la «excursión» del Campamento Mestizo. Donde antes estaban Lu y Gunther, a mano derecha del emperador, los había suplido un nuevo germanus. Tenía una barba totalmente blanca, una cicatriz vertical en un lado de la cara, y una armadura cosida con pieles peludas que no le habrían granjeado amistades en la comunidad de los defensores de los derechos de los animales.

En todas las ventanas habían hecho descender hileras de barrotes de oro imperial y el salón del trono entero parecía una jaula, como le correspondía. Dríades esclavizadas revoloteaban nerviosas junto a los tiestos de sus plantas. Los niños de la Casa Imperial —solo siete de toda la prole— se hallaban al lado de cada planta con antorchas encendidas en las manos. Como Nerón los había educado para que se comportasen de forma vil, supuse que quemarían a las dríades si no colaboraban.

Posé la mano contra el bolsillo de los pantalones en el que había guardado los anillos de oro de Meg. Me tranquilizó que por lo menos ella no estuviese con sus hermanos. Me alegré de que el pequeño Casio hubiese escapado de ese sitio. Me preguntaba dónde estaban los hijos adoptivos que faltaban: si habían sido capturados o habían caído en combate contra el Campamento Mestizo. Procuré no regodearme en la idea, pero era difícil.

—¡Hola! —Nerón parecía alegrarse sinceramente de verme. Se reclinó en su sofá mientras se metía uvas en la boca de una fuente de plata que tenía al lado—. Las armas en el suelo, por favor.

—¿Dónde está Meg? —pregunté.

—¿Meg...? —Nerón fingió estar confundido. Echó un vistazo a la fila de sus hijos armados con antorchas—. Meg. Veamos... ¿dónde la he dejado? ¿Cuál es Meg?

Los demás semidioses le dedicaron sonrisas forzadas; tal vez no estaban seguros de si su querido padre bromeaba.

—Está cerca —me aseguró Nerón, mientras su expresión se endurecía—. Pero primero, las armas en el suelo. No pienso arriesgarme a que hagas daño a mi hija.

—Serás... —Estaba tan furioso que no pude acabar la frase.

¿Cómo podía alguien tergiversar la verdad con tal descaro diciendo lo contrario de lo que era claro y evidente, y que pareciera que creía lo que decía? ¿Cómo podías defenderte contra mentiras tan flagrantes y manifiestas que no deberían haber exigido ser rebatidas?

Dejé el arco y los carcajs. Dudaba que tuviesen la más mínima importancia. Nerón no me habría dejado estar delante de él si pensase que suponían un peligro.

—Y el ukelele —dijo—. Y la mochila.

Oh, qué más le daba.

Coloqué los dos objetos al lado de los carcajs.

Comprendí que aunque intentase hacer algo —aunque pudiese lanzar llamas a Nerón o dispararle a la cara o destrozar su horrible canapé morado a base de golpes apolíneos—, no serviría de nada si sus fasces seguían intactos. El emperador parecía totalmente relajado, como si supiese que era invulnerable.

Lo único que conseguiría con mi conducta es hacer daño a los demás. Las dríades arderían. Si los semidioses se negaban a quemarlas, Nerón obligaría a los germani a castigar a los semidioses. Y si los germani no se atrevían a cumplir sus órdenes... Bueno, después de lo que le había pasado a Luguselva, dudaba que algún guardia osase retar a Nerón. El emperador tenía a todos los presentes en la sala sujetos en una red de miedo y amenazas. ¿Y Meg? Ella era el único comodín que podía jugar.

Nerón me miró esbozando una sonrisa como si me hubiese leído el pensamiento.

—Meg, tesoro —dijo—, ya puedes acercarte.

Ella salió de detrás de una de las columnas del fondo del salón. Dos cinocéfalos la flanqueaban. Los hombres con cabeza de lobo no la tocaban, pero iban tan pegados a ella que me recordaron a unos perros pastores llevando a una oveja rebelde.

Meg parecía físicamente ilesa, aunque la habían bañado a conciencia. Le habían quitado toda la mugre que con tanto esfuerzo se había ganado, y la ceniza y la tierra que había acumulado camino de la torre. Su peinado a lo paje había sido reacondicionado en un estilo a lo *garçon* cortado a capas, con la raya en medio, que le hacía parecerse mucho a las dríades. Y la ropa: el vestido del día de San Valentín de Sally Jackson había desaparecido. En su lugar, Meg llevaba un vestido morado sin mangas recogido en la cintura con un cordón dorado. Sus zapatillas rojas de caña alta habían sido sustituidas por unas sandalias con cordones de oro. Lo único que quedaba de su anterior imagen eran las gafas, sin las que no podía ver, pero me sorprendió que Nerón le hubiese dejado conservarlas.

Se me rompió el corazón. Se la veía elegante, mayor y muy guapa. También se la veía totalmente distinta de la niña que era antes. Nerón había intentado quitarle todo lo que ella era, cada elemento que había elegido, y sustituirla por otra persona: una jovencita formal de la Casa Imperial.

Sus hermanos adoptivos observaron cómo se acercaba sin disimular su odio y su envidia.

—¡Ahí estás! —dijo Nerón con regocijo—. Acompáñame, querida.

Meg me miró a los ojos. Intenté transmitirle lo preocupado y angustiado que me sentía por ella, pero ella mantuvo una expresión escrupulosamente neutra. Se dirigió a Nerón dando cada paso con cuidado, como si el más mínimo paso en falso o emoción revelada pudiese hacer explotar minas invisibles a su alrededor.

Nerón dio unos golpecitos en los cojines situados a su lado, pero Meg se detuvo al pie del estrado. Lo interpreté como una señal de esperanza. El rostro de Nerón se tensó de disgusto, pero lo ocultó rápidamente; sin duda, como el maltratador profesional que era, había decidido no ejercer más presión de la necesaria, mantener la cuerda tensa sin romperla.

—¡Y aquí estamos! —Extendió los brazos para abarcar esa ocasión especial—. Es una lástima que hayas arruinado los fuegos artificiales, Lester. Ahora mismo podríamos estar en el salón con nuestros invitados, contemplando la bonita puesta de sol mientras la ciudad arde. Podríamos haber comido canapés y tarta. Pero no importa. ¡Todavía tenemos mucho que celebrar! ¡Meg ha vuelto a casa!

Se volvió hacia el germanus de barba blanca.

—Vercorix, tráeme el mando a distancia, por favor. —Señaló vagamente la mesa de centro, donde había una bandeja negra barnizada con un montón de aparatos tecnológicos.

Vercorix se acercó pesadamente y agarró uno.

—No, ese es el del televisor —dijo Nerón—. No, ese es el del DVD. Sí, ese es el bueno, creo.

El pánico me subió por la garganta cuando comprendí lo que quería Nerón: el mando para liberar el gas sasánida. Como es natural, él lo tenía con los mandos a distancia de la tele.

—¡Alto! —grité—. Dijiste que Meg decidiría.

Meg abrió mucho los ojos. Por lo visto, no estaba al tanto del plan de Nerón. Nos miró al uno y al otro, como si temiese cuál de los dos fuese a atacarla primero. Al ver su confusión interna, me dieron ganas de llorar.

Nerón sonrió de satisfacción.

—¡Pues claro que decidirá! Meg, tesoro, ya sabes cuál es la situación. Apolo te ha fallado una vez más. Sus planes han fracasado. Ha sacrificado las vidas de sus aliados para llegar hasta aquí...

—¡Eso no es cierto! —repliqué.

Nerón arqueó una ceja.

—¿No? Cuando te advertí que esta torre era una trampa mortal para tus amigos semidioses, ¿corriste a salvarlos? ¿Te diste prisa para sacarlos del edificio? Porque te di tiempo de sobra. No. Los utilizaste. Dejaste que siguiesen luchando para distraer a mis guardias, de manera que pudieses llegar aquí y reclamar tu preciosa inmortalidad.

—¿Que yo... qué? Yo no...

Nerón tiró la fuente de fruta del sofá. La bandeja cayó al suelo con gran estruendo. Las uvas rodaron por todas partes. Todos los presentes en el salón se estremecieron, incluido yo... y esa era claramente la intención de Nerón. Era un maestro del teatro. Sabía cómo manipular al público, cómo tenernos en vilo.

Infundió a su voz una indignación tan justificada que incluso yo me pregunté si debía creerle.

—¡Eres un aprovechado, Apolo! Siempre lo has sido. Adondequiera que vas dejas una estela de vidas arruinadas. Jacinto. Dafne. Marsias. Coronis. Y tus oráculos: Trofonio, Herófila, la sibila de Cumas... —Se volvió hacia Meg—. Lo has visto con tus propios ojos, tesoro. Sabes de lo que hablo. Oh, Lester, he vivido miles de años entre los mortales. ¿Sabes cuántas vidas he destruido? ¡Ninguna! He criado una familia de huérfanos. —Señaló a sus hijos adoptivos, y algunos hicieron una mueca como si fuese a lanzarles una fuente de uvas—. ¡Les he proporcionado lujo, seguridad, amor! He dado trabajo a miles de personas. ¡He mejorado el mundo! Y tú, Apolo, que apenas has estado seis meses en la tierra, ¿cuántas vidas has arruinado en ese tiempo? ¿Cuántos han muerto tratando de defenderte? Ese pobre grifo, Heloise. La dríade, Planta del Dinero. Crest, el pandos. Y, claro, Jason Grace.

—Ni se te ocurra —gruñí.

Nerón extendió las manos.

—¿Continúo? Las muertes del Campamento Júpiter: Don y Dakota. Los padres de esa pobre niña, Julia. Y todo, ¿para qué? Porque tú querías volver a ser un dios. Te has quejado y has lloriqueado de una punta a otra del país. Así pues, te pregunto: ¿eres digno de ser un dios?

Se había documentado. No era propio de Nerón recordar los nombres de tantas personas que le traían sin cuidado. Pero esa escena era importante. Estaba actuando para todos nosotros, sobre todo para Meg.

—¡Estás tergiversándolo todo y reduciéndolo a una sarta de mentiras! —dije—. Como siempre has hecho con Meg y tus otros pobres hijos.

No debería haberlos llamado «pobres». Los siete portadores de antorchas me miraron con desdén. Estaba claro que no deseaban mi lástima. Meg mantuvo una expresión vacía, pero apartó la vista y la clavó en los dibujos de la alfombra. Probablemente no era una buena señal.

Nerón rio entre dientes.

—Oh, Apolo, Apolo... ¿Quieres sermonearme sobre mis «pobres hijos»? ¿Cómo has tratado tú a los tuyos?

Empezó a recitar de un tirón una lista de mis fracasos como padre, que eran muchos, pero yo solo escuchaba a medias.

Me preguntaba cuánto tiempo había pasado desde que había visto a Criii-Bling. ¿Cuánto más podría tener a Nerón hablando, y sería suficiente para que los troglos desactivasen el gas venenoso, o por lo menos para que saliesen del edificio?

En cualquier caso, con las puertas blindadas cerradas y las ventanas enrejadas, Meg y yo estábamos solos. Tendríamos que salvarnos el uno al otro, porque nadie más lo haría. Tenía que creer que todavía formábamos un equipo.

—E incluso ahora —continuó Nerón— tus hijos están luchando y muriendo abajo mientras tú estás aquí. —Movió la cabeza con gesto de indignación—. ¿Sabes qué? Aparquemos de momento el asunto de la fumigación de mi torre. —Dejó el mando a distancia a su lado en el sofá; consiguió que esperar unos minutos más para gasear a todos mis amigos pareciese una concesión increíblemente generosa.

Se volvió hacia Meg.

—Tesoro, tú puedes elegir, como prometí. ¿Cuál de nuestros espíritus de la naturaleza tendrá el honor de matar a este patético exdiós? Le obligaremos a librar su propia batalla por una vez.

Meg se quedó mirando a Nerón como si acabase de hablar al revés.

Se retorció los dedos donde antes tenía los anillos de oro. Yo quería devolvérselos más que nada en el mundo, pero me daba miedo respirar siquiera. Parecía que Meg estuviese al borde de un abismo. Temía que cualquier cambio en la sala —la más mínima vibración del suelo, una variación de la luz, una tos o un suspiro— pudiese hacerla caer.

—¿No puedes elegir? —preguntó Nerón, con un tono que

rezumaba compasión—. Lo entiendo. Tenemos muchas dríades, y todas merecen venganza. Al fin y al cabo, su especie tiene un solo depredador natural: los dioses del Olimpo. —Me miró frunciendo el ceño—. ¡Meg tiene razón! No elegiremos. Apolo, en nombre de Dafne y de todas las demás dríades a las que has torturado a lo largo de los siglos... decreto que todas nuestras amigas dríades acaben contigo. ¡Veamos cómo te defiendes sin semidioses detrás de los que esconderte!

Chasqueó los dedos. A las dríades no parecía hacerles mucha ilusión acabar conmigo, pero los niños de la Casa Imperial acercaron sus antorchas a los árboles plantados en tiestos, y pareció que algo se quebraba dentro de las dríades y las invadía de desesperación, horror y rabia.

Es posible que hubiesen preferido atacar a Nerón, pero como no podían, hicieron lo que él les mandó. Me atacaron a mí.

# 29

## Si quemas árboles
## en época de alergias,
## cuenta con algún moqueo

Si le hubiesen puesto ganas, yo habría muerto.

Había visto a turbas de dríades sedientas de sangre reales atacar. Es algo a lo que no sobrevive cualquier mortal. A esos espíritus de los árboles parecía interesarles más representar su papel. Se
dirigieron a mí tambaleándose y gritando «GRRR», sin dejar de
echar un vistazo por encima del hombro de vez en cuando para
asegurarse de que los semidioses que portaban las antorchas no
habían prendido fuego a sus fuentes vitales.

Esquivé a los dos primeros espíritus de la palmera que arreme-
tieron contra mí.

—¡No pienso luchar contra vosotras! —grité. Un robusto ficus se abalanzó sobre mí por detrás y me obligó a quitármelo de
encima—. ¡No somos enemigos!

Una higuera de hojas de violín se quedó atrás, tal vez a la espera de su turno para venir a por mí, o simplemente esperando
que no se fijasen en ella. Sin embargo, su guardián semidivino
reparó en ella. Bajó su antorcha y la higuera ardió en llamas

como si la hubiesen empapado en gasolina. La dríade gritó y se quemó y acto seguido se desplomó en un montón de ceniza.

—¡Ya basta! —gritó Meg, pero su tono de voz era tan frágil que apenas se oyó.

Las demás dríades me atacaron con ahínco. Se les estiraron las uñas hasta convertirse en garras. A un limonero le salieron espinas por todo el cuerpo y me dio un doloroso abrazo.

—¡Ya basta! —repitió Meg, esta vez más alto.

—Deja que lo intenten, tesoro —dijo Nerón, mientras los árboles se abalanzaban sobre mi espalda—. Se merecen vengarse.

El ficus me agarró del cuello. Se me doblaron las rodillas bajo el peso de seis dríades. Espinas y garras me arañaron cada centímetro de piel descubierta.

—¡Meg! —dije con voz ronca.

Se me saltaron los ojos. Se me nubló la vista.

—¡BASTA! —ordenó Meg.

Las dríades se detuvieron. El ficus lloró de alivio y me soltó el cuello. Las demás retrocedieron y me dejaron a cuatro patas, jadeando, magullado y sangrando.

Meg se me acercó corriendo. Se arrodilló y me puso la mano en el hombro, estudiando con expresión de angustia los arañazos y cortes de mi maltrecha nariz vendada. Me habría hecho muy feliz recibir esa atención de ella si no hubiésemos estado en medio del salón del trono de Nerón o si simplemente, qué se yo, hubiese podido respirar.

La primera pregunta que me susurró no fue la que yo esperaba:

—¿Está viva Lu?

Asentí con la cabeza, parpadeando para reprimir las lágrimas de dolor.

—La última vez que la vi —susurré—. Seguía luchando.

Meg frunció el entrecejo. De momento, su antiguo espíritu parecía haberse reavivado, pero era difícil visualizarla como era antes. Tuve que concentrarme en sus ojos, enmarcados en sus maravillosamente horribles gafas con montura de ojos de gato, y no prestar atención al nuevo peinado ralo, el olor a perfume de lilas, el vestido morado y las sandalias de oro y —¡OH, DIOSES!— la pedicura que alguien le había hecho.

Traté de contener el horror.

—Meg —dije—. Solo hay una persona a la que tienes que escuchar: a ti. Confía en ti.

Lo decía en serio, a pesar todas mis dudas y temores, a pesar de lo mucho que me había quejado de que Meg fuese mi ama a lo largo de los meses. Ella me había elegido, pero yo también la había elegido a ella. Confiaba en ella; no pese a su pasado con Nerón, sino debido a él. Había visto cómo había luchado. Había admirado los progresos que con tanto esfuerzo había logrado. Tenía que creer en ella por mi bien. Ella era —que los dioses me disculpasen— mi modelo para seguir.

Saqué sus anillos de oro del bolsillo. Ella se echó atrás al verlos, pero se los metí en las manos.

—Tú eres más fuerte que él.

Si hubiese podido conseguir que no mirase a ninguna otra parte más que a mí, tal vez podríamos haber sobrevivido protegidos en una pequeña burbuja de nuestra antigua amistad, incluso rodeados del entorno tóxico de Nerón.

Pero Nerón no podía permitirlo.

—Oh, tesoro. —Suspiró—. Agradezco tu buen corazón. ¡De verdad! Pero no podemos interferir en la justicia.

Meg se levantó y se volvió hacia él.

—Esto no es justicia.

La sonrisa de él se volvió más débil. Me miró con una mezcla de humor y lástima, como diciendo: «Mira lo que has hecho».

—Puede que tengas razón, Meg —concedió—. Estas dríades no tienen el valor ni el temple para hacer lo que hace falta.

Meg se puso tensa; parecía que se había dado cuenta de lo que Nerón pretendía hacer.

—No.

—Tendremos que probar otra cosa. —Señaló a los semidioses, que bajaron las antorchas hasta las plantas.

—¡NO! —gritó Meg.

La sala se tiñó de verde. Una tormenta de alérgenos estalló del cuerpo de Meg, como si hubiese soltado una estación entera de polen de roble en una sola ráfaga. El salón del trono se cubrió de polvo verde: Nerón, su canapé, sus guardias, sus alfombras, sus ventanas y sus hijos. Las llamas de las antorchas de los semidioses chisporrotearon y se apagaron.

Los árboles de las dríades empezaron a crecer, las raíces se abrieron paso a través de los tiestos y se afianzaron al suelo, nuevas hojas se desplegaron para sustituir a las quemadas, las ramas engordaron y se estiraron hasta amenazar con enredar a sus escoltas semidivinos. Los hijos de Nerón, que no eran tontos del todo, se alejaron a toda prisa de sus agresivas plantas de interior.

Meg se volvió hacia las dríades. Estaban acurrucadas unas contra otras, temblando, con quemaduras en los brazos que echaban humo.

—Id a curaos —les dijo—. Yo os protegeré.

Y con un sollozo de agradecimiento, las dríades se esfumaron.

Nerón se quitó tranquilamente el polen de la cara y la ropa. Sus germani parecían impertérritos, como si esas cosas les pasasen a menudo. Uno de los cinocéfalos estornudó. Su compañero con cabeza de lobo le ofreció un pañuelo de papel.

—Mi querida Meg —dijo Nerón sin alterar la voz—, ya hemos hablado de esto antes. Debes controlarte.

Meg apretó los puños.

—No tenías derecho. No ha sido justo...

—Vamos, Meg. —La voz de Nerón se endureció, un detalle que hizo saber a la niña que su paciencia se estaba agotando—. Apolo todavía podría vivir, si es lo que realmente deseas. No tenemos por qué entregárselo a Pitón. Pero si vamos a correr ese riesgo, te necesitaré a mi lado con tus maravillosos poderes. Vuelve a ser mi hija. Deja que lo salve por ti.

Ella no dijo nada. Su pose irradiaba obstinación. Me la imaginé a ella también echando raíces, anclándose al sitio.

Nerón suspiró.

—Todo se vuelve mucho mucho más difícil cuando despiertas a la Bestia. No querrás volver a tomar la decisión equivocada, ¿verdad? Y perder a otra persona como perdiste a tu padre. —Señaló a su docena de germani cubiertos de polen, su pareja de cinocéfalos y sus siete hijos adoptivos semidivinos; todos nos lanzaban miradas asesinas como si, a diferencia de las dríades, estuviesen encantados de hacernos pedazos.

No sabía cuánto tardaría en recuperar mi arco, pero no estaba en condiciones de combatir. No sabía a cuántos oponentes podría enfrentarse Meg sin sus cimitarras. A pesar de su destreza, dudaba que pudiera defenderse de veintiún enemigos. Y luego estaba el propio Nerón, que tenía la constitución de un dios menor. A pesar de su ira, Meg parecía incapaz de mirarlo a la cara.

Me imaginaba a Meg haciendo esos mismos cálculos, decidiendo tal vez que no había esperanza, que la única posibilidad de salvarme la vida era entregarse a Nerón.

—Yo no maté a mi padre —dijo con un hilo duro de voz—. Yo no le corté a Lu las manos ni esclavicé a esas dríades ni nos trastoqué a todos por dentro. —Señaló a los demás semidioses de la casa con un movimiento de la mano—. Lo hiciste tú, Nerón. Te odio.

La expresión del emperador se tornó triste y cansada.

—Entiendo. Bueno... si te sientes así...

—No se trata de sentimientos —le espetó Meg—. Se trata de la verdad. No pienso hacerte caso. Y no pienso volver a utilizar tus armas para pelear.

Tiró sus anillos.

Dejé escapar un pequeño grito desesperado.

Nerón rio entre dientes.

—Eso, corazón, ha sido una tontería.

Por una vez, estuve tentado de coincidir con el emperador. Por muy bien que a mi joven amiga se le diesen las calabazas y el polen, por mucho que me alegrase de tenerla a mi lado, no nos imaginaba saliendo vivos de esa sala desarmados.

Los germani levantaron sus lanzas. Los semidioses imperiales desenvainaron sus espadas. Los guerreros con cabeza de lobo gruñeron.

Nerón alzó la mano, dispuesto a dar la orden de matar, cuando detrás de mí un potente ¡BUM! sacudió la cámara. La mitad de nuestros enemigos cayeron derribados. En las ventanas y las columnas de mármol salieron grietas. Los azulejos del techo se rompieron y cayó polvo de lo alto como sacos de harina abiertos.

Me volví y vi que las impenetrables puertas blindadas estaban torcidas y rotas, y en la rendija había un toro rojo extrañamente demacrado. Detrás de él se hallaba Nico di Angelo.

Se puede decir que yo no esperaba a un aguafiestas como ese.

Estaba claro que Nerón y sus seguidores tampoco. Se quedaron mirando asombrados cómo el taurus silvestris cruzaba pesadamente el umbral. Donde el toro debería haber tenido los ojos azules, solo había unos agujeros oscuros. El greñudo pelo rojo le colgaba flácido sobre el esqueleto reanimado como un manto. Era un ser no muerto sin carne ni alma; solo la voluntad de su amo.

Nico escudriñó la sala. Lucía peor aspecto que la última vez que lo había visto. Tenía la cara cubierta de hollín y el ojo izquierdo cerrado de la hinchazón. Su camiseta estaba hecha jirones y de su espada negra goteaba sangre de algún tipo de monstruo. Y lo peor de todo, alguien (supongo que un troglo) le había obligado a ponerse un sombrero de vaquero. Casi esperaba que dijese «Yi-ja» en el tono más desapasionado de la historia.

Señaló con el dedo a Nerón y le dijo a su toro esquelético:

—Mata a ese.

El toro embistió. Los seguidores de Nerón se volvieron locos. Los germani se abalanzaron sobre el animal como defensas de fútbol americano persiguiendo a un receptor, desesperados por detenerlo antes de que llegase al estrado. Los cinocéfalos aullaron y vinieron dando saltos en dirección a nosotros. Los semidioses imperiales titubearon, mirándose unos a otros como diciendo: «¿A quién atacamos? ¿Al toro? ¿Al chico emo? ¿A papá? ¿Nos atacamos entre nosotros?». (Ese es el problema cuando educas a tus hijos para que sean unos asesinos paranoicos.)

—¡Vercorix! —chilló Nerón, con una voz media octava más aguda de lo habitual. Se subió al sillón de un salto pulsando botones del mando a distancia del gas sasánida a tontas y a locas, y al parecer decidió que no era el mando correcto—. ¡Tráeme los otros mandos! ¡Deprisa!

Cuando estaba a medio camino del toro, Vercorix dio un traspié y cambió de rumbo hacia la mesa de centro, preguntándose quizá por qué había aceptado ese ascenso y por qué Nerón no podía ir a buscar sus puñeteros mandos a distancia él solito.

Meg me tiró del brazo y me arrancó del estado de sopor.

—¡Levanta!

Me sacó a rastras de la trayectoria del cinocéfalo, que cayó a gatas a nuestro lado gruñendo y babeando. Antes de que yo pudiese decidir si luchar contra él con las manos o con mi mal aliento, Nico se interpuso entre nosotros de un salto moviendo la espada. El hijo de Hades redujo de un tajo el hombre lobo a polvo y pelo de perro.

—Hola, chicos. —El ojo hinchado de Nico hacía que pareciese más temible aún de lo habitual—. Deberíais buscar armas.

Traté de recordar cómo se hablaba.

—¿Cómo has...? Espera, a ver si lo adivino. Te manda Rachel.

—Sí.

Nuestro reencuentro fue interrumpido por el segundo guerrero con cabeza de lobo, que se dirigió a nosotros a grandes zancadas con más cautela que su compañero abatido, avanzando poco a poco de lado y buscando un hueco. Nico lo repelió con su espada y su horripilante sombrero de vaquero, pero me daba la impresión de que dentro de poco tendríamos más compañía.

Nerón seguía gritando en su sofá mientras Vercorix trasteaba con la bandeja de mandos a distancia. A escasa distancia de nosotros, los germani se amontonaban encima del toro esquelético. Algunos de los semidioses imperiales corrieron en su auxilio, pero tres de los miembros más perversos de la familia se quedaron atrás, observándonos, considerando sin duda la mejor forma de matarnos para que papá les pusiese una estrellita en su tabla de tareas semanal.

—¿Y el gas sasánida? —pregunté a Nico.

—Los troglos siguen en ello.

Murmuré un taco que no habría sido apto para los oídos de una niña como Meg, solo que Meg me había enseñado ese taco en concreto.

—¿Ha evacuado la zona el Campamento Mestizo? —preguntó Meg. Me alivió oír que participaba en la conversación. Me hizo sentir que todavía era uno de nosotros.

Nico negó con la cabeza.

—No. Están luchando contra las fuerzas de Nerón en todos los pisos. Hemos avisado a todo el mundo del peligro del gas, pero no piensan marcharse hasta que vosotros os vayáis.

Sentí una oleada de gratitud y exasperación. Esos tontos y encantadores semidioses griegos, esos valientes y maravillosos insensatos. Me dieron ganas de pegarles a todos un puñetazo y luego darles un fuerte abrazo.

El cinocéfalo arremetió.

—¡Marchaos! —nos gritó Nico.

Corrí hacia la entrada en la que había dejado mis cosas, con Meg a mi lado.

Un germanus nos pasó volando por encima coceado por el toro. El monstruo zombi se encontraba ahora a unos seis metros del estrado del emperador, luchando por llegar a la línea de meta, pero estaba perdiendo impulso debido al peso de la docena de cuerpos que tenía encima. Los tres semidioses perversos venían ahora en dirección a nosotros, siguiendo en paralelo nuestra trayectoria hacia la parte delantera del salón.

Cuando llegué hasta mis posesiones, estaba jadeando y sudando como si hubiese corrido un maratón. Recogí el ukelele, coloqué una flecha en el arco y apunté a los semidioses que se acercaban, pero dos de ellos habían desaparecido. ¿Es posible que se hubiesen puesto a cubierto detrás de las columnas? Disparé al único semidiós que seguía visible —¿Emilia, se llamaba?—, pero o yo estaba débil y lento, o ella estaba extraordinariamente bien adiestrada. La chica esquivó el tiro y siguió acercándose.

—¿Qué tal si buscas unas armas? —pregunté a Meg, colocando otra flecha en el arco.

Ella señaló con la barbilla a su hermana adoptiva.

—Me quedaré con las suyas. Tú concéntrate en Nerón.

Se fue corriendo con su vestido de seda y sus sandalias como si se dispusiese a arrasar un acto de gala.

Nico seguía batiéndose en duelo con el tío lobuno. Al final el toro zombi se desplomó abrumado por el peso del Equipo Nerón, y eso significaba que los germani no tardarían en buscar nuevos objetivos a los que placar.

Vercorix tropezó y se cayó al llegar al sofá del emperador, y volcó la bandeja entera de mandos a distancia entre los cojines.

—¡Ese! ¡Ese! —gritó Nerón sin ayudar, señalándolos todos.

Apunté al pecho de Nerón. Estaba pensando en lo bien que me sentaría hacer ese tiro cuando de repente alguien salió de la nada y me apuñaló en las costillas.

¡Qué listo, Apolo! Había encontrado a uno de los semidioses desaparecidos.

Era uno de los hijos mayores de Nerón: ¿Lucio, quizá? Me habría disculpado por no acordarme de su nombre, pero como me acababa de clavar una daga en el costado y ahora me estaba dando un abrazo letal, decidí que podíamos saltarnos las formalidades. Se me nubló la vista. Los pulmones no se me llenaban de aire.

Al otro lado de la sala, Meg luchaba sin más armas que las manos contra Emilia y el tercer semidiós desaparecido, que al parecer había estado escondido esperando para atacar.

Lucio clavó el puñal más hondo. Yo forcejé, detectando con un objetivo interés médico que las costillas habían cumplido con su función. Habían desviado la hoja de mis órganos vitales, cosa que era fabulosa salvo por el dolor insoportable de tener un puñal incrustado entre la piel y la caja torácica, y la enorme cantidad de sangre que ahora empapaba mi camiseta.

No podía sacudirme a Lucio de encima. Era demasiado fuerte y lo tenía demasiado cerca. Desesperado, lancé el puño hacia atrás y le di de lleno en el ojo con el pulgar levantado en un gesto de aprobación.

El chico gritó y se apartó tambaleándose. Las lesiones oculares son las peores que existen. Yo soy un dios médico, y hasta a mí me dan aprensión.

No tenía fuerzas para colocar otra flecha en el arco. Di un traspié, tratando de seguir consciente mientras resbalaba con mi propia sangre. Siempre es la monda cuando Apolo va a la guerra.

En medio del aturdimiento del dolor, vi a Nerón sonriendo triunfante y sosteniendo en alto un mando a distancia.

—¡Por fin!

«No», supliqué. «Zeus, Artemisa, Leto, quien sea. ¡NO!»

No podía detener al emperador. Meg estaba demasiado lejos, defendiéndose a duras penas de sus dos hermanos. El toro había quedado reducido a un montón de huesos. Nico había despachado al hombre lobo, pero ahora se enfrentaba a una hilera de germani furiosos que se interponían entre él y el trono.

—¡Se acabó! —dijo Nerón regodeándose—. ¡Muerte a mis enemigos!

Y pulsó el botón.

# 30

# Seguir vivo es
# muy difícil cuando no paras de
# intentar matarme

«Muerte a mis enemigos» era un magnífico grito de guerra. ¡Un auténtico clásico, pronunciado con convicción!

Sin embargo, se perdió parte del dramatismo cuando Nerón pulsó el botón y las persianas de las ventanas empezaron a bajar.

El emperador soltó un taco —quizá uno que Meg le había enseñado— y se lanzó a los cojines del sofá, buscando el mando a distancia correcto.

Meg había desarmado a Emilia, como había prometido, y ahora blandía su espada prestada mientras más y más hermanos adoptivos la rodeaban, impacientes por participar en su ejecución.

Nico se abría paso entre los germani. Eran más de diez contra uno, pero su espada de hierro estigio no tardó en infundirles un saludable respeto. Hasta los bárbaros saben superar una curva de aprendizaje pronunciada si es lo bastante afilada y dolorosa. Aun así, Nico no podría aguantar eternamente contra tantos, sobre todo porque sus lanzas tenían mayor alcance y Nico solo podía ver con el ojo derecho. Vercorix gritó a sus hombres y les ordenó que rodeasen a Di Angelo. Por desgracia, parecía que al teniente canoso se le daba mucho mejor reunir a sus fuerzas que entregar mandos a distancia.

En cuanto a mí, ¿cómo puedo explicar lo difícil que es usar un arco después de haber sido apuñalado en el costado? Todavía no estaba muerto, y eso confirmaba que el puñal no había tocado ninguna de las arterias y órganos importantes de mi cuerpo, pero cuando intentaba levantar el brazo me daban ganas de gritar de dolor. En realidad, apuntar y tensar el arco era una tortura peor que cualquiera de los suplicios de los Campos de Castigo, y Hades puede confirmar que no miento.

Había perdido sangre. Sudaba y tiritaba. A pesar de todo, mis amigos me necesitaban. Tenía que hacer lo que estuviese en mi mano.

—Mountain Dew, Mountain Dew —murmuré, tratando de despejar la cabeza.

Primero, le di una patada a Lucio en la cara y lo dejé inconsciente, porque el muy canalla se lo merecía. Luego disparé una flecha a otro semidiós imperial que estaba a punto de apuñalar a Meg por la espalda. No quería matar a nadie, recordando la cara de terror de Casio en el ascensor, pero le di a mi objetivo en el tobillo y le hice gritar y andar como una gallina por el salón del trono. Eso me dejó buen sabor de boca.

Mi mayor problema era Nerón. Con Meg y Nico sobrepasados por los enemigos, el emperador tenía tiempo de sobra para buscar mandos a distancia en el sofá. El hecho de que las puertas blindadas estuvieran destrozadas no parecía haberle hecho perder el entusiasmo por inundar la torre de gas venenoso. Tal vez, al ser un dios menor, sería inmune. Tal vez hacía gárgaras con gas sasánida cada mañana.

Disparé al centro de su cuerpo; un tiro que debería haberle partido el esternón. En cambio, la flecha se hizo astillas contra su toga. Quizá la prenda contaba con alguna forma de magia protectora. O eso o la había confeccionado un sastre muy bueno. Con gran dolor, coloqué otra flecha en el arco. Esta vez apunté a la cabeza de Nerón. Recargaba muy despacio. Cada tiro era un suplicio para mi cuerpo torturado, pero apuntaba bien. La flecha le dio justo entre los ojos. Y se hizo añicos infructuosamente.

El emperador me miró frunciendo el entrecejo desde el otro lado del salón.

—¡Basta! —Y acto seguido volvió a buscar su mando.

Me desmoralicé aún más. Estaba claro que Nerón todavía era invulnerable. Luguselva no había conseguido destruir sus fasces. Eso significaba que nos enfrentábamos a un emperador que tenía tres veces más poder que Calígula o Cómodo, y ellos no habían sido precisamente unas presas fáciles. Si en algún momento Nerón dejaba de preocuparse por el aparato del gas venenoso y nos atacaba, estaríamos muertos.

Nueva estrategia. Apunté a los mandos a distancia. Cuando él tomó el siguiente, se lo arrebaté de la mano de un tiro.

Nerón gruñó y agarró otro. Yo no podía disparar lo bastante rápido.

El emperador me apuntó con el aparato y apretó los botones como si fuese a liquidarme. Sin embargo, tres pantallas de televisión gigantes descendieron del techo y se encendieron parpadeando. En la primera apareció un noticiario local: imágenes en directo tomadas desde un helicóptero que daba vueltas alrededor de la torre en que nos encontrábamos. Por lo visto, estábamos ardiendo. Tanto rollo con la torre indestructible para eso. La segunda pantalla mostraba un torneo de golf. La tercera estaba dividida entre los canales de noticias Fox News y MSNBC, que uno al lado del otro deberían haber bastado para producir una explosión de antimateria. Supongo que el hecho de que viese las dos cadenas era una señal de la inclinación apolítica de Nerón, o quizá de sus personalidades múltiples.

Nerón gruñó de frustración y tiró el mando a distancia.

—¡Deja de luchar contra mí, Apolo! Te mataré igualmente. ¿No lo entiendes? ¡O yo o el reptil!

La frase me puso nervioso e hizo que mi siguiente disparo se desviase. Impactó en la entrepierna del sufrido Vercorix, que cruzó las piernas de dolor mientras la flecha corroía su cuerpo hasta reducirlo a ceniza.

—Colega —murmuré—. Cuánto lo siento.

En el otro extremo de la sala, detrás del estrado de Nerón, aparecieron más bárbaros que venían a defender al emperador con las lanzas en ristre. ¿Tenía Nerón un armario escobero lleno de refuerzos allí detrás? Era de lo más injusto.

Meg seguía rodeada de sus hermanos adoptivos. Había logrado hacerse con un escudo, pero sus enemigos eran muchos más. Yo entendía su deseo de abandonar las cimitarras que Nerón le había regalado, pero estaba empezando a poner en duda el momento que había elegido para esa decisión. Además, ella parecía empeñada en no matar a sus atacantes, pero sus hermanos no se andaban con esos remilgos. Los otros semidioses la iban acorralando, y sus sonrisas de confianza eran indicio de que intuían la victoria inminente.

Nico estaba perdiendo fuelle contra los germani. Parecía que la espada le pesaba cinco kilos más cada vez que la blandía.

Estiré el brazo hacia mis carcajs y me di cuenta de que solo me quedaba una flecha que disparar, sin incluir mi rimbombante *coach* de Dodona.

Nerón sacó otro mando a distancia. Antes de que yo pudiese apuntar, pulsó un botón. Una bola de espejos bajó del centro del techo. Se encendieron unas luces. Empezó a sonar «Stayin' Alive», de los Bee Gees, que como todo el mundo sabe es uno de los diez primeros augurios de fatalidad inminente según el manual *Profecías para idiotas*.

Nerón tiró el mando y agarró... oh, dioses. El último mando. El último siempre es el bueno.

—¡Nico! —grité.

No tenía ninguna posibilidad de derribar a Nerón. De modo que disparé al germanus que se interponía justo entre el hijo de Hades y el trono, y el bárbaro voló por los aires y se desvaneció en la nada.

Nico, bendito fuese su sombrero de vaquero chic, entendió mi intención. Atacó, escapó del cerco de germani y se lanzó directamente a por el emperador con todas las fuerzas que le quedaban.

El espadazo descendiente de Nico debería haber partido a Nerón de la cabeza a la cola de demonio, pero el emperador agarró la hoja con la mano libre y la paró en seco. El hierro estigio siseó y empezó a echar humo mientras él la sujetaba. Le cayeron gotas de sangre dorada entre los dedos. Arrebató la espada a Nico de un tirón y la lanzó al otro lado de la sala. Nico se abalanzó sobre la garganta de Nerón, dispuesto a estrangularlo o convertirlo en un esqueleto de Halloween. El emperador le propinó un revés con tal fuerza que el hijo de Hades voló seis metros por los aires y se estrelló contra la columna más cercana.

—¡No podéis matarme, idiotas! —gritó Nerón al ritmo de los Bee Gees—. ¡Soy inmortal!

Pulsó el mando a distancia. No pasó nada visible, pero el emperador chilló de júbilo.

—¡Ya está! ¡Este es el bueno! Todos tus amigos están muertos. ¡JA, JA, JA, JA, JA, JA!

Meg gritó indignada. Trató de escapar de su cerco de atacantes, como había hecho Nico, pero uno de los semidioses le puso la zancadilla. Mi amiga se dio de bruces contra la alfombra. La espada prestada se le escapó de la mano y cayó con estrépito.

Yo quería correr en su auxilio, pero sabía que estaba demasiado lejos. Aunque disparase la Flecha de Dodona, no podía derribar a un grupo entero de semidioses.

Habíamos fracasado. Más abajo, nuestros amigos morirían asfixiados: el campamento entero borrado del mapa con un solo clic del mando de Nerón.

Los germani levantaron a Nico y lo llevaron a rastras ante el trono. Los semidioses imperiales apuntaron a Meg con sus armas, que ahora estaba postrada e indefensa.

—¡Magnífico! —Nerón sonrió—. Pero lo primero es lo primero. ¡Guardias, matad a Apolo!

Los refuerzos de germani cargaron hacia mí.

Manipulé torpemente el ukelele, repasando desesperadamente mi repertorio en busca de una canción que produjese un increíble cambio de suerte.

—¿«I Believe in Miracles»? ¿«Make It Right»?

Detrás de mí, una voz familiar bramó:

—¡ALTO!

Tenía un tono tan autoritario que hasta los guardias y miembros de la familia de Nerón se volvieron hacia las puertas blindadas destruidas.

En el umbral se encontraba Will Solace, irradiando luz brillante. A su izquierda estaba Luguselva, sana y salva, con los muñones ahora armados con dagas en lugar de cubiertos. A la derecha de Will se hallaba Rachel Elizabeth Dare, que sujetaba un hacha grande envuelta en un haz de varas doradas: los fasces de Nerón.

—Nadie le pega a mi novio —rugió Will—. ¡Y nadie mata a mi padre!

Los guardias de Nerón se prepararon para atacar, pero el emperador gritó:

—¡QUIETO TODO EL MUNDO!

Su voz sonó tan aguda que varios germani miraron hacia atrás para asegurarse de que había sido él quien había hablado.

A los semidioses de la familia imperial no pareció hacerles mucha gracia. Estaban a punto de darle a Meg el mismo trato que Julio César había recibido en el Senado, pero detuvieron sus armas por orden de Nerón.

Rachel Dare echó un vistazo a la estancia: los muebles y bárbaros cubiertos de polen, los árboles crecidos de las dríades, el montón de huesos de toro, las ventanas y columnas agrietadas, las persianas que seguían subiendo y bajando solas, las teles a todo volumen, los Bee Gees sonando, la bola de discoteca dando vueltas...

—¿Qué habéis estado haciendo aquí, chicos? —murmuró.

Will Solace atravesó el salón con paso seguro gritando: «¡Apartad!» a los germani. Fue directo hasta Nico y ayudó al hijo de Hades a ponerse de pie. A continuación llevó a rastras a Nico a la entrada. Nadie intentó detenerlos.

El emperador retrocedió lentamente en el estrado. Estiró una mano por detrás, como si quisiera asegurarse de que su sofá seguía allí por si necesitaba desmayarse de forma teatral. No hizo caso a Will y Nico. Tenía la mirada fija en Rachel y los fasces.

—Tú. —Nerón apuntó a mi amiga pelirroja agitando el dedo—. Tú eres la pitia.

Rachel levantó los fasces entre los brazos como si fuesen un bebé: un bebé muy pesado, puntiagudo y dorado.

—Rachel Elizabeth Dare —dijo—. Y ahora mismo soy la chica que tiene tu vida en sus manos.

Nerón se lamió los labios. Frunció el entrecejo y a continuación hizo una mueca, como si estuviese ejercitando los músculos faciales para recitar un soliloquio sobre el escenario.

—Tú, todos vosotros deberíais estar muertos.

Parecía al mismo tiempo cortés e irritado, como si estuviese regañando a nuestros compañeros por no avisar antes de dejarse caer a cenar.

Una figura menuda salió de detrás de Luguselva: Criii-Bling, director general de Troglodita SA, engalanado con seis nuevos

364

sombreros encima de su tricornio. Su sonrisa era casi tan radiante como la de Will Solace.

—¡Las trampas de gas son... CLIC... puñeteras! —dijo—. Hay que asegurarse de que los detonadores funcionan. —Abrió la mano, y cuatro pilas de nueve voltios cayeron al suelo.

Nerón fulminó con la mirada a sus hijos adoptivos como diciendo: «Teníais un trabajo que hacer».

—¿Y cómo exactamente...? —Nerón parpadeó y entornó los ojos. El brillo de sus fasces parecía hacerle daño en los ojos—. El leontocéfalo... Es imposible que lo hayáis vencido.

—No lo he vencido. —Lu avanzó y me permitió ver con más detalle sus nuevos accesorios. Alguien (supuse que Will) le había puesto vendas nuevas, más esparadrapo y mejores armas, que le daban un aire de Lobezno barato—. Le di al guardián lo que exigía: mi inmortalidad.

—Pero tú no tienes... —Pareció que a Nerón se le cerrase la garganta. Su cara adquirió una expresión de miedo, que era como ver a alguien apretar arena húmeda y expulsar agua por el centro.

No pude evitar reír. Era de lo más inapropiado, pero sentaba bien.

—Lu tiene inmortalidad —dije— porque tú eres inmortal. Los dos habéis estado conectados durante siglos.

A Nerón le tembló un ojo.

—¡Pero esa es mi vida eterna! ¡No puedes cambiar mi vida por mi vida!

Lu se encogió de hombros.

—Es un poco sospechoso, estoy de acuerdo. Pero al leontocéfalo pareció resultarle... divertido.

Nerón se la quedó mirando con incredulidad.

—¿Te suicidarías solo para matarme?

—Sin dudarlo —dijo Lu—. Pero no será necesario. Ahora soy una mortal normal y corriente. Destruir los fasces te producirá el mismo efecto. —Señaló a sus antiguos compañeros germánicos—. Y también a todos tus guardias. Serán libres de tu esclavitud. Entonces... veremos cuánto duras.

Nerón rio tan bruscamente como había reído yo.

—¡No puedes! ¿Es que ninguno de vosotros lo entiende? Todo el poder del triunvirato es ahora mío. Mis fasces... —Se le iluminaron los ojos de una súbita esperanza—. No los habéis destruido todavía porque no podéis. Y aunque pudieseis, liberaríais tanto poder que quedaríais carbonizados. Y aunque no os importase morir, el poder... todo el poder que he estado acumulando durante siglos se hundiría en Delfos e iría a parar... a... a ella. ¡Y eso no os interesa, creedme!

El terror de su voz era totalmente sincero. Por fin me di cuenta de con cuánto miedo había vivido el emperador. Pitón siempre había sido la auténtica fuerza oculta detrás del trono: un titiritero más poderoso de lo que la madre de Nerón había sido jamás. Como la mayoría de los matones, Nerón había sido moldeado y manipulado por un abusón todavía más fuerte.

—Tú... pitia —dijo—. Raquel...

—Rachel.

—¡Eso he dicho! Yo puedo influir en el reptil. Puedo convencerle de que te devuelva tus poderes. Pero si me matas, lo perderás todo. Ella... ella no piensa como un humano. No tiene piedad ni compasión. ¡Destruirá el futuro de nuestra especie!

Rachel se encogió de hombros.

—Me parece que tú ya has elegido a tu especie, Nerón. Y no es la humanidad.

Nerón echó un vistazo desesperado al salón. Fijó la mirada en Meg, que ahora estaba de pie, balanceándose con cansancio en medio del cerco de sus hermanos imperiales.

—Meg, querida. ¡Cuéntaselo! Te dije que te dejaría elegir. ¡Confío en tu carácter dulce y tu buen juicio!

Meg lo observó como si fuese un mural de mal gusto.

Se dirigió a sus hermanos adoptivos:

—Lo que habéis hecho hasta ahora... no es culpa vuestra. Es culpa de Nerón. Pero ahora tenéis que tomar una decisión. Plantadle cara, como hice yo. Soltad las armas.

Nerón siseó.

—Niñata desagradecida. La Bestia...

—La Bestia está muerta. —Meg se dio unos golpecitos en un lado de la cabeza—. Yo la maté. Ríndete, Nerón. Mis amigos te dejarán vivir en una bonita cárcel. Es más de lo que mereces.

—Ese es el mejor trato que vas a recibir, emperador —dijo Lu—. Dile a tus seguidores que se retiren.

Nerón parecía a punto de echarse a llorar. Daba la impresión de que estaba dispuesto a dejar de lado siglos de tiranía y luchas de poder y a traicionar a su señora reptil. Después de todo, la maldad era un trabajo ingrato y agotador.

Respiró hondo.

A continuación gritó:

—¡MATADLOS A TODOS! —Y una docena de germani cargaron contra mí.

# 31

## Tira y afloja divino, no recomendado para niños. Ni tampoco para Lesters

Todos tomamos decisiones.

La mía fue darme la vuelta y echar a correr.

No es que me diese pavor una docena de germani empeñados en matarme. Vale, sí, me daba pavor una docena de germani empeñados en matarme. Pero, además, no tenía flechas ni me quedaban fuerzas. Estaba deseando esconderme detrás —digo, ponerme al lado— de Rachel, Criii-Bling y mi vieja amiga la Lobezna Celta.

Y… las palabras de Nerón resonaban en mis oídos. Destruir los fasces sería letal. No podía permitir que ninguna otra persona corriese ese riesgo. Tal vez al leontocéfalo la situación le había resultado divertida por motivos que Lu no había entendido. Tal vez mi sacrificio no se podía evitar tan fácilmente como ella creía.

Tropecé con Luguselva, que consiguió atraparme sin matarme de una cuchillada. Will, que seguía brillando como una lamparilla superpotente, había apoyado a Nico contra la pared y estaba curándole las heridas. Criii-Bling lanzó un silbido agudo, y más trogloditas llegaron a montones al salón y atacaron a las fuerzas del emperador en un frenesí de chillidos, picos de minero y sombreros elegantes.

Me costaba respirar e hice un gesto de asimiento con la mano a Rachel.

—Dame los fasces.

—¿Por favor? —apuntó ella—. ¿Y «Caramba, siento haberte subestimado, Rachel, eres toda una reina guerrera»?

—¡Sí, por favor, y gracias, y todo eso!

Lu frunció el ceño.

—Apolo, ¿estás seguro de que puedes destruirlos? Sin morir en el intento, quiero decir.

—No y no —contesté.

Rachel se quedó mirando al aire, como si estuviese descifrando una profecía escrita en los juegos de luces de la bola de discoteca.

—No puedo ver el resultado —dijo—. Pero tiene que intentarlo.

Tomé los fasces, esforzándome por no desplomarme a causa del peso. El arma ceremonial zumbaba y vibraba como el motor de un coche de carreras al sobrecalentarse. Su aura hizo que se me abriesen los poros y me pitasen los oídos. El costado me empezó a sangrar otra vez, si es que había parado en algún momento. No me entusiasmaba que me gotease sangre por el pecho hasta la ropa interior cuando tenía una importante misión que cumplir. Perdona otra vez, ropa interior.

—Cubridme —les dije a las damas.

Lu entró en combate dando estocadas, tajos y patadas a cualquier germani que conseguía superar a los trogloditas. Rachel sacó un cepillo para el pelo de plástico azul y se lo lanzó al bárbaro más próximo, le dio en el ojo y le hizo gritar.

«Siento haberte subestimado, Rachel», pensé distraídamente. «Eres toda una ninja con los cepillos.»

Miré con preocupación al otro lado del salón. Meg se encontraba bien. Más que bien. Había convencido a todos los hermanos adoptivos que le quedaban de que tirasen las armas. Ahora se encontraba enfrente de ellos como una general que intentaba animar a sus desmoralizadas tropas. También —una comparación menos halagadora— me recordó a uno de los adiestradores de perros de Hades trabajando con una jauría de sabuesos del infierno. De momento los semidioses obedecían sus órdenes y permanecían quietos, pero cualquier señal de debilidad por parte de Meg, cual alteración en la temperatura del combate, y podían romper filas y matar a todo el que pillasen.

Tampoco resultaba de ayuda que Nerón diese saltos en el sofá gritando: «¡Matad a Apolo! ¡Matad a Apolo», como si yo fuese una cucaracha que acabara de ver correteando por el suelo.

Por el bien de Meg, tenía que darme prisa.

Agarré los fasces con las dos manos y traté de separarlos. El haz dorado de varas emitió un brillo más radiante y más cálido que iluminó los huesos y la carne roja de mis dedos, pero no cedió.

—Vamos —murmuré, volviendo a intentarlo, con la esperanza de recibir un arranque de fuerza divina—. ¡Si necesitas otra vida inmortal como sacrificio, aquí me tienes!

Debería haberme sentido ridículo negociando con un hacha ceremonial romana, pero después de mis conversaciones con la Flecha de Dodona, me parecía un acto de lo más razonable.

Los trogloditas hacían que los germani pareciesen el equipo de ineptos contra el que siempre jugaban los Harlem Globetrotters. (Perdón, Washington Generals.) Lu lanzaba tajos, pinchaba y paraba golpes con los puñales que tenía por manos. Rachel permanecía en actitud protectora delante de mí y de vez en cuando murmuraba: «Apolo, ahora estaría bien», cosa que no me ayudaba.

De momento Meg todavía tenía controlados a sus hermanos adoptivos, pero la situación podía cambiar. Hablaba con ellos en tono alentador y me señalaba con una expresión que decía: «Apolo tiene la sartén por el mango. Destruirá a papá en cualquier momento. Mirad».

Ojalá hubiese tenido su seguridad.

Respiré entrecortadamente.

—Puedo conseguirlo. Solo necesito concentrarme. ¿Tan difícil es acabar conmigo mismo?

Traté de romper los fasces por encima de la rodilla, lo que hizo que estuviese a punto de romperme la rodilla.

Al final Nerón perdió la calma. Supuse que la satisfacción que podía obtener pisoteando su sofá y gritando a sus secuaces tenía un límite.

—¿Es que tengo que hacerlo yo todo? —chilló—. ¿Tengo que mataros a todos? ¡Olvidáis que SOY UN DIOS!

Saltó del sofá y vino directo hacia mí con paso resuelto, mientras su cuerpo entero empezaba a brillar, porque Will Solace no podía tener la exclusiva. Oh, no, Nerón también tenía que brillar.

Los troglos rodearon al emperador. Él los apartó bruscamente. Los germani que no se hicieron a un lado lo bastante rápido también fueron despedidos a la siguiente zona horaria. Parecía que

Meg quisiese retar personalmente a Nerón, pero cualquier movimiento que la hubiese alejado de sus hermanos adoptivos habría hecho añicos su delicada tregua. Nico todavía estaba semiconsciente. Will se hallaba atareado intentando reanimarlo.

Eso dejaba a Lu y Rachel como mi última línea de defensa. No podía permitirlo. Ellas ya se habían puesto bastante en peligro por mí.

Puede que Nerón fuese el menor de los dioses menores, pero aun así tenía una fuerza divina. Su brillo aumentaba conforme se acercaba a los fasces: como Will, como yo en mis momentos divinos de rabia...

Se me ocurrió una idea... o tal vez algo más profundo que una idea, una especie de reconocimiento instintivo. Al igual que Calígula, Nerón siempre había querido ser el nuevo dios del sol. Había diseñado su gigantesco Coloso dorado para que tuviese mi cuerpo con su cabeza. Sus fasces no representaban simplemente un símbolo de poder e inmortalidad; representaban su pretensión de divinidad.

¿Qué me había preguntado antes...? «¿Eres digno de ser un dios?»

Esa era la pregunta fundamental. Él creía que era una deidad mejor que yo. Puede que estuviese en lo cierto, o puede que ninguno de los dos fuese digno. Solo había una forma de averiguarlo. Si yo no conseguía destruir los fasces, tal vez con un poco de ayuda divina...

—¡Apartaos! —les dije a Lu y Rachel.

Ellas echaron un vistazo atrás y me miraron como si estuviese loco.

—¡CORRED! —les dije.

Se separaron a cada lado justo antes de que Nerón se abriese paso entre ellas.

El emperador se detuvo enfrente de mí, con los ojos parpadeantes de poder.

—Has perdido —dijo—. Dámelos.

—Tómalos si puedes.

Yo también empecé a brillar. El resplandor se intensificó a mi alrededor, como había ocurrido hacía meses en Indianápolis, pero esta vez más despacio, aumentando *in crescendo*. Los fasces vibraron por afinidad y empezaron a sobrecalentarse. Nerón gruñó y agarró el mango del hacha.

Para nuestra sorpresa mutua, yo agarraba el arma con la misma fuerza que él. Jugamos al tira y afloja, balanceando la hoja del hacha de acá para allá, tratando de matarnos uno al otro, pero ninguno de los dos lograba imponerse. El fulgor que nos rodeaba aumentó como un bucle de retroalimentación, aclaró la alfombra bajo nuestros pies y blanqueó las columnas de mármol negro. Los germani habían dejado de luchar para protegerse los ojos. Los troglos gritaron y se retiraron; sus gafas oscuras no les protegían bastante.

—¡No... puedes... quedártelos, Lester! —dijo Nerón apretando los dientes, mientras tiraba con todas sus fuerzas.

—Soy Apolo —repliqué, tirando en la otra dirección—. Dios del sol. ¡Y... revoco... tu... divinidad!

Los fasces se partieron en dos: el mango se hizo astillas, y las varas y la hoja dorada explotaron como una bomba incendiaria. Un tsunami de llamas me invadió, junto con miles de años de la ira contenida, el miedo y el ansia insaciable de Nerón: las perversas fuentes de su poder. Yo mantuve mi posición, pero Nerón salió despedido hacia atrás y cayó en la alfombra, con la ropa ardiendo y la piel salpicada de quemaduras.

Mi brillo empezó a atenuarse. No estaba herido... o, al menos, no más de lo que estaba antes.

Los fasces se habían roto, pero Nerón seguía vivo e intacto. ¿Todo había sido en vano, entonces?

Por lo menos el emperador ya no se regodeaba. Ahora lloraba de desesperación.

—¿Qué has hecho? ¿No lo ves?

Fue entonces cuando empezó a desmoronarse. Sus dedos se desintegraron. Su toga se deshilachó hasta transformarse en humo. Una nube resplandeciente le salió de la boca y la nariz, como si exhalase su fuerza vital con sus últimas bocanadas. Y lo peor de todo, ese resplandor no desapareció sin más. Se derramó hacia abajo, penetró en la alfombra persa y se coló por las rendijas entre las baldosas del suelo, como si tirasen de Nerón —a zarpazos y a rastras— a las profundidades, poco a poco.

—Le has dado a ella la victoria —dijo gimoteando—. Has...

Lo que quedaba de su forma mortal se disolvió y fue absorbido por el suelo.

Todos los presentes en la sala se me quedaron mirando. Los germani soltaron las armas.

Nerón se había ido por fin.

Yo quería sentir alegría y alivio, pero lo único que sentía era agotamiento.

—¿Se acabó? —preguntó Lu.

Rachel estaba a mi lado, pero pareció que su voz viniese de muy lejos:

—Todavía no. Ni por asomo.

Mi conciencia se iba debilitando, pero sabía que ella tenía razón. Ahora entendía cuál era la verdadera amenaza. Tenía que ponerme en marcha. No había tiempo que perder.

Sin embargo, me desplomé en los brazos de Rachel y me desmayé.

Me encontraba sobrevolando otro salón del trono: el Consejo de los Dioses del Monte Olimpo. Los tronos estaban dispuestos alrededor de la gran chimenea de Hestia formando una U. Mis familiares, los que tenía, estaban sentados viendo una imagen holográfica que flotaba encima de las llamas. Era yo, que yacía desmayado entre los brazos de Rachel en la torre de Nerón.

De modo que... estaba viendo cómo ellos me veían viéndolos a ellos... No. Demasiado metarreferencial.

—Este es el momento más crítico —dijo Atenea. Llevaba su armadura y su enorme casco de siempre, que estoy convencido de que le robó a Marvin el Marciano de los Looney Tunes—. Corre serio riesgo de fracasar.

—Hum. —Ares se recostó y se cruzó de brazos—. Ojalá siga adelante. He apostado veinte dracmas de oro.

—Qué cruel —lo reprendió Hermes—. Además, son treinta dracmas, y te di muchos puntos de ventaja. —Sacó una libreta encuadernada en piel y un lápiz—. ¿Alguna apuesta de última hora, familia?

—Basta —rugió Zeus.

Iba vestido con un sombrío traje de tres piezas negro, como si fuese a mi funeral. Su barba morena greñuda estaba recién peinada y engrasada. En sus ojos parpadeaban rayos tenues. Casi parecía preocupado por mi situación.

Claro que era tan buen actor como Nerón.

—Debemos esperar a la batalla final —anunció—. Lo peor todavía está por llegar.

—¿No ha demostrado ya su valía? —preguntó Artemisa. Se me rompió el corazón al volver a ver a mi hermana—. ¡En los últimos meses ha sufrido más de lo que podrías haber esperado! ¡No sé qué lección querías darle, querido padre, pero ya la ha aprendido!

Zeus echaba chispas por los ojos.

—No entiendes todas las fuerzas que están en juego, hija. Apolo debe enfrentarse al último desafío por el bien de todos nosotros.

Hefesto se inclinó en su butaca reclinable mecánica, y ajustó los aparatos ortopédicos de sus piernas.

—Y si fracasa, ¿qué? ¿Once dioses del Olimpo? Es un número muy descompensado.

—Podría funcionar —dijo Afrodita.

—¡No empieces! —le espetó Artemisa.

Afrodita pestañeó haciéndose la inocente.

—¿Qué? Solo digo que en algunos panteones hay menos de doce. O podríamos elegir un nuevo duodécimo.

—¡Un dios de los desastres climáticos! —propuso Ares—. Sería genial. ¡Él y yo podríamos colaborar muy bien!

—Basta, todos. —La reina Hera estaba sentada con un velo oscuro sobre la cara. Entonces lo levantó. Para mi sorpresa, tenía los ojos enrojecidos e hinchados. Había estado llorando—. Esto ha durado demasiado. Demasiadas pérdidas. Demasiado sufrimiento. ¡Pero si mi marido insiste en llegar hasta el final, lo mínimo que podéis hacer todos es no hablar de Apolo como si ya estuviese muerto!

Hala, pensé. ¿Quién es esa mujer y qué ha hecho con mi madrastra?

—Inexistente —la corrigió Atenea—. Si fracasa, su destino será mucho peor que la muerte. Pero pase lo que pase, empieza ahora.

Todos se inclinaron para mirar la visión de las llamas cuando mi cuerpo empezó a moverse.

Entonces volví a mi forma mortal y me encontré mirando hacia arriba, no a los dioses del Olimpo sino las caras de mis amigos.

# 32

Un último empujoncito, familia.

No desperdicies la flecha.

Un momento. ¿Dónde está mi flecha?

—Estaba soñando... —Señalé débilmente con el dedo a Meg—. Y tú no estabas. Ni tú tampoco, Lu. Ni Nico ni Will...

Will y Nico cruzaron una mirada de preocupación; sin duda se preguntaban si había sufrido una lesión cerebral.

—Tenemos que llevarte al campamento —dijo Will—. Iré a por un pegaso...

—No. —Me incorporé con dificultad—. Tengo... tengo que marcharme.

Lu bufó.

—Mírate, colega. Estás peor que yo.

Ella tenía razón, claro. En ese momento dudaba que mis manos funcionasen tan bien como las dagas que Lu llevaba acopladas. El cuerpo entero me temblaba de agotamiento. Mis músculos parecían tensores gastados. Tenía más cortes y cardenales que un equipo de rugby. Aun así...

—No tengo elección —dije—. ¿Néctar, por favor? Y provisiones. Más flechas. Y mi arco.

—Por desgracia, tiene razón —asintió Rachel—. Pitón... —Apretó la mandíbula como si estuviese conteniendo un eructo de gas profético de serpiente—. Pitón se hace más fuerte por momentos.

Todo el mundo se puso serio, pero nadie le llevó la contraria. Después de todo lo que habíamos pasado, ¿por qué iban a hacerlo? Mi enfrentamiento con Pitón no era más que otra tarea imposible en un día lleno de tareas imposibles.

—Recogeré provisiones. —Rachel me dio un beso en la frente y salió corriendo.

—Marchando arco y carcaj —dijo Nico.

—Y ukelele —añadió Will.

Nico hizo una mueca.

—¿Tanto odiamos a Pitón?

Will arqueó una ceja.

—Está bien. —Nico se marchó corriendo sin darme un beso en la frente, y fue mejor así. No podría haber llegado a mi frente con el ala enorme de su sombrero de vaquero.

Lu me miró con el ceño fruncido.

—Has estado bien, compi de celda.

¿Me había puesto a llorar? ¿Había habido algún momento en las últimas veinticuatro horas en que no hubiese llorado?

—Lu... Eres buena gente. Siento haber desconfiado de ti.

—Eh. —Ella agitó una de sus dagas—. No pasa nada. Yo también creía que eras bastante petardo.

—Yo... yo no he dicho que fueses una petarda...

—Voy a ver cómo está la antigua familia imperial —dijo—. Parecen un poco perdidos sin la General Retoño. —Guiñó el ojo a Meg y se marchó.

Will me metió un frasco de néctar en las manos.

—Bébete esto. Y esto. —Me pasó un Mountain Dew—. Y aquí tienes bálsamo para las heridas. —Le dio el bote a Meg—. ¿Puedes hacer tú los honores? Yo tengo que buscar más vendas. Agoté mis reservas equipando a Luguselva Manospuñales.

Se fue a toda prisa y me dejó a solas con Meg.

Ella se sentó a mi lado, cruzada de piernas, y empezó a pintarme las pupas con el dedo empleando ungüento curativo. Tenía pupas de sobra para elegir. Yo alternaba tragos de néctar y de Mountain Dew, que más o menos era como alternar gasolina súper y gasolina normal.

Meg se había deshecho de las sandalias e iba descalza, a pesar de las flechas, los escombros, los huesos y las espadas esparcidas por el suelo. Alguien le había dado una camiseta naranja del Campamento Mestizo, que se había puesto por encima del vestido para dejar clara su lealtad. Todavía parecía mayor y más sofisticada, pero también parecía mi Meg.

—Estoy muy orgulloso de ti —dije. Para nada estaba llorando como un bebé—. Has sido muy fuerte. Muy inteligente. Muy... ¡AY!

Tocó con la punta del dedo la herida de daga que yo tenía en el costado y silenció mis cumplidos de manera muy eficaz.

—Sí, ya. No me quedaba más remedio. Por ellos.

Señaló con el mentón a sus hermanos adoptivos rebeldes, que se habían derrumbado después de la muerte de Nerón. Un par de ellos corrían por el salón hechos una furia, tirando objetos y gritando comentarios llenos de odio mientras Luguselva y algunos de nuestros semidioses permanecían atentos, ofreciéndoles espacio, vigilando para asegurarse de que no se hacían daño a sí mismos ni a otra persona. Otro hijo de Nerón estaba hecho un ovillo y lloraba entre dos campistas de Afrodita que se habían visto obligados a ejercer de psicólogos. Al lado, uno de los imperiales más pequeños parecía encontrarse en estado catatónico entre los brazos de una campista de Hipnos, que mecía al niño de un lado a otro mientras le cantaba nanas.

En el espacio de una noche, los hijos imperiales habían pasado de ser enemigos a víctimas necesitadas de ayuda, y el Campamento Mestizo se estaba poniendo a la altura de las circunstancias.

—Necesitarán tiempo —dijo Meg—. Y mucho apoyo, como el que yo recibí.

—Te necesitarán a ti —añadí—. Tú les has enseñado cómo salir.

Ella encogió un hombro.

—Tienes un montón de heridas.

La dejé trabajar, pero mientras sorbía mis bebidas de alto octanaje, pensé que quizá el valor era un ciclo que se autoperpetuaba, como el maltrato. Nerón esperaba crear versiones atormentadas de sí mismo en miniatura porque eso le hacía sentirse más poderoso. Meg había descubierto la fuerza para enfrentarse a él porque vio lo mucho que sus hermanos adoptivos necesitaban que tuviese éxito, para que les enseñase otra vía.

No había garantías. Los semidioses imperiales habían soportado tanto durante tanto tiempo que era posible que algunos no regresasen de las tinieblas. Por otra parte, Meg tampoco había tenido garantías. Todavía no había garantías de que yo regresara de lo que me aguardaba en las cuevas de Delfos. Lo único que cualquiera de nosotros podía hacer era intentarlo y esperar que, al final, el ciclo virtuoso rompiese el ciclo vicioso.

Eché un vistazo al resto del salón del trono preguntándome cuánto tiempo había estado inconsciente. Afuera estaba totalmente oscuro. Las luces de las sirenas parpadeaban contra el lado del edificio vecino en la calle. El zum, zum, zum de un helicóptero me indicó que todavía éramos noticia local.

La mayoría de los trogloditas habían desaparecido, aunque Criii-Bling y algunos de sus tenientes seguían allí, manteniendo una conversación aparentemente seria con Sherman Yang. Tal vez estaban negociando el reparto del botín de guerra. Me imaginé que el Campamento Mestizo recibiría un arsenal de fuego griego y armas de oro imperiales, mientras que los troglos obtendrían un fabuloso surtido nuevo de artículos de moda para caballero y los lagartos y rocas que encontrasen.

Unos semidioses hijos de Deméter atendían a las dríades crecidas, debatiendo la mejor forma de transportarlas al campamento. En el estrado del emperador, algunos hijos de Apolo (mis hijos) llevaban a cabo operaciones de triaje. Jerry, Yan y Gracie —los novatos del campamento— parecían ahora profesionales experimentados, gritando órdenes a los camilleros, examinando a los heridos y tratando a campistas y germani por igual.

Los bárbaros estaban abatidos y desanimados. Ninguno parecía tener el más mínimo interés en luchar. Unos cuantos lucían heridas que deberían haberlos reducido a ceniza, pero ya no eran criaturas de Nerón, ligados al mundo de los vivos por su poder. Ahora volvían a ser humanos, como Luguselva. Tendrían que buscar una nueva meta para los años que les quedaban, y me figuraba que a ninguno le gustaba la idea de permanecer fieles a la causa de un emperador muerto.

—Tenías razón —le dije a Meg—. Sobre lo de confiar en Luguselva. Estaba equivocado.

Meg me acarició los nudillos.

—Sigue diciendo eso. Yo tengo razón. Tú estás equivocado. Hace meses que espero que te des cuenta.

Me dedicó una sonrisa. Una vez más, no pude evitar maravillarme de lo mucho que había cambiado. Todavía parecía dispuesta a hacer la rueda sin venir a cuento, o a limpiarse la nariz con la manga sin avergonzarse lo más mínimo, o a comerse una tarta de cumpleaños entera porque estaba riquísima, pero ya no era la huérfana medio asilvestrada que vivía en callejones a la que había conocido en enero. Había crecido y se había vuelto más segura de sí misma. Se comportaba como si fuese la dueña de la torre. Y ahora que Nerón había muerto, podía serlo perfectamente, suponiendo que todo el edificio no se hubiese incendiado.

—Yo... —Me falló la voz—. Meg, tengo que...

—Lo sé. —Ella apartó la vista el tiempo suficiente para secarse la mejilla, y al hacerlo se puso las gafas torcidas—. Tienes que hacer la siguiente parte por tu cuenta, ¿verdad?

Pensé en la última vez que había estado físicamente en las profundidades de Delfos, cuando Meg y yo habíamos acabado allí sin querer vagando por el Laberinto durante una carrera de tres piernas. (Ah, qué tiempos sin complicaciones.) La situación era ahora distinta. Pitón se había vuelto demasiado poderosa. Después de haber visto su guarida en sueños, sabía que ningún semidiós podría sobrevivir a ese sitio. El aire venenoso solo quemaba carne y derretía pulmones. Yo tampoco esperaba sobrevivir mucho allí, pero en el fondo siempre había sabido que sería un viaje solo de ida.

—Debo hacerlo solo —convine.

—¿Cómo?

Solo Meg podía sintetizar la crisis más importante de mis cuatro mil y pico años de vida en una pregunta que no admitía respuesta.

Meneé la cabeza, deseando tener una respuesta que no admitiese preguntas.

—Supongo que tengo que confiar en... en no meter la pata.

—Hum.

—Cierra el pico, McCaffrey.

Ella sonrió de manera forzada. Después de aplicarme bálsamo en las heridas un rato más, dijo:

—Entonces... ¿me estás diciendo adiós? —Se tragó la última palabra.

Yo traté de recobrar el habla. Parecía que lo hubiese perdido en el fondo de los intestinos.

—Te... te encontraré, Meg. Después. Suponiendo...

—Nada de meteduras de pata.

Emití un sonido a medio camino entre una risa y un sollozo.

—Sí. Pero en cualquier caso...

Ella asintió con la cabeza. Aunque sobreviviese, no sería el mismo. Lo máximo a lo que podía aspirar era a salir de Delfos habiendo recuperado la divinidad, que era lo que había deseado y con lo que había soñado durante el último medio año. Entonces, ¿por qué era tan reacio a dejar atrás la forma molida y maltrecha de Lester Papadopoulos?

—Tú vuelve conmigo, bobo. Es una orden. —Meg me dio un suave abrazo, consciente de mis heridas. Luego se levantó y se fue corriendo a ver cómo estaban los semidioses imperiales: la que había sido su familia y que posiblemente seguía siéndolo.


Mis demás amigos también parecieron entenderlo.

Will me puso unas vendas de última hora. Nico me entregó mis armas. Rachel me dio una nueva mochila llena de provisiones. Pero ninguno tardó en despedirse de mí. Sabían que ahora cada minuto contaba. Me desearon suerte y me dejaron marchar.

Al pasar, Criii-Bling y los tenientes trogloditas se pusieron firmes y se quitaron las prendas de la cabeza: los seiscientos veinte sombreros que llevaban. Aprecié el honor del gesto. Asentí con la cabeza en señal de agradecimiento y seguí adelante hasta cruzar el umbral roto antes de poder deshacerme en otro ataque de llanto a moco tendido.

En la antecámara me crucé con Austin y Kayla, que atendían a más heridos y orientaban a los semidioses más pequeños en las operaciones de limpieza. Los dos me dedicaron sonrisas de cansancio, reconociendo el millón de cosas que no teníamos tiempo de decir. Seguí avanzando.

En los ascensores me tropecé con Quirón, que iba a entregar más suministros médicos.

—Has venido a rescatarnos —dije—. Gracias.

Él me miró con benevolencia; la cabeza casi le rozaba el techo, que no había sido diseñado para dar cabida a centauros.

—Todos tenemos el deber de rescatarnos unos a otros, ¿no crees?

Asentí con la cabeza, preguntándome cómo el centauro había llegado a ser tan sabio a lo largo de los siglos, y por qué yo no había obtenido esa sabiduría hasta que me había lesterizado.

—¿Qué tal con el... cuerpo especial conjunto? —pregunté, tratando de recordar lo que Dioniso nos había contado sobre la ausencia de Quirón. Parecía que hubiese pasado una eternidad—. ¿Algo sobre una cabeza cortada de una gata?

Quirón rio entre dientes.

—Una cabeza cortada. Y una gata. Dos... personas distintas. Conocidos míos de otros panteones. Tratamos un problema común.

Soltó esa información como si no fuese una granada capaz de hacer explotar el cerebro. ¿Quirón tenía conocidos de otros panteones? Pues claro. ¿Y un problema común...?

—¿Me interesa saberlo? —pregunté.

—No —contestó él seriamente—. No te interesa, la verdad. —Me tendió la mano—. Buena suerte, Apolo.

Nos dimos un apretón de manos, y me marché.

Encontré la escalera y bajé por ella. No me fiaba del ascensor. En el sueño que había tenido en la celda, me había visto descendiendo por la escalera de la torre antes de caer a Delfos. Estaba decidido a seguir el mismo camino en la vida real. Tal vez no tuviese importancia, pero me habría sentido ridículo si me hubiera equivocado de camino rumbo al enfrentamiento con Pitón y hubiese acabado detenido por la Policía de Nueva York en el vestíbulo de Fincas Triunvirato.

El arco y el carcaj me chocaban contra la espada y hacían ruido contra las cuerdas del ukelele. La nueva mochila de provisiones estaba fría y pesaba. Me agarré al pasamanos para evitar que las piernas me fallasen. Tenía las costillas como si me las acabasen de tatuar con lava, pero considerando todo lo que había pasado, me sentía increíblemente entero. Tal vez mi cuerpo de mortal me estaba dando un último empujoncito. Tal vez mi constitución divina me estaba echando un cable. Tal vez era el cóctel de néctar y Mountain Dew que corría por mi flujo sanguíneo. Fuera lo que fuese, aceptaría toda la ayuda que recibiese.

Diez pisos. Veinte pisos. Perdí la cuenta. Las escaleras son sitios horribles y desconcertantes. Estaba solo con el sonido de mi respiración y las pisadas de mis pies contra los escalones.

Unos cuantos pisos más y empecé a oler a humo. El aire calinoso me picaba en los ojos.

Por lo visto, parte del edificio seguía en llamas. Increíble.

El humo se volvió más denso a medida que seguía descendiendo. Empecé a toser y a tener arcadas. Me tapé la nariz y la boca con el antebrazo y descubrí que no era un filtro muy bueno.

Me daba vueltas la cabeza. Consideré abrir una puerta lateral y buscar aire fresco, pero no veía ninguna salida. ¿No se suponía que las escaleras tenían esas cosas? Los pulmones me chillaban de dolor. Parecía que mi cerebro privado de oxígeno fuese a salir de mi cráneo, echar alas e irse volando.

Me di cuenta de que podía estar empezando a tener alucinaciones. Cerebros con alas. ¡Mola!

Avancé penosamente. Un momento... ¿Qué fue de las escaleras? ¿Cuándo llegué al nivel de la superficie? No veía nada a través del humo. El techo bajaba más y más. Estiré las manos buscando algún tipo de apoyo. A cada lado de mi cuerpo, mis dedos rozaban una roca cálida y sólida.

El pasaje siguió reduciéndose. Al final me vi obligado a arrastrarme, emparedado entre dos placas horizontales de piedra con apenas espacio para levantar la cabeza. El ukelele se me metió en la axila. El carcaj rozaba contra el techo.

Empecé a retorcerme y a hiperventilar de claustrofobia, pero me obligué a tranquilizarme. No estaba atrapado. Podía respirar, por extraño que pareciese. El humo se había convertido en gas volcánico, que tenía un sabor terrible y olía peor, pero de algún modo mis pulmones quemados seguían procesándolo. Puede que mi aparato respiratorio se deshiciese más tarde, pero en ese momento todavía podía aspirar el azufre.

Conocía ese olor. Estaba en los túneles de debajo de Delfos. Gracias a la magia del Laberinto o a algún extraño enlace de hechicería ultrarrápido, había trepado, andado, dado tumbos y reptado a la otra punta del mundo en unos minutos. Mis piernas doloridas notaban cada kilómetro.

Avancé serpenteando hacia una tenue luz que se veía a lo lejos.

Unos ruidos estruendosos resonaban en un espacio mucho más grande situado delante. Algo enorme y pesado estaba respirando.

La cámara terminó abruptamente. Me encontré mirando hacia abajo desde el borde de una pequeña grieta, como un respiradero. Debajo de mí se extendía una enorme cueva: la guarida de Pitón.

Cuando había luchado contra Pitón hacía miles de años, no había necesitado buscar ese lugar. La había atraído al mundo superior y había peleado con ella al aire libre y al sol, cosa que había estado mucho mejor.

Ahora, mirando hacia abajo desde esa cámara, deseé estar en cualquier otra parte. El suelo tenía una extensión de varios campos de fútbol americano, salpicado de estalagmitas y dividido por una red de brillantes fisuras volcánicas que expulsaban columnas de gas. La superficie rocosa desigual estaba cubierta de una gruesa alfombra del horror: siglos de pieles de serpiente mudadas, huesos y cadáveres disecados de... No quería saberlo. Pitón tenía todas esas grietas volcánicas allí mismo, ¿y no podía tomarse la molestia de incinerar su basura?

El propio monstruo, aproximadamente del tamaño de una docena de camiones de carga plegados, ocupaba la parte trasera de la caverna. Su cuerpo era una montaña de anillos reptilianos cuyos músculos se ondeaban, pero era más que una simple serpiente grande. Pitón se movía y cambiaba según le convenía: le salían patas con garras, o alas de murciélago rudimentarias, o cabezas siseantes por un lado del cuerpo, que se atrofiaban y se caían con la rapidez con que se formaban. Era el conglomerado reptil de todo lo que los mamíferos temían en sus pesadillas más profundas y primarias.

Yo había reprimido el recuerdo de lo espantosa que era. Prefería cuando se ocultaba entre gases venenosos. Su cabeza del tamaño de un taxi reposaba sobre uno de sus anillos. Tenía los ojos cerrados, pero no me dejé engañar. Ese monstruo no dormía nunca. Solo esperaba... a que su hambre aumentase, a que se le presentase la oportunidad de dominar el mundo, a que pequeños e insensatos Lesters se metiesen en su cueva.

En ese momento, una bruma reluciente parecía estar posándose sobre ella, como las ascuas de unos fuegos artificiales espectaculares. Con una certeza repugnante, comprendí que estaba viendo a Pitón absorber los últimos restos del poder del triunvirato caído. El reptil parecía feliz, impregnándose de toda esa cálida sustancia neroniana.

Tenía que darme prisa. Tenía una oportunidad de vencer a mi vieja enemiga.

No estaba listo. No estaba descansado. Desde luego no estaba en mi mejor forma. De hecho, hacía tanto tiempo que no estaba en mi mejor forma, que apenas me acordaba de lo que era.

Y sin embargo, había llegado hasta allí. Noté una sensación de poder hormigueándome justo debajo de la piel: tal vez mi yo divino, que intentaba reafirmarse cerca de mi vieja enemiga acérrima Pitón. Esperaba que no fuese mi cuerpo de mortal quemándose.

Conseguí llevarme el arco a las manos, sacar una flecha y colocarla: tarea nada fácil cuando estás tumbado boca abajo en un espacio angosto como la entreplanta de las tuberías de un edificio. Incluso logré evitar golpear con el ukelele contra las rocas y revelar mi posición con un emotivo acorde abierto.

De momento todo iba bien.

Respiré hondo. Esto iba por Meg. Esto iba por Jason. Esto iba por todos los que habían luchado y se habían sacrificado para arrastrar mi patético trasero mortal de misión en misión durante los últimos seis meses, solo para que tuviese esa oportunidad de redimirme.

Me impulsé y me lancé de cabeza por la grieta del techo. Di una voltereta en el aire, apunté... y disparé la flecha a la cabeza de Pitón.

# 33

En serio, chicos,
sé que mi flecha estaba aquí.
Ayudadme a buscarla

Fallé.

No te hagas el sorprendido.

En lugar de atravesar el cráneo del monstruo como esperaba, la flecha se hizo añicos contra las rocas a escasos centímetros de su cabeza. Las astillas volaron rozando el suelo de la cueva sin causar ningún daño. Los ojos como faros de Pitón se abrieron de golpe.

Aterricé en el centro de la estancia, cubierto hasta los tobillos en un lecho de vieja piel de serpiente. Por lo menos no me rompí las piernas del impacto. Podía reservar esa catástrofe para mi apoteosis final.

Pitón me estudió con una mirada cortante como unos focos a través de los gases volcánicos. La bruma reluciente que la rodeaba se apagó. No estaba seguro de si había terminado de digerir su poder o si yo le había interrumpido.

Esperaba que rugiese de frustración. En cambio, la serpiente rio; un rumor profundo que derritió todo mi valor. Resulta perturbador ver reír a un reptil. Sus caras no están concebidas para las muestras de humor. Pitón no esbozó una sonrisa propiamente dicha, sino que enseñó los colmillos, retiró sus labios segmentados como onzas de chocolate y dejó que su lengua bífida azotase el aire, saboreando probablemente el olor de mi miedo.

—Aquí estamos. —Su voz venía de todas partes; cada palabra era como una broca clavada contra mis articulaciones—. Todavía no he acabado de digerir el poder de Nerón, pero supongo que bastará. De todas formas, sabe a rata seca.

Me tranquilizó saber que había interrumpido su cata de emperador. Tal vez eso haría un poco menos imposible de vencer a Pitón. Por otra parte, no me gustaba lo impasible, lo totalmente segura que parecía.

Claro que yo no tenía pinta de suponer una gran amenaza.

Coloqué otra flecha en el arco.

—Lárgate reptando, serpiente, mientras puedes.

A Pitón le brillaron los ojos de diversión.

—Increíble. ¿Todavía no has aprendido a ser humilde? Me pregunto a qué sabrás. ¿A rata? ¿A dios? Supongo que se parecen bastante.

Qué equivocada estaba. No sobre que los dioses saben a rata... Yo no lo sabía. Pero había aprendido bastante sobre la humildad. Tanto que ahora, frente a mi vieja enemiga, me atormentaban las dudas sobre mis capacidades. No podría lograrlo. ¿En qué había estado pensando?

Y sin embargo, además de humildad, había aprendido otra cosa: que ser humillado es solo el principio, no el final. A veces tienes una segunda oportunidad, y una tercera, y una cuarta.

Disparé la flecha. Esa dio a Pitón en la cara, le pasó rozando el párpado izquierdo y le hizo pestañear.

Siseó y levantó la cabeza hasta elevarse seis metros por encima de mí.

—Deja de hacer el ridículo, Lester. Yo controlo Delfos. Me habría conformado con gobernar el mundo a través de mis marionetas, los emperadores, pero tú has eliminado amablemente a los intermediarios. ¡He digerido el poder del triunvirato! Ahora digeriré...

Mi tercer disparo fue como un puñetazo en su cuello. No le perforó la piel. Eso habría sido demasiado pedir. Pero le impactó con suficiente fuerza para hacerle tener una arcada.

Esquivé montones de escamas y huesos. Salté una fisura estrecha tan caliente que me coció al vapor la entrepierna. Coloqué otra flecha en el arco mientras la figura de Pitón empezaba a cambiar. Le salieron hileras de alitas curtidas de la espalda. De la barriga le brotaron dos enormes patas que la alzaron hasta que pareció un gigantesco dragón de Komodo.

—Ya veo —masculló—. No piensas morir por las buenas. Está bien. Haremos que sea doloroso.

Ladeó la cabeza como un perro que escuchase: una imagen que me hizo no querer tener jamás un perro.

—Ah... Delfos me habla. ¿Quieres saber tu futuro, Lester? Es muy breve.

Unos gases luminiscentes verdes se adensaron y se arremolinaron a su alrededor e inundaron el aire del olor acre de la podredumbre. Observé, demasiado horrorizado para moverme, cómo Pitón aspiraba el espíritu de Delfos, retorciéndose y envenenando su antiguo poder hasta que habló con una voz resonante, cuyas palabras portaban el peso inexorable del destino:

—«Apolo caerá...»

—¡NO!

La ira invadió mi cuerpo. Los brazos empezaron a echar humo. Las manos me brillaron. Disparé la cuarta flecha y perforé la piel de Pitón justo por encima de su nueva pata derecha.

El monstruo tropezó, alterada su concentración. Nubes de gas se disiparon a su alrededor.

Siseó de dolor y golpeó el suelo con las patas para asegurarse de que todavía le funcionaban.

—¡NUNCA INTERRUMPAS UNA PROFECÍA! —rugió.

A continuación salió disparada hacia mí como un tren de mercancías hambriento.

Salté a un lado y di una voltereta a través de un montón de cadáveres de animales mientras Pitón arrancaba de un mordisco un pedazo del suelo de la cueva sobre el que yo había estado antes. Escombros del tamaño de pelotas de béisbol cayeron a mi alrededor. Un trozo me dio en la coronilla y por poco me dejó inconsciente.

Pitón volvió a atacar. Yo había intentado colocar otro astil en la cuerda del arco, pero la serpiente era demasiado rápida. Me aparté de un salto, caí encima del arco e hice añicos la flecha.

La cueva era ahora una fábrica runruneante de piel de serpiente: cintas transportadoras, trituradoras, compactadoras y pistones, todo hecho con el cuerpo retorcido de Pitón, cada elemento listo para hacerme papilla. Me levanté con dificultad y salté por encima de una sección del cuerpo del monstruo, y esquivé por los pelos una cabeza recién salida que me intentó morder desde el costado de Pitón.

Considerando la fuerza de la serpiente y mi fragilidad, debería haberme muerto ya varias veces. Lo único que me mantenía con vida era mi pequeño tamaño. Pitón era una bazuca; yo era una mosca. Podía matarme fácilmente de un disparo, pero primero tenía que pillarme.

—¡Ya has oído tu destino! —tronó. Notaba la fría presencia de su enorme cabeza alzándose por encima de mí—. «Apolo caerá.» ¡No es gran cosa, pero es suficiente!

Estuvo a punto de atraparme con un anillo de carne, pero escapé de la trampa de un brinco. Mi amiga la bailarina de claqué Lavinia Asimov habría estado orgullosa de mi juego de pies.

—¡No puedes escapar de tu destino! —dijo Pitón con regocijo—. ¡He hablado, y así debe ser!

Esas palabras exigían una réplica ingeniosa, pero yo estaba demasiado ocupado jadeando y resollando.

Salté al tronco de Pitón y lo utilicé como puente para cruzar una de las grietas. Me pareció una maniobra inteligente hasta que una pata de lagarto brotó a mi lado y me arañó el tobillo con sus garras. Grité y tropecé, buscando desesperadamente algún asidero mientras resbalaba por el costado del reptil. Conseguí agarrarme a un ala curtida, que protestó agitándose, intentando sacudirme de encima. Toqué con un pie el borde de la fisura, pero logré volver a ponerme en tierra firme.

Malas noticias: el arco cayó al vacío.

No podía pararme a llorar su pérdida. Tenía la pierna en llamas. Mi zapatilla estaba empapada en sangre. Naturalmente, las garras serían venenosas. Debía de haber reducido mi esperanza de vida de unos pocos minutos a unos poquísimos minutos. Me dirigí cojeando a la pared de la cueva y me pegué a una grieta vertical que no era más grande que un ataúd. (Oh, ¿por qué he tenido que hacer esa comparación?)

Había perdido mi mejor arma. Tenía flechas pero nada con qué dispararlas. Los arranques de poder divino que estaba experimentando no eran continuos ni suficientes. Me quedaba un ukelele desafinado y un cuerpo humano que se deterioraba rápidamente.

Ojalá mis amigos hubiesen estado allí. Habría dado cualquier cosa por contar con las tomateras explosivas de Meg, o la espada de hierro estigio de Nico, o incluso un equipo de raudos trogloditas que me llevasen por la cueva y gritasen insultos al delicioso reptil gigante.

Pero estaba solo.

Un momento. Atisbé un débil rayo de esperanza. No del todo solo. Hurgué torpemente en el carcaj y saqué a Su Merced la Flecha de Dodona.

*¿CÓMO NOS LAS COMPONEMOS, BRIBÓN?* La voz de la flecha zumbó en mi cabeza.

—Nos las componemos estupendamente —contesté casi sin voz—. La tengo justo donde quiero.

*¿TAN MAL? ¡CÁSPITA!*

—¿Dónde estás, Apolo? —rugió Pitón—. ¡Huelo tu sangre!

—¿Has oído, flecha? —dije prácticamente sin aliento, delirando del agotamiento y el veneno que me corría por las venas—. ¡Le he obligado a llamarme Apolo?

*UNA GRAN VICTORIA*, entonó la flecha. *PARECE QUE HA LLEGADO EL MOMENTO*.

—¿Qué? —pregunté. Su voz sonaba extraordinariamente apagada, casi triste.

*NO HE DICHO NADA*.

—Sí que lo has dicho.

*¡NO LO HE DICHO! DEBEMOS FORMULAR UN NUEVO PLAN. YO IRÉ A LA DERECHA. VOS ID A LA IZQUIERDA*.

—De acuerdo —convine—. Espera. Eso no funcionará. No tienes piernas.

—¡NO PUEDES ESCONDERTE! —Bramó pitón—. ¡NO ERES UN DIOS!

Esa frase me sentó como un cubo de agua helada. No tenía la fuerza de una profecía, pero aun así era cierta. Ya no estaba seguro de lo que yo era. Desde luego no era mi antigua versión divina. Tampoco era exactamente Lester Papadopoulos. La piel me echaba humo. Una luz palpitante me parpadeaba bajo la piel, como el sol cuando intenta abrirse paso entre nubarrones. ¿Cuándo había empezado eso?

Me encontraba en un estado intermedio, transformándome con la rapidez con que se transformaba Pitón. Nunca más volvería a ser el antiguo Apolo. Pero en ese momento tenía la posibilidad de decidir en qué me convertiría, aunque esa nueva existencia durase solo unos segundos.

Cuando caí en la cuenta, mi delirio se desvaneció.

—No me esconderé —murmuré—. No me acobardaré. Ese no es quien yo seré.

La flecha zumbó inquieta.

*ENTONCES... ¿CUÁL ES VUESTRO PLAN?*

Agarré el ukelele por el diapasón y lo sujeté en alto como un garrote. Levanté la Flecha de Dodona con la otra mano y salí súbitamente de mi escondite.

—¡A LA CARGA!

En ese momento me pareció un modo de proceder totalmente sensato.

Por lo menos sorprendió a Pitón.

Me imaginé lo que debía de parecer desde su perspectiva: un adolescente andrajoso con la ropa hecha jirones y cortes y contusiones por todas partes, que avanzaba cojeando con un pie ensangrentado, agitaba un palo y un instrumento de cuatro cuerdas y gritaba como un chiflado.

Corrí directo hacia su enorme cabeza, pero me quedaba demasiado alta. Empecé a pegarle en el cuello con el ukelele.

—¡Muere! —¡CLANG!—. ¡Muere! —¡TAN!—. ¡Muere! —¡CRAC, POING!

Al tercer golpe, el ukelele se hizo pedazos.

La carne de Pitón se convulsionó, pero en lugar de morir como una buena serpiente, me rodeó la cintura con un anillo de su cuerpo, casi con delicadeza, y me elevó al nivel de su cara.

Sus ojos como faros eran del mismo tamaño que yo. Sus colmillos relucían. El aliento le olía a carne que se había descompuesto hacía mucho.

—Basta ya. —Adoptó un tono sereno y tranquilizador. Los ojos le palpitaban al ritmo de los latidos de mi corazón—. Has luchado bien. Deberías estar orgulloso. Ya puedes relajarte.

Yo sabía que estaba poniendo en práctica el viejo truco de la hipnosis del reptil: paralizar al pequeño mamífero de forma que fuese más fácil de tragar y digerir. Y en lo más recóndito de mi mente, una parte cobarde de mí (¿Lester? ¿Apolo? ¿Había alguna diferencia?) susurró: «Sí, qué bien sentaría relajarse ahora mismo».

Lo había hecho lo mejor que había podido. Seguro que Zeus lo vería y estaría orgulloso. ¡Puede que incluso lanzase un rayo, fulminase a Pitón en pedacitos y me salvase!

Tan pronto como lo pensé, me di cuenta de lo ridículo que era. Zeus no se comportaba así. Él no me salvaría como tampoco Nerón había salvado a Meg. Tenía que renunciar a esa fantasía. Tenía que salvarme yo mismo.

Me retorcí y forcejeé. Todavía tenía los brazos libres y las manos llenas. Clavé el diapasón roto en el anillo de Pitón con tal fuerza que le rasgó la piel y se introdujo en su carne como una inmensa astilla, y empezó a salir sangre verde de la herida.

El monstruo siseó, me apretó más fuerte, y toda la sangre me subió a la cabeza hasta que temí que fuese a saltarme la coronilla como un pozo de petróleo de dibujos animados.

—¿Alguna vez te ha dicho alguien que eres muy molesto? —dijo Pitón con voz áspera.

SERVIDOR, dijo la Flecha de Dodona en tono melancólico. MIL VECES.

Yo no podía responder. Me faltaba el aliento. Tuve que echar mano de todas las fuerzas que me quedaban para evitar que mi cuerpo implosionase debido a la presión con que me agarraba Pitón.

—Bien. —Pitón suspiró, y su aliento me invadió como el viento de un campo de batalla—. No importa. Tú y yo hemos terminado.

Apretó más fuerte, y las costillas me empezaron a crujir.

## 34

He encontrado la flecha. La tengo.

Me olvidé de que estaba unido a ella.

Me voy abajo. Adiós

Forcejeé.

Me retorcí.

Golpeé la piel de Pitón con mi pequeño puño y a continuación removí el pincho del ukelele en la herida de un lado a otro, esperando hacérselo pasar tan mal que me soltase.

Sin embargo, sus gigantescos ojos brillantes se limitaron a observar, serenos y satisfechos, mientras mis huesos sufrían fracturas que podía oír en el oído interno. Se me estaban saltando las costuras.

*¡NO MURÁIS!*, me imploró la Flecha de Dodona. *¡HA LLEGADO EL MOMENTO!*

—¿Qu...? —Traté de formular una pregunta, pero tenía muy poco aire en los pulmones.

*LA PROFECÍA QUE HA PRONUNCIADO PITÓN*, dijo la flecha. *SI DEBÉIS CAER, QUE ASÍ SEA, PERO ANTES UTILIZADME.*

La flecha se inclinó en mi mano apuntando a la enorme cara de Pitón.

Mis procesos mentales eran un tanto confusos, entre mi cerebro a punto de explotar y todo lo demás, pero lo que la flecha quería decir se me clavó como el diapasón de un ukelele.

«No puedo», pensé. «No.»

*DEBÉIS HACERLO.* La flecha parecía resignada, decidida. Pensé en los muchos kilómetros que había viajado con aquel trocito de madera y la poca credibilidad que por lo general había dado a sus palabras. Me acordé de lo que me había contado sobre su expulsión de Dodona: una pequeña rama prescindible de la arboleda, un pedazo que nadie echaría de menos.

Vi la cara de Jason. Vi a Heloise, Crest, Planta del Dinero, Don el Fauno, Dakota: todos los que se habían sacrificado para que yo llegase hasta allí. Y ahora mi última compañera estaba dispuesta a pagar el precio de mi éxito: a obligarme a hacer lo que siempre me había dicho que no hiciese.

—No —repuse con voz ronca, posiblemente la última palabra que pronunciaría en vida.

—¿Qué pasa? —preguntó Pitón, pensando que me había dirigido a ella—. ¿Al final esta pequeña rata suplica piedad?

Abrí la boca sin poder contestar. La cara del monstruo se acercó, impaciente por saborear mis postreros y dulces quejidos.

*QUE OS VAYA BIEN, AMIGO,* dijo la flecha. *APOLO CAERÁ, PERO APOLO VOLVERÁ A ALZARSE.*

Y con esas últimas palabras, expresando todo el poder de su antigua arboleda, la flecha cerró la profecía del reptil. Pitón se situó a tiro y, con un sollozo de desesperación, clavé la Flecha de Dodona en su enorme ojo.

La serpiente rugió de dolor agitando la cabeza de un lado a

otro. Sus anillos se aflojaron lo justo para permitirme escapar. Caí y me desplomé en el borde de una ancha grieta.

Notaba punzadas de dolor en el pecho. Estaba claro que me había roto varias costillas. Probablemente también me había roto el corazón. Había superado el kilometraje máximo recomendado del cuerpo de Lester Papadopoulos, pero tenía que seguir adelante por la Flecha de Dodona. Logré ponerme de pie.

Pitón seguía revolviéndose, tratando de sacarse la flecha del ojo. Como dios médico, podría haberle dicho que eso no haría más que empeorar el dolor. Ver a mi vieja arma arrojadiza de habla florida sobresaliendo de la cabeza de la serpiente me hizo sentir triste y furioso y desafiante. Percibí que la conciencia de la flecha había desaparecido. Esperaba que hubiese vuelto volando a la Arboleda de Dodona y se hubiese reunido con los millones de voces susurrantes de los árboles, pero me temía que ya no existía. Su sacrificio había sido real y definitivo.

La ira corría por mis venas. Mi cuerpo de mortal echaba humo copiosamente y estallidos de luz destellaban bajo mi piel. Cerca de mí, vi que la cola de Pitón se agitaba. A diferencia de la serpiente que se enroscaba alrededor del leontocéfalo, esa culebra tenía un principio y un final. Detrás de mí se hallaba la fisura volcánica más grande. Sabía lo que tenía que hacer.

—¡PITÓN!

Mi voz sacudió la cueva. A nuestro alrededor cayeron estalactitas con gran estrépito. En algún lugar muy por encima de nosotros, me imaginé a unos aldeanos griegos parándose en seco mientras mi voz resonaba por las ruinas del sitio sagrado, y unos olivos que temblaban y perdían sus frutos.

El Señor de Delfos había despertado.

Pitón centró el siniestro ojo que le quedaba en mí.

—No sobrevivirás.

—No me importa —dije—. Mientras tú mueras también.

Me abalancé sobre la cola del monstruo y la arrastré hacia la fisura.

—¿Qué haces? —rugió—. ¡Para, idiota!

Con la cola de Pitón entre los brazos, salté por el borde.

Mi plan no debería haber dado resultado. Teniendo en cuenta mi exiguo peso mortal, simplemente debería haberme quedado colgando como el ambientador de un espejo retrovisor. Pero estaba lleno de furia justificada. Planté los pies contra la pared de roca, tiré y arrastré a Pitón mientras aullaba y se retorcía. El monstruo intentó sacudir la cola y librarse de mí, pero yo tenía los pies firmemente apoyados contra el lado de la pared de la fisura. Mi fuerza aumentó. Mi cuerpo emitió una luz brillante. Lanzando un último grito desafiante, tiré de mi enemigo más allá del punto de no retorno. La masa de sus anillos cayó por la grieta.

La profecía se cumplió. Apolo cayó, y Pitón cayó conmigo.

Hesíodo escribió que un yunque de bronce tardaría nueve días en caer de la tierra al Tártaro.

Sospecho que empleó la palabra «nueve» como forma abreviada de «No sé exactamente cuánto, pero parecería muchísimo tiempo».

Hesíodo tenía razón.

Pitón y yo nos precipitamos a las profundidades dando volteretas uno encima del otro, rebotando contra paredes, pasando de la oscuridad absoluta a la luz roja de las venas de lava y viceversa. Considerando la cantidad de daños que sufrió mi pobre cuerpo, es probable que muriese en algún momento de la caída.

Y sin embargo seguí luchando. No me quedaba nada que empuñar como arma, de modo que usé los puños y los pies, dando puñetazos a la piel del animal, asestándole patadas en cada garra, ala o cabeza naciente que le salía del cuerpo.

Lo que sentía iba más allá del dolor. Ahora me encontraba en el ámbito de «el sufrimiento extremo es la nueva versión de sentirse bien». Me retorcía en el aire para que Pitón se llevase la peor parte de las colisiones con las paredes. No podíamos escapar uno del otro. Cada vez que nos separábamos, una fuerza nos volvía a unir como vínculos matrimoniales.

La presión del aire se volvió insoportable. Se me saltaron los ojos. El calor me asaba como una hornada de las galletas de Sally Jackson, pero mi cuerpo seguía brillando y echando humo, y las arterias de luz estaban ahora más cerca de la superficie de mi piel y dividían mi cuerpo en un rompecabezas tridimensional de Apolo.

Las paredes de la grieta se abrieron a nuestro alrededor y caímos por el frío y lúgubre aire del Érebo: el reino de Hades. Pitón intentó que le saliesen alas para echar el vuelo, pero sus patéticos apéndices de murciélago no soportaban su peso, y menos conmigo aferrado a su espalda y rompiéndole las alas en cuanto se le formaban.

—¡BASTA! —gruñó Pitón. Todavía tenía la Flecha de Dodona

clavada en el ojo destrozado. Le salía sangre verde de un montón de puntos de la cara en los que yo le había dado patadas y puñetazos—. ¡TE... ODIO!

Eso demuestra que hasta los enemigos acérrimos con cuatro mil años de animadversión a sus espaldas todavía pueden encontrar algo en lo que coincidir. Caímos al agua con un ¡CATAPUM! O no era agua... Más bien se trataba de una ruidosa corriente de ácido gris helador.

La Laguna Estigia nos arrastró río abajo.

Si te gustan los rápidos de clase cinco que pueden ahogarte, deshacerte la piel y corroerte la conciencia al mismo tiempo, te recomiendo encarecidamente el crucero en serpiente gigante por la Estigia.

El río minó mis recuerdos, mis emociones, mi voluntad. Logró abrir las grietas ardientes de mi caparazón de Lester Papadopoulos, y me sentí en carne viva y sin formar como una libélula que muda de piel.

Ni siquiera Pitón era inmune. Luchaba más despacio. Se agitaba y daba zarpazos para llegar a la orilla, pero yo le asestaba codazos en el ojo bueno y le propinaba patadas en la garganta; cualquier cosa con tal de que no saliese del agua.

No es que yo quisiera ahogarme, pero sabía que Pitón sería mucho más peligrosa en tierra firme. Además, no me gustaba la idea de aparecer en la puerta de Hades en mi estado actual. No podía esperar una calurosa bienvenida.

Me agarré a la cara de Pitón y utilicé el astil sin vida de la Flecha de Dodona como timón, gobernando al monstruo con tirones mortificantes. La serpiente gemía y rugía y se revolvía. A nuestro alrededor, los rápidos de la Laguna Estigia parecían reírse de mí. «¿Lo ves? Rompiste un juramento, y ahora eres mío.»

Me aferré a mi objetivo. Recordé la última orden de Meg McCaffrey: «Vuelve conmigo, bobo». Su rostro se mantenía nítido en mi mente. La habían abandonado muchas veces y la habían utilizado con gran crueldad. Yo no sería otro motivo de dolor para ella. Sabía quién era. Era su bobo.

Pitón y yo nos revolcamos por el torrente gris y entonces, de improviso, salimos disparados por el borde de una cascada. Volvimos a caer, esta vez en un olvido todavía más profundo.

Todos los ríos sobrenaturales acaban desembocando en el Tártaro: el reino en el que los terrores primitivos se disuelven y se vuelven a formar, en el que los monstruos germinan en el cuerpo del tamaño de un continente de Tártaro en persona, sumido en su eterno estado de sueño.

No paramos lo suficiente para hacernos un selfi. Nos precipitamos a través del aire ardiente y la espuma de la catarata abismal mientras veía dar vueltas un caleidoscopio de imágenes: montañas de hueso negro como escápulas de titán; paisajes carnosos salpicados de ampollas que estallaban y soltaban relucientes drakones y gorgonas recién nacidos; columnas de fuego y humo negro arrojadas hacia arriba en explosiones siniestramente festivas.

Caímos aún más, hasta la grieta como el Gran Cañón de ese mundo de horror: hasta el punto más profundo del reino más profundo de la creación. Entonces nos estrellamos contra roca sólida.

«Qué pasada, Apolo», pensarás asombrado. «¿Cómo sobreviviste?»

No sobreviví.

A esas alturas ya no era Lester Papadopoulos. No era Apolo. No estoy seguro de quién o qué era.

Me puse de pie —no sé cómo— y me encontré sobre un peñasco de obsidiana que sobresalía por encima de un interminable mar revuelto de color ocre oscuro y violeta. Con una mezcla de horror y fascinación, comprendí que me encontraba al borde del Caos.

Debajo de nosotros se agitaba la esencia de todo: la gran sopa cósmica a partir de la que se había generado todo lo demás, el lugar donde la vida empezó a formarse y a pensar: «¡Eh, soy independiente del resto de esta sopa!». Un paso fuera de ese saliente, y me reincorporaría a esa sopa. Desaparecería por completo.

Me examiné los brazos, que parecían en proceso de desintegración. La carne me ardía como el papel y me dejaba unas líneas veteadas de luz dorada brillante. Parecía uno de esos muñecos anatómicos transparentes diseñados para ilustrar el sistema circulatorio. En el centro del pecho, más sutil de lo que podría captar la mejor resonancia magnética, tenía una bruma de energía violeta. ¿Mi alma? ¿Mi muerte? Fuera lo que fuese, el fulgor aumentaba de intensidad, y el tono morado se extendía por mi figura reaccionando a la proximidad del Caos, actuando frenéticamente para desenredar las líneas doradas que me mantenían unido. Eso no debía de ser bueno...

Pitón yacía a mi lado; su cuerpo también se estaba desmoronando, y su tamaño se había reducido drásticamente. Ahora solo era cinco veces más grande que yo, como un cocodrilo o una boa constrictor prehistóricos, con una figura que era una combinación de los dos, mientras en su piel todavía sobresalían cabezas, alas y garras a medio formar. Atravesándole el ojo izquierdo ciego, la Flecha de Dodona seguía intacta, sin una sola pluma fuera de sitio.

Pitón se levantó con sus patas regordetas. Golpeó el suelo y aulló. Su cuerpo se estaba deshaciendo, convirtiéndose en pedazos de reptil y luz, y debo decir que no me gustaba su nueva imagen de cocodrilo discotequero. Se dirigió a mí dando tumbos, siseando y medio ciega.

—¡Acabaré contigo!

Me dieron ganas de decirle que se calmase. El Caos se le había adelantado. Estaba destruyendo nuestras esencias con rapidez. Ya no teníamos que luchar. Podíamos quedarnos sentados en esa torre de obsidiana y desmoronarnos juntos tranquilamente. Pitón podía acurrucarse contra mí, contemplar la vasta extensión del Caos, murmurar: «Es precioso», y luego desvanecerse en la nada.

Pero el monstruo tenía otros planes. Embistió, me rodeó la cintura con las fauces y avanzó raudo y veloz, decidido a despeñarme. Yo no pude detener su impulso. Solo pude arrastrar los pies y retorcerme de forma que cuando llegásemos al borde, Pitón cayese primero. Intenté agarrarme desesperadamente a la roca y me así al borde mientras el peso de Pitón por poco me partía por la mitad.

Nos quedamos allí colgados, suspendidos sobre el vacío sin más sujeción que mis dedos temblorosos, con las fauces de Pitón atenazándome la cintura.

Notaba cómo me partía en dos, pero no podía soltarme. Encaucé todas las fuerzas que me quedaban a las manos, como hacía cuando tocaba la lira o el ukelele, cuando necesitaba expresar una verdad tan profunda que solo se podía comunicar con música: la muerte de Jason Grace, las pruebas de Apolo, el amor y el respeto que sentía por mi joven amiga Meg McCaffrey.

De algún modo, logré flexionar una pierna. Asesté un rodillazo a Pitón en la barbilla.

El monstruo gruñó. Le di otro rodillazo, esta vez más fuerte. Pitón gimió. Intentó decir algo, pero tenía la boca llena de Apolo. Le golpeé una vez más, tan fuerte que noté que le crujía la mandíbula inferior. Se resbaló y cayó.

No tuvo últimas palabras; solo una expresión de horror reptil medio ciega mientras se desplomaba al Caos y estallaba en una nube de gas morado.

Me quedé colgado del saliente, demasiado agotado para sentir alivio.

Ese era el fin. Era incapaz de subir.

Entonces oí una voz que confirmó mis peores temores.

# 35

# Con los colgados de mis parientes, colgado de los dedos, es lo mismo, en realidad

—Te lo dije.

Nunca dudé que esas serían las últimas palabras que oyese.

A mi lado, la diosa Estigia flotaba sobre el vacío. Su vestido morado y negro podría haber sido una columna del propio Caos. El cabello le ondeaba como una nube negra alrededor de su rostro hermoso y colérico.

No me sorprendía que pudiese existir allí sin problemas, en un lugar al que los demás dioses temían ir. Aparte de ser la guardiana de los juramentos sagrados, Estigia era la encarnación del Río del Odio. Y como cualquiera podrá decirte, el odio es una de las emociones más duraderas que hay, una de las últimas en desaparecer.

«Te lo dije.» Claro que me lo había dicho. Hacía meses, en el Campamento Mestizo, yo había hecho una promesa temeraria. Había jurado por la Laguna Estigia que no tocaría música ni usaría el arco hasta que volviese a ser dios. No había cumplido ninguno de los dos compromisos, y desde entonces la diosa Estigia había estado siguiendo de cerca mis progresos, sembrando la tragedia y la destrucción adondequiera que iba. Ahora estaba a punto de pagar el precio definitivo: sería eliminado.

Esperé a que Estigia me levantase los dedos del saliente de obsidiana y luego me hiciese una pedorreta mientras me desplomaba a la turbia y amorfa destrucción que me aguardaba abajo.

Para mi sorpresa, Estigia no había terminado de hablar.

—¿Has aprendido? —preguntó.

Si no me hubiese sentido tan débil, puede que me hubiese reído. Ya lo creo que había aprendido. Y todavía estaba aprendiendo.

En ese momento me di cuenta de que todos esos meses había estado pensando en Estigia de forma equivocada. Ella no me había provocado destrucción. Yo mismo me la había causado. Ella no me había dado problemas. Yo era el problema. Ella simplemente había criticado mi imprudencia.

—Sí —dije con desconsuelo—. Demasiado tarde, pero ahora lo entiendo.

No esperaba compasión. Desde luego no esperaba ayuda. El dedo meñique me resbaló del saliente. Nueve más para caerme.

Los ojos oscuros de Estigia me estudiaron. Su expresión no era exactamente de regocijo. Parecía más una profesora de piano satisfecha cuyo alumno de seis años por fin ha aprendido a tocar «Estrellita, ¿dónde estás?».

—Aférrate, pues —dijo ella.

—¿A qué, a la roca? —murmuré—. ¿O a la lección?

Estigia emitió un sonido impropio del borde del Caos: rio entre dientes con verdadera diversión.

—Supongo que tendrás que decidir. —Y a continuación, se deshizo en humo que se elevó hacia los aireados climas del Érebo.

Ojalá yo hubiese podido volar así. Pero, por desgracia, incluso allí, en el precipicio de la inexistencia, estaba sometido a la gravedad.

Por lo menos había derrotado a Pitón.

La serpiente jamás resurgiría. Yo podía morir sabiendo que mis amigos estaban a salvo. Los oráculos se habían restablecido. El futuro seguía abierto.

Así pues, ¿qué importaba si Apolo era liquidado? Tal vez Afrodita estaba en lo cierto. Con once dioses del Olimpo bastaba. Hefesto podría presentar el proyecto de un *reality show*. *Con once basta*. Las suscripciones de su servicio de *streaming* se dispararían.

¿Por qué no podía soltarme, entonces? Seguía agarrado al borde con obstinada determinación. Mi rebelde meñique volvió a asirse. Le había prometido a Meg que volvería con ella. No lo había formulado como un juramento, pero daba igual. Si dije que lo haría, tenía que cumplirlo.

Quizá eso era lo que Estigia había intentado enseñarme: que lo importante no era lo alto que hacías un juramento, ni las palabras que empleabas. Lo importante era si lo decías en serio o no. Y si valía la pena hacer la promesa.

«Un momento», me dije. «Aférrate a la roca y a la lección.»

Me dio la impresión de que mis brazos se volvían más sólidos. Mi cuerpo parecía más real. Las líneas de luz se entrelazaron hasta que mi figura fue una red de oro macizo.

¿Fue una última alucinación inducida por la esperanza o realmente subí del precipicio?

Mi primera sorpresa: me desperté.

La gente que se deshace en el Caos normalmente no hace eso.

Segunda sorpresa: mi hermana Artemisa estaba inclinada junto a mí, con una sonrisa radiante como la luna de otoño.

—Has tardado mucho —dijo.

Me levanté sollozando y la abracé fuerte. Todo mi dolor había desaparecido. Me sentía perfectamente. Me sentía... Casi pensé: «Como si volviese a ser yo», pero ya no sabía lo que eso significaba.

Volvía a ser un dios. Durante mucho tiempo, mi mayor deseo había sido que se me devolviese la divinidad. Pero en lugar de sentirme eufórico, lloré sobre el hombro de mi hermana. Sentía que si soltaba a Artemisa, volvería a caer al Caos. Grandes partes de mi identidad se desprenderían, y no podría encontrar las piezas que faltaban.

—Tranquilo. —Me dio unas palmaditas en la espalda con incomodidad—. Vale, coleguita. Ya estás bien. Lo has conseguido.

Logró salir con delicadeza de entre mis brazos. Mi hermana no era muy cariñosa, pero me dejó agarrarle las manos. Su calma me ayudó a dejar de temblar.

Estábamos sentados uno al lado del otro en un sofá cama de estilo griego, en una cámara de mármol con una terraza con columnas que daba a un paisaje del Olimpo: la extensa ciudad de los dioses en la cumbre de una montaña, muy por encima de Manhattan. De los jardines venía un aroma a jazmín y madreselva. Oí los cantos celestiales de las Nueve Musas a lo lejos; debía de ser su concierto diario de la hora de comer en el ágora. Había vuelto de verdad.

Me examiné a mí mismo. No llevaba más que una sábana de cintura para abajo. Tenía el torso bronceado y perfectamente esculpido. Mis musculosos brazos no lucían cicatrices ni líneas ardientes que brillasen bajo la superficie. Estaba espectacular, cosa que me hizo sentir melancolía. Había trabajado duro para conseguir aquellas cicatrices y cardenales. Todo el sufrimiento que mis amigos y yo habíamos padecido...

De repente entendí las palabras de mi hermana: «Has tardado mucho».

Me atraganté de desesperación.

—¿Cuánto tiempo?

Los ojos plateados de Artemisa escudriñaron mi rostro, como si tratase de determinar el daño que había producido mi periodo como humano en mi mente.

—¿A qué te refieres?

Sabía que los inmortales no tenían ataques de pánico. Y sin embargo, notaba una opresión en el pecho. Mi corazón bombeaba icor muy rápido. No tenía ni idea de cuánto había tardado en volver a convertirme en dios. Me había perdido medio año desde que Zeus me había expulsado del Partenón hasta el momento en que había caído en Manhattan transformado en mortal. Mi siesta reconstituyente podía haber durado años, décadas, siglos. Todos mis conocidos de la tierra podían haber muerto.

No soportaba la idea.

—¿Cuánto he estado fuera de combate? ¿En qué siglo estamos?

Artemisa procesó la pregunta. Conociéndola como la conocía, deduje que estuvo tentada de reír, pero al detectar el grado de dolor de mi voz, recapacitó y cambió de idea cortésmente.

—No te preocupes, hermano —dijo—. Desde que luchaste contra Pitón solo han pasado dos semanas.

Bóreas, el viento del norte, no podría haber espirado más fuerte de lo que yo espiré.

Me incorporé apartando la sábana.

—¿Y mis amigos? ¡Pensarán que he muerto! Artemisa observó detenidamente el techo.

—No te preocupes. Les hemos... les he... enviado augurios claros de tu éxito. Saben que has vuelto a ascender al Olimpo. Y ahora, por favor, ponte algo de ropa. Soy tu hermana, pero no le desearía esta imagen a nadie.

—Bah.

Sabía muy bien que me estaba tomando el pelo. Los cuerpos divinos son expresiones de perfección. Ese es el motivo de que aparezcamos desnudos en las estatuas antiguas, porque simplemente no se tapa tal belleza con ropa.

De todos modos, el comentario me caló hondo. Me sentí violento e incómodo de esa forma, como si me hubiesen dado un Rolls-Royce para que lo condujese pero no estuviese acompañado de un seguro de automóvil. Me habría sentido mucho más cómodo en mi económico utilitario Lester.

—Ejem... Sí. —Eché un vistazo a la estancia—. ¿Hay un armario o...?

Al final a ella se le escapó la risa.

—Un armario. Qué adorable. Ahora solo tienes que desear la ropa que quieres ponerte, hermanito.

—Yo... ah...

Sabía que ella tenía razón, pero me sentía tan confundido que incluso pasé por alto la palabra «hermanito». Había pasado mucho tiempo desde que no echaba mano de mi poder divino. Temía intentarlo y fracasar. Temía transformarme en camello sin querer.

—Está bien —dijo Artemisa—. Déjame.

Con un gesto de su mano, de repente me vi ataviado con un vestido plateado hasta las rodillas —el que llevaban las seguidoras de mi hermana— acompañado de unas sandalias con cordones hasta los muslos. Sospechaba que también llevaba diadema.

—Ejem. ¿Qué tal si no parezco tanto una cazadora?

—Yo te encuentro guapísimo. —Le dio un tirón en la comisura de la boca—. Pero está bien.

Un destello de luz plateada, e iba vestido con un quitón blanco de hombre. Pensándolo bien, esa prenda de ropa era prácticamente idéntica al vestido de una cazadora. Las sandalias eran iguales. Parecía que llevaba una corona de laurel en lugar de una diadema, pero tampoco se diferenciaban mucho. Las convenciones de género eran extrañas. Sin embargo, decidí aparcar ese misterio para otro momento.

—Gracias —dije.

Ella asintió con la cabeza.

—Los demás están esperando en el salón del trono. ¿Estás listo?

Me eché a temblar, aunque no debería haber podido sentir frío.

«Los demás.»

419

Me acordé del sueño del salón del trueno: los demás dioses del Olimpo apostando por mi éxito o mi fracaso. Me preguntaba cuánto dinero habían perdido.

¿Qué podía decirles? Ya no me sentía como uno de ellos. Ya no era uno de ellos.

—Enseguida —le dije a mi hermana—. ¿Te importa...?

Ella pareció entenderlo.

—Te dejo para que te recuperes. Les diré que ahora vienes. —Me besó suavemente en la mejilla—. Me alegro de que hayas vuelto. Espero no arrepentirme de decirlo.

—Yo también —convine.

Ella relució y desapareció.

Me quité la corona de laurel. No me sentía cómodo llevando ese símbolo de victoria. Deslicé el dedo por las hojas doradas pensando en Dafne, a la que tan terriblemente había tratado. Tanto si Afrodita me había condenado como si no, seguía siendo culpa mía que la náyade inocente se hubiese transformado en un laurel para escapar de mí.

Me dirigí al balcón. Dejé la corona en el borde de la barandilla y acto seguido pasé la mano por el jacinto que crecía a lo largo de la reja: otro recordatorio de amor trágico. Mi pobre Jacinto. ¿De verdad había creado esas flores para homenajearlo, o solo para regodearme en mi pena y mi culpabilidad? Me sorprendí poniendo en duda muchas cosas que había hecho a lo largo de los siglos. Por extraño que parezca, esa inquietud resultaba en cierto modo reconfortante.

Estudié mis brazos tersos y morenos, deseando otra vez haber conservado unas cuantas cicatrices. Lester Papadopoulos se había ganado los cortes, los cardenales, las costillas rotas, los pies con ampollas, el acné... Bueno, puede que el acné no. Nadie se merece eso. Pero el resto me parecían símbolos de victoria preferibles a los laureles, y mejores homenajes a la pérdida que los jacintos.

No tenía grandes deseos de estar allí, en el Olimpo, mi hogar que no era tal hogar.

Quería volver a ver a Meg. Quería sentarme junto a la fogata en el Campamento Mestizo y cantar canciones ridículas, o bromear con los semidioses romanos en el comedor del Campamento Júpiter mientras por encima de nuestras cabezas volaban fuentes de comida y brillantes fantasmas con togas moradas nos entretenían con historias de sus antiguas hazañas.

Pero el mundo de los semidioses no era mi sitio. Había tenido el privilegio de experimentarlo y debía recordarlo.

Sin embargo, eso no quería decir que no pudiese volver de visita. Pero primero tenía que dejarme ver ante mi familia, si es que se la podía llamar así. Los dioses esperaban.

Me volví y salí de la habitación dando grandes zancadas, tratando de recordar cómo andaba el dios Apolo.

# 36

## ¡Hurra! ¡Bravo! ¡Yupi!
## Apolo está en casa.
## No aplaudáis, por favor

¿Por qué tan grande?

Nunca lo había pensado antes, pero después de seis meses fuera, el salón del trono del Olimpo me parecía absurdamente gigantesco. El interior podría haber alojado un portaaviones. El gran techo abovedado, sembrado de constelaciones, podría haber dado cabida a las cúpulas más grandes creadas por los humanos. La rugiente chimenea central tenía el tamaño idóneo para asar una furgoneta. Y, claro, los tronos propiamente dichos eran del tamaño de torres de asedio, diseñados para seres que medían seis metros de estatura.

Al vacilar en el umbral, pasmado ante la enormidad de todo, me di cuenta de que estaba respondiendo a mi propia pregunta. El objetivo de hacer las cosas grandes era hacer sentir pequeños a nuestros ocasionales invitados.

No solíamos invitar a seres inferiores de visita, pero cuando lo hacíamos, nos gustaba que se quedasen boquiabiertos y que tuviesen que estirar el cuello para vernos bien.

Si luego optábamos por bajar de nuestros tronos y reducirnos al tamaño de los mortales, para poder llevar aparte a esas visitas y mantener una charla confidencial con ellas, o darles una palmadita en la espalda, parecía que hacíamos algo muy especial por ellas descendiendo a su nivel.

No había ningún motivo por el que los tronos no pudiesen ser de tamaño humano, pero entonces habríamos parecido demasiado humanos (y no nos gustaba que nos recordasen el parecido). O de doce metros de altura, pero eso habría sido demasiado incómodo; habríamos tenido que gritar demasiado para hacernos oír. Habríamos necesitado lupas para ver a nuestros visitantes.

Incluso podríamos haber hecho los tronos de quince centímetros de altura. Personalmente, me habría encantado verlo. Un héroe semidiós se presenta despacio ante nosotros después de una horrible misión, hinca una rodilla frente a un grupo de dioses en miniatura, y Zeus chilla con voz de Mickey Mouse: «¡Bienvenido al Olimpo!».

Mientras pensaba todo eso, caí en la cuenta de que las conversaciones de los dioses se habían interrumpido. Todos se habían vuelto para mirarme en la puerta. Ese día estaba presente la panda al completo, circunstancia que solo se daba en ocasiones especiales: el solsticio, las saturnales, el Mundial de Fútbol.

Tuve un momento de pánico. ¿Sabía aún cómo volverme de seis metros de altura? ¿Tendrían que ponerme un asiento elevador?

Llamé la atención de Artemisa. Ella asintió con la cabeza: o un mensaje de aliento, o un aviso de que si no me daba prisa y me hechizaba a mí mismo, ella me ayudaría convirtiéndome en un camello de seis metros con vestido de noche.

Eso me dio la inyección de confianza que necesitaba. Entré con aire resuelto en el salón. Para gran alivio mío, mi estatura aumentó a cada paso que daba. Una vez con el tamaño adecuado, me senté en mi viejo trono, justo al otro lado de la chimenea enfrente de mi hermana, con Ares a la derecha y Hefesto a la izquierda.

Miré a los ojos a cada dios uno por uno.

¿Has oído hablar del síndrome del impostor? Todo mi ser gritaba: «Soy un farsante! ¡Mi sitio no está aquí!». Incluso después de cuatro mil años de divinidad, seis meses de vida mortal me habían convencido de que no era una auténtica deidad. Seguro que esos once dioses del Olimpo enseguida se percataban de ese lamentable hecho. Zeus gritaría: «¿Qué has hecho con el verdadero Apolo?». Hefesto pulsaría un botón de su sillón recubierto de aparatos. Se abriría una trampilla en el asiento de mi trono, y me devolverían sin miramientos a Manhattan como quien tira de la cadena de un váter.

En cambio, Zeus simplemente me observó con una mirada turbulenta bajo sus pobladas cejas morenas. Había optado por vestirse al estilo tradicional con un quitón blanco suelto, que no era la prenda más indicada para él considerando cómo le gustaba sentarse despatarrado.

—Has vuelto —comentó el señor supremo de la obviedad.

—Sí, padre. —Me preguntaba si la palabra «padre» sonaba tan mal como sabía. Traté de controlar la bilis que me subía por dentro. Logré esbozar una sonrisa y eché un vistazo a los demás dioses—. Bueno, ¿quién ganó la porra?

A mi lado, Hefesto por lo menos tuvo la cortesía de removerse incómodo en su asiento, claro que él siempre estaba incómodo. Atenea lanzó una mirada fulminante a Hermes como diciendo: «Te dije que era mala idea».

—Oye, tío —dijo Hermes—. Solo lo hicimos para dominar los nervios. ¡Estábamos preocupados por ti!

Ares bufó.

—Sobre todo por la torpeza con que te desenvolviste ahí abajo. Me sorprende que durases tanto. —Se puso colorado, como si acabase de darse cuenta de que estaba hablando en voz alta—. Ejem... o sea, bien hecho, tío. Has sobrevivido.

—Vamos, que perdiste un dineral —resumí.

Ares maldijo entre dientes.

—Atenea ganó el bote. —Hermes se frotó el bolsillo trasero, como si todavía le doliese en la cartera.

—¿De verdad? —pregunté.

Atenea se encogió de hombros.

—Sabiduría. Siempre viene bien.

Debería haber sido un anuncio. La cámara hace un zoom sobre Atenea, que sonríe a la pantalla mientras el eslogan promocional aparece debajo de ella: «Sabiduría. Siempre viene bien».

—Bueno...

Extendí las manos, comunicando por señas que estaba dispuesto a oír lo que fuese: cumplidos, insultos, críticas constructivas... No tenía ni idea de cuál era el orden del día de la reunión, y descubrí que tampoco me importaba mucho.

Al otro lado del salón, Dioniso tamborileaba con los dedos en sus reposabrazos con estampado de leopardo. Como era el único dios sentado en el «lado de las diosas» de la asamblea (una larga historia), él y yo solíamos mantener duelos de miradas o poníamos los ojos en blanco cuando nuestro padre se enrollaba demasiado. Dioniso lucía todavía su apariencia descuidada de señor D, que molestaba a Afrodita, sentada a su lado. Por el lenguaje corporal de ella, notaba que tenía ganas de escurrirse de su falda a media pierna de Oscar de la Renta.

Debido al exilio de Dioniso en el Campamento Mestizo, casi nunca le permitían visitar el Olimpo. Y cuando lo hacía, normalmente tenía cuidado de no hablar a menos que se dirigiesen a él. Hoy me sorprendió.

—Pues yo opino que lo hiciste de maravilla —comentó—. Creo que, en tu honor, todo dios que esté actualmente castigado en la tierra debería ser perdonado de inmediato...

—No —le espetó Zeus.

Dioniso volvió a hundirse en su trono con un suspiro de abatimiento.

Entendía muy bien que lo hubiese intentado. Su castigo, como el mío, parecía totalmente carente de sentido y desproporcionado. Pero los caminos de Zeus eran inescrutables. No siempre sabíamos cuál era su plan. Es probable que fuera porque no tenía plan.

Deméter había estado entrelazando tallos de trigo con nuevas variedades resistentes a la sequía, como acostumbraba a hacer mientras escuchaba nuestras deliberaciones, pero entonces dejó a un lado su cesto.

—Estoy de acuerdo con Dioniso. Apolo es digno de elogio.

Tenía una sonrisa afable. Su cabello rubio ondeaba movido

por una brisa invisible. Traté de encontrar algún parecido con su hija Meg, pero eran tan distintas como un grano y una cáscara de cereal. Decidí que prefería la cáscara.

—Fue un esclavo maravilloso para mi hija —continuó Deméter—. Cierto, tardó un tiempo en adaptarse, pero puedo perdonárselo. Si alguno de vosotros necesita un esclavo en el futuro para vuestros hijos semidioses, recomiendo a Apolo sin dudar.

Esperaba que fuese una broma. Pero Deméter, como la temporada de cultivo, no era famosa por su sentido del humor.

—¿Gracias? —dije.

Ella me lanzó un beso.

«Dioses, Meg», pensé. «Cuánto siento que tu madre sea tu madre.»

La reina Hera se levantó el velo. Como había visto en el sueño, tenía los ojos enrojecidos e hinchados de llorar, pero cuando habló, lo hizo con un tono duro como el bronce.

Lanzó una mirada furibunda a su marido.

—Por lo menos Apolo hizo algo.

—No empieces otra vez —dijo Zeus con voz cavernosa.

—Mi elegido —dijo Hera—. Jason Grace. Tu hijo. Y tu...

—¡Yo no lo maté, mujer! —tronó Zeus—. ¡Fue Calígula!

—Sí —soltó Hera—. Y por lo menos Apolo lloró su muerte. Por lo menos se vengó.

Un momento... ¿Qué estaba pasando? ¿Me estaba defendiendo mi madrastra malvada?

Para gran sorpresa mía, cuando Hera me miró a los ojos, su mirada no era hostil. Parecía que buscase solidaridad, lástima incluso. «¿Ves con lo que tengo que lidiar? ¡Tu padre es horrible!»

En ese momento, sentí compasión por mi madre por primera vez en, ejem, mi vida. No me malinterpretes. Seguía cayéndome mal. Pero se me pasó por la cabeza que ser Hera puede que no fuese tan fácil, considerando con quién estaba casada. En su lugar, yo también podría haberme convertido en un metomentodo insoportable.

—En cualquier caso —masculló Zeus—, parece que después de dos semanas, el arreglo de Apolo es permanente. Pitón se ha ido de verdad. Los oráculos son libres. Las Moiras pueden volver a devanar su hilo sin estorbos.

Esas palabras se depositaron sobre mí como cenizas del Vesubio.

El hilo de las Moiras. ¿Cómo no lo había pensado antes? Las tres hermanas eternas utilizaban su telar para hilar las vidas de dioses y mortales. Cortaban la cuerda del destino cuando era el momento de que alguien muriese. Eran superiores y más poderosas que cualquier oráculo. Más poderosas incluso que los dioses del Olimpo.

Al parecer, el veneno de Pitón había hecho algo más que suprimir las profecías. Si también podía interferir en el tejido de las Moiras, el reptil podría haber puesto fin o prolongado las vidas según considerase oportuno. Las consecuencias eran horripilantes.

Me llamó la atención otro detalle de la declaración de Zeus. Había dicho que parecía que mi arreglo era permanente. Eso daba a entender que Zeus no estaba seguro. Sospechaba que cuando yo había caído al borde del Caos, Zeus no había podido ver. Incluso su visión de lejos tenía sus limitaciones. Él no sabía exactamente lo que había pasado, cómo había vencido a Pitón, cómo había regresado del abismo. Capté una mirada de Atenea, que asintió con la cabeza casi de forma imperceptible.

—Sí, padre —dije—. Pitón se ha ido. Los oráculos son libres. Espero que obtenga tu aprobación.

Después de haber pasado un tiempo en el Valle de la Muerte, estaba seguro de que mi tono era mucho mucho más seco.

Zeus se acarició la barba como si considerase las infinitas posibilidades del futuro. Poseidón contuvo un bostezo como si considerase cuándo terminaría la reunión para seguir pescando con mosca.

—Estoy satisfecho —declaró Zeus.

Los dioses dejaron escapar un suspiro colectivo. Por mucho que fingiésemos ser un consejo de doce miembros, en realidad éramos una tiranía. Zeus no era tanto un padre benevolente como un líder con mano de hierro dotado de las armas más potentes y la capacidad de despojarnos de nuestra inmortalidad cuando le ofendíamos.

Sin embargo, por algún motivo, no me sentí aliviado de librarme de Zeus. De hecho, tuve que reprimirme para no poner los ojos en blanco.

—Chupi —dije.

—Sí —asintió Zeus. Carraspeó incómodo—. Bienvenido de nuevo a la divinidad, hijo mío. Todo ha salido de acuerdo con mi plan. Lo has hecho admirablemente. ¡Estás perdonado y puedes volver a tu trono!

Hubo algunos aplausos de cortesía de las demás deidades.

Artemisa era la única que parecía contenta de verdad. Incluso me guiñó el ojo. Qué pasada. Realmente era un día de milagros.

—¿Qué es lo primero que vas a hacer ahora que has vuelto? —preguntó Hermes—. ¿Aniquilar a unos mortales? ¿Conducir el carro solar muy cerca de la tierra y chamuscarla?

—Oooh, ¿puedo ir contigo? —preguntó Ares.

Los miré encogiéndome de hombros con cautela.

—Creo que visitaré a unos viejos amigos.

Dioniso asintió con la cabeza pensativamente.

—Las Nueve Musas. Una excelente decisión.

Pero no eran las amigas en las que estaba pensando.

—Bueno, pues. —Zeus echó un vistazo a la sala por si alguno de nosotros quería tener una última oportunidad de arrastrarse a sus pies—. El consejo ha terminado.

Los dioses del Olimpo se esfumaron uno tras otro para retomar la travesura divina con la que habían estado ocupados. Artemisa me dedicó un gesto reconfortante con la cabeza y acto seguido se deshizo en luz plateada.

Nos quedamos Zeus y yo solos.

Mi padre tosió contra el puño.

—Sé que piensas que tu castigo fue duro, Apolo.

No contesté. Hice todo lo posible por mantener una expresión educada y neutra.

—Pero debes entender —continuó Zeus— que solo tú podías derrocar a Pitón. Solo tú podías liberar los oráculos. Y lo hiciste, como yo esperaba. El sufrimiento, el dolor que padeciste por el camino... lamentable pero necesario. Me has hecho sentir orgulloso.

Es interesante cómo lo expresó: yo le había hecho sentir orgulloso. Yo le había sido de utilidad para quedar bien. No se me ablandó el corazón. No sentí que fuese una reconciliación cordial y entrañable con mi padre. Seamos sinceros, algunos padres no se merecen eso. Otros no son capaces de ello.

Supongo que podría haberme enfurecido con él y haberlo puesto verde. Estábamos solos. Probablemente él lo esperaba. Dada su vergüenza e incomodidad en ese momento, puede que incluso me hubiese ido de rositas.

Pero eso no le habría hecho cambiar. No habría variado nada entre nosotros.

No puedes cambiar a un tirano tratando de ser peor que él. Meg no podría haber cambiado a Nerón, como yo tampoco podía cambiar a Zeus. Solo podía ser distinto de él. Mejor. Más... humano. Y reducir el tiempo que pasaba con él a lo mínimo posible.

Asentí con la cabeza.

—Lo entiendo, padre.

Zeus pareció entender que lo que yo entendía tal vez no era lo mismo que él entendía, pero aceptó el gesto, supongo que porque no le quedaba otra.

—Muy bien. Bueno... bienvenido a casa.

Me levanté del trono.

—Gracias. Y ahora, con tu permiso...

Me deshice en luz dorada. Había otros sitios en los que prefería estar, y tenía intención de visitarlos todos.

# 37

# Delicioso malvavisco asado, pinacle y fresas. Te quiero, Campamento Mestizo

En mi condición de dios, podía dividirme en múltiples partes. Podía existir en muchos sitios distintos al mismo tiempo.

Por ese motivo, no puedo decirte con absoluta certeza cuál de los siguientes encuentros se produjo primero. Léelos en el orden que prefieras. Estaba decidido a volver a ver a todos mis amigos, estuviesen donde estuviesen, y a concederles la misma atención más o menos al mismo tiempo.

Sin embargo, primero debo hablar de mis caballos. No me juzgues, por favor. Los había echado de menos. Como eran inmortales, no necesitaban sustento para sobrevivir. Ni tenían que hacer obligatoriamente su travesía diaria por el cielo para mantener el sol en funcionamiento, gracias a los demás dioses solares, que seguían impulsando los movimientos del cosmos, y a una cosa llamada astrofísica. Aun así, me preocupaba que no hubiesen dado de comer ni hubiesen sacado a hacer ejercicio a mis caballos durante como mínimo seis meses, o un año entero, circunstancia que solía ponerlos de mal humor. Por motivos que no debería tener que explicar, no es conveniente que unos caballos malhumorados tiren del sol por el cielo.

Aparecí en la entrada del palacio del sol y descubrí que mis ayudas de cámara habían abandonado sus puestos. Suele ocurrir cuando no les pagas su dracma de oro diario. A duras penas logré abrir la puerta principal por culpa de los meses de correspondencia que habían metido por la ranura. Facturas. Panfletos. Ofertas de tarjetas de crédito. Peticiones de ayuda para organizaciones benéficas como Voluntad de Dios y Dríades sin Fronteras. Supongo que a Hermes le divertía repartirme tanto correo ordinario. Tenía que hablar con ese tío.

Tampoco había anulado las entregas automáticas de las Amazonas, de modo que en el pórtico había montones de cajas de envío llenas de pasta de dientes, detergente para ropa, cuerdas de guitarra, montones de tablaturas en blanco y bronceador con aroma a coco.

Dentro, el palacio había vuelto a adquirir su viejo olor a Helios, como cada vez que me ausentaba un periodo largo. Su antiguo dueño había impregnado el lugar de aroma a titán: acre y empalagoso, ligeramente similar al desodorante Axe. Tendría que abrir unas ventanas y quemar un poco de salvia.

En mi trono dorado se había acumulado una capa de polvo. Unos bromistas habían escrito «LÁVAME» en el respaldo del asiento. Unos venti tontos, seguramente.

En las cuadras, mis caballos se alegraron de verme. Dieron coces a las casillas, expulsaron fuego y relincharon indignados, como diciendo: «¿Dónde Hades has estado?».

Les di de comer su paja dorada favorita y luego les llené el abrevadero de néctar. Cepillé bien a cada uno y les susurré palabras dulces al oído hasta que dejaron de darme coces en la entrepierna, hecho que interpreté como una señal de que me perdonaban.

Daba gusto hacer algo tan rutinario, como había hecho millones de veces antes. (Me refiero a cuidar de los caballos, no a recibir coces en la entrepierna.) Seguía sin sentirme el mismo de antes. En realidad, no quería sentirme el mismo de antes. Pero estar en las cuadras resultaba mucho más agradable y familiar que estar en el Olimpo.

Me dividí en distintos Apolos y mandé a uno a dar el paseo diario por el cielo. Estaba decidido a ofrecerle al mundo un día normal, a mostrarles a todos que volvía a estar a las riendas del carro y que me encontraba bien. Nada de erupciones solares ni sequías ni incendios descontrolados hoy. Solo Apolo ejerciendo de Apolo.

Esperaba que esa parte de mí me sirviese de timón firme, de fuerza para afianzarme, mientras hacía las demás paradas.

En el Campamento Mestizo me dieron una bienvenida clamorosa y emotiva.

—¡LESTER! —coreaban los campistas—. ¡LESTER!

—¡¿LESTER?!

—¡LESTER!

Había decidido aparecer con mi antigua forma de Papadopoulos. ¿Por qué no lucir mi cuerpo perfecto de dios? ¿O el de uno de los Bangtan Boys, o el de Paul McCartney en torno a

1965? Después de quejarme durante tantos meses del saco de carne fofo y con acné que Lester tenía por cuerpo, ahora descubría que me sentía a gusto bajo esa apariencia. Cuando había conocido a Meg, me había asegurado que el aspecto de Lester era de lo más normal. En ese momento la idea me había horrorizado. Ahora me parecía tranquilizadora.

—¡Hola! —gritaba yo, aceptando abrazos de grupo que amenazaban con degenerar en estampidas—. ¡Sí, soy yo! ¡Sí, he vuelto al Olimpo!

Solo habían pasado dos semanas, pero los campistas novatos que tan pequeños y torpes me habían parecido la otra vez se desenvolvían ahora como semidioses veteranos. Vivir una batalla importante (perdón, «excursión») produce ese efecto. Quirón parecía tremendamente orgulloso de sus aprendices, y también de mí, como si fuese uno de ellos.

—Estuviste bien, Apolo —dijo, agarrándome el hombro como el padre afectuoso que no había tenido—. Siempre eres bienvenido en el campamento.

Llorar a moco tendido no habría sido adecuado para un importante dios del Olimpo, de modo que eso es precisamente lo que hice.

Kayla, Austin y yo nos abrazamos y lloramos más. Tuve que mantener a raya mis poderes divinos, o mi alegría y mi alivio podrían haber explotado en una tormenta de fuego de felicidad y haber arrasado el valle entero.

Pregunté por Meg, pero me dijeron que ya se había marchado. Había vuelto a Palm Springs, a la antigua casa de su padre, con Luguselva y sus hermanos adoptivos de la Casa Imperial de Nerón. La idea de que Meg manejase a un grupo de semidioses tan volubles con la única ayuda de BarbaLu la Pirata me inquietaba.

—¿Está bien? —pregunté a Austin.

Él titubeó.

—Sí. O sea... —Tenía una mirada de angustia, como si estuviese recordando las numerosas cosas que todos habíamos visto y hecho en la torre de Nerón—. Ya sabes. Estará bien.

Dejé a un lado mis preocupaciones por el momento y seguí circulando entre mis amigos. Si les ponía nerviosos que volviese a ser un dios, lo ocultaban bien. En cuanto a mí, hice un esfuerzo consciente por mantener la calma, no crecer seis metros ni estallar en llamas doradas cada vez que veía a alguien que me caía bien.

Encontré a Dioniso sentado con aire sombrío en el porche de la Casa Grande bebiendo una Coca-Cola Light. Me senté enfrente de él a la mesa de pinacle.

—Vaya —dijo suspirando—, parece que algunos de nosotros sí tienen finales felices.

Creo que se alegraba por mí, a su manera. Al menos trataba de reprimir la amargura de su tono. Yo entendía perfectamente que fuese mordaz.

Mi castigo había terminado, pero el suyo continuaba. Cien años comparados con mis seis meses.

Sin embargo, sinceramente, ya no consideraba que mi estancia en la tierra había sido un castigo. Terrible, trágica, casi imposible... sí. Pero llamarla «castigo» era atribuir demasiado mérito a Zeus. Había sido un viaje: uno importante que había hecho yo, con la ayuda de mis amigos. Esperaba... creía que esa pena y ese dolor me habían hecho mejor persona. Había forjado un Lester más perfecto a partir de las sobras de Apolo. No cambiaría esas experiencias por nada. Y si me hubiesen dicho que tenía que ser Lester otros cien años... bueno, se me ocurrían cosas peores. Por lo menos no tendría que hacer acto de presencia en las reuniones del solsticio de los dioses del Olimpo.

—Tú también tendrás tu final feliz, hermano —le dije a Dioniso.

Él me observó.

—¿Hablas como el dios de las profecías?

—No. —Sonreí—. Solo como alguien con fe.

—Seguro que fe en la sabiduría de nuestro padre, no.

Reí.

—Fe en nuestra capacidad para escribir nuestras propias historias, al margen de lo que nos deparen las Moiras. Fe en que encontrarás la forma de hacer vino con tus uvas amargas.

—Qué profundo —murmuró Dioniso, aunque detecté una débil sonrisa en las comisuras de su boca. Señaló la mesa de juego—. ¿Una partida de pinacle? En eso, al menos, sé que puedo dominarte.

Me quedé con él esa tarde y ganó seis partidas. Solo hizo un poco de trampa.


Antes de cenar me teletransporté a la Arboleda de Dodona, en lo profundo del bosque del campamento.

Como en el pasado, los árboles antiguos susurraban en una algarabía de voces: trocitos de acertijos y canciones, fragmentos de poemas ramplones, recetas y pronósticos meteorológicos, todo sin demasiado sentido. En las ramas giraban campanas de viento hechas de latón, que reflejaban la luz vespertina y recibían cada brisa que soplaba.

—¡Hola! —grité—. ¡He venido a daros las gracias!

Los árboles siguieron susurrando, haciendo caso omiso de mi presencia.

—¡Vosotros me disteis a la Flecha de Dodona como mi guía! —proseguí.

Detecté unas risitas ahogadas entre los árboles.

—Sin la flecha —dije—, mi misión habría sido un fracaso. Ella se sacrificó para vencer a Pitón. ¡Ciertamente era la mejor de toda la arboleda!

Si los árboles hubiesen podido hacer un ruido estridente de rebobinado, seguro que lo habrían hecho. Sus susurros se fueron apagando. Las campanas de latón se quedaron colgando sin vida de las ramas.

—Su sabiduría no tenía precio —continué—. Su sacrificio fue noble. Os representó con honor. No dudéis que le relataré a la guardiana de esta arboleda, mi abuela Rea, todo sobre su gran servicio. Ella sabrá lo que hicisteis: que cuando necesité ayuda, me enviasteis a la mejor.

Los árboles empezaron a susurrar otra vez, esta vez con más nerviosismo. «Un momento. Un momento, nosotros no... ¿Qué?»

Me teletransporté antes de que pudiesen verme sonreír. Esperaba que dondequiera que estuviese su espíritu, mi amiga la flecha estuviese riendo a carcajadas dignas de una comedia de Shakespeare.

Esa noche, después de la fogata, me quedé viendo cómo las brasas se apagaban con Nico, Will y Rachel.

Los chicos estaban sentados cómodamente uno al lado del otro, con el brazo de Will echado sobre los hombros de Nico, mientras el hijo de Hades daba vueltas a un malvavisco asado ensartado en un palo. Junto a mí, Rachel se abrazaba las rodillas y contemplaba las estrellas con satisfacción, mientras el fuego se reflejaba en su cabello pelirrojo como una manada de tauri silvestres en plena embestida.

—Todo vuelve a funcionar —me dijo, dándose unos golpecitos en un lado de la cabeza—. Las visiones son claras. Puedo pintar. Ya he emitido un par de profecías. Se acabó el veneno de serpiente en mi mente. Gracias.

—Me alegro —dije—. ¿Y la casa destrozada de tus padres?

Ella rio.

—Fue algo positivo. Antes mi padre quería que me quedase aquí en otoño. Ahora dice que a lo mejor es buena idea que haga lo que yo quería al principio. Me voy a tomar un año sabático en París para estudiar arte mientras reconstruyen la casa.

—¡Oh, París! —exclamó Will.

Rachel sonrió.

—¿A que mola? Pero no os preocupéis, volveré el próximo verano para repartir más maravillas oraculares.

—Y si te necesitamos mientras tanto —terció Nico—, siempre existen los viajes por las sombras.

Will suspiró.

—Me gustaría pensar que me estás proponiendo una cita romántica en París, Don Siniestro. Pero todavía estás pensando en el Tártaro, ¿verdad? ¿Esperas consejo profético?

Nico se encogió de hombros.

—Es un asunto pendiente...

Fruncí el ceño. Me daba la impresión de que había pasado mucho tiempo desde que me habían hablado de eso: la obsesión de Nico por explorar las profundidades del Tártaro y la voz que le pedía ayuda.

No quería abrir heridas recientes, pero pregunté lo más delicadamente que pude:

—¿Estás seguro de que no es... Jason?

Nico picoteó el malvavisco ennegrecido.

—No voy a mentir. Yo también me lo he preguntado. Me he planteado buscar a Jason. Pero, no, no se trata de él. —Se arrimó un poco más a Will—. Tengo la sensación de que Jason tomó una decisión. Yo no honraría su sacrificio si intentase anularlo. Por lo que respecta a Hazel... Ella simplemente vagaba por los Campos de Asfódelos. Supe que no tenía que estar allí. Tenía que volver. En el caso de Jason, tengo la impresión de que ahora está en un sitio mejor.

—¿Como los Campos Elíseos? —pregunté—. ¿Ha renacido?

—Esperaba que tú pudieras decírmelo —reconoció Nico.

Negué con la cabeza.

—Me temo que no sé nada de los asuntos ultraterrenos. Pero ¿si no estás pensando en Jason...?

Nico dio vueltas al palo del malvavisco.

—Cuando estuve en el Tártaro por primera vez, alguien

me ayudó. Y... lo dejamos allí abajo. No puedo dejar de pensar en él.

—¿Tengo que estar celoso? —preguntó Will.

—Es un titán, tonto —dijo Nico.

Me puse derecho.

—¿Un titán?

—Es una larga historia —dijo Nico—. Pero no es mal tío. Es... En fin, tengo la sensación de que debería buscarlo, a ver si puedo averiguar lo que le pasó. Puede que necesite mi ayuda. No me gusta que se ningunee a la gente.

Rachel se apretó los hombros.

—¿A Hades no le importaría que bajases al Tártaro?

Nico rio sin gracia.

—Lo ha prohibido expresamente. Después del asunto de las Puertas de la Muerte, no quiere que nadie vuelva al Tártaro nunca más. Ahí es donde entran en juego los trogloditas. Ellos pueden excavar túneles en cualquier parte, incluso allí. Pueden meternos y sacarnos sanos y salvos.

—«Sanos y salvos» es una expresión relativa —observó Will—, teniendo en cuenta que todo el plan es una locura.

Fruncí el entrecejo. Seguía sin gustarme la idea de que mi soleado hijo fuese a la tierra de las pesadillas monstruosas. Mi reciente caída al borde del Caos me había recordado el funesto destino que era. Por otra parte, no me correspondía a mí decirles a los semidioses qué debían hacer, y menos a los que más quería. Ya no quería ser esa clase de dios.

—Ojalá pudiese prestaros ayuda —me disculpé—, pero me temo que el Tártaro está fuera de mi jurisdicción.

—Tranquilo, papá —dijo Will—. Tú ya has cumplido tu parte. Ninguna historia termina del todo, ¿verdad? Solo desembocan en otras. —Entrelazó los dedos con los de Nico—. Nos enfrentaremos a lo próximo que venga. Juntos. Con profecía o sin ella...

Juro que yo no tuve nada que ver. No pulsé un botón en la espalda de Rachel. No encargué de antemano un regalo sorpresa de Repartos Délficos.

Pero en cuanto Will dijo la palabra «profecía», Rachel se puso rígida. Inspiró bruscamente. Una bruma verde se elevó de la tierra, se arremolinó alrededor de ella y se introdujo en sus pulmones formando una espiral. La chica tropezó hacia un lado mientras Nico y Will se lanzaban a atraparla.

En cuanto a mí, me alejé de forma muy poco divina, con el corazón latiendo como el de un Lester asustado. Supongo que el gas verde me recordó demasiado el reciente tiempo de calidad que había pasado con Pitón.

Cuando el pánico disminuyó, el momento profético había pasado. El gas se había disipado. Rachel estaba tumbada cómodamente en el suelo, y Will y Nico se hallaban de pie junto a ella con cara de preocupación.

—¿La has oído? —me preguntó Nico—. ¿La profecía que ha susurrado?

—Yo... no la he oído —reconocí—. Mejor... os dejo a los dos descifrarla.

Will asintió con la cabeza, resignado.

—Pues no sonaba bien.

—No, seguro que no. —Miré a Rachel Dare con cariño—. Es un Oráculo maravilloso.

# 38

## Zanahorias y magdalenas, las galletas azules recién hechas de Sally. Qué hambre tengo

La Estación de Paso parecía muy distinta en verano.

El huerto de la azotea de Emmie estaba lleno a rebosar de tomates, guisantes, coles y sandías. El gran salón estaba lleno a rebosar de viejos amigos. Las cazadoras de Artemisa estaban allí, después de haber recibido una buena paliza en su más reciente excursión para atrapar a la zorra teumesia.

—Esa zorra es imposible de cazar —dijo Reyna Ávila Ramírez-Arellano, frotándose el cuello magullado—. Nos llevó directas a una guarida de hombres lobo, la muy gamberra.

—Uf —convino Thalia Grace, sacándose un diente de hombre lobo de la coraza de cuero—. La ZT siembra la destrucción adonde va.

—¿ZT? —pregunté.

—Es más fácil que decir «zorra teumesia» veinte veces al día —me dijo Thalia—. El caso es que cada vez que la zorra atraviesa una ciudad, despierta a todos los monstruos en un radio de treinta kilómetros. Peoria está prácticamente en ruinas.

Me pareció una pérdida trágica, pero me preocupaban más mis amigas cazadoras.

—¿Te arrepientes de haber decidido alistarte? —pregunté a Reyna.

Ella sonrió.

—Ni por un momento. ¡Es muy divertido!

Thalia le dio un puñetazo en el hombro.

—Esta de aquí es una gran cazadora. Sabía que lo sería. Un día de estos pillaremos a esa zorra.

Emmie las llamó desde la cocina para que echasen una mano con la cena, porque las zanahorias no iban a picarse solas. Las dos amigas se fueron juntas riendo y compartiendo anécdotas. Me alegró el corazón verlas tan contentas, aunque lo que entendiesen por diversión fuese una interminable caza del zorro que arrasaba grandes zonas del Medio Oeste.

Jo estaba enseñando a Georgina, la hija de ellas (y es posible que también mía), a forjar armas en la fragua. Cuando Georgina me vio, no mostró ningún entusiasmo, como si nos acabásemos de separar hacía unos minutos.

—¿Guardas mi muñeco? —preguntó.

—Ah... —Podría haber mentido. Podría haber fabricado mágicamente una versión exacta de la figura hecha con limpiapipas y decir: «Claro». Pero lo cierto era que no tenía ni idea de dónde había acabado el monigote. ¿En Delfos o en el Tártaro o en el Caos, quizá? Le dije la verdad—. ¿Me harías otro?

Georgina se lo pensó.

—No.

Acto seguido volvió a templar cuchillas candentes con su madre.

El espadachín Litierses parecía estar adaptándose bien. Estaba supervisando un «programa de visitas de elefantes» con Livia, la huésped de la Estación de Paso, y Hannibal, del Campamento Júpiter. Los dos paquidermos retozaban juntos por el jardín trasero y coqueteaban lanzándose balones medicinales.

Después de cenar, pude charlar con Leo Valdez, que acababa de volver después de prestar servicios a la comunidad durante un día entero. Estaba enseñando manualidades a niños sin hogar en un refugio de la zona.

—Es estupendo —dije.

Él sonrió mientras mordía un trozo de las galletas recién hechas de Emmie.

—Sí. Hay un montón de chavales como yo, ¿sabes? Nunca han tenido gran cosa. Lo mínimo que puedo enseñarles es que le importan a alguien. Además, algunos son unos mecánicos increíbles.

—¿No necesitáis herramientas? —pregunté—. ¿Un taller?

—¡Festo! —dijo Leo—. Un dragón de bronce es el mejor taller móvil. La mayoría de los chavales lo ven como un camión, con la Niebla y toda la pesca, pero algunos... saben lo que se cuece.

Jo pasó camino de los pajares de los grifos y le dio una palmadita en el hombro.

—Este se está portando muy bien. Tiene potencial.

—Gracias, mamá —dijo Leo.

Jo se burló, pero parecía encantada.

—¿Y Calipso? —pregunté a Leo.

Una oleada de emociones cruzó su rostro; eso bastó para revelarme que Leo estaba más enamorado que nunca de la antigua diosa y que la situación todavía era complicada.

—Está bien —dijo por fin—. No conozco a nadie a quien le guste la secundaria. Pero la rutina, los deberes, la gente... Se lo pasa pipa. Supongo que es muy distinto de estar atrapada en Ogigia.

Asentí con la cabeza, pero la idea de que a una exinmortal le gustase la enseñanza secundaria tampoco tenía mucho sentido para mí.

—¿Dónde está ahora?

—En el campamento musical.

Me lo quedé mirando.

—¿Perdón?

—Es monitora de un campamento musical —dijo Leo—. Para chicos mortales que tocan música y tal. No sé. Va a estar fuera todo el verano.

Meneó la cabeza; era evidente que estaba preocupado, era evidente que la echaba de menos, puede que incluso tuviese pesadillas con todos los monitores buenorros que tocaban el clarinete con los que podía andar Calipso.

—Nos vendrá bien a los dos —dijo, forzando una sonrisa—. Ya sabes, un poco de tiempo separados para pensar. Conseguiremos que funcione.

Reyna pasó y oyó la última parte.

—¿Hablando de Calipso? Sí, tuve que charlar en privado con mi hermano aquí presente. —Apretó el hombro de Leo—. No se llama «mamacita» a una chica. Hay que ser más respetuoso, ¿entiendes?

—Yo... —Leo parecía dispuesto a protestar, pero dio la impresión de que cambiaba de opinión—. Sí, vale.

Reyna me sonrió.

—Valdez se crio sin su madre. Nunca aprendió esas cosas. Ahora tiene dos madres de acogida grandes y una hermana mayor que no tiene miedo de darle un guantazo cuando se pasa de la raya. —Le dio alegremente con un dedo contra la mejilla.

—Ni que lo digas —murmuró Leo.

—Alegra esa cara —dijo Reyna—. Calipso vendrá. A veces eres un petardo, Valdez, pero tienes un corazón de oro imperial.


Siguiente parada: el Campamento Júpiter.

No me sorprendió que Hazel y Frank se hubiesen convertido en la pareja de pretores más eficientes y respetados que habían dirigido jamás la Duodécima Legión. En un tiempo récord, habían impulsado un proyecto de reconstrucción de la Nueva Roma, reparado todos los desperfectos de nuestra batalla contra Tarquinio y los dos emperadores, e iniciado una campaña de reclutamiento con los lobos de Lupa para captar a nuevos semidioses que vivían lejos de la civilización. Como mínimo veinte habían llegado desde mi partida, cosa que me hizo preguntarme dónde habían estado escondidos y lo ocupados que debían de haber estado mis colegas dioses en las últimas décadas para tener tantos hijos.

—Vamos a instalar más barracones allí —me dijo Hazel, mientras ella y Frank me enseñaban el campamento reparado—. Hemos ampliado los baños termales y estamos construyendo un arco de triunfo en la calle principal de la Nueva Roma para conmemorar nuestra victoria sobre los emperadores. —Los ojos color ámbar le brillaban de emoción—. Estará chapado en oro. Una barbaridad.

Frank sonrió.

—Sí. Que nosotros sepamos, la maldición de Hazel se ha roto oficialmente. Hicimos un augurio en el templo de Plutón y resultó favorable. Ahora puede invocar joyas, metales preciosos... y utilizarlos o gastarlos sin provocar ninguna maldición.

—Pero no vamos a abusar de ese poder —se apresuró a añadir Hazel—. Solo lo utilizaremos para mejorar el campamento y honrar a los dioses. No vamos a comprar yates ni aviones privados ni collares gordos de oro con colgantes de diamantes en los que ponga «H más F x siempre».

Frank hizo un mohín.

—No. Supongo que no.

Hazel se mofó de él.

—No, ni hablar —se corrigió Frank—. Sería una horterada.

Frank todavía se movía pesadamente como un simpático oso pardo, pero su postura parecía más relajada y su humor más alegre, como si estuviese empezando a asimilar que su destino ya no estaba regido por un palito. Para Frank Zhang, como para el resto de nosotros, el futuro estaba ahora abierto.

De repente se animó.

—¡Ah, y mira esto, Apolo!

Giró su capa morada de pretor como si estuviese a punto de transformarse en vampiro (cosa que Frank podía hacer sin problema). Sin embargo, la capa simplemente se convirtió en un enorme jersey cruzado.

—¡Descubrí cómo hacerlo!

Hazel puso los ojos en blanco.

—Frank, cielo, ¿puedes pasar del jersey cruzado?

—¿Qué? —protestó Frank—. ¡Es impenetrable y comodísimo!

Más tarde visité a mis demás amigos. Lavinia Asimov había cumplido su amenaza/promesa de enseñar a bailar claqué a la Quinta Cohorte. La unidad era ahora temida y respetada en los simulacros de guerra por su capacidad para formar un muro de escudos testudo a la vez que hacía un *shuffle* de tres tiempos.

Tyson y Ella volvían a trabajar felices en su librería. Los unicornios todavía estaban militarizados. El plan de expansión de templos concebido por Jason Grace seguía avanzando, y cada semana se incorporaban nuevos santuarios.

Lo que me sorprendió fue descubrir que Percy Jackson y Annabeth Chase habían llegado al campamento y se habían instalado en la Nueva Roma, de modo que disponían de dos meses para acostumbrarse a su nuevo entorno antes del primer cuatrimestre de su primer año de universidad.

—Arquitectura —dijo Annabeth, con los ojos grises brillantes como los de su madre. Pronunció «arquitectura» como si fuera la respuesta a todos los problemas del mundo—. Me centraré en el diseño medioambiental en la Universidad de Berkeley a la vez que me matriculo en la Universidad de la Nueva Roma. Para el tercer año, calculo...

—Para el carro, listilla —la interrumpió Percy—. Primero tienes que ayudarme a aprobar inglés de primero. Y matemáticas. E historia.

La sonrisa de Annabeth iluminó la habitación vacía de la residencia.

—Sí, Sesos de Alga, ya lo sé. Haremos las asignaturas básicas juntos. Pero tú harás tus deberes.

—Jo, tío —dijo Percy, mirándome en busca de conmiseración—. Deberes.

Me alegré de ver que les iba tan bien, pero coincidía con él sobre los deberes. Los dioses nunca teníamos. No los queríamos. Los asignábamos en forma de misiones mortales.

—¿Y tu asignatura principal? —le pregunté.

—Sí, ejem... ¿Biología marina? ¿Acuicultura? No lo sé. Ya lo pensaré.

—¿Los dos os alojáis aquí?

Señalé las literas. La Universidad de la Nueva Roma estaba destinada a semidioses, pero las habitaciones de su residencia eran tan rudimentarias y anodinas como las de cualquier otra universidad.

—No. —Annabeth parecía ofendida—. ¿Has visto cómo este deja la ropa sucia tirada por todas partes? Qué asco. Además, las residencias son obligatorias para los estudiantes de primer año y no son mixtas. Mi compañera de habitación no llegará hasta septiembre.

—Sí. —Percy suspiró—. Mientras tanto, yo estaré al otro lado del campus en una residencia para chicos vacía. A dos manzanas enteras de aquí.

Annabeth le dio un manotazo en el brazo.

—Además, Apolo, nuestros planes de convivencia no son asunto tuyo.

Levanté las manos en un gesto de rendición.

—Pero sí que viajasteis juntos por el país para llegar aquí.

—Con Grover —dijo Percy—. Fue genial, los tres juntos otra vez. Pero, tío, el viaje por carretera...

—Nos fuimos un poco de lado —convino Annabeth—. Y arriba, abajo y en diagonal. Pero llegamos vivos.

Asentí con la cabeza. Al fin y al cabo, era muy parecido a lo que se podía decir de cualquier viaje con semidioses.

Pensé en mi viaje de Los Ángeles al Campamento Júpiter, escoltando el ataúd de Jason Grace. Pareció que Percy y Annabeth me leyesen el pensamiento. A pesar de los días felices que les aguardaban en el futuro, y del espíritu general de optimismo que se respiraba en el Campamento Júpiter, la tristeza todavía persistía en el ambiente, planeando y fluctuando en los márgenes de mi campo de visión como uno de los lares del campamento.

—Nos enteramos cuando llegamos —dijo Percy—. Todavía no puedo...

Se le hizo un nudo en la garganta. Bajó la vista y se toqueteó la palma de la mano.

—Lloré como una Magdalena —reconoció Annabeth—. Ojalá... ojalá hubiera estado cuando Piper me necesitaba. Espero que esté bien.

—Piper es una chica fuerte —dije—. Pero, sí... Jason. Era el mejor de todos nosotros.

Nadie lo discutió.

—Por cierto —añadí—, tu madre está bien, Percy. Hace poco los vi a ella y a Paul. Tu hermana es una ricura. No para de reír.

Él se animó.

—¿A que sí? Estelle es la bomba. Echo de menos las galletas de mi madre.

—Yo puedo echarte una mano con eso. —Como le había prometido a Sally Jackson, teletransporté un plato de galletas azules recién hechas directamente a mis manos.

—¡Colega! —Percy se metió una galleta en la boca. Puso los ojos en blanco de éxtasis—. Apolo, eres el mejor. Retiro casi todo lo que he dicho de ti.

—No pasa nada —le aseguré—. Un momento... ¿cómo que «casi» todo?

# 39

# Doscientos diez
# son muchos haikus, pero
# puedo hacer más si...

(\*introducir el sonido de un dios siendo estrangulado)

Hablando de Piper McLean, hice el ridículo cuando pasé a visitarla.

Era una bonita noche de verano en Tahlequah, Oklahoma. Había millones de estrellas en el cielo y las cigarras cantaban en los árboles. El calor se asentaba sobre las colinas onduladas. En la hierba brillaban las luciérnagas.

Había deseado aparecer donde estuviese Piper McLean. Acabé en la azotea de una modesta casa de labranza: la casa solariega de los McLean. En el borde de la azotea, dos personas se hallaban sentadas hombro con hombro, sus siluetas oscuras de espaldas a mí. Una se inclinó y besó a la otra.

No era mi intención, pero me ruboricé tanto que empecé a brillar como el flash de una cámara y pasé sin querer de mi forma de Lester a la de Apolo adulto: toga, pelo rubio, músculos y demás. Los dos tortolitos se volvieron para mirarme. Piper McLean estaba a la izquierda. A la derecha estaba sentada otra joven con el pelo moreno corto y un piercing de pedrería en la nariz que centelleaba en la oscuridad.

Piper desenlazó los dedos de los de la otra chica.

—Vaya, Apolo. Qué oportuno.

—Ejem, perdón. Yo...

—¿Quién es este? —preguntó la otra chica, fijándose en la sábana que llevaba por toda vestimenta—. ¿Tu padre tiene novio?

Contuve un grito. Como el padre de Piper era Tristan McLean, el antiguo galán de Hollywood, estuve tentado de decir: «Todavía no, pero estoy dispuesto a ofrecerme voluntario». Sin embargo, pensé que a Piper no le haría gracia.

—Un viejo amigo de la familia —dijo Piper—. Perdona, Shel. ¿Me disculpas un momento?

—Claro.

Piper se levantó, me agarró del brazo y me llevó al otro lado de la azotea.

—Oye, ¿qué pasa?

—Yo... Ejem... —No se me trababa tanto la lengua desde que era Lester Papadopoulos a tiempo completo—. Solo quería pasar para asegurarme de que las cosas te van bien. Y parece que sí.

Piper me dedicó un atisbo de sonrisa.

—Bueno, todavía es pronto.

—Estás en proceso —dije, recordando lo que me había contado en California.

De repente, gran parte de lo que ella y yo habíamos hablado empezó a cobrar sentido. No estar condicionada por las expectativas de Afrodita. O lo que Hera entendía por una pareja perfecta.

456

El deseo de Piper de encontrar su camino, no el que la gente esperaba de ella.

—Exacto —dijo ella.

—Me alegro por ti. —Y así era. De hecho, tuve que hacer un esfuerzo para no brillar como una luciérnaga gigante—. ¿Y tu padre?

—Sí, bueno... pasar de Hollywood a Tahlequah es un gran cambio. Pero parece que ha encontrado tranquilidad. Ya veremos. Me he enterado de que has vuelto al Olimpo. Enhorabuena.

No estaba seguro de si procedía una felicitación, considerando mi inquietud general y mi sensación de falta de mérito, pero asentí con la cabeza. Le conté lo que había pasado con Nerón. Le relaté el funeral de Jason.

Ella se abrazó a sí misma. A la luz de las estrellas, su cara parecía caliente como el bronce recién salido del yunque de Hefesto.

—Eso está bien —dijo—. Me alegro de que el Campamento Júpiter le hiciese justicia. Me alegro de que tú le hicieses justicia.

—Yo no sé nada de eso —dije.

Ella me posó la mano en el brazo.

—No lo has olvidado. Lo noto.

Se refería a ser humano, a honrar los sacrificios que se habían hecho.

—No —dije—. No lo olvidaré. Ese recuerdo forma ahora parte de mí.

—Qué bien. Y ahora, con tu permiso...

—¿Qué?

Ella señaló hacia atrás a su amiga Shel.

—Ah, claro. Cuídate, Piper McLean.

—Tú también, Apolo. Y, la próxima vez, no estaría mal avisar antes de venir de visita.

Murmuré algo a modo de disculpa, pero ella ya se había vuelto para regresar con su nueva amiga, su nueva vida y las estrellas del cielo.


El último reencuentro y el más difícil... Meg McCaffrey.

Un día de verano en Palm Springs. El calor seco y abrasador me recordaba el Laberinto en Llamas, pero no había nada malicioso ni mágico en él. El desierto simplemente se calentaba.

Aeithales, el antiguo hogar del doctor Phillip McCaffrey, era un oasis de vida fresca y verde. Las ramas de los árboles habían crecido hasta remodelar la estructura en su día artificial y la habían vuelto todavía más imponente que en la infancia de Meg. Annabeth habría alucinado con el diseño medioambiental de las dríades locales. Las ventanas habían sido sustituidas por capas de enredaderas que se abrían y cerraban automáticamente para dar sombra y fresco, respondiendo a las más mínimas fluctuaciones de los vientos. Los invernaderos habían sido reparados y ahora estaban repletos de especímenes raros de plantas de todo el sur de California. Manantiales naturales llenaban las cisternas y proporcionaban agua para los jardines y un sistema de refrigeración para la casa.

Aparecí con mi vieja forma de Lester en el camino de la casa a los jardines y por poco acabé ensartado por las melíades, la troupe particular de Meg compuesta por siete superdríades.

—¡Alto! —gritaron al unísono—. ¡Intruso!

—¡Soy yo! —dije, cosa que no pareció servir de mucho—. ¡Lester! —Nada aún—. El antiguo criado de Meg, ya sabéis.

Las melíades bajaron las puntas de sus lanzas.

—Ah, sí —dijo una.

—Criado de la Gran Meg —dijo otra.

—El enclenque y deficiente —dijo una tercera—. Antes de que Meg contase con nuestros servicios.

—Debéis saber que ahora soy un dios del Olimpo —protesté.

A las dríades no pareció impresionarles.

—Te llevaremos con la Gran Meg —anunció una—. Ella juzgará. ¡Pasodoble!

Formaron una falange a mi alrededor y me condujeron por el camino. Podría haberme esfumado o haber emprendido el vuelo o haber hecho una gran cantidad de cosas impresionantes, pero me habían pillado por sorpresa. Incurrí en mis antiguas costumbres lesterianas y dejé que me llevasen a marchas forzadas con mi antigua ama.

La encontramos cavando la tierra junto a los exmiembros de la familia de Nerón, enseñándoles a trasplantar retoños de cactus. Vi a Emilia y Lucio, que cuidaban con satisfacción de su pequeño cactus. Hasta el joven Casio estaba allí, aunque no tenía ni idea de cómo lo había localizado Meg. Bromeaba con una de las dríades y parecía tan relajado que me costó creer que fuese el mismo niño que había huido de la torre de Nerón.

Cerca, en el borde de un huerto de melocotones recién plantado, se hallaba el karpos Melocotones en todo su esplendor pañalero. (Cómo no. Se presentó después de que hubiese pasado el peligro.) Estaba entablando una conversación con una joven karpos que supuse era originaria de la zona. Se parecía mucho al propio Melocotones, solo que estaba cubierta de una fina capa de espinas.

—Melocotones —le dijo Melocotones.

—¡Higo Chumbo! —replicó la joven.

—¡Melocotones!

—¡Higo Chumbo!

Esa parecía toda su discusión. Tal vez estaba a punto de degenerar en un duelo a muerte por la supremacía de la fruta local. O tal vez era el principio de la historia de amor más grande por madurar. Con los karpoi era difícil saberlo.

Meg tuvo que mirar dos veces cuando me vio. Una sonrisa se dibujó en su cara. Llevaba el vestido rosa de Sally Jackson, tocado con un gorro de jardinería como el sombrerete de una seta. A pesar de la protección, el cuello se le estaba poniendo rojo de trabajar al aire libre.

—Has vuelto —observó.

Sonreí.

—Te has quemado al sol.

—Ven aquí —me mandó ella.

Sus órdenes ya no tenían ningún poder, pero me dirigí a ella de todas formas. Me abrazó fuerte. Olía a higo chumbo y arena caliente. Es posible que se le llenasen los ojos de lágrimas.

—Vosotros seguid —les dijo a sus aprendices—. Volveré.

Los antiguos niños imperiales parecieron encantados de obedecer. De hecho, daba la impresión de que estaban empeñados en trabajar en el huerto, como si su cordura dependiese de ello, y tal vez no me equivocaba.

Meg me agarró la mano y me llevó a ver la nueva finca, seguidos aún de las melíades. Me enseñó la caravana en la que ahora vivía la sibila Herófila cuando no estaba trabajando en la ciudad leyendo las cartas del tarot y sanando con cristales. Meg presumió de que el antiguo Oráculo sacaba suficiente dinero para cubrir todos los gastos de Aeithales.

Nuestros amigos las dríades Josué y Aloe Vera se alegraron de verme. Me hablaron de su labor ambulante por el sur de California, plantando nuevas dríades y haciendo todo lo posible por curar los daños de las sequías y los incendios descontrolados. Todavía tenían mucho trabajo por hacer, pero las cosas habían mejorado. Aloe nos siguió un rato embadurnando los hombros quemados de Meg con mejunje y regañándola.

Al final llegamos a la sala principal de la casa, donde Luguselva estaba armando una mecedora. Había sido equipada con unas nuevas manos mecánicas, obsequio, me dijo Meg, de la cabaña de Hefesto del Campamento Mestizo.

—¡Hola, compi de celda! —Lu sonrió. Hizo un gesto con la mano que normalmente no se asociaba con los saludos cordiales. Luego soltó un juramento y agitó sus dedos metálicos hasta que se abrieron en un saludo propiamente dicho—. Perdona. Estas manos no están bien programadas. Hay que arreglar unos cuantos problemas.

Se levantó y me dio un abrazo de oso. Sus dedos se abrieron y empezaron a hacerme cosquillas entre los omóplatos, pero pensé que debió de tratarse de un acto involuntario, porque Lu no parecía muy aficionada a las cosquillas.

—Tienes buen aspecto —dije, apartándome.

Lu rio.

—Tengo a mi Retoño. Tengo un hogar. Vuelvo a ser una mortal normal y corriente, y no lo cambiaría por nada del mundo.

Me contuve antes de decir: «Yo tampoco». La idea me puso melancólico. Habría sido inconcebible para el antiguo Apolo, pero la idea de envejecer en esa bonita casa hecha de árboles en el desierto, viendo crecer a Meg y convertirse en una mujer fuerte y poderosa... no sonaba nada mal.

Lu debió de percatarse de mi tristeza. Señaló hacia atrás a la mecedora.

—Bueno, os dejo seguir con la visita. Armar este mueble de IKEA es la misión más difícil que he tenido en años.

Meg me llevó a la terraza cuando el sol de la tarde se estaba poniendo detrás de las montañas de San Jacinto. Mi carro solar estaría ahora dirigiéndose a casa, y los caballos estarían excitados al intuir el final del viaje. Pronto les acompañaría... y me reuniría con mi antiguo yo en el Palacio del Sol.

Miré a Meg, que estaba enjugándose una lágrima del ojo.

—Supongo que no puedes quedarte —dijo.

Le tomé la mano.

—Querida Meg.

Permanecimos así en silencio un rato, observando cómo los semidioses trabajaban en los huertos de debajo.

—Meg, has hecho mucho por mí. Por todos nosotros. Te... te prometí que te recompensaría cuando volviese a ser un dios.

Ella empezó a hablar, pero la interrumpí.

—No, espera —dije—. Sé que eso restaría valor a nuestra amistad. No puedo resolver los problemas de los mortales chasqueando los dedos. Veo que no necesitas ninguna recompensa. Pero siempre serás mi amiga. Y si alguna vez me necesitas, aunque solo sea para hablar, estaré aquí.

Le tembló la boca.

—Gracias. Eso está bien. Pero... en realidad, me conformaría con un unicornio.

Había vuelto a hacerlo. Todavía era capaz de sorprenderme. Reí, chasqueé los dedos y un unicornio apareció en la ladera debajo de nosotros, relinchando y rascando el suelo con sus cascos de oro y perlas.

Ella me estrechó entre sus brazos.

—Gracias. Tú también seguirás siendo mi amigo, ¿verdad?

—Mientras tu sigas siendo mi amiga —dije.

Ella se lo pensó.

—Sí. Creo que podré hacerlo.

No recuerdo de qué más hablamos. Las clases de piano que le había prometido. Las distintas variedades de plantas carnosas. El cuidado y la alimentación de los unicornios. Yo simplemente era feliz de estar con ella.

Al final, cuando el sol se puso, Meg entendió que había llegado el momento de que me marchase.

—¿Volverás? —preguntó.

—Siempre —prometí—. El sol siempre vuelve.


Bueno, querido lector, hemos llegado al final de mis pruebas. Me has seguido a lo largo de cinco libros de aventuras y seis meses de dolor y sufrimiento. Según mis cálculos, has leído doscientos diez de mis haikus. Como Meg, sin duda mereces una recompensa.

¿Qué te gustaría? Me acabo de quedar sin unicornios. Sin embargo, cada vez que apuntes y te prepares para lanzar tu mejor tiro, cada vez que trates de expresar tus emociones a través de una canción o un poema, ten presente que estaré sonriéndote. Ahora somos amigos.

Llámame. Estaré ahí cuando me necesites.

# Guía de lenguaje apolíneo

AFRODITA: diosa griega del amor y la belleza. Forma romana: Venus.

AGRIPINA LA MENOR: ambiciosa y sanguinaria emperadora romana que fue madre de Nerón; era tan dominante con su hijo que este ordenó que la matasen.

AMBROSÍA: comida de los dioses que puede curar a los semidioses ingerida en pequeñas dosis; sabe a la comida favorita de quien la consume.

ANFISBENA: serpiente con una cabeza en cada extremo, nacida a partir de la sangre derramada de la cabeza cortada de Medusa.

ANICETO: criado fiel de Nerón que llevó a cabo la orden de matar a Agripina, la madre del emperador.

AQUILES: héroe de la guerra de Troya que murió de un disparo de flecha en el talón, su único punto vulnerable.

ARBOLEDA DE DODONA: sitio del Oráculo griego más antiguo, solo superado por el de Delfos en importancia. El susurro de los árboles del bosquecillo proporcionaba respuestas a los sacerdotes y sacerdotisas que viajaban hasta el lugar. La arboleda está situada en el bosque del Campamento Mestizo y solo se puede acceder a ella a través de la guarida de los mirmekes.

ARES: dios griego de la guerra; hijo de Zeus y Hera. Forma romana: Marte.

ARPÍA: criatura alada femenina que roba objetos.

ARTEMISA: diosa griega de la caza y la luna; hija de Zeus y Leto, y hermana melliza de Apolo. Forma romana: Diana.

ASCLEPIO: dios de la medicina; hijo de Apolo; su templo era el centro curativo de la antigua Grecia.

ATENEA: diosa griega de la sabiduría. Forma romana: Minerva.

ATENEA PARTENOS: estatua de doce metros de la diosa Atenea que una vez constituyó la figura central del Partenón de Atenas. Actualmente se encuentra en la Colina Mestiza del Campamento Mestizo.

BACO: dios romano del vino y las fiestas; hijo de Júpiter. Forma griega: Dioniso.

BATALLA DE MANHATTAN: batalla culminante de la Segunda Guerra de los Titanes.

BENITO MUSSOLINI: político italiano que se convirtió en líder del Partido Nacional Fascista, una organización paramilitar. Gobernó Italia de 1922 a 1943, inicialmente como primer ministro y luego como dictador.

BOARE: «uh», en latín.

BÓREAS: dios del viento del norte.

BRONCE CELESTIAL: poderoso metal mágico empleado para crear armas empuñadas por dioses griegos y sus hijos semidioses.

CALÍGULA: apodo del tercer emperador de Roma, Cayo Julio César Augusto Germánico, de infausta fama por su crueldad y sus carnicerías durante los cuatro años que gobernó, de 37 a 41 d. C.; fue asesinado por su propia guardia.

CAMPAMENTO JÚPITER: campo de entrenamiento de semidioses romanos situado en California, entre las colinas de Oakland y Berkeley.

CAMPAMENTO MESTIZO: campo de entrenamiento de semidioses griegos situado en Long Island, en Nueva York.

CAMPOS DE CASTIGO: sección del inframundo a la que son enviadas las personas que fueron malas en vida para recibir castigo eterno por sus crímenes después de la muerte.

CAMPOS ELÍSEOS: paraíso al que son enviados los héroes griegos cuando los dioses les conceden la inmortalidad.

CAOS: primera deidad primigenia y creador del universo; vacío informe situado muy por debajo de las profundidades del Tártaro.

CAOS PRIMORDIAL: lo primero que existió; vacío del que salieron los primeros dioses.

CAZADORAS DE ARTEMISA: grupo de doncellas leales a Artemisa y dotadas de aptitudes para la caza y de la juventud eterna a cambio de renunciar a los hombres de por vida.

CELTA: relacionado con un grupo de pueblos indoeuropeos identificados por sus semejanzas culturales y el uso de lenguas como el irlandés, el gaélico escocés y otras, incluido el galo prerromano.

CENTAURO: raza de criaturas mitad humanas, mitad equinas. Son unos magníficos arqueros.

CÍCLOPE: miembro de una raza primigenia de gigantes que tenían un ojo en el centro de la frente.

CINOCÉFALO: ser con cuerpo de humano y cabeza de perro.

CISTERNA: refugio para dríades situado en Palm Springs, en California.

COHORTE: grupo de legionarios.

CÓMODO: Lucio Aurelio Cómodo fue hijo del emperador romano Marco Aurelio. Se convirtió en coemperador a los dieciséis años y en emperador a los dieciocho, cuando su padre falleció. Gobernó de 177 a 192 d. C. y fue megalómano y corrupto. Se consideraba el nuevo Hércules y disfrutaba matando animales y luchando contra gladiadores en el Coliseo.

CORONIS: una de las novias de Apolo, que se enamoró de otro hombre. Un cuervo blanco que Apolo había dejado para que la vigilase le informó de la aventura y el dios se enfadó tanto con el cuervo por no haberle arrancado los ojos al pretendiente de Coronis que maldijo al pájaro y quemó sus plumas. Luego envió a su hermana Artemisa para que matase a Coronis porque él no tuvo el valor para hacerlo.

CRONOS: señor titán del tiempo, el mal y las cosechas. Era el más joven pero el más atrevido y el más taimado de los hijos de Gaia; convenció a varios de sus hermanos para que le ayudasen a asesinar a su padre, Urano. También fue el principal adversario de Percy Jackson. Forma romana: Saturno.

DAFNE: hermosa náyade que llamó la atención de Apolo. Se transformó en un laurel para escapar del dios.

DANTE: poeta italiano de la Baja Edad Media que inventó la *terza rima*; autor de *La Divina Comedia*, entre otras obras.

DÉDALO: semidiós griego, hijo de Atenea e inventor de muchas cosas, incluido el Laberinto, en el que estaba encerrado el Minotauro (mitad hombre, mitad toro).

DEIMOS: dios griego del miedo.

DEMÉTER: diosa griega de la agricultura; hija de los titanes Rea y Cronos.

DENARIO: unidad monetaria romana.

DIANA: diosa romana de la caza y la luna; hija de Júpiter y Leto, y hermana melliza de Apolo. Forma griega: Artemisa.

DÍDIMA: santuario oracular dedicado a Apolo situado en Mileto, ciudad portuaria de la costa occidental de la actual Turquía.

DIMACHAERUS (*dimachaeri*, pl.): gladiador romano adiestrado para luchar con dos espadas a la vez.

DIONISO: dios griego del vino y las fiestas; hijo de Zeus. Forma romana: Baco.

DRACMA: unidad monetaria de la antigua Grecia.

DRAKON: gigantesco monstruo amarillo y verde similar a una serpiente, con gorgueras alrededor del cuello, ojos de reptil y enormes garras; escupe veneno.

DRÍADE: espíritu (normalmente femenino) asociado a un determinado árbol.

ELIANO: escritor romano del siglo III d. C. que escribió historias efectistas sobre acontecimientos extraños y sucesos milagrosos y es famoso por su libro *Sobre la naturaleza de los animales*.

ÉREBO: dios primigenio griego de la oscuridad; lugar tenebroso situado entre la tierra y el Hades.

ESTACIÓN DE PASO: lugar de refugio para semidioses, monstruos pacíficos y cazadoras de Artemisa, situado por encima de Union Station, en Indianápolis, Indiana.

ESTIGIA: poderosa ninfa del agua, hija mayor del titán del mar Océano; diosa del río más importante del inframundo y diosa del odio. La Laguna Estigia recibe su nombre de ella.

FAETÓN: semidiós hijo de Helios, el titán del sol; quemó la tierra sin querer cuando conducía el carro solar de Helios, y Zeus lo mató con un rayo.

FASCES: hacha ceremonial envuelta en un haz de gruesas varas de madera con la hoja en forma de media luna mirando hacia fuera; símbolo definitivo de la autoridad en la antigua Roma; origen de la palabra «fascismo».

FAUNO: dios romano de la naturaleza, mitad hombre, mitad cabra.

FUEGO GRIEGO: líquido mágico verde, viscoso y explosivo en extremo empleado como arma; una de las sustancias más peligrosas de la tierra.

GAIA: diosa griega de la tierra; esposa de Urano; madre de los titanes, gigantes, cíclopes y otros monstruos.

GALIA: nombre que los romanos daban a territorios de los celtas.

GANÍMEDES: hermoso joven troyano al que Zeus raptó para que fuera el copero de los dioses.

GAS SASÁNIDA: arma química que los persas utilizaron contra los romanos en tiempos de guerra.

GERMANUS (germani, pl.): escolta del imperio romano procedente de las tribus galas y germánicas que se establecieron al oeste del río Rin.

GLÁMON: «viejo verde», en griego antiguo.

GRIFO: criatura alada mitad león, mitad águila.

GUERRA DE TROYA: según el mito, los aqueos (griegos) hicieron la guerra a la ciudad de Troya después de que Paris de Troya arrebatase a Menelao, rey de Esparta, a su esposa Helena.

HADES: dios griego de la muerte y las riquezas; señor del inframundo. Forma romana: Plutón.

HARPÓCRATES: dios del silencio.

HÉCATE: diosa de la magia y las encrucijadas.

HEFESTO: dios griego del fuego, incluido el volcánico, y de los artesanos y los herreros. Hijo de Zeus y Hera, se casó con Afrodita. Forma romana: Vulcano.

HELIOS: dios titán del sol; hijo del titán Hiperión y la titana Tea.

HERA: diosa griega del matrimonio; esposa y hermana de Zeus; madrastra de Apolo.

HERMANAS GRISES: Tempestad, Ira y Avispa, trío de ancianas que comparten un solo ojo y un solo diente y conducen un taxi que ofrece sus servicios en la zona de Nueva York.

HERMES: dios griego de los viajeros; guía de los espíritus de los muertos; dios de la comunicación. Forma romana: Mercurio.

HERÓFILA: Oráculo de eritras; emite profecías en forma de acertijos.

HESTIA: diosa griega del hogar.

HIERRO ESTIGIO: metal mágico forjado en la Laguna Estigia, capaz de absorber la esencia de los monstruos y herir a mortales, dioses, titanes y gigantes; produce un considerable efecto a los fantasmas y las criaturas del inframundo.

ÍCARO: hijo de Dédalo, más famoso por acercarse demasiado al sol cuando intentaba escapar de la isla de Creta volando con unas alas de metal y cera inventadas por su padre. Murió por no tomar en cuenta las advertencias de su padre.

Inframundo: reino de los muertos, gobernado por Hades, al que iban las almas por la eternidad.

Jacinto: héroe griego y amante de Apolo que murió cuando intentaba impresionar a su amado con su destreza con el disco.

Julio César: político y general romano cuyos éxitos militares ampliaron el territorio romano y desembocaron en una guerra civil que le permitió asumir el control del gobierno en 49 a. C. Fue declarado «dictador vitalicio» y procedió a iniciar reformas sociales que enfurecieron a algunos romanos poderosos. Un grupo de senadores se confabuló contra él y lo asesinó el 15 de marzo de 44 a. C.

Júpiter: dios romano del cielo y rey de los dioses. Forma griega: Zeus.

Karpos (*karpoi*, pl.): espíritu de los cereales; hijo de Tártaro y Gaia.

Laberinto: caótica creación subterránea construida originalmente en la isla de Creta por el artesano Dédalo para encerrar al Minotauro.

Laguna Estigia: río que marca el límite entre la tierra y el inframundo.

Lar: dios doméstico romano.

Leontocéfalo: ser con cabeza de león y cuerpo de hombre que tenía una serpiente sin cabeza ni cola enroscada alrededor; creado por Mitra, un dios persa, para proteger su inmortalidad.

Leto: fruto de su relación con Zeus nacieron Artemisa y Apolo. Es diosa de la maternidad.

LUG: uno de los dioses más importantes de la antigua religión celta.

LUPA: diosa loba y espíritu guardián de Roma.

MARSIAS: sátiro que perdió contra Apolo después de desafiarlo a una competición musical y que por ello fue desollado vivo.

MARTE: dios romano de la guerra. Forma griega: Ares.

MELÍADES: ninfas griegas de los fresnos engendradas por Gaia; criaron y educaron a Zeus en Creta.

MERCURIO: dios romano de los viajeros; guía de los espíritus de los muertos; dios de la comunicación. Forma griega: Hermes.

MIDAS: rey con el poder de transformar todo lo que tocaba en oro, capacidad que le concedió Dioniso.

MINERVA: diosa romana de la sabiduría. Forma griega: Atenea.

MINOICOS: civilización de Creta de la Edad de Bronce que prosperó desde aproximadamente 3000 a 1100 a. C.; su nombre deriva del rey Minos.

MINOTAURO: hijo del rey Minos de Creta mitad hombre, mitad toro; el Minotauro estaba encerrado en el Laberinto, donde mataba a la gente que era enviada allí; fue vencido finalmente por Teseo.

MITRA: rey persa que fue adoptado por los romanos y se convirtió en el dios de los guerreros; creador del leontocéfalo.

MOIRAS: tres personificaciones femeninas del destino. Controlaban el hilo de la vida de todos los seres vivos del nacimiento a la muerte.

MONTE OLIMPO: hogar de los doce dioses del Olimpo.

MORFEO: titán que hizo dormir a todos los mortales de Nueva York durante la batalla de Manhattan.

NÁYADE: espíritu femenino del agua.

NÉCTAR: bebida de los dioses que puede curar a los semidioses.

NERÓN: emperador romano de 54 a 58 d. C.; hizo ejecutar a su madre y su primera esposa; muchos creen que fue quien provocó el incendio que destruyó Roma, pero él culpó a los cristianos, a los que quemaba en cruces; se hizo construir un extravagante palacio nuevo en el terreno desbrozado y perdió apoyos cuando los gastos de la construcción le obligaron a subir los impuestos; se suicidó.

NIEBLA: fuerza mágica que impide que los mortales vean a dioses, criaturas míticas y fenómenos sobrenaturales, sustituyéndolos por cosas que la mente humana puede asimilar.

NINFA: deidad femenina que vivifica la naturaleza.

NUEVA ROMA: valle en el que está situado el Campamento Júpiter y también ciudad —una versión más pequeña y moderna de la ciudad imperial— a la que los semidioses romanos pueden ir a vivir en paz, estudiar y retirarse.

NUEVE MUSAS: diosas que inspiran y protegen la creación y la expresión artísticas; hijas de Zeus y Mnemósine; de niñas, recibieron las enseñanzas de Apolo. Se llaman Clío, Euterpe, Talía, Melpómene, Terpsícore, Erato, Polimnia, Urania y Calíope.

OMPHALOS: «ombligo del mundo», en griego; sobrenombre de Delfos, un manantial que susurraba el futuro a los que escuchaban.

ORÁCULO DE DELFOS: portavoz de las profecías de Apolo.

ORO IMPERIAL: metal poco común que resulta letal para los monstruos consagrado en el Panteón; su existencia era un secreto celosamente guardado por los emperadores.

PANDOS (*pandai*, pl.): hombre con orejas gigantescas, ocho dedos en las manos y los pies, y cuerpo cubierto de pelo que empieza siendo blanco y se vuelve negro con la edad.

PEGASO: caballo divino alado; hijo de Poseidón, en su encarnación de dios caballo.

PELEO: padre de Aquiles; a su boda con la ninfa del mar Tetis asistieron los dioses, pero una desavenencia entre ellos desembocó en la guerra de Troya. El dragón guardián del Campamento Mestizo recibe su nombre de él.

PERSÉFONE: diosa griega de la primavera y la vegetación; hija de Zeus y Deméter. Hades se enamoró de ella y la secuestró para que se convirtiese en su esposa y en reina del inframundo.

PITIA: sacerdotisa de las profecías de Apolo; nombre dado a cada Oráculo de Delfos.

PITÓN: dragón monstruoso al que Gaia nombró custodio del Oráculo de Delfos.

PLUTÓN: dios romano de la muerte y gobernante del inframundo. Forma griega: Hades.

POSEIDÓN: dios griego del mar; hijo de los titanes Cronos y Rea, y hermano de Zeus y Hades. Forma romana: Neptuno.

PRETOR: magistrado electo romano y comandante del ejército.

PRINCEPS: «primer ciudadano» o «primero de la fila», en latín; los primeros emperadores romanos se concedían este título, que llegó a significar «príncipe de Roma».

ROCHO: enorme ave de presa.

SÁTIRO: dios griego del bosque mitad cabra, mitad hombre.

SATURNALES: antigua fiesta romana celebrada en diciembre en honor al dios Saturno, el equivalente romano de Cronos.

*Scusatemi:* «discúlpame», en italiano.

Sibila: profetisa.

Sibila de Cumas: Oráculo de Apolo establecida en Cumas que recopiló sus instrucciones proféticas para evitar desastres en nueve volúmenes, pero destruyó seis de ellos cuando intentaba vendérselos a Tarquinio el Soberbio de Roma.

Sica: espada corta y curva.

Sócrates: filósofo griego (470-399 a.C.) Que influyó profundamente en el pensamiento occidental.

Talía: musa de la comedia.

Tarquinio: Lucio Tarquinio el Soberbio fue el séptimo y último rey de Roma. Reinó de 535 a 509 a.C., cuando, tras un alzamiento popular, se instauró la República Romana.

Tártaro: marido de Gaia; espíritu del abismo; padre de los gigantes; abismo más grande del inframundo al que van a parar los monstruos cuando se les mata.

*Taurus silvestris* (*tauri silvestres*, pl.): toro salvaje de piel impenetrable; enemigo ancestral de los trogloditas.

Terpsícore: diosa griega del baile; una de las Nueve Musas.

*Terza rima:* combinación métrica compuesta de estrofas de tres versos en las que el primer y el tercer verso riman y el central rima con la estrofa siguiente.

Testudo: formación de batalla en tortuga en la que los legionarios juntan sus escudos para formar una barrera.

Titanes: raza de poderosas deidades griegas, descendientes de Gaia y de Urano, que gobernaron durante la Edad de Oro y fueron derrocadas por una raza de dioses más jóvenes, los dioses del Olimpo.

TORRE SUTRO: enorme torre de transmisión roja y blanca situada en el Área de la Bahía de San Francisco, en la que Harpócrates, el dios del silencio, fue encarcelado por Cómodo y Calígula.

TRES GRACIAS: las tres Cárites: Belleza, Júbilo y Elegancia; hijas de Zeus.

TRIUNVIRATO: alianza política formada por tres partes.

TROFONIO: semidiós hijo de Apolo, arquitecto del templo de Apolo en Delfos y espíritu del Oráculo Oscuro; decapitó a su hermano Agamedes para evitar que lo descubrieran después de asaltar el tesoro del rey Hirieo.

TROGLODITAS: raza de humanoides subterráneos que comen lagartos y luchan contra toros.

TROYA: ciudad prerromana situada en la actual Turquía donde tuvo lugar la guerra de Troya.

VELLOCINO DE ORO: vellón de un carnero alado con lana de oro que se consideraba un símbolo de autoridad y realeza; lo custodiaba un dragón y unos toros que escupían fuego; Jasón recibió el encargo de obtenerlo, tarea que desembocó en una misión épica. Ahora cuelga del árbol de Thalia en el Campamento Mestizo para reforzar sus fronteras mágicas.

VENTUS (*venti*, pl.): espíritu de la tormenta.

VENUS: diosa romana del amor y la belleza. Forma griega: Afrodita.

VIAJE POR LAS SOMBRAS: forma de transporte que permite a las criaturas del inframundo y los hijos de Hades desplazarse a cualquier lugar de la tierra o del inframundo, aunque provoca un extraordinario agotamiento al usuario.

VNICORNES IMPERANT: «los unicornios mandan», en latín.

Vulcano: dios romano del fuego, incluido el volcánico, y la herrería. Forma griega: Hefesto.

Zeus: dios griego del cielo y rey de los dioses. Forma romana: Júpiter.

Zorra teumesia: zorra gigantesca enviada por los dioses del Olimpo para aterrorizar a los hijos de Tebas; está destinada a no ser cazada jamás.